本书得到贵州大学哲学社会科学研究院社科学术出版基金资助（部分资助）

本书为贵州大学人文社科学术创新团队建设项目
"贵州文化场域中的外来文化因素研究"（GDWKT2013002）的阶段性成果

西洋借镜与东洋唱和

——黎庶昌"使外文学"创作研究

汪太伟 / 著

社会科学文献出版社

SOCIAL SCIENCES ACADEMIC PRESS (CHINA)

贵州·遵义沙滩
源远流长、生机
勃勃的乐安江

▲
2007年纪念黎庶昌
诞辰170周年暨遵
义"沙滩文化"学
术研讨会

▶
遵义沙滩大悲阁

▶
遵义沙滩水红树

遵义沙滩禹门寺外景
▼

遵义沙滩三贤堂（莫友芝、郑子尹、黎庶昌）

遵义沙滩郑珍（郑子尹）墓

遵义沙滩莫友芝墓

遵义沙滩黎庶昌墓

依山傍水的遵义沙滩
黎庶昌故居鸟瞰

遵义沙滩黎庶昌故居

遵义沙滩黎庶昌故居（钦使第）

▲ ▶

遵义沙滩拙尊园

▲

黎庶昌故居旁的黔北民居内景

目　　录

绪 论

　　晚清驻外外交官的文学创作，是中国近代文学发展史上一种独特的文学创作。晚清时期的西学东渐与西力东侵，极大地影响了中国近代转型的历史进程，晚清驻外外交官文学创作所诞生的历史阶段，正是处于这一转型过程的初始阶段。"溪云初起日沉阁，山雨欲来风满楼。"闭关锁国的"天朝上国"在西方列强的不断侵凌之下早已风声鹤唳，草木皆兵，面对世界外交的大格局，晚清政府被迫打开国门，开始融入世界近代外交。于是，晚清帝国外交官们纷纷登上历史的舞台，他们驻使国外，肩负着考察异域实情的使命，试图通过出使域外了解更多强国之策以力挽帝国颓势，因此也就出现了晚清驻外外交官文学创作的勃兴。

　　晚清外交官驻使国外的著述，有日记、笔记、短篇游记、诗文和专门的史地著作等，在这些作品当中，对于涉及文学作品的品类，前人已经做过一些相关统计。梁启超在《西学书目表》（1896）所附录的"中国人所著书"，共罗列西学著作 119 种，其中游记 49 种，使西日记著作则占了大半。① 清末王锡祺辑刊的《小方壶斋舆地丛钞》（1877～1897）共三编三十六帙，收书 1400 余种，虽是清代舆地（国内地理与国外地理）著译的集大成，然而对当时刊行于世的西方记述还有不少的遗漏。新中国成立后，钟叔河对近代中国人出国见闻所产生的作品，搜求最广，所知最多，其自述曾前后浏览过 1911 年以前中国人亲历西方（也

---

　　① 梁启超：《西学书目表》，时务报馆代印，光绪二十二年（1896 年）。

包括明治维新后的日本）的记述多达 300 多种。① 另据杨易粗略统计，在 1898 年前，至少有 53 位晚清外交官的 118 部有关外国情况的著述刊行于世。其中以涉及日本的最多，达 15 部；英国居次，为 8 部；俄国 7 部。以日记形式刊行的有 28 部；笔记、杂记、琐记等 23 部；政略、志略、纪略等 15 部。②

晚清驻外外交官在中国近代西学东渐的历史潮流下出使西洋、东洋，他们目睹了东西洋社会与中国社会的种种差异，并以包括文学在内的各种著述，抒发了他们直面东西洋社会时的种种新奇发现和感受。晚清驻外外交官关于东西洋世界的文学书写，其文体形式多样，内容丰富，是近代中国文学发展史上独特的文学现象，但学术界长期缺乏对此现象的整体观照。因此，在何种范畴上对晚清驻外外交官文学创作进行概念界定，是对晚清驻外外交官文学创作进行系统研究和合理阐释的必要前提。

尹德翔认为，晚清外交官关于西方世界的著作，内容纷杂，形式多样，学术界并没有固定的专有名词包举囊括之。从传统目录学讲，这些作品除短篇诗文外，应归于史部地理类外纪之属（四库全书分类法），但"外纪"这个概念过于宽泛，不能体现这类作品的内容特性。钟叔河有时使用"载记"一词（岳麓书社版《走向世界丛书》凡例），然而传统上"载记"专指记载历朝各代僭乱遗迹的史籍（《钦定四库全书总目》卷六十六），用于晚清国人关于西方的见闻记述，并不妥当。单从日记来说，固然可以使用陈左高"星轺日记"这个提法③，但这一提法不够通俗，也不能加上"西方"等限制构成一新的专有名词，用来指称"出使西方的日记"。朱维铮用"使西记"④ 一词概括出使西方的外交官的日记和笔记虽然名实相副，然亦未能为学界普遍采用。所以尹

---

① 钟叔河：《书前书后》，海南出版社，1992，第 119、144 页。同书另一处（第 153 页），作者称"我喜欢近代人物的外国游记，陆续搜集了两百多种"。
② 北京市档案馆编《北京档案史料一九九九·一》，新华出版社，1999，第 217 页。
③ 陈左高：《中国日记史略》，上海翻译出版公司，1990。
④ 郭嵩焘等：《郭嵩焘等使西记六种》，生活·读书·新知三联书店，1998。

德翔认为，以"使西日记"作为晚清出使（和随使）西方各国日记的称谓，最为合适。① 本书则认为，尹德翔等人使用"使西日记"一词，只能对晚清外交官的日记这种文体进行涵盖，而对于其他的诗、文、奏折、上书、序跋等文体尚无法包举，因此也只是对晚清外交官文学创作中的某一种文体所进行的观照。

有鉴于此，本书提出用"使外文学"这一概念来界定晚清驻外外交官的文学："使外文学"是由出使异邦的外交官所创作的文学，是以异域文化为主要文学书写对象的创作现象，反映了异质文化碰撞所带来的自我与他者文化关系的思考，是文学书写异质文化的一种话语表达方式。使用"使外文学"这一概念主要有以下几方面的考虑。

（1）肯定晚清驻外外交官文学创作的丰富性，以便于对其作品进行更为系统的收集整理和研究，寻求对晚清使外文臣的"使外文学"创作进行整体观照的合理性，并以黎庶昌的"使外文学"作品为个案，对黎庶昌"使外文学"创作对中外异质文化的观察、认证与选择做出阐释。

（2）突出晚清驻外使臣的身份特质，以便于对创作主体有更全面的认知。晚清使外文臣具有的特殊的多重文化身份特征，是影响创作主体对中外异质文化认证与选择的主观关键性因素。晚清使外文臣往往集传统士人、外交官、文学创作者、学者等身份于一身，因此他们的身份特征就呈现多种文化身份的混合特质。他们一方面保持着中国传统文人的身份特征，在体认"修身、齐家、治国、平天下"的家国关系的儒家传统文化濡养之下，他们在个人与国家的关系上，不断地进行传统身份的合理定位。另外，晚清使外文臣又是晚清国家政治的参与者，在中国传统的道统里面，他们无疑要考虑和不断调整自己文人与官员的身份界定。更为特殊的是，在出使异邦的域外环境中，晚清使外文臣所面对的是中外文化的相异背景，这种相异背景所造成的冲击，又使晚清使外

---

① 尹德翔：《东海西海之间——晚清使西日记中的文化观察、认证与选择》，北京大学出版社，2009，第 1 页。

文臣常处于身份调试的尴尬与两难处境当中。通过分析晚清使外文臣的"使外文学"创作,可以从中窥视作为晚清帝国意识形态代表的使外文臣,在自我与他者存在巨大文化差异性的时代氛围中所具有的典型心态,这种心态以强烈的自卑与自尊、羸弱与坚强构成矛盾的综合体,展示出晚清文人,尤其是使外文臣一段特殊的心态历程和历史文化景观。

(3)显示"使外文学"这种文学范式的特殊美学意义,以便于论证这种新的文学范式的合理性。对于晚清驳杂的"使外文学"创作进行研究,可以借助一些新颖的研究方法和理论,对"使外文学"进行不同主题的分析比较,比如说现代性体验、身份认同等,这些都有待于进一步的探索和深入。也可以在比较文学形象学视域下对"使外文学"进行跨文化研究,在解读其文学价值的同时,了解近代中国使外文臣认识西方的过程,借以观照近代中国社会自身文化形象的衍生和构建。比较文学形象学的研究对象是一国文学中对异国形象的塑造或描述,这一形象是在文学化、社会化的过程中得到的对异国认识的总和。这就要求在重视文学文本内部研究的同时,超出文学领域并进入历史、文化、社会心理等领域,跨学科性是这一研究最鲜明的特点,呈现为一种非常开放的研究姿态,晚清"使外文学"的研究可以在此思路上做进一步的探索。从整体上而言,晚清"使外文学"作品,无论是其创作主体,还是其书写对象,抑或其文学书写形式,都具有相当明显的多重性文化特征。

由于驻外使节远离故土家园,身处异域他乡,又肩负着出使的国家使命,因此这些使外文臣的国家民族意识与文化身份意识变得愈加强烈,他们的"使外文学"作品既毫无疑问地倾心于倚重中国传统"文以载道"的文学精神,又难以"喜其颖异"地寻求对于异域的新异追求。作为创作主体的使外文臣的民族文化属性、现实环境、个性品质以及精神诉求等,都体现了使外文臣融入世界、与世界文化交流对话的转型历史时期的特点。与此同时,"使外文学"中传统文学的思想性在异质文化交流环境中,也获得了从近代向现代转型的重要启示。"使外文学"具有了中国文学同世界文化与文学对话的异质文化因素,但晚清驻外外交官的"使外文学"并不只是关于异质文化的客观认识，更是一种主观意识主导下的跨文化文学书写。

晚清"使外文学"，是使外文臣离开自身主体文化空间体验异域客体文化空间的记录。在出使者主体文化结构与驻使国客体文化结构的相互比较和交流中，"使外文学"不仅指向于讲述异域这个"他者"形象，也会在一种"归化"①心理机制中讲述中国这一"自我"形象。这种形象描述的交叉性和复杂性，既是文化差异的烛照，又是文化身份的认证。文化差异的烛照，冲击着"使外文学"创作主体固有的文化结构模式，迫使其更深入地进行文化辨析与思考，并做出相应的调整，显示出文化主体的文化自卑。而出使者的文化身份确认，主要表现为出使者在接触异质文化以后，通过比较与思考，对自身文化和异域文化相互关系所做出的认证。正如尹德翔所说，这种认证可以从三个层面来理解："从认证条件来说，是出使者主体与异域文化对象的遇合；从认证过程来说，具有容纳与排斥的不同情况；从认证结果来说，则会产生优势认证与劣势认证的不同结果。"②出使者的文化认证，则显示出文化主体的文化自信。

从晚清外交官的"使外文学"作品来看，其中的文化认证呈现出较为复杂的状态，一部作品可能既有优势认证又有劣势认证，创作者往往在自卑中有自豪，在自信中又有失落，每一位晚清使外文臣的"使外文学"作品，几乎都能体现出这样的文化心态，这正是晚清社会文化转型的思想滥觞，部分晚清驻外外交官在不知不觉间已成为这一历史时期的文化先觉者。

---

① 归化：原指民族传统不同的个人或群体被融入社会上占支配地位的文化的过程。翻译中的"归化"则喻指在翻译过程中把原文文化特色尽量转换到译入的语言和文化中去。通过"转换"，原文的诸多表达手段能够向目的语文化靠拢，甚至融为一体。在翻译过程中，原文与译文相互影响，原文的语言特色和文化特色或者有所消失，或者与译入语的语言和文化趋同或近似。参见肖坤学、陆道夫主编《大学英语通用翻译教程》，暨南大学出版社，2012，第49页。

② 尹德翔：《东海西海之间——晚清使西日记中的文化观察、认证与选择》，北京大学出版社，2009，第13页。

　　本书正是在对"使外文学"的概念界定及阐释基础之上，选择黎庶昌这样一位晚清极具代表性的驻外外交官的"使外文学"作为研究对象。在晚清众多驻外外交官中，黎庶昌是较为特殊的一位。

　　首先，黎庶昌出生于西南边地，成长于传统文化较为自足的贵州遵义沙滩，沙滩在清末逐渐形成了边地省份特有的"沙滩文化"① 现象，郑珍、莫友芝、黎庶昌正是这一时期"沙滩文化"的杰出代表，在中国文学史，学术史上均占有一席之地。郑、莫、黎三家互为师友，时常切磋问学，交流诗艺，三家在晚清近百年间涌现了几十位诗人和学者，并且都有文集问世，造就了极为罕见的地域文化现象，堪称西南文学界的执牛耳者。郑珍、莫友芝被誉为"西南硕儒"②，而黎庶昌则是曾国藩文人集团中桐城派文学中兴的重要代表。后世以"郑、莫、黎"并称，是对三人文学创作与学术成就的肯定，其实就沙滩文化圈这个地域以及三家的亲缘关系而言，郑珍、莫友芝与黎庶昌的成就并不相同。郑珍、莫友芝的主要成就在诗词音韵、文献考据等学术上，而黎庶昌的主要成就除学术以外，其散文创作和外交表现，更常为人所赞誉。即便以学术而言，虽然三人均被笼统地称为"黔中学术代表"③，但实际上，郑、莫二人始终未曾脱离乾嘉学派对音韵、训诂、考证的注重，而黎庶昌则十分强调"通经将以致用，非苟为训诂已也"④ 的治学之道。因此，郑、莫、黎在学术思想上各异其趣，如果要认真梳理这样一些问

---

① 　关于"沙滩文化"，范同寿在《贵州历史笔记》（贵州人民出版社，2008）一书中梳理了这一概念，并认为这一概念的提出尚不完善。黎铎在《"沙滩文化"概念的思考》（《教育文化论坛》2010 年第 2 期）一文中，对作为地域文化范畴的遵义沙滩文化这一概念是否成立进行考察，通过分析其文化构成要素及内涵，探讨其时间、空间界限，认为沙滩文化这一地域文化概念，是能够成立的。

② 　1859 年，曾国藩在为莫友芝父亲所做墓表中称莫为"通许、郑之学，充然西南硕儒矣"。转引自刘建强《曾国藩幕府》，中国广播电视出版社，2005，第 343 页。现代著名学者章士钊《访郑诗》云："西南两大儒，俱出牂牁巅。经巢尤笃实，纂述纷云烟。墨色莽暗淡，不过六十年。何况未刊稿，留与何人笺？"转引自黄涤明《黔贵文化》，辽宁教育出版社，1998，第 163 页。

③ 　黄万机：《黎庶昌评传》，贵州人民出版社，1989，第 237 页。

④ 　黎庶昌：《拙尊园丛稿》，沈云龙主编《近代中国史料丛刊》第八辑，台湾文海出版社，1967，第 262 页。

题，就必须对他们三人的学术思想进行细致的比较研究。当然，这些问题并不是本书的重点，但是通过这样的观照，能够展示"沙滩文化"的多面性，这种地域文化的多样性，是本书阐述黎庶昌走出沙滩，以宽宏心态面对世界，并勇敢地接受世界先进文明的一个重要背景。同时，"沙滩文化"所孕育的传统文化对于黎庶昌的学养以及文学创作风格等方面的影响，也为阐释黎庶昌的文学创作风格及其对中国近代散文发展的意义提供了重要的文化资源参考。

其次，从晚清使外文臣的地域文化身份特征来看，大多数使外文臣都来自东南沿海较早开展对外交流的地区，或者是文教较为发达的省份，从地缘文化角度来说，"沙滩文化"应该是中国多元地域文化中值得重视的一个。在人们通常关注中原文化、沿海文化的研究视野中，黎庶昌来自西南内地的这种文化背景，提供了一种晚清西南内地关于中外异质文化的别样思考，无论是对于理解晚清的"使外文学"创作，还是黎庶昌的"使外文学"创作，都是一个重要的参照。1898 年之前，在晚清派驻英、俄、美、法、德、日六国的公使当中，黎庶昌是西南地区唯一一个担任过公使的人，其在晚清的文学创作及中外文化交流史上，均占有重要地位，他同时也是影响晚清中国西南洋务的重要人物。

再者，黎庶昌作为晚清的一名外交官，1876 年以三等参赞身份随郭嵩焘出使英国，在欧洲从事外交工作近五年时间。1881 年、1887 年又两次受命以驻日公使身份出使日本，在日本从事外交工作达六年之久。所以无论是对西洋文化还是东洋文化，黎庶昌都有相当的体悟。他对东西洋异质文化的见解和分析，呈现许多迥异之处。在近代中国，黎庶昌的"使外文学"创作在对异质文化的初步考察与比较中所体现出的文化观，既具有一定的典型意义，又具有一定的独特性，探讨黎庶昌的文学创作及其文化观，可以为理解近代中国在中西文化冲突和交流的过程中，中国传统士人对待异质文化的复杂心理状态提供一个参考。

晚清驻外外交官黎庶昌是桐城派的散文名家，是"曾门四弟子"之一，其文学创作所采用的文体，主要还是中国传统的诗、文，因此，其书写异质文化的"使外文学"创作，实际上具有相当的传统文学的因素，这就需要借鉴传统文学的理论和批评方法加以分析。同时，黎庶昌的"使外文学"创作又具有承前启后的特点，对于中国近代散文的发展来说，具有一定的开创意义，因此也需借鉴现代文学的理论和批评方法加以观照，以此对黎庶昌的"使外文学"做出合理定位。

黎庶昌一生际遇堪称奇特，为文也富有雄奇浩博之气。他以外交官身份出使异国之后，以异域文化为文学书写对象，描绘异域风情的"使外文学"作品，不仅内容充实，而且文风雄肆飘逸，早已脱离传统"桐城派"文章的束缚，已能独树一帜。吴汝纶在《答黎莼斋》一文中写道：

> 某尤服余编内外（笔者注：指出使东西洋的作品），以为尊著极盛之诣，非他家所有。曾、张（笔者注：指曾国藩、张裕钊）深于文事而耳目不逮；郭、薛（笔者注：指郭嵩焘、薛福成）长于议论，经涉殊域矣，而颇杂公牍笔记体裁，无笃雅可诵之作。余子纷纷，愈不足数。此数百年不朽之大业。其内、外编中，大率皆淳意高文，择言驯雅，足以辅余编而行远。有文如此，即功名不著，亦不为虚生；况如我公，树立磊磊，足以振荡区宇者乎！钦服无以。①

黎庶昌虽曾追随曾国藩，位列桐城派中兴作家之一，但其所作《西洋杂志》，正如吴汝纶所言"非他家所有"。黎庶昌"使外文学"作品"非他家所有"的独特性，主要体现为他以外交官、文学家、学者以及西南内地士人的身份，在对中西异质文化的书写中，如何处理中西异质文化的冲突和矛盾，如何对中西异质文化进行认证与选择，其创作对于中国近代散文发展具有的示范性意义等方面，都具有独特的参考价值。

《西洋杂志》是黎庶昌以西洋社会为主要文学书写对象的"使外文学"代表作。本书对《西洋杂志》中的中西文化关系进行系统的

---

① 王云五主编《吴挚甫全集二》，台湾商务印书馆，1973，第427页。

阐释，以期在自我与他者的文化认知关系中，分析黎庶昌对于西洋文化的种种考察及其文化取向，探索其思想脉络，从而比较全面地理清黎庶昌使外文臣多重文化身份特征及其出使西洋五年前后的思想变化过程。受传统士人、外交官、文人、学者等多重文化身份意识的影响，黎庶昌在《西洋杂志》中，对西洋文化进行了多层面的考察，他从先进西洋的镜像中反观自身，其文化取向部分倾向于西方，凸显了其多重文化视野中的变革意识。通过西洋文化与中国文化的相互比较，在自我与他者文化关系的思考中，黎庶昌突破了自身原有的"夷狄"成见，并借助中国传统文化之力，对西洋文化进行了巧妙的化用。

此外，在日本明治时期，黎庶昌两次出使日本，与日本文士有着十分密切的文字交往，并与日本朝野文士进行了大量的诗文唱和，其与东洋文士之间的诗酒宴集及其诗文唱和，蔚为一时之盛。虽然黎庶昌驻使日本时期，日本的汉学以及汉文学已渐趋衰弱，但是黎庶昌与日本朝野文士的诗文唱和为中日文学交流注入了一剂强心剂，这也是黎庶昌"使外文学"创作当中不可或缺的部分。黎庶昌与日本文士的诗文唱和，也受其多重文化身份的影响，这种影响突出地表现在黎庶昌对中日文化关系的呼应、认证及其文化交往策略的选择上。正是由于黎庶昌兼具的多重文化身份，其与日本文士的文字交往，才对日本明治时期汉学的发展产生了一定的推动作用。尽管黄万机先生等人搜集辑刊的《黎星使宴集合编》①、《黎星使宴集合编补遗》② 等集子已公开出版发行，这些集子较为完备地搜罗了黎庶昌与日本文士唱和的诗文资料，但学界对这些诗文资料的研究、相关论文尚且罕见，更遑论论著的问世。其主要原因一则可能由于资料的不完备，研究难以系统进行；二则可能对于黎庶昌与日本、朝鲜文士的诗文唱和作品并不关注，所以未做仔细的梳理和论述。可见，对于黎庶昌的研究尚留有明显的空白，而这种状况也

---

① 黎庶昌等著，孙点编次，黄万机点校《黎星使宴集合编》，贵州人民出版社，1992。
② 黎庶昌等著，孙点编次，黄万机、张新民、〔日〕石田肇点校，中国人民政治协商会议贵州省遵义市委员会宣教文卫委员会编《黎星使宴集合编补遗》，贵州人民出版社，2001。

为本书提供了重要的学术研究空间，可以使这一领域的研究缺失得以弥补。本书拟从中外文学文化关系角度出发，对黎庶昌与日本、朝鲜文士的诗文唱和加以论述，力图在黎庶昌多重文化身份意识下对中日文化关系的认证及其文化交往策略的选择、黎庶昌与日本文士的文字交往对日本汉学的影响等问题上，获得新的认知。

总之，从黎庶昌"西洋借镜"与"东洋唱和"的"使外文学"创作中，既可以对黎庶昌对西洋文化的比较、认证与选择进行解析，也可以从他在东洋与日本文士的诗文唱和中，窥见日本明治时期中日文学交流的盛况，探析其间的文化交流机制及其文化心态。

黎庶昌的"使外文学"创作，无论是文还是诗，在对中外异质文化的书写中，都体现出了黎庶昌使外文臣的多重文化身份特征，并且也具有黎庶昌鲜明的个性色彩，反映了黎庶昌对于自我与他者关系的特殊思考及其身份建构。因此，中国传统文化背景与出使东西洋的使外经历，是黎庶昌"使外文学"创作的特殊文化背景。黎庶昌独特的外交经历及其文学创作，是中外文学文化关系研究领域中独特的个案。

在近代中国，黎庶昌"使外文学"作品在对异质文化的初步考察与比较中所体现出的文化观，既具有一定的典型意义，又具有一定的独特性。探讨黎庶昌的文学创作及其为文心理机制，可以为理解近代中国在异质文化冲突和交流过程中，国人对待异质文化的复杂心理状态提供一类参考。同时，黎庶昌"使外文学"创作的新变化，也为中国近代散文的发展提供了新的因素，是中国近代散文新变的先声。

一 黎庶昌及其创作简介

黎庶昌（1837～1898），字莼斋，别号黔男子，贵州遵义沙滩人，是近代著名的散文家、诗人、学者，同时是中国晚清最早一批接触西方文明的外交官之一，其出使东西洋的外交经历长达11年之久。

1861年（咸丰十一年），由于地方战乱，贵州乡试停止，黎庶昌遂北上赴顺天府乡试。当时正值英法联军进攻北京，太平天国占据南京，清政府早已内忧外患，交困异常。1862年（同治元年），慈禧太后下诏求言，黎庶昌以廪贡生①资格上两道《上穆宗毅皇帝书》，他大胆条陈和剖析社会利弊，建言改良主张。清廷降旨准以知县补用，发交曾国藩主政之江南大营差序。黎庶昌在曾国藩幕府随营6年，深得曾国藩信任和赞赏，与张裕钊、吴汝纶、薛福成三人师从曾国藩，并称"曾门四弟子"。后曾国藩调任，黎庶昌则留江苏候补并署理吴江、青浦知县，扬州荷花池榷务等职。

1876年（光绪二年），迫于英国政府的外交压力，清政府开始向各国派遣外交大使。黎庶昌被举荐，首次随郭嵩焘出使英国，是中国最早的一批驻外使臣之一。1877年（光绪三年），黎庶昌改任驻德使馆参赞，随刘锡鸿驻使柏林；第二年奉调赴巴黎，任驻法使馆参赞；1880年，黎庶昌又任驻西班牙参赞，在马德里驻使一年多，直到1881年回国，先后担任驻英国、法国、德国、西班牙四国参赞，在欧洲5年，并游历英国、法国、德国、比利时、荷兰、瑞典、西班牙、葡萄牙、奥地利、摩纳哥十国，注意考察欧洲各国政治、经济、军事、文化、地理和民俗风情等，将其见闻与思考汇集为《西洋杂志》一书，被誉为"贵州放眼看世界的第一人"。②

1881年（光绪七年），44岁的黎庶昌擢升为道员，受赐二品顶戴，并被派遣驻任日本国公使。三年后，归国丁母忧。1887年（光绪十三年）服阕，再度派驻日本。先后两度担任驻日本公使共6年，在此期间，率中国使团成员与日本、朝鲜等东亚文士诗酒宴集，在春秋佳日进行诗酒宴集多达11次，所得诗文1000余首/篇，其规模之大，不仅为明治时期中日诗文唱和之盛，而且就其范围来说，也是中、日、朝三国文士少有的诗文唱和。1884年（光绪十年），黎庶昌将出使东西洋的所见所闻加以梳理，以富国强兵为目的，向清政府递呈《敬陈管见折》，主张整饬内政，酌用西法。

在任驻日公使期间，黎庶昌广交日本朝野文士，于春秋两季之

---

①　廪贡生，指府、州、县的廪生被选拔为贡生，亦用以称以廪生的资格而被选拔为贡生者。

②　陈福桐：《黎庶昌——贵州放眼看世界的第一人》，《贵州文史丛刊》1992年第3期。

"上巳"与"重阳"佳节，设文酒宴会，领首诗词酬唱。诗作共辑为 6 集，日方参与宴集的有 111 人，其中有诗文唱和的日本人士 95 人、中国使馆人员及参与宴集诗文唱和的中方人士共 63 人，中日双方唱酬诗文数量众多。据现有资料来看，共有中国、日本、朝鲜三国官员及其文士的诗词作品 1170 首、文 60 篇、赋 1 篇、曲 20 支、评语 49 则。黎庶昌与日本朝野人士的唱和，是日本明治时期中日诗文唱酬的高潮。

黎庶昌驻日期间，还特别注意搜寻中国国内早已散佚的历代古籍文献，得唐、宋、元、明各代珍本共计 26 种，并辑成《古逸丛书》200 卷，装帧成 60 册，其中含唐本《玉篇》零本 3 卷半、《文馆词林》13 卷半、宋本《史略》6 卷、《太平寰宇记补阙》5 卷半等。这些被学术界誉为"海外奇宝"的古籍文献的收集整理工作为我国古汉语、历史地理等方面的研究提供了重要的帮助。

黎庶昌自日本任满回国后，1891 年（光绪十七年）出任川东道员兼重庆海关监督。在重庆海关监督任上，曾出资创建云贵会馆，并以个人名义出资在重庆创设川东洋务学堂，这是近代西南地区的第一所洋务学堂，主旨在于培养熟悉洋务的出国留学人才，并选拔优秀学生赴伦敦留学，从而开了西南学子留学欧洲的先例。川东洋务学堂将算学、外语及自然科学、技术等内容先后纳入其教学范畴，在很大程度上提高了学生的技能，拓宽了学生的视野，为四川官立学堂之始。辛亥革命的"大将军"、《革命军》一书的作者邹容就肄业于川东洋务学堂。

1894 年，中日甲午战争爆发，黎庶昌奏请再次东渡扶桑以排遣国难，未能如愿。黎庶昌慷慨捐廉俸万金，以酬报国之愿。每闻战事失利，庶昌或痛哭流涕，或终日不食，以致后来一病不起。1895 年（光绪二十一年），家乡遵义大旱，黎庶昌会集在渝同乡捐款白银两万两，购米运往遵义赈灾。次年，遵义复旱，时黎庶昌已病归故里，闻讯之后即电请云贵总督赈灾，得拨银两万两救济。1898 年（光绪二十四年）冬，黎庶昌病逝于遵义沙滩禹门家中，时年 61 岁，《清史稿》卷 446 有其传略。

黎庶昌，字莼斋，贵州遵义人。少嗜读，从郑珍游，讲求经世学。同治初元，星变，应诏上书论时政，条举利病甚悉，上嘉之。以廪贡生授知县，交曾国藩差序。国藩素重郑氏，接庶昌延入幕，历署吴江、青浦诸邑；两管榷关，税骤进。光绪二年，郭嵩焘出使英国，调充参赞。历比、瑞、葡、奥诸邦，著书以撮所闻见，成《西洋杂志》。晋道员。

七年，命充出使日本大臣。值议琉球案及华商杂居事，其外部井上馨持甚坚，庶昌翻复辩论，卒如所议。明年，日本将袭朝鲜，庶昌电请速出援师为先发制人计。师至，日舰知有备，还，言归于好。中国古籍，经戎烬后多散佚，日藩族弆藏富，庶昌择其足翼经史者，刊《古逸丛书》二十六种。中法易约，条列七事进。寻遭忧归，服阕，仍故官。

十七年，除川东道。川俗故暗儡。既莅事，设学堂，倡实业，建病院，整武恤商，百废具举。中东事起，庶昌曰："日本蓄谋久矣，朝鲜犹其外府也。战固难胜，让亦启侮。"乃倡布告列邦议，以维持属国，愿东渡排难，当事者弗纳。及战事殷，财诎，庶昌首输万金，请按职列等差，亦不报。二十一年，诏陛见。驻渝法领事闻其将去，留办教案，代者多方困之。遘疾，遂去官。未几，卒。川东民建祠汋郡祀之。①

黎庶昌强调经世致用，志在事功，自称"雅不欲以文士自期，亦遂不以此期诸僚友"。所以他为学论文"不屑为无本之学"，而是力主"因文见道"。黎庶昌不仅在外交工作、古籍整理、教育改革方面勇于实践且卓有成效，其文学创作也是成就斐然，其一生著述达20多种。已刊行的作品有《拙尊园丛稿》（6卷）、《西洋杂志》（8卷）、《丁亥入都纪程》（2卷）、《海行录》（1卷）、《黎星使宴集合编》（6册）、《遵义沙滩黎氏家谱》（1卷）、《黎氏家集》（40卷）、《曾文正公年谱》（12卷）、《全黔国故颂》（24卷）、《续古文辞类纂》（28卷）、《古逸

---

① 中国文史出版社编《二十五史 卷十五清史稿（下）》，中国文史出版社，2003，第2139页。

丛书》（200 卷）、《古逸丛书叙目》（1 卷）、《宋本〈广韵〉校札》、《春秋左传杜注校刊记》（1 卷）等。另有未刊书稿多种，但多已散佚。此外，黎庶昌在担任青浦知县期间，倡议编修《青浦县志》，并筹集经费资助青浦人熊其英编撰完成《青浦县志》33 卷。

民国初年王文濡编著《续古文观止》（1924 年上海文明书局铅印本，2003 年岳麓书社再版）收有黎庶昌《读王弼〈老子注〉》、《〈何忠诚公编年纪略〉书后》、《卜来敦记》等美文。2006 年，冯骥才主编《中华散文精粹：明清卷》又收黎庶昌《卜来敦记》和《读王弼〈老子注〉》；黎庶昌所作《游盐源记》、《夷牢亭图记》等，也曾入选《清文观止》等多家选集。

二　黎庶昌研究学术史回顾及现状分析

就笔者目前所掌握的资料来看，1950～2014 年，涉及黎庶昌的研究论著共有 300 多种。1980～2014 年，公开发表的研究黎庶昌的论文有近 100 篇，现做一简要回顾。

（一）相关研究论著

在涉及黎庶昌的论著中，对黎庶昌及其文学创作的关注和研究状况大致有以下几种情况。

1.《黎庶昌评传》

1989 年黄万机先生的《黎庶昌评传》，是第一部关于黎庶昌的评传，也是迄今为止唯一一部关于黎庶昌的评传。《黎庶昌评传》对黎庶昌进行了较为全面的系统论述，论著以流畅、生动的笔触，论述了黎庶昌的家世、经历及其政治思想、学术成就、散文特色等，并附录黎庶昌的年谱简编和著作简介，从而将其方方面面展现于读者面前。该书广泛参阅了黎庶昌原著及有关研究文献资料，形成了一部二十余万言的研究论著，不仅奠定了黎庶昌研究的坚实基础，而且一开始就在学术界把研究黎庶昌的水平提到了一个相当的高度。因此，多年以来，一直缺乏学者从这一高度上的继续突破，在传统学术研究视野和思维习惯之下，若不考虑另辟蹊径，拓宽研究领域和观察视野，要推动黎庶昌研究的继续向前发展确实是困难重重。

2. 对黎庶昌文学创作的评价

1981 年，钟叔河主编的《走向世界丛书》是一个很好的开端，该丛书收录了黎庶昌的《西洋杂志》，钟叔河对其为文态度和为文风格都做出了中肯的评价，他说："黎氏抱着'经世致用'的明确目的和对人文地理的浓厚兴趣，仗着一支'绘影绘声'的笔杆子，在《西洋杂志》中向国内介绍了欧洲各国的国政民俗、经济社会、交通途径、风土人情。尽管他思想上倾向性不强，政治态度毋宁说略近保守，文章也不像薛福成那样多发议论、提倡改革，但也许正因为如此，这些'客观'的、平实的记叙，更容易使当时多数读者乐见喜闻，起到了让中国人打开眼界、了解世界的作用。"①

1999 年，郭预衡在《中国散文史》一书中辟有黎庶昌的专题评述，他从为人、为文的时代特色等角度评价黎庶昌说："庶昌论文，推崇桐城，尤其推崇曾国藩"②；并说"庶昌为人，志在用世"。③ 在谈到《卜来敦记》时郭预衡说："这样的文章，和《拙尊园丛稿》诸作相比，是更有新的时代特色的。这里没有因物兴感的守拙安愚的自我排遣情绪。和中国历来的记游之文相比，触景生情，感受也是不同的。"④

1999 年，周中明的《桐城派研究》一书在谈及曾国藩及"桐城—湘乡派"的"中兴"时，专节介绍了"曾门四弟子"——张裕钊、吴汝纶、黎庶昌、薛福成。周中明认为，黎庶昌为文追求"雄奇万变"，说黎庶昌"论文远师姚鼐，近法曾国藩"⑤，其散文"以法度谨严，气健词雄见长"。⑥

1999 年，艾筑生的《20 世纪贵州散文史》以"承前启后的创

---

① 钟叔河：《从东方到西方——走向世界丛书〈叙论集〉》，岳麓书社，2002，第 381 页。
② 郭预衡：《中国散文史》（下册），上海古籍出版社，1993，第 594 页。
③ 郭预衡：《中国散文史》（下册），上海古籍出版社，1993，第 596 页。
④ 郭预衡：《中国散文史》（下册），上海古籍出版社，1993，第 598 页。
⑤ 周中明：《桐城派研究》，辽宁大学出版社，1999，第 366 页。
⑥ 周中明：《桐城派研究》，辽宁大学出版社，1999，第 366 页。

作——从《西洋杂志》看黎庶昌散文的艺术特色"作为一个章节，对黎庶昌散文创作的特色和杰出地位给予了关注。艾筑生认为："在贵州近代散文史上，《西洋杂志》有着特别的意义。这意义首先在于该书的出版标志着贵州散文创作从'古文'向'今文'的转变；从文章内容与作法都标志进入近代的开始。"①

2000 年，郭延礼在《近代西学与中国文学》一书中介绍了黎庶昌和薛福成的国外记游散文，并称他们的散文创作是"散文新变的先声"。他说："在桐城派的散文家中有两人最先走出国门并在散文创作上表现了新变的趋向，他们就是薛福成和黎庶昌。"② 他评价黎庶昌散文说："黎庶昌曾出使外国，于西方逻辑学似有接触，表现在他的散文中条理明晰，逻辑性强，并带有思辨的特色。"③ 并对黎庶昌的《卜来敦记》这样评价说："这篇游记，不仅具有桐城派传统笔法的'雅洁'，而且在写法上颇类似现代游记。"④

2003 年，田望生在《百年老汤：桐城文章品味》一书中对黎庶昌的散文《卜来敦记》进行赏评，称其"记叙如画，议论雄奇"，并认为黎庶昌散文"以法度谨严，气健词雄见长"。⑤ 2004 年，陈左高的《历代日记丛谈》一书收黎庶昌《西洋游记》和《丁亥入都纪程》，并对《西洋杂志》评价道："此书确是十九世纪中国人研究西欧社会之珍贵资料，亦可以说是研究中西关系史之参考文献。"⑥

2006 年，谭家健的《中国古代散文史稿》一书在评述清代后期散文时，对黎庶昌评价说："他的散文最具特色的是国外游记。"在介绍黎庶昌《卜来敦记》时他又借此肯定黎庶昌的散文："是对桐城派雅洁传统的继承和发展"。⑦

---

① 艾筑生：《20 世纪贵州散文史》，贵州民族出版社，1999，第 16 页。
② 郭延礼：《近代西学与中国文学》，百花洲文艺出版社，2000，第 113 页。
③ 郭延礼：《近代西学与中国文学》，百花洲文艺出版社，2000，第 113 页。
④ 郭延礼：《中国文学的变革：由古典走向现代》，齐鲁书社，2007，第 161 页。
⑤ 田望生：《百年老汤：桐城文章品味》，华文出版社，2003，第 257 页。
⑥ 陈左高：《历代日记丛谈》，上海画报出版社，2004，第 145 页。
⑦ 谭家健：《中国古代散文史稿》，重庆出版社，2006，第 536 页。

3. 对黎庶昌外交活动的研究

2003 年中华书局出版了日本学者伊原泽周的《从"笔谈外交"到"以史为鉴"——中日近代关系史探研》一书，在这本著作中，伊原泽周以"论黎庶昌的对日外交——以琉球·朝鲜问题为中心""书生外交官——黎庶昌的文化业绩"为标题的这两篇文章，细致梳理和评述了黎庶昌在中日外交中的活动和业绩。

综合以上专著研究的学术回顾可以看出，国内研究者在充分发掘和利用黎庶昌所留下来的档案资料基础上，从不同的角度对黎庶昌进行了研究，奠定了黎庶昌研究的深厚基础。但是从已有研究状况来看，对于在"桐城派"散文创作领域能够独树一帜，并且一生有过三次外派经历的晚清外交官和散文家黎庶昌来说，专著的研究力度和深度都还有待拓展和加强。以往研究主要侧重介绍黎庶昌的外交经历和海外见闻，对于他在出使前后，对西方认识的转变、文学创作风格的变化以及其创作对于出使国的影响等问题的研究尚显薄弱。特别是在晚清近代化和出使国外的文化交流大背景下，对黎庶昌文学创作进行整体研究方面，还缺乏较为系统的研究论著。

中国向近代转变的过程艰难而缓慢，为何那样艰难而缓慢？这与晚清各阶层官员有无关系？像黎庶昌这样有机会接触西方并倾向于学习"先进西方"的晚清驻外外交官，他们本可以在中国早期近代化过程中发挥更大的作用，是什么阻碍了他们的进一步发展？从对黎庶昌的个案研究出发，进而探讨晚清使外文臣这一特殊社会群体，或许能够从中得到中国近代化艰难历程的一些启示。

（二）相关研究论文

研究黎庶昌的论文大致涉及以下方面。

1. 对黎庶昌个人成长和发展的研究

相关论文有：张祥光的《从发交曾国藩"悉心察看"到关怀成才——读〈曾国藩全集〉之日记书信中与黎庶昌有关的内容后》，文章对黎庶昌与曾国藩的关系进行了评述。文章指出：在曾国藩幕府，黎庶昌直接得到了曾国藩的教诲。《曾国藩全集》中也有日记记录了曾国藩与黎庶昌的交往及书信往来，从中可以看出曾国藩对黎庶昌的赏识和培养。在曾国藩的关怀提携下，黎庶昌沉稳地步入仕途。[①] 陈福桐的论文《南宋陈同甫对黎庶昌的影响》一文指出：黎庶昌上皇帝第一书收尾几句这样写道："昔宋当南渡之后，君臣上下安于一隅，恶闻恢复之说，陈亮（同甫）以一书生犹数上书陈当时利害，欲以感悟孝宗"，这就非常清楚地表明了陈同甫对黎庶昌影响之深，细读两位先贤的上皇帝书，黎庶昌实践了对伯父雪楼先生以陈同甫自况的表态，由此，对于黎庶昌的个性特征就有了更深一层的理解。[②] 刘毅翔的论文《贵州开眼看世界的第一人——黎庶昌》指出："如果说在近代中国，开眼看世界的第一人是指曾在广东主持禁烟进行抗英斗争并主持编译《四洲志》一书的钦差大臣林则徐，那么，在贵州，开眼看世界的第一人应当算得上自1876年12月起出使欧洲日本达十二载，并撰有西洋杂志等书的中国驻外使臣黎庶昌。"[③] 其他论文还有：黄江玲、孔祥辉的《"沙滩文化"的杰出代表黎庶昌》，石尚彬的《家学·家教·家风——纪念黎庶昌先生诞辰170周年》，刘学洙的《黎庶昌放眼看西洋》，蒋相浦的《黎庶昌先生的爱国精神》，杨祖恺的《黎庶昌〈丁亥入都纪程〉读后》等。

2. 对黎庶昌散文创作的研究

相关论文有：成晓军的《试论黎庶昌对曾国藩文学观的继承和发展》。该论文指出：随着时势和环境的不断变化，尤其是对曾国藩博采各家学说之长、兼蓄并用思想的理解和接受，黎庶昌逐渐改变了原有的"文以载道"的观点，尤其对桐城派文体的弊端提出了批评。[④] 丁慰慈的《读黎庶昌的〈西洋杂志〉》一文指出：黎庶昌所辑《西洋杂志》，其中包罗丰厚，观察入微，刻画细腻，把握要领。其理解力之强，用心

---

① 张祥光：《从发交曾国藩"悉心察看"到关怀成才——读〈曾国藩全集〉之日记书信中与黎庶昌有关的内容后》，《贵州文史丛刊》2008年第2期。
② 陈福桐：《南宋陈同甫对黎庶昌的影响》，《贵州文史丛刊》1993年第6期。
③ 刘毅翔：《贵州开眼看世界的第一人——黎庶昌》，《贵州社会科学》1992年第9期。
④ 成晓军：《试论黎庶昌对曾国藩文学观的继承和发展》，《湖湘论坛》1993年第6期。

之细，令人叹服。论文将黎庶昌《西洋杂志》分为外交、政治、经济、军事、教育文化、天文地理以及欧陆揽胜七大类进行了分类评述。但文章也指出了黎庶昌散文创作的缺陷，作者认为："读《西洋杂志》若干固有名词译音，若德皇之'开色'，总统之'伯理玺天德'，市长之'美亚'，水泥之'塞门得'等等，读书时皆非从洋文中摸索不能辨其意。此外，黎氏篇章之信手拈来，不成渠范，杂乱无章，难以产生通盘性之系统观念。"① 尹德翔的论文《美文还从形象说——黎庶昌〈卜来敦记〉的形象学解读》对黎庶昌的《卜来敦记》从形象学角度进行解读，为黎庶昌研究提供了新的视角。论文提出："《卜来敦记》所塑造的西方的乌托邦形象，客观上已经包含了对晚清社会现实的质疑和批判意义。黎庶昌在文章中真正艳羡的，不是西方，而是古人的境界；他通过西方形象对中国现实的发问，不能从西方，而只能从汤武和周孔的榜样中求解。面对国内风俗坏乱、国外列强威逼的危急形势，同、光时代绝大多数士人不是把学习西方文化，而是把恢复正统儒家教化作为解决现实问题的根本出路，黎庶昌虽然在西方历练数年，仍然不能摆脱这一道德主义的窠臼。"② 其他的相关论文还有：黄万机的《黎庶昌及其〈拙尊园丛稿〉》、王燕玉的《黎庶昌及其散文》、邵燕祥的《关于黎庶昌二题》、关贤柱的《浅谈黎庶昌的〈续古文辞类纂〉》、钟叔河的《黎庶昌关于西洋风土的记述》等。

3. 对黎庶昌思想的研究

相关论文有：成晓军的论文《试论黎庶昌对曾国藩洋务观的继承和发展》，对黎庶昌所受曾国藩思想的影响进行了详细评述。论文指出：通观黎、曾二人洋务思想及其言行显示出许多共同点和不同点，即黎庶昌的洋务观基本来源于曾国藩但又有所发展。③ 危兆盖的论文《黎庶昌的文化观》指出：黎庶昌的外交生涯对他的文化观产生了相当的

---

① 丁慰慈：《读黎庶昌的〈西洋杂志〉》，《贵州文史丛刊》1995 年第 2 期。
② 尹德翔：《美文还从形象说——黎庶昌〈卜来敦记〉的形象学解读》，《名作欣赏》2006 年第 3 期。
③ 成晓军：《试论黎庶昌对曾国藩洋务观的继承和发展》，《贵州社会科学》1994 年第 2 期。

影响，并分析了黎庶昌出使西欧前后文化思想的变化。论文认为：黎庶昌在中西方文化问题上，没有采取非此即彼的简单粗暴的认知态度，而是试图找出中西文化的共同性，这种思维方式无疑比非此即彼的是否推理要深入一层，而且不会出现过于偏激的结论。论文还指出黎庶昌是试图从文化的道德观上解释中西文化差别的。[①] 张海鹏的《析黎庶昌〈敬呈管见折〉》一文指出，《敬呈管见折》表明一个从封闭环境中走向世界的中国人，面对中国和世界事物所做的思考，并对《敬呈管见折》所提出的六条改革建议进行了仔细的分析。[②] 其他论文还有田玉隆的《评黎庶昌"论世务"疏：上穆宗毅皇帝第二书》、丘铸昌的《试论黎庶昌的变革思想》、黄万机的《黎庶昌革新思想初探》等。

4. 对黎庶昌外交文化的研究

戴东阳的《甲申事变前后黎庶昌的琉球策略》一文以晚清的琉球外交事件为观察对象论述了黎庶昌在这一事件当中的作为。论文指出：1881 年中日琉球交涉中断后，驻日使臣黎庶昌力谋贯彻清政府"存球祀"意旨，最初将球案作为独立的外交问题单独对待。甲申事变后，随着朝鲜通商开港政策陷入困境，黎庶昌又将琉球与朝鲜问题相联系，提出"朝鲜·琉球交换"论。1887 年第二次使日后，由于朝鲜问题始终未息，其琉球策略大要不离"朝鲜·琉球交换"论。黎庶昌的球案交涉，早期有声有色，后期则主要限于提出书面策略。这与日本通过情报系统对清政府的球案政策有充分把握而立场渐趋强硬有相当关系。[③] 杨艳、李仕波的论文《试论黎庶昌的文化外交》则从文化外交的角度论述了黎庶昌的外交特色。论文指出：作为清廷最早的外交官，黎庶昌的外交风格表现为文化外交，即以文化为纽带，通过深切体察驻在国情况，了解驻在国的文化，在这个基础上，努力做到彼此认同，再以这种认同感为基础，与驻在国人士建立深厚的友谊，以期达到外交目的。黎庶昌在对外交涉中，已经显现了他文化外交的雏形；而黎庶昌的文化外

① 危兆盖：《黎庶昌的文化观》，《齐鲁学刊》1991 年第 2 期。
② 张海鹏：《析黎庶昌〈敬呈管见折〉》，《贵州社会科学》1993 年第 1 期。
③ 戴东阳《甲申事变前后黎庶昌的琉球策略》，《历史研究》2007 年第 2 期。

交，在日本表现得特别成熟而且有实效。黎庶昌的外交风格成为清末文化外交的典型，也促使黎庶昌圆满地完成了外交使命。① 其他相关论文还有：李华年、蔡汝鼎的《清光绪八年平定朝鲜李昰应之乱与黎庶昌的文化外交》，贾熟村的《中国近代外交家黎庶昌》，牛仰山的《晚清驻日公使黎庶昌的外交公关》，邱学宗《论黎庶昌出使日本的贡献》等。

5. 对黎庶昌与日本文士关系的研究

相关论文有：〔日〕石田肇的《三岛中洲与黎庶昌》、王宝平的《日本国会图书馆藏黎庶昌遗札》、〔日〕石田肇著，陈履安编译的《藤野海南与黎庶昌的交往和友谊》、王庆成的《黎庶昌与日本》、龙先绪的《黎庶昌与日本文士之交游》等。这些论文对黎庶昌与日本文士的交往关系进行了资料考证，提供了黎庶昌任驻日公使期间与日本文士友好交往的一些珍贵资料。

综观研究黎庶昌的论文，到目前为止，许多学者已对黎庶昌一生各个阶段以及他的各种著述、事迹进行了分门别类的研究。譬如，有人专门论述其维新思想的形成，有人专门研究其走向世界，有人专门研究其《西洋杂志》，有人专门探讨其与日本文士的交往，有人专门研究其《拙尊园丛稿》，也有人专门论述其《古逸丛书》或《续古文辞类纂》，等等。毫无疑问，这些分门别类的研究是完全必要的，并且也在不断地拓展着黎庶昌研究的领域，应该说，经过种种分门别类的细致研究之后，整个黎庶昌研究将会更加深入。

从辩证的方法论上说，事物的联系是多方面的，因此，对于事物的观察，既需看到它各个方面的综合影响，也应重视它与其他事物的交叉联系。针对黎庶昌文学创作各个方面所做的分门别类的研究显然属于前者，因此，为使整个黎庶昌研究更加深入，还应更加关注黎庶昌文学创作与其他事物交叉关系的互文性。从现有研究成果中不难发现，几乎绝

---

① 杨艳、李仕波：《试论黎庶昌的文化外交》，《六盘水师范高等专科学校学报》2007 年第 1 期。

大多数研究都是沿着黎庶昌一生的经历和事迹这条主线来进行的，其研究视角，具有纵向观察的鲜明特色，这种观察，自然可以理清黎庶昌一生各个阶段的事业、成就及其对社会的贡献，却不太容易说明他的事业、成就曾受过何种外在因素的影响，他与同时代人相比又有哪些突破与独到之处，从而准确定位他在中国近代史上的地位和作用。比如，黎庶昌的一生，成就涉及领域较多，既涉及文学、外交，还有革新思想和政治识见。在这些成就中，究竟哪些方面真正反映了历史发展的方向并有所突破，哪些方面又只是因袭前人或同时代的陈规旧说而并无新意，这些都是值得深究的问题。又如，郑珍、莫友芝、黎庶昌既为姻亲，又均以贵州先贤垂范于后世。然而，三人之"贤"到底有何异同？他们在学术思想上的具体差异到底何在？诸如此类的问题，若仔细琢磨起来，学术界现有的研究仍有些囫囵吞枣，似是而非。出现这样的情况，或许正是由于研究意识上只关注纵向而缺乏横向比较，只注重研究人物自身的方面而忽视了人物与其他相关人物和事件的比较。在历史人物评价坐标结构上，人物自身的活动可以是纵轴，而整个社会背景和历史发展进程和动态则是横轴，纵轴和横轴往往具有许多重要的交叉联系点，因此，只有将这些交叉联系点进行系统的梳理，才能够更加准确、全面和恰如其分地给历史人物应有的定位。所以本书把黎庶昌一生的文学创作置于中国近代化以及晚清中外文化交流的历史背景中加以考察，既符合黎庶昌文学创作自身发展的实际，又能够从横向文化层面发现和展示黎庶昌文学创作的多维层面和其与他者迥异的鲜明特点。

基于对以上研究问题的认识，本书的写作就特别关注黎庶昌的文学文化背景，而这种文学文化背景正是理解黎庶昌文学创作的起点。黎庶昌不仅深受中国传统文化的熏染，还由于其特殊的外交经历，他接受了西方资本主义文明的启迪。就黎庶昌的学术和文学创作来说，他早期受沙滩文脉的孕育滋养，已有中国传统儒学思想的深厚积淀。后来追随曾国藩，得以师承桐城—湘乡派，受其文风濡染，黎庶昌"因文见道""权时达变"的文论思想得以进一步发展，这些文论思想又与其"经世致用"、救国图强的思想紧密缝合在一起。应该说，黎庶昌的文学实践是具有改革性质的，而在这一点上，他与同时代的薛福成等人颇为相似，他们都超越了桐城派的思想和文风规范，并且成为近代散文"新变的先声"。① 同时，在晚清外交的大背景下，黎庶昌的文学创作与其对东西洋文化的体认关系密切，黎庶昌破除"夷狄"成见的过程，正是晚清知识分子从封闭文化中突破自身狭隘民族思想而逐渐融入世界的一种典型，也反映出创作主体进行文化身份重新建构的艰辛，这些都是黎庶昌"使外文学"创作的重要历史文化素质。

---

①　郭延礼：《近代西学与中国文学》，百花洲文艺出版社，2000，第 113 页。

第一章

晚清外交官著述的勃兴及
"使外文学"概念的界定

第一节 清朝对世界近代外交的融入

一 近代国际外交体制的形成

根据《韦伯斯特英语足本百科辞典》解释,"外交官"（diplomat/diplomatist）一词是指:"17 世纪欧洲开始出现的,由政府派遣进行诸如访问、谈判、交涉、缔结条约、参加国际会议和国际组织,与他国进行政治、经济、文化等联系,从事外交活动的官员。"[1] 而今天通常意义的外交官,则是指办理外交事务的政务官员,这些官员通常又被划分为两种类别:一是指在国内外交部工作的官员,如外交部部长及其下属各类官员,主管一国对外关系各个方面的具体事务;二是指本国派驻国外的外交人员,诸如外交大使、公使、代办、参赞、秘书以及驻外武官、商务代表等。当然,通常外交官单指后者。本书所论的晚清外交官是指清政府派驻国外的驻外、使外文臣,这些使外文臣大多为传统士

---

[1]　*Webster's Encyclopedic Unabridged Dictionary of the English Language*, Random House Value Publishing, Inc., 1996, p. 558.

人，如郭嵩焘、黎庶昌、陈季同、曾纪泽、薛福成等。在风云变幻的世界外交局势中，晚清使外文臣承载着晚清政府特殊的国家外交使命，是"交聘"① 国外的清朝出使驻外人员，其中包括出使大臣、参赞、领事、随员、翻译等。

19 世纪，西方国家早已步入近代国际观念和外交体制时代，国与国之间通常依据近代国际关系惯例和国际法准则来处理彼此关系。因此，这个时期的西方国家之间互派使节常驻对方首都以处理两国外交事宜，已成惯常之举。国与国之间彼此互派驻外使臣，是正常的国际交往行为，这种行为从某种意义上说，体现了国与国之间关系的对等。

当然，有关驻外使节派遣和常驻的观念和体制，其在西方的实现也经历了一个演变的过程。近代国际政治学者周子亚在考察和追溯西方派驻使节的历史时说："国际派遣代表之惯例，自古已然。盖一国生存于世，具备国际人格，自有相互交接之权与派遣代表之权也。唯当初所派代表多系临时而非常驻。"虽然"外交方面之常驻使节实始于十三世纪意大利诸邦"，但真正形成国际惯例则是在 1648 年威斯特伐利亚（Westphalie）会议之后，欧洲大小各国"遂交换常驻使节，日久时长，作为国际惯例"。② 在西方国际关系史中，欧洲 17 世纪发生了世界历史上第一次具有国际战争性质的三十年战争，在这次战争结束后所召开的威斯特伐利亚和会及其签订的和约已"成为近代国际关系史和近代欧洲外交史的开端"，"它显示的一项重要原则是，各国无论大小，都应以主权国家的身份参与国际事务"。③ 同样，作为近代国际关系体制格局的一项重要措施，即在国与国外交往来中互派常驻使节一事，也在这次近代具有里程碑式意义的国际会议之后拉开了帷幕。

然而，虽然各国开始向外派遣常驻使节，但最初的制度并不完善，随着国际交往的增多与频率的加快，其制度才日臻完备。1815 年维也纳会议的召开则是又一个标志，经过这次会议磋商之后，此前关于外交

① 赵尔巽等：《清史稿》第 29 册，中华书局，1977，第 8781 页。
② 周子亚编著《使节与领事》，重庆国际编译社，1943，第 1 页。
③ 袁明主编《国际关系史》，北京大学出版社，1994，第 19 页。

使节级别与职权等方面所存在的一些不定性规则被重新确认，得到了欧洲与会国的认同。此次会议确定："公使则更多是代表一个国家政府到他国办理外交的外交官员。"① 可见，在晚清正式向外派驻常驻公使之前，欧洲主要西方国家已有 200 余年互派常驻公使的惯例了，即使以维也纳会议为外交使节派驻的完备时期来算，也早于晚清半个多世纪，因此，晚清对于西方使节制度的认同是在逐渐克服自身的东方使节观念基础上完成的。

使节制度是指在商定并确认条约关系的国家互派使节驻留对方都城，并代表各自政府处理与条约邦交国的关系，但中国使节制度的形成与西方世界有较大不同。在历史上，中国对外使节的派遣其实开始较早，自公元前 3 世纪开始，在东亚、东南亚和中亚地区，就已经形成了以中国中原帝国为主体核心的等级制网状国家政治秩序体系，这就是我们常说的朝贡体系。汉武帝时期，确立了以中原政权为中心，诸国主动承认中原政权贡主地位，并受中原政权"册封"的朝贡体系。在这一体系当中，作为受封国要根据不同要求向中原政权履行进贡和提供军队等义务。朝贡体系与条约体系、殖民体系一道在历史上曾构成国际关系的三大模式。

二 中国朝贡体制的渐变

中国的朝贡体系在明代达到鼎盛。明太祖朱元璋曾怀着"四海称臣，万邦来贡"的伟略，昭告安南、占城、高丽、暹罗、琉球、苏门答腊、爪哇、湓亨、白花、三弗齐、渤泥以及其他西洋、南洋等国为"不征之国"，在确立中国对这些国家或地区的控制权的同时，他还制定了"厚往薄来"的朝贡原则，进而确立了朝贡体系作为东方世界通行的国际关系体制的地位。这一朝贡体系的中心是明朝的中央政权，各朝贡国由于服膺中心政权而成为外藩。明代声势浩大的郑和下西洋，从某种意义上说，就是"厚往薄来"原则指导下的一次中央政府与外藩

---

① 周子亚编著《使节与领事》，重庆国际编译社，1943，第 2 页。

臣属之间的经济与文化交流。在明代，强有力的陆海军军事力量的震慑以及"厚往薄来"原则的"利诱"，使向明政权朝贡的国家和地区部族曾达到 65 个之盛。

继明朝之后，清朝虽要求各朝贡国缴还其明朝所赐予的封诰，但要求他们重新领取清朝的封诰，并设置理藩院和礼部分别管辖与周边部族的往来事务。在当时，蒙古、西藏等地与清朝内地的交往事宜均被认为是国家的内部事务，这部分事务由理藩院管辖。而与朝鲜、日本、俄罗斯等国的交往，则被视为国与国之间的往来关系，由礼部管辖。因此，事实上，清朝沿袭了明代所建立的朝贡体制。在朝贡体制的"四海称臣，万邦来朝"的观念意识下，无论是明代还是清代，中国使节都常以"天朝之使"的身份被派往他国，而他国来使则常被视为"贡使"。受 1648 年威斯特伐利亚会议以来所形成的逐渐通行于欧洲主体国家的西方条约体系和欧洲国家与弱小民族交往所奉行的殖民体系的影响，19 世纪中期以后，东方的朝贡体系开始伴随着中原帝国的衰落而日渐瓦解并最终崩溃。

中国有史以来第一次开始以对等国姿态向外派遣常驻使臣，并相继在各国设立驻外使馆，这标志着中国在外交格局上，已基本完成从传统宗藩体制到近代外交体制的转型，但这一转型的实现并非一帆风顺，从中可以看到清政府在走向世界过程中的种种思想局限。

王曾才据外文资料研究发现，西方国家向清政府提出互派使臣到对方国都常驻一事，早在马戛尔尼（George Lord Macartney）来华时就有所提及。[1] 1787 年，英国国王乔治三世向乾隆写信并派遣使臣试图与清政府建立往来。1792 年，乔治三世又给乾隆写了一封信，并派遣他的表弟乔治·马戛尔尼勋爵带领 600 余人的使团出访中国，希望能够在北京常驻使节，以便于处理中英两国事务，开始了中英之间更为积极的官方接触。从乔治三世分别于 1787 年、1792 年写给乾隆皇帝的交往信中，可以看出当时西方条约体系和东方朝贡体系短兵相接的情形。

---

① 王曾才：《清季外交史论集》，台湾商务印书馆，1972，第 53 页。

1787 年乔治三世给乾隆皇帝的信全文如下:

LETTER ADDRESSED BY HIS MAJESTY GEORGE Ⅲ. TO THE EMPEROR OF CHINA UPON THE MISSION OF COLONEL CATHCART. ①

"GEORGE THE THIRD, by the Grace of God,

King of Great Britain, France, and Ireland, &c. &c. &c.

"To the Most August Sovereign, &c. &c. , Emperor of China.

乔治三世

"As it is a truth established by the practice of your Majesty's imperial predecessors, and confirmed by the experience of your own long and prosperous reign over the extensive Empire of China, that the establishment of a well-regulated trade between nations distantly situated tends to their mutual happiness, invention, industry, and wealth ; and that the blessings which the Great God of Heaven hath conferred upon various soils and climates are thus distributed amongst his creatures scattered over the whole earth, I am persuaded that your royal mind has long been convinced of the policy of encouraging such an interchange of commodities between our respective subjects, conducted upon fair and equitable principles consistent with the honour and safety of both sovereigns. It is a subject of regret to me that no intercourse has hitherto taken place between your Majesty and me, in order to ratify and invigorate the friend-ship which it is the anxious wish of my heart to maintain; and to afford a speedy remedy to

---

① H. B. Morse, *The Chronicles of the East India Company Trading to China*, *1635 – 1844*, Vol. Ⅱ, London: Oxford at Clarendon Press, 1926, pp. 241 – 242.

all those inconveniences or misunderstandings which are liable to arise between our subjects in mercantile transactions of so much magnitude.

"Under these circumstances I have judged it expedient to depute an ambassador to your sublime court. For this commission I have chosen the Honourable Charles Cathcart, a gentleman of noble birth, who bears the rank of Lieutenant-Colonel in my armies, and is a member of the legislative body of Great Seal of my kingdoms, and my own sign manual; to whom I entreat your Majesty to give a gracious reception, and a favourable ear to his representations.

"I rely on your Majesty's wisdom and justice that you will afford my subjects, as long as they conduct themselves with propriety, a secure residence within your dominions, and a fair access to your markets, under such laws and regulations as your Majesty shall think right; that their lives and properties shall be safe under your imperial protection; that one man shall not suffer for another's crime ; but that every necessary measure shall be taken on the part of your Majesty's Government, as it certainly shall on mine, to bring to condign punishment all persons who may transgress the laws, and any way disturb the peace and friendship subsisting between us.

"I have sent a few presents from this country, not as being worthy of your Majesty's notice, but as a mark of my regard and friendly disposition to your imperial Majesty.

"May the Almighty have you in His holy keeping, &c.

"Given at our Court at St. James's, &c. "

英王致中国皇帝函①，1787 年 11 月 30 日

大不列颠、法兰西及爱尔兰国王，宗教的捍卫者等乔治三世致书。

---

① 〔美〕马士（H. B. Morse）：《东印度公司对华贸易编年史（1635～1834 年）》第一、第二卷，中国海关史研究中心组译，区宗华译，林树惠校，中山大学出版社，1991，第 485 页。

最伟大的君主，中国的乾隆皇帝。由陛下的先人建立，并由陛下本人之长远及富强治理的经验已证实，在广大帝国范围内建立与远方各国的贸易，增进相互之间的福利、发明、工业和财富；伟大的上帝将各种不同的土壤和气候赐予散居世界各处的子民；我等深信陛下长期以来，已有意于在适合双方君主荣誉与安全的公平及平等的原则之下，鼓励臣民之间的这种交换货品的政策。而我等感到遗憾者，为陛下与我等从未有过交往，为了建立我等心中热望增进之友谊，使能迅速改善两国臣民在频繁商业交易中所产生的各种不便与误会问题。

在这种情况下，我等认为适宜于委派一位特使前往陛下庄严的朝廷。

为达成这种使命，我等选任卡思卡特先生，彼出身名门，亦为大不列颠议院成员，携带盖有我国国玺及我等亲笔签名之委托书；恳求陛下赐予接待，并惠予倾听。

赖陛下之明智与公正，惠予我国安分守己之臣民，居住贵国领土内，在陛下颁发之律令下，自由买卖，而其生命财产之安全亦受帝国保护；即一人不致为别人之罪而受害，至于违反法令或扰乱两国间之安宁与友谊者，陛下政府及我国将采取必要处置，予以应得之惩罚。

我等已指示特使尽力用各种办法向陛下致意并表示友好，如能给我等的希望以宽大许诺，则幸甚。

祝万能上帝之圣爱降临陛下。

书于敝圣詹姆斯（St. James）殿上，等等。

1792 年乔治三世给乾隆皇帝的信全文如下：

LETTER ADDRESSED BY HIS MAJESTY GEORGE THE THIRD TO THE EMPEROR OF CHINA, UPON THE MISSION OF LORD MACARTNEY, IN 1792. [①]

"His most Sacred Majesty George the Third, by the Grace of God, King

---

① H. B. Morse, *The Chronicles of the East India Company Trading to China*, *1635 – 1844*, Vol. II, London: Oxford at Clarendon Press, 1926, pp. 244 – 247.

of Great Britain, France, and Ireland, Sovereign of the Seas, Defender of the Faith, and so forth, To the Supreme Emperor of China Kien-long, worthy to live tens of thousands and tens of thousands thousand years, sendeth greeting.

"The natural disposition of a great and benevolent Sovereign, such as it your Imperial Majesty, whom Providence has seated upon a throne, for the good of mankind, is, to watch over the peace and security of his dominions and to take pains for disseminating happiness, virtue, and knowledge among his subjects, extending also the same beneficence with all the peaceful arts, as far as he is able, to the whole human race. Impressed with such sentiments from the beginning of our reign when we found our people engaged in war, We granted to our enemies, after obtaining victories over them in the four quarters of the world, the blessings of peace upon the most equitable conditions. Since that period, not satisfied with promoting the prosperity of our own subjects in every respect, and beyond the example of any former times, We have taken various opportunities of fitting out ships, and sending in them some of the most wise and learned of our own people, for the discovery of distant and unknown regions, not for purpose of conquest, or of enlarging our dominions, which are already sufficiently extensive for all our wishes, not for the purpose of acquiring wealth, or even of favouring the commerce of our subjects, but for the sake of increasing our knowledge of the habitable globe, of finding out the various productions of the earth, and for communicating the arts and comforts of life to those parts where they were hitherto little known; and we have since sent vessels with the animals and vegetables most useful to man, to islands and places where it appeared they had been wanting. We have been still more anxious to enquire into the arts and manners of countries where civilization has been perfected by the wise ordinances and virtuous examples of their sovereigns through a long series of ages; and, above all, our ardent wish has been to become acquainted with those celebrated institutions of your

Majesty's populous and extensive empire which have carried its prosperity to such a height as to be the admiration of all surrounding nations. And now that we have by prudence and justice avoided the calamities of war, into which discord and ambition have plunged most of the other kingdoms of Europe, and by engaging our allies in Hindostan to put an end to hostilities occasioned by the attack of an ambitious neighbour, even when it was in our power to destroy him, We have the happiness of being at peace with all the world; no time can be so propitious for extending the bounds of friendship and benevolence, and for proposing to communicate and receive those benefits which must result from an unreserved and amicable intercourse between such great and civilized nations as China and Great Britain. Many of our subjects have also frequented for a long time past a remote part of your Majesty's dominions for the purpose of trade. No doubt the interchange of commodities between nations distantly situated tends to their mutual convenience, industry, and wealth, as the blessings which the Great God of Heaven has conferred upon various soils and climates are thus distributed among his creatures scattered over the surface of the earth. But such an intercourse requires to be properly conducted, so as that the new comers may not infringe the laws and customs of the country they visit, and that on the other hand they may be received on terms of hospitality, and meet the justice and protection due to strangers; We are indeed equally desirous to restrain our subjects from doing evil or even of showing ill example in any foreign country, as we are that they should receive no injury in it. There is no method of effectuating so good a purpose, but by the residence of a proper person authorized by us to regulate their conduct, and to receive complaints whenever they should give occasion for any to be made against them, as well as any they might consider as having just cause to make of ill-treatment towards them.

"By such means every misunderstanding may be prevented, every inconvenience removed, a firm and lasting friendship cemented, and a return of mutual good offices secured between our respective empires. All these considerations have determined us to depute an Embassador Extraordinary and Plenipotentiary to your Court, and willing to make choice for this purpose of a person truly worthy of representing us and of appearing before your august presence, We have fixed upon our right trusty and well beloved cousin and counsellor, the Right Honorable George Lord Viscount Macartney, Baron of Lissanoure, and one of our honorable Privy Council of our Kingdom of Great Britain, Knight of the most honorable order of the Bath and of the most ancient and royal order of the White Eagle, and Fellow of our Royal Society of London for the promotion of natural knowledge, a nobleman of high rank and quality, of great virtue, wisdom, and ability, who has filled many important offices in the state of trust and honor, has already worthily represented our person in an Embassy to the Court of Russia, and has governed with mildness, justice, and success, several of our most considerable possessions in the eastern and western parts of the world, and appointed to the Government General of Bengal, to be our Embassador Extraordinary and Plenipotentiary to your Imperial Majesty, with credentials under our great seal of our Kingdoms and our sign manual, to whom we entreat your Majesty to grant a gracious reception as well as a favourable attention to his representations.

"And in order to avoid every possibility of interruption in this amicable communication which we wish to establish and maintain with your sublime person and court, and which might happen after the departure of our said Embassador Extraordinary whose presence may be necessary to our affairs elsewhere, or in case of his death or occasional absence from your capital, We have appointed our trusty and well-beloved Sir George Staunton, Bart, honorary Doctor of Laws of our University of Oxford, and Fellow of our Royal Society of London for the promotion of natural knowledge who hath already served us with fidelity and zeal as a member of our honourable council and colonel of militia in some of our dominions in the West Indies, and appointed by us our attorney general in the same, and hath since exercised with ability and success the office of commissioner for treating and making peace with Tippoo Sultaun, one of the most considerable princes of Hindostan, to be also Minister Plenipotentiary to your august person, with credentials likewise under our great seal, and for whom, in case of the death, departure, or occasional absence of our said Embassador Extraordinary, we entreat in like manner your Majesty's gracious reception and attention to his representations in our name.

"We rely on your Imperial Majesty's wisdom and justice and general benevolence to mankind so conspicuous in your long and happy reign that you will please to allow our ambassador and representative at your court to have the opportunity of contemplating the example of your virtues, and to obtain such information of your celebrated institutions, as will enable him to enlighten our people on his return. We, on our part, being directed to give, as far as your Majesty shall please to desire it, a full and free communication of any art, science, or observation, either of use or curiosity, which the industry, ingenuity, and experience of Europeans may have enabled them to acquire: and also that you will be pleased to allow to any of our subjects frequenting the courts of your dominions, and conducting themselves with propriety, a secure residence there, and a fair access to your markets, under such laws and regulations as your Majesty shall think eight, and that their lives and properties shall be safe under your imperial protection; that one man shall not suffer for the crime of another, in which he did not participate, and whose evasion from justice he did not assist, but that every measure shall be taken on the part of your government as our ambassador is instructed strictly to direct to be taken on the part of our people to seize and bring to condign punishment any of our subjects transgressing the laws or good order of your empire, or disturbing the peace and friendship subsisting between us.

"We have particularly instructed our ambassador to take every method in his power to mark our regard and friendly disposition to your imperial Majesty, and it will give us the utmost satisfaction to learn that our wishes in that respect have been amply complied with, and that as we are brethren in sovereignty, so may a brotherly affection ever subsist between us.

"May the Almighty have you in his holy protection!

"Given at our Court at St. James's in London the…… and in the 32nd year of our Reign.

"Imperator Augustissime

"Vester bonus frater et Amicus

"GEORGIUS R.

"Augustissimo Principi

"Kien Long

"Sinarum Supremo Imperatori. "

英王乔治三世致中国皇帝的信①

大不列颠、法兰西及爱尔兰国王，海外统治者、宗教捍卫者，最神圣的乔治三世陛下致书于崇高的中国皇帝乾隆，并祝贺万岁万万岁。

上天降福，使天性宽仁的伟大君主皇帝陛下君临万民，保卫四境和平与安全，并致力于传播幸福、美德、智慧于子民之中，同时还尽其力量以和平手段扩展同一福祉于全人类。我朝统治以来即铭志此种情感，我们的子民从事战争，亦以此赐予敌人，即在世界四方获得胜利后，也在最公平的条件下惠予和平幸福。从该时期起，不仅以从各方面促进我们的子民富强为满足，我们还从事前所未有的工作，即利用种种机会装备船只，并派一些最聪明和

---

① 〔美〕马士（H. B. Morse）:《东印度公司对华贸易编年史（1635~1834年）》第一、第二卷，中国海关史研究中心组译，区宗华译，林树惠校，中山大学出版社，1991，第559~562页。

有学识的子民，从事发现远方的及未知的地域，其目的不是为了征服，也不是为了扩大我们早已足够我们所需的广阔领地，其目的不是为了获得财富，或为了我们子民的商业利益，而是为了我们对人类地球的知识，找寻大地上各种产品，并传播给各地前所未闻的各种生活的技能与舒适；因此，我们用船运送对人类最有用的动植物到那些有这种需要的岛上和地方去。我们仍然更热切地从事探究那些由于其君主等的天赋智慧与正直行为的长期统治，而使文明完美的各国的技能与方法；更重要的是我们热烈渴望能够知道，陛下使人口众多的广阔帝国达到如此高度富强并为四邻各国所赞美的卓绝创造——同时，现在由于我们的谨慎与正义，避免卷入欧洲其他各国的纷扰与野心的战祸，而且又在印度斯坦结成联盟将一个有野心的邻邦所引起的冲突制止，虽然我们的力量可以毁灭它，我们幸而在全世界获得和平，没有一个时期如此适宜于顺利推广友谊及善意的范围，以及通过无私的友好往还，提出中国和大不列颠这样伟大而文明的两国互传播福利的事了。我们的很多子民早就经常远到陛下领土的遥远部分从事贸易。毫无疑问，相距遥远的两国间的商品交换，使得他们收到工业上财富上的互利，因为仁慈伟大的上帝是将各种不同的气候与土壤分散赐予地球上他的子民的。但是这样的交往需要适当的管理，如此则新来者就不至于冒犯他所到国家的法律与习惯。而另一方面，他们就可以受到客人应受的招待以及公平和保护。我们真诚地要制止我国子民在任何国外地方做坏事，甚至不准表现坏的样子，同时，我们亦要使〔他们〕不受损害。没有办法去实现这个良好的目的，除非由我们委派一个适当的人常驻去管理他们的行动，并在他们引起有人应予控告的时候接受控告，同时可以考虑对他们的处罚的理由是否公平。

用这种方法，就可以防止各种误会，免去各种不便，建立稳固持久的友谊，并使我们两国之间互相增进福祉。

所有种种考虑，使我们决定派一位全权特使报聘贵朝廷，为完成这一任务，特选派一位足以忠实代表我们的人前往觐见皇帝陛下，我们指定完全信任的及亲爱的表兄弟和法律顾问，可尊敬的乔治·马戛尔尼勋爵、利森诺男爵、大不列颠王国最高枢密院成员、最崇高的巴思（Bath）骑士团及最古老最忠诚的白鹰骑士团骑士、兼伦敦皇家学会成员，他是一位具有崇高品德和职位、美德、聪明与能力的贵族，他历任国家机要和荣誉的重要部门的工作，早已忠诚地代表我们率领使团报聘俄罗斯，他成功地以温和公正治理我国在世界东西两部的各个重要领地，曾受任孟加拉大总督，现派为报聘皇帝陛下的全权特使，携带盖有我国国玺和我亲笔签署的委任书，我们请求陛下给予宽仁的接见，并对其申陈予以格外注意。

为了使我们所期望的与陛下本人及贵朝廷建立与维持的亲善往来不致有中断之虞，当该特使可能因我国事业的需要前往别的地方而出缺，或由于他的死亡，或偶然离开朝廷时，我们现已指定可靠而亲爱的乔治·斯当东从男爵，本国牛津大学法律博士及伦敦皇家学会成员，委派为特使所率领使团的秘书，他是一位聪慧而有学问的君子，他忠心耿耿，热忱服役，就任我国参事会参事、我国西印度群岛各领地国民军上校，并任该地检察长，他担任与印度斯坦的重要王公蒂波苏丹（Tippoo Sultaun）签订和约的委员，在执行使命中表现了才智并获得成功。现亦委派为报聘贵皇帝陛下的全权大臣，同样携带盖有我国国玺的委任书，如遇该特使死亡或偶然缺席时，我们请陛下同样以宽仁接待并倾听以我国名义提出的申诉。

我们信赖贵皇帝陛下的明智和公正，以及卓越的长治久安对人类幸福的关怀，因此，必然乐于容许我国使臣及代表在贵朝廷有获得注视皇上仁政和德行的机会，使他回国以后足以启迪我国的人民。我们已向他指示，陛下可以随意无限制地谈论关于欧洲人已有的巧妙工业，以及实用或珍奇的技术、科学及事物等。同时，希望陛下乐于允许我国子民前往贵国领土的海岸上，以正当的行为获得在该处居住，并在陛下认为正确的律例管理下得以平等进入市场，同时在陛下保护下，他们的生命财产获得安全的保障：即一人不致因别人犯法而受罪，而他是没有参与此事，亦没有帮助罪犯逃匿的，但是，凡我国子民有违反贵帝国律例及良好秩序，或扰乱我们两国之间存在的和平与友谊者，贵国政府可以采取各种措施，我们亦严格指示特使采取措施，将我们的人逮捕并施以应得的惩罚。

我已特别指令我国特使，在他的权力范围内，用各种方式向贵皇帝陛下表示我们的关注和友好善意，获知我们这方面的愿望得到充分的赞同，则将使我们深为满意，我们的君权亲如手足，愿我们之间的兄弟般的友爱永存。

祝万能的上帝永护陛下！

书于我国伦敦的圣詹姆斯殿上

我朝第三十二年

谨向崇高的皇帝致以

兄弟般友好的祝贺

国王　乔治

崇高的主宰

乾隆

全中国的皇帝

彼时，清朝虽已国势衰微，但却依然盲目自尊"天朝上国"，马戛尔尼只是被帝国看作愿意臣附的朝贡者，因此，马戛尔尼代表英国政府所提出的互派使节、签订通商条约等要求，乾隆帝均以不可"更张天朝百余年法度"为由予以拒绝，这充分说明了清朝朝贡体系怀柔天下的王天下心态。

乾隆皇帝回复乔治三世的信全文如下：

乾隆五十八年八月己卯赐嘆咭唎国王敕书曰：咨尔国王远在重洋，倾心向化，特遣使恭赍表章，航海来廷，叩祝万寿，并备进方物，用将忱悃。

朕披阅表文，词意肫恳，具见尔国王恭顺之诚，深为嘉许。所有赍到表贡之正副使臣，念其奉使远涉，推恩加礼。已令大臣带领瞻觐，赐予筵宴，叠加赏赉，用示怀柔。其已回珠山之管船官役人等六百余名，虽未来京，朕亦优加赏赐，俾得普沾恩惠，一视同仁。

至尔国王表内恳请派一尔国之人住居天朝，照管尔国买卖一节，此则与天朝体制不合，断不可行。向来西洋各国有愿来天朝当差之人，原准其来京，但既来之后，即遵用天朝服色，安置堂内，永远不准复回本国，此系天朝定制，想尔国王亦所知悉。今尔国王欲求派一尔国之人居住京城，既不能若来京当差之西洋人，在京居住不归本国，又不可听其往来，常通信息，实为无益之事。

且天朝所管地方至为广远，凡外藩使臣到京，驿馆供给，行止出入，俱有一定体制，从无听其自便之例。今尔国若留人在京，言语不通，服饰殊制，无地可以安置。若必似来京当差之西洋人，令其一律改易服饰，天朝亦不肯强人以所难。设天朝欲差人常驻尔国，亦岂尔国所能遵行？况西洋诸国甚多，非止尔一国。若俱似尔国王恳请派人留京，岂能一一听许？是此事断断难行。岂能因尔国王一人之请，以至更张天朝百余年法度。若云尔国王为照料买卖起见，则尔国

乾　隆

人在澳门贸易非止一日，原无不加以恩视。即如从前博尔都噶尔亚（葡萄牙），意达哩亚等国屡次遣使来朝，亦曾以照料贸易为请。天朝鉴其恫忱，优加体恤。凡遇该国等贸易之事，无不照料周备。前次广东商人吴昭平有拖欠洋船价值银两者，俱饬令该管总督由官库内先行动支帑项代为清还，并将拖欠商人重治其罪。想此事尔国亦闻知矣。外国又何必派人留京，为此越例断不可行之请，况留人在京，距澳门贸易处所几及万里，伊亦何能照料耶？

若云仰慕天朝，欲其观习教化，则天朝自有天朝礼法，与尔国各不相同。尔国所留之人即能习学，尔国自有风俗制度，亦断不能效法中国，即学会亦属无用。

天朝抚有四海，惟励精图治，办理政务，奇珍异宝，并不贵重。尔国王此次赍进各物，念其诚心远献，特谕该管衙门收纳。其实天朝德威远被，万国来王，种种贵重之物，梯航毕集，无所不有。尔之正使等所亲见。然从不贵奇巧，并无更需尔国制办物件。是尔国王所请派人留京一事，于天朝体制既属不合，而于尔国亦殊觉无益。特此详晰开示，遣令该使等安程回国。尔国王惟当善体朕意，益励款诚，永矢恭顺，以保乂尔有邦，共享太平之福。除正副使臣以下各官及通事兵役人等正赏加赏各物件另单赏给外，兹因尔国使臣归国，特颁敕谕，并赐赉尔国王文

绮珍物，具如常仪。加赐彩缎罗绮，文玩器具诸珍，另有清单，王其祗
受，悉朕眷怀。特此敕谕。①

1840 年鸦片战争的爆发，从某种意义上也可以说是条约体系与朝
贡体系矛盾冲突难以调和的结果。鸦片战争、中法战争、中日甲午战争
之后，《中英南京条约》《中法新约》《马关条约》等一系列条约的签
订，不仅实现了列强谋求不平等权益和殖民占领的意图，也迫使清朝朝
贡体系内的越南和朝鲜这些最后的朝贡国相继脱离了这一体系，朝贡体
系终于土崩瓦解，坠入了历史的尘埃，王天下的晚清帝国梦也破灭了。

清朝朝贡体系的崩塌，对晚清政府的影响在于：晚清政府开始被迫
走向条约体系，并尝试融入西方外交。第一次鸦片战争后，列强督促中
国与西方各国互派公使的呼声日益迫切。1844 年，"法国公使剌萼尼
（Marie Melchior Joseph de Lagrené）来华亦以通商传教之事"，提出过中
法两国互派公使的要求。当时责办洋务的两广总督耆英曾在其奏报中对
此事有明确记载："该夷使辄称：'伊等西洋诸国若遇两相结好，必须
各派使臣，往来聘问。倘中国亦可仿办，伊国当遣使进京朝见，即留住
京城。中国亦遣使至伊国都驻扎，庶两国消息常通。访客互相帮助'
等语。"但对剌萼尼提出的驻使交往要求，耆英等人充满了戒备，他们
认为"其用意甚为巧黠"，甚至从礼教尊严上认为是"越分妄求"，所
以，为了维护清帝国尊严，对法国公使的要求予以了"正言覆绝"②，
但西方国家想要打开中国大门，与清帝国建立驻使交往关系的努力并没
有就此终结。

西方国家想向中国派遣常驻公使的愿望，终于在第二次鸦片战争后
得以实现，当然，这种实现的基础是对中国的武力征服和强权交涉，并
以一系列不平等条约做出了明确规定。咸丰八年（1858 年）中美《天
津条约》就明文规定："嗣后无论何时，倘中华大皇帝情愿与别国，或
立约，或为别故，允准与众友国钦差前往京师，到彼居住，或久或暂，

---

① 〔英〕斯当东：《英使谒见乾隆纪实》，叶笃义译，上海书店出版社，2005，第 542～545 页。
② 中国史学会主编《第二次鸦片战争（一）》，上海人民出版社，1978，第 72 页。

即毋庸再行计议特许，应准大合众国钦差一律照办，同沾此典。"① 西方国家终于以条约的形式实现了他们的驻使要求，并随后得以实施。中英《天津条约》、中法《天津条约》皆明确规定了西方各国均需设立公使领事于中国，中国亦需派使领赴各国，享受对等权利。中英《天津条约》规定："大英君主酌看通商各口之要，设立领事官，与中国官员于上待诸国领事官最优者，英国亦一律无异。领事官，署领事官与道台同品；副领事官，署副领事官及翻译官与知府同品。视公务应需，衙署相见，会晤文移，均用平礼。"② 此后中比、中葡、中奥等签订的条约也都有互派使节的类似明文规定。中法《天津条约》第二款规定："凡有大法国特派钦差大臣公使等予以诏敕前来中国者，或有本国重务办理，皆准进京侨居，按照泰西各国无异……大清国大皇帝欲派钦差大臣前往大法国京师侨居，无不各按品级延接，全获恩施，俱照泰西各国所派者无异。"③ 从条约来看，派驻公使所应遵循的原则是相互派遣，但清政府对这一西方外交范式并不适应，清政府习以为常的还是各藩属如何向其朝贡，因此将遣使外国视为一种屈辱，在近代外交观念面前显得格格不入，故虽有条款之规定，但晚清政府并无意于向条约国派遣使节，而英、法等国则通过条约规定，名正言顺地开始纷纷向中国派遣驻华公使。"一八六一年（咸丰十一年）春，英公使布鲁斯（Sir Frederick Bruce）和法使布尔布隆（Alphonse de Bour Boulon）抵京。"④ 至此，西方国家在第二次鸦片战争后得以完全实现了其"合法"派遣驻华公使常驻北京的愿望。尽管晚清政府依然把向外派遣常驻使节视为屈辱，但西方公使正式驻京所展开的外交行动对晚清政府的走向国际外交造成了客观的刺激与影响。

各国驻华公使及相关人员并没有停止他们督促清政府对外派遣外交

① 梁为楫、郑则民主编《中国近代不平等条约选编与介绍》，中国广播电视出版社，1993，第 80 页。
② 梁为楫、郑则民主编《中国近代不平等条约选编与介绍》，中国广播电视出版社，1993，第 88 页。
③ 王铁崖编《中外旧约章汇编》第一册，生活·读书·新知三联书店，1957，第 104 页。
④ 王曾才：《清季外交史论集》，台湾商务印书馆，1972，第 54 页。

使节的努力，他们充分利用在北京设立驻华使馆的有利条件，不断积极劝导并敦请清政府向西洋派遣常驻使节。在这些使节当中，担任中国海关总税务司48年之久的英国人赫德（Hart Robert）、英国驻华使馆中文秘书威妥玛（Thomas Francis Wade）、既为美国驻华公使后又担任中国使节出使欧美的美国人蒲安臣（Anson Burlingame）、美北长老会派遣至中国并在中国生活了62年的传教士丁韪良（william Alexander Parsons Martin）等人都是积极的推动者。

赫德（Hart Robert）　　　　　威妥玛（Thomas Francis Wade）

中国海关总税务司赫德曾多次向总理衙门大臣文祥阐述向欧洲派驻使节的利弊，1865年11月，他向总理衙门呈递了一份被称为《局外旁观论》的意见书。赫德在这篇文章中提出清政府应该遵守既定条约，按照条约"章程"办理一切对外事务。赫德说："命大臣驻扎外国，于中国有大益处。在京师所驻之大臣，若请办有理之事，中国自应照办，若请办无理之事，中国若无大臣驻其本国，难以不照办。"① 在赫德看来，清朝应该向外国派驻使臣，这样就可以通过驻使外交将中国事务与西方事务紧密相连，彼此能够有效沟通，并且有利于维护互派国自身的权益。

① 李天纲编校《万国公报文选》，中西书局，2012，第168页。

1866 年，英国公使阿礼国向总理衙门递交了参赞威妥玛的《新议略论》，文中要求中国驻使西洋的言辞比赫德更为急切和尖锐："况际天下大乱之时，须行更甚。盖泰西各国素以相命大臣为尽往来之理，以同礼者联为局中，不同礼者视为局外。中原果愿一礼互命，其益有二。如今中国独立，不与邻邦相交，各国未免心寒。能与相通，庶可易虚为熟，各国有关切之心，斯其无故之渐较易防堵。抑或适与何国因事较论，中华果为有理，其余各国必同用力相助，用言解劝。"① 虽然"中华果为有理，其余各国必同用力相助"等的外交承诺未必能够坐实而观，但是其要求中国遣使往来的呼声相当强烈。

列强与中国一系列不平等条约的签订，是继战争武力之后打开中国国门的更重要的一把万能钥匙。西方的坚船利炮摧毁了清帝国的尊严，其谋求各种权益的条约签订及其履行，更是将经济、政治、文化教育乃至外交等西方观念慢慢地浸润到中国这个"天朝大国"的肌体中。这种西力东侵的过程尽管让国人倍感屈辱，但毕竟开启了中国在各领域开始步入世界近代化的艰难历程。清政府中的部分开明官员目睹并开始正视新的国际外交惯例，客观上促进了他们对世界近代外交的理性思考。作为对列强呼声的一种回应，清政府也开始采取一些步骤和措施适应性地向外派遣驻外使节。

第二节　中西文化背景下晚清外交官著述的勃兴

一　晚清走向世界——使臣出洋及其著述

鉴于各方面条件的限制，清政府在正式向海外派遣常驻使节之前，曾先后数次试探性地遣使出洋考察、游历，尽管这样的遣使出洋收效甚微，甚至闹出了很多笑话，但它为派遣常驻使节做了必要的准备，也为

---

① 李天纲编校《万国公报文选》，中西书局，2012，第 174 页。

使外文臣创作的涌现提供了必备的素材。

(一) 斌椿初使泰西及其著述

1866 年初，清政府海关总税务司赫德在请假回国之前，建议清政府总理衙门派人随同其前往英国考察。1866 年 2 月 22 日（同治五年正月初八），清政府任命山西襄陵县前知县、赫德的文案（秘书）、63 岁的满人斌椿随赫德一道出访欧洲，随行的还有斌椿的儿子广英及京师同文馆英文馆的学生凤仪、德明（张德彝）和法文馆学生彦慧等。此次清朝派官员出国考察的具体情由在总理衙门主管恭亲王奕䜣等人 1866 年 2 月 20 日所上的一道奏折中有较详细的说明。

晚清外交官

查自各国换约以来，洋人往来中国，于各省一切情形日臻熟悉；而外国情形，中国未能周知，于办理交涉事件，终虞隔膜。臣等久拟奏请派员前往各国，探其利弊，以期稍识端倪，借资筹计……迟迟未敢渎请。

兹因总税务司赫德来臣衙门，谈及伊现欲乞假回国，如由臣衙门派同文馆学生一二名，随伊前往英国，一览该国风土人情，似亦甚便等语。臣等伏思……与该税务司同去，亦不稍涉张皇，似乎流弊尚少。惟该学生等皆在弱冠之年，必须有老成可靠之人，率同前去，庶沿途可资照料；而行抵该国以后，得其指示，亦不致因少不更事，贻笑外邦。

　　兹查有前任山西襄陵县知县斌椿，现年六十三岁，系内务府正白旗汉军善禄管领下人，因病呈请回旗，于咸丰七年在捐输助赈案内加捐副护军参领衔。前年五月间经总税务司赫德延请办理文案，并伊子笔帖式广英襄办年余以来，均尚妥洽。拟令臣衙门札令该员及伊子笔帖式广英，同该学生等与赫德前往。即令其沿途留心，将该国一切山川形势、风土人情随时记载，带回中国，以资印证……①

　　从此奏折可以看出，在西方各国对中国情形日渐了解的同时，中国却因为没有相应的外交介入而对西方情形产生隔膜，这不得不说是中国长期闭关自守造成的思想禁锢的结果，社会普遍的对于外部世界无从知晓也不想知晓的病态心理，使大多数国人都陷入了对外部世界充满固执偏见的无知当中。斌椿一行的任务在于"即令其沿途留心，将该国一切山川形势、风土人情随时记载，带回中国，以资印证"，可见，总理衙门是深知了解英国这个异邦的紧迫性和重要性的，而且奏折中强调对英国国情的翔实记录，其目的正是要纠正以往对于英国形象的偏见和误读，具有重要的实践认知意义，这正是清朝开始打破隔膜的一种尝试。

　　1866 年 3 月 7 日（同治五年正月二十一），喜好游历、好结交"西儒"且自称"中土西来第一人"的斌椿及其随行一行五人由上海出发，乘坐法国"拉布得内号"轮船前往欧洲，迈出了清朝官员走向世界的第一步。5 月 2 日斌椿等人抵达法国马赛，此后，他们历时 3 个多月，走马观花地考察了法国、英国、德国、荷兰、丹麦、瑞典、芬兰、比利时、普鲁士和俄罗斯 10 个国家，其中在英国驻留时间最长，共 38 天之久。1866 年 8 月 19 日结束考察从马赛起航回国。

　　斌椿此行是中国近代最早的官派海外游历，带有鲜明的对外考察性

---

① 《筹办夷务始末》（同治朝）第 39 卷，第 2 页。

质，虽然他们并非清政府正式派出的驻外使节，但是实现了中国与欧洲各国交往的历史性突破。作为中华帝国官方代表的斌椿等人的现身欧洲，在欧洲各国也引起了不小的轰动。维多利亚女王举办宫廷舞会欢迎斌椿一行，瑞典皇太后在太后宫则以水果宴盛情款待斌椿等人。德国媒体喻美斌椿等人为"中国天使"，荷兰媒体则登载了斌椿参观当地一水利工程之后所写的一首七律诗，使之广为流传。英国媒体更是图文并茂地全程跟踪报道斌椿一行的行程，借此提高了报纸的销售量。一时之间，欧洲甚至连街头小贩们都开始高价兜售斌椿等人的照片。中国风就这样开始在欧洲吹拂。

斌椿以此行见闻为素材创作了旅行日记《乘槎笔记》一卷，诗稿《海国胜游草》《天外归帆草》两篇，斌椿在《天外归帆草·晓起》一章中抒怀："愧闻异域咸称说，中土西来第一人。"斌椿的日记与诗，不仅是其个人咏怀之作，也是中国近代官派知识分子最早亲历欧洲的实地记录。尽管长期以来人们对斌椿等人出国考察的评价并不高，但斌椿等人的出国考察，在中西文化交流史上具有重要意义。

斌椿《乘槎笔记》

首先，斌椿等人的出国考察促进了中国人与欧洲人的相互了解和友谊。比如在瑞典考察时，斌椿等人泛舟游览，彦惠突然发生腹痛，船主立即停船上岸去找药，"主人见华人，便慨然应诺，乞诸其邻而与之"。泛游结束后，船主很友好地说："贵国从无人至此，今大人幸临敝邑，愿效微劳。"于是"不收渡资，荡舟而去"。① 斌椿对西方汉学界的接触，更使他感受到了中国文明在西方所受的礼遇。在法国，他拜访过法国的"翰林"茹良。精通汉语的茹良，翻译过《四书》《三字经》等中国经籍，因此两人进行了友好热烈的交谈。在俄国，斌椿还会见过一位"能翻写满汉文字，极其精通"的老学者。与西方汉学家的接触与交往，客观上促进了中外文化的交流。

其次，斌椿作品所记载的马赛市景、英国宴舞宫、动物园、火输小屋（电梯）、暗消息（电铃）、火车、西洋照相法、棉纺厂、英国议会等西方见闻，开阔了中国人的眼界。著名数学家李善兰曾欣然为《乘槎笔记》作序，对斌椿能够出访域外了解西方实情充满羡慕之情："中外限隔，例某綦严，苟无使命，虽怀壮志，徒劳梦想耳！"②

当然，斌椿走马观花式的游历并不可能使其思想发生根本改变，但他已经开始比较观察和思考中西文化的差异了，他在答谢英王时说："来此兼旬，得见伦敦屋宇器具制造精巧，甚于中国。为一切政事，好处颇多。"③ 斌椿在经过半年多的西方异域见闻的洗礼之后，对中国的落后有了非常直观的比较，因此，他殷切期望国人："吾人读书弗泥古，矜奇炫异亦可休！"④ 这是斌椿希望中国更加务实精进情绪的流露。从斌椿开始的中国清政府派遣官员出国考察，是中国从闭关走向开放的历史发展必然趋势，而这样的出国考察又与充满比较意识的启发性思考紧密联系，成为晚清知识官员走向世界、反省自身文化的重要开端。

---

① 张德彝著，钟叔河校点《航海述奇》，湖南人民出版社，1981，第102页。
② 钟叔河编《走向世界丛书》第1辑，岳麓书社，2008，第87页。
③ 钟叔河编《走向世界丛书》第1辑，岳麓书社，2008，第117页。
④ 钟叔河编《走向世界丛书》第1辑，岳麓书社，2008，第162页。

（二）蒲安臣使团出使欧美

1868 年，清政府向海外派遣了中国近代第一个正式外交使团。这

次派遣的使团由美国前驻华公使蒲安臣（Anson Burlingame）率领。尽管这次使团派遣具有浓厚的殖民色彩，却是清政府正式踏入西方外交的第一步。

蒲安臣在担任美国驻华公使期间，一直热衷于推行与清政府的合作政策，因此深得清政府上下的信任。1867 年 10 月，蒲安臣在届满即将离任回国之际，恰逢 1858 年《天津条约》十年修约之期将至，清政府对于西方列强是否会趁修约之机"索要多端"心存顾忌，忧虑重重，因此，清政府意图向列强遣使，一则能够取悦和笼络各国，二则也能够刺探列强意图。但总理衙门的官员均未出过国，且外语不通，而京师同文馆的师生又都毫无外交经验，所以国内难有能够担当出

蒲安臣
（Anson Burlingame）

使重任的合适人选，清政府对此可谓一筹莫展："若不得其人，贸然前往，或致狎而见辱，转致贻羞域外，误我事机。"① 此时，蒲安臣深知清政府的困窘，于是他在自己的离任宴会上慷慨表示："嗣后遇有与各国不平之事，伊必十分出力，即如中国派伊为使相同。"② 奕䜣等人突然觉得如果委任蒲安臣担任出使大臣，将会是最好的人选，这样做，既可以取得遣使出洋的实效，又能够避免中外礼仪隔膜而引发的诸多无谓纠葛。于是他们战战兢兢地征求蒲安臣等人的意见，在取得蒲安臣的同意和赫德的支持之后，奕䜣急迫地向朝廷上了一道奏折："请派蒲安臣权充办理中外交涉事务使臣。"奏折说明由于中外礼仪差异："用中国

① 《筹办夷务始末》（同治朝），第 51 卷。
② 《筹办夷务始末》（同治朝），第 50 卷。

人为使臣，诚不免于为难，用外国人为使臣，则概不为难。"并对任用的蒲安臣赞誉有加："其人处事和平，能知中外大体，遇有中国为难不便之事，极肯排难解纷。"①

蒲安臣使团

经过总理衙门的精心考量，清政府第一个外交使团终于组建完成。美国前公使蒲安臣被任命为中国钦差，成为率领中国外交使团出访的"中外交涉事务大臣"。当然，为维护大清帝国颜面，清政府又选派了两名总理衙门章京，即记名海关道志刚和礼部郎中孙家谷，并"赏加二品顶戴"，会同蒲安臣办理中外交涉事务。为了不引起英国和法国的不满，平衡列强之间的权益，清政府还聘请了英国驻华使馆翻译柏卓安（J. Meleavy Brown）和法籍海关职员德善（E. de Champs）分别担任"左协理"和"右协理"。此外，使团还派遣了大部分由同文馆学生组成的中国随员、译员等共30余人。

1868年2月25日，蒲安臣率领的中国使团从上海出发，先后出访了美国旧金山、纽约、华盛顿等城市以及欧洲的英国、法国、瑞典、丹麦、荷兰、普鲁士、俄国、比利时、意大利、西班牙10个国家，共历时两年八个月，于1870年10月18日返回上海。

毫无疑问，蒲安臣使团的出访是清政府外交半殖民地屈辱色彩的鲜明体现。尽管清政府对蒲安臣的外交权限有某些限定："凡于中国有损

————————

① 《筹办夷务始末》（同治朝），第51卷。

之事，令其力为争阻；凡于中国有益之事，令其不遂应允，必须知会臣衙门覆准，方能照行。在彼无可擅之权，在我有可收之益。倘若不能见效，即令辞归。"[1] 但出使之后，蒲安臣实际操控着使团的领导权，独揽了各种谈判交涉，甚至是擅自订约的大权。如在美国，蒲安臣就曾多次单独秘密约谈美国国务卿西华德，并商订了有利于美国输入华工及在华贸易、传教的《中美续增条约》八条（俗称《蒲安臣条约》）。中国官员只是在签约仪式时才得以出席并画押、盖印，而清政府对此也不得不在事后予以批准承认。蒲安臣使团就是在这样的外交活动中完成了"笼络各国"的外交使命，美、英等国也在表面上许诺不借修约干涉中国。直到1870年2月蒲安臣在俄国彼得堡因病去世，一直充当着点缀品和观光客的志刚才得以真正代表清政府主持使团工作。

作为中国政府向欧美派遣的第一个正式外交使团，蒲安臣使团具有重要的标志性意义，它标志着晚清外交走向世界、迈向国际社会的第一步。蒲安臣所设计的象征中国的黄龙旗在欧美的出现，也标志着中国第一次以主权国家面目在国际社会的出现。蒲安臣使团的出访不仅使中国官员深感国际外交的必要，也使他们在复杂的外交环境中积累了不少外交经验，并为中国近代外交使节制度的建立开辟了道路。中国外交使节以其出使外交经历为素材所创作的几部游记，如志刚的《初使泰西纪》、孙家谷的《使西述略》、张德彝的《欧美环游记》等，也充分展示了这批外交使节对于欧美异域世界的见闻、认识和思想变化。

（三）崇厚等人法国之行

1870年10月25日（同治九年十月初二），时任太子太保、三口通商大臣、兵部左侍郎的崇厚率使团启程赴法，但这一次清政府派遣使团的目的是向法国表示对天津教案的道歉，这也是中国历史上第一次遣使向外国谢罪。1871年1月25日崇厚一行抵达法国马赛，而当时的法国刚经历了内外交困的困局。普法战争以法国的战败宣告结束，拿破仑三世被

---

① 《筹办夷务始末》（同治朝），第52卷。

俘，法兰西第二帝国崩溃，资产阶级建立了共和制临时政府。但是随即爆发了巴黎公社革命，法国政局混乱不堪。崇厚一行抵达巴黎时，法国大局稍定，但法方一时尚无暇安排接见事宜，崇厚也未能呈递国书，只好在马赛、波尔多、凡尔赛等地逗留、等候，其间还曾前往英美两国游历。直到11月23日，法国临时总统梯也尔才在凡尔赛宫接见了崇厚等人。崇厚呈递国书，表达歉意，说明天津教案的责任者包括官员和民众都已受到了严惩。尽管如此，法国政府还想肆意刁难，欲借机添加无理条件和要求，面对法国政府的各种刁难，崇厚及时向国内总理衙门通报情况，总体来说应对还比较妥当。后来，因受普法战争重创及法国国内政局动荡不安的影响，法国政府似乎亦无心力在天津教案一事上长期纠缠，崇厚也因此得以完成其外交使命。历经近一年之久，1871年12月，崇厚一行启程回国，1872年1月26日返抵上海。崇厚赴法使团是清政府第一次独立遣使出洋办理外交事务，只不过这次事务却是一次道歉的屈辱外交。

上述三次使团的出访和外交活动，不仅显示了晚清中国外交走向世界的近代特点，而且也为出使人员的文学创作提供了新的素材。这几次出使都有出使人员留下一些游记著作，其中较有影响的作品除斌椿的《乘槎笔记》、志刚的《初使泰西记》外，还有同文馆学生张德彝以"述奇"为名的大量游记作品。

张德彝《航海述奇》

张德彝先后 8 次出国，每次都有一部以《述奇》为名的日记体闻见录，共有 70 多卷 200 余万字。其中，《航海述奇》共 4 卷，记录了 1866 年随赫德、斌椿游历欧洲的历程；《再述奇》共 6 卷，记录了 1868～1869 年随蒲安臣使团访问美国及欧洲的经历，故又名《欧美环游记》；《三述奇》共 8 卷，记 1870～1872 年随崇厚使法，故又名《随使法国记》；《四述奇》共 16 卷，记录的是他 1876 年随郭嵩焘出使英国及其间奉调出使俄国的情况，故又名《随使英俄记》；《五述奇》共 12 卷，记 1887～1890 年随洪钧使德，又名《随使德国记》；《六述奇》共 12 卷，记 1896～1900 年随罗丰禄使英，又名《参使英国记》；《七述奇》记 1901 年随那桐出使日本（稿已佚）；《八述奇》共 20 卷，记 1902～1906 年出使英国，又名《使英日记》。张德彝的每一部《述奇》都有对欧美各国风土人情与典章制度的详细描述。

二　晚清驻外使臣著述的勃兴

（一）晚清驻外使臣的面貌

从 1875 年开始，清政府正式着手广泛地对外派遣常驻使节，并于西方列国设馆，这是中国外交史上划时代的大事。《清史稿·交聘年表一》云："交聘之典，春秋为盛。南北史本纪书交聘颇详。其时中土分裂，与列国之敌体相交，无以异也。宋与辽、金，岁贺正旦、贺生辰外，有泛使，今谓之专使。然皆事毕即行，不常驻。金史始有盟聘表。清有中夏，沿元、明制，视海内外莫与为对。凡俄、英之来聘者，史皆书曰'来贡'。洎道光庚子订约，始与敌体相等。咸丰庚申之役，肇衅非一，而遣使驻京，未允实行者，亦一大端。自是而后，有约各国率遣使驻京。同治中，志刚、孙家谷之出，是为中国遣专使之始。光绪建元，郭嵩焘、陈兰彬诸人分使英、美，是为中国遣驻使之始。"[①]

1875 年，英国借云南马嘉理事件之机，要挟清政府派员赴英"谢罪"，1875 年 8 月，清政府正式任命候补侍郎郭嵩焘、候补道许钤身

---

① 赵尔巽等撰《清史稿》第 29 册，中华书局，1977，第 8781 页。

（后由刘锡鸿替任）为出使英国的正副
使。同年 12 月，又任命美国留学生监
督陈兰彬、副监督容闳为驻美国、西
班牙和秘鲁的正副使。1876 年 9 月，
调任原为驻英副使的许钤身、翰林院
编修何如璋为驻日本正副使，后许钤
身丁忧未能赴任，最终由何如璋、张
斯桂任驻日正副使。清政府首批常驻
国外使节的委任，标志着晚清中国驻
外大使馆的建立。这些被委任的"公
使"，在清政府的文书中通常被称为
"钦差大臣"或"使臣"。

岳麓书社十五册《郭嵩焘全集》

自 1875 年郭嵩焘出使英国到辛亥革命爆发前夕，清政府共向 18 个
国家遣使驻节。但其中有些国家并未专派使臣，而是由驻其他国家的使
臣兼任，故单独派驻公使的只有 11 个国家，即英、美、日、德、俄、
法、朝（鲜）、奥（地利）、意、比和荷。这期间，清政府共任命出使
大臣 64 人，其中成行的有 58 人，他们大多为二品到四品衔，属清政府
的中上层官员。出使大臣职责包括："掌往来聘问采访风俗之事，以联
邦交，绥中国"①；向所在国递交国书；"遇重事则授以全权，有举劾参
贰之责，有董察游历之事，有黜陟理事之权，有保护工商之务"② 等。
参赞、领事、随员、翻译等外交官一般均由出使大臣调聘，或为出使大
臣的亲友、心腹、同乡，或为同文馆等处毕业的学生、留学归国人员以
及曾长期办理"夷务"的官员。所有外交官的任期均为 3 年，期满视
情况或解任回国，或仍继续留用。

据杨易统计，1898 年前，清政府派遣的外交官人数在 400 人以上。
所去国家以日本为最多，达 130 人次。以下依次为英国 112 人次，美国

① 《大清会典》卷九十九，《中国法制史资料选编》，群众出版社，1988，第 830 页。
② 《大清会典》卷九十九，《中国法制史资料选编》，群众出版社，1988，第 830 页。

85 人次，俄国 56 人次，德国 53 人次，法国 32 人次，其他国家和地区 84 人次。从外交官出生的地域分布来看，有据可查的 148 人当中，江苏籍的 42 人，占 28.4%。其次是广东籍 24 人，占 16.2%。以下依次是浙江籍 22 人，满洲在旗人员 21 人，安徽籍 19 人，湖南籍 13 人，直隶 10 人，其他省份 26 人。从年龄结构上看，出使大臣第一次出国时的平均年龄是 48.1 岁。其他外交官平均 31.2 岁。最大 62 岁（陈兰彬），最小仅十七八岁，多数集中在 20～45 岁。就文化身份而言，以出使大臣为例，1898 年前的 23 人中有进士 8 人，举人 3 人，同文馆学生和留学生各 1 人，其他途径入仕的 10 人。科举入仕人员占总数的 47.8%，而受过"洋务"或西式教育的人员仅占 8.7%。这与 1898 年以后的情况有较大不同。在 1898 年以后的 25 位出使大臣中，进士举人出身的只有 5 人，京师同文馆、上海广方言馆、广东同文馆毕业生 8 人，留学生 6 人，其余 6 人。科举出身的人员比例降至 20%。而同文馆学生、留学生等的比例提高到 56%。①兹仅列举晚清派驻英、俄、美、法、德、日六国公使已可一斑窥豹。

晚清驻英、俄、美、法、德、日六国公使一览表②

姓名	籍贯	出身	出使时间	出使国
郭嵩焘	湖南湘阴	进士	1875.8.28 至 1879.1.25	英国
曾纪泽	湖南湘乡	荫生	1878.8.25 至 1886.5.6	英国
刘瑞芬	安徽贵池	生员	1885.7.27 至 1890.4.22	英国
薛福成	江苏无锡	贡生	1889.5.15 至 1894.8.3	英国
龚照瑗	安徽合肥	—	1893.11.11 至 1897.4.19	英国

① 杨易：《晚清外交官及其著述》，载北京市档案馆编《北京档案史料（一九九九·一）》，新华出版社，1999，第 215 页。杨易统计数据所依据资料主要为《清史稿》《清季中外使领年表》《中国近现代人名大辞典》《中国近代史辞典》及部分外交官日记。
② 资料来源：钱实甫：《清代职官年表》第四册之《出使各国年表》，中华书局，1980，第 3028～3047 页；《清季中外使领年表》之《清朝驻外使臣年表》，中华书局，1985，第 1～29 页；蔡冠洛：《清代七百名人传》，中国书店，1984。

续表

姓名	籍贯	出身	出使时间	出使国
罗丰禄	福建闽侯	留英	1896.11.23 至 1902.5.26	英国
张德彝	汉军镶黄旗	同文馆	1901.11.14 至 1905.12.16	英国
汪大燮	浙江杭州	举人	1905.9.20 至 1907.11.9	英国
李经方	安徽合肥	恭人	1907.5.7 至 1910.12.7	英国
刘玉麟	广东香山	上海出洋局留美	1910.9.17 至 1914.6.20	英国
崇厚	满镶黄旗	恭人	1878.6.22 至 1879.10.10	俄国
邵友谦（署）	浙江余姚	监生	1879.10.22 至 1880.8.3	俄国
曾纪泽	湖南湘乡	荫生	1880.2.12 至 1886.8.17	俄国
刘瑞芬	安徽贵池	生员	1885.7.27 至 1888.1.4	俄国
洪钧	江苏吴县	状元	1887.6.23 至 1891.2.25	俄国
许景澄	浙江嘉兴	进士	1890.9.9 至 1897.5.28	俄国
杨儒	汉军正红旗	举人	1896.11.23 至 1902.2.27	俄国
胡惟德	浙江吴兴	上海广方言馆	1902.7.12 至 1907.10.7	俄国
萨荫图	蒙古	同文馆	1907.9.23 至 1911.9.22	俄国
陆征祥	上海	同文馆	1911.9.6 至 1912.3.30	俄国
陈兰彬	广东吴县	进士	1875.12.11 至 1881.6.24	美国
郑藻如	福建闽县	恭人	1881.6.24 至 1885.7.26	美国
张荫桓	广东南海	举人	1885.7.27 至 1889.9.28	美国
崔国因	安徽太平	进士	1889.3.31 至 1893.9.2	美国
杨儒	汉军正红旗	举人	1892.2.8 至 1897.4.29	美国
伍廷芳	广东新会	留英	1896.11.23 至 1902.10.12	美国
梁诚	广东番禺	留美	1902.7.12 至 1907.7.3	美国
伍廷芳	广东新会	留英	1907.9.23 至 1909.12.17	美国
张荫棠	广东南海	举人	1909.8.12 至 1913.6.21	美国
郭嵩焘	湖南湘阴	进士	1878.2.22 至 ？	法国
曾纪泽	湖南湘乡	荫生	1878.8.25 至 1884.4.28	法国
许景澄	浙江嘉兴	进士	1884.4.28 至 1887.12.15	法国
刘瑞芬	安徽贵池	生员	1887.6.23 至 1890.3.12	法国
薛福成	江苏无锡	贡生	1889.5.15 至 1894.5.27	法国

姓名	籍贯	出身	出使时间	出使国
龚照瑗	安徽合肥	至	1893.11.11 至 1895.12.11	法国
庆常	汉军镶红旗	同文馆	1895.10.6 至 1899.9.28	法国
裕庚	汉军正白旗	至	1899.6.19 至 1902.12.17	法国
孙宝琦	浙江杭州	荫生	1902.7.12 至 1905.11.12	法国
刘式训	江苏南汇	同文馆留法	1905.9.4 至 1911.11.20	法国
刘锡鸿	广东番禺	恭人	1877.4.30 至 1878.8.25	德国
李凤苞	江苏崇明	捐官	1878.8.25 至 1884.10.27	德国
许景澄	浙江嘉兴	进士	1884.4.28 至 1887.6.23	德国
洪钧	江苏吴县	状元	1886.23 至 1891.4.5	德国
许景澄	浙江嘉兴	进士	1890.9.9 至 1897.1.7	德国
吕海寰	山东	恭人	1897.6.23 至 1901.12.13	德国
荫昌	满洲正白旗	同文馆留法	1901.7.17 至 1906.4.25	德国
杨晟	广东东莞	同文馆留日留德	1905.9.20 至 1906.12.30	德国
孙宝琦	浙江杭州	荫生	1907.4.23 至 1908.11.24	德国
荫昌	满洲正白旗	同文馆留法	1908.9.231 至 1909.11.8	德国
梁诚	广东番禺	留美	1910.3.21 至 1912.11.1	德国
许钤身	浙江钱塘	—	1876.9.30 至 1877.1.15	日本
何如璋	广东大埔	进士	1877.1.15 至 1882.2.14	日本
黎庶昌	贵州遵义	廪贡生	1881.4.5 至 1884.10.5	日本
徐承祖	江苏无锡	—	1884.10.5 至 1887.1.4	日本
黎庶昌	贵州遵义	廪贡生	1887.9.13 至 1890.1.29	日本
李经方	安徽合肥	恭人	1890.9.9 至 1892.10.11	日本
汪凤藻	江苏元和	进士、同文馆	1892.7.9 至 1894.8.4	日本
裕庚	汉军正白旗	—	1895.7.10 至 1898.10.29	日本
李盛铎	江西德化	进士	1898.9.19 至 1901.11.27	日本
蔡钧	浙江杭州	—	1901.7.4 至 1903.10.15	日本
杨枢	汉军正黄旗	同文馆	1903.6.15 至 1907.10.7	日本
李家驹	汉军正黄旗	进士	1907.7.12 至 1908.8.1	日本
胡惟德	浙江吴兴	上海广方言馆	1908.3.23 至 1910.6.7	日本
汪大燮	浙江杭州	举人	1910.5.26 至 1913.8.16	日本

1874 年，李鸿章在奏折中言道："自来备边驭夷，将才使才二者不可偏废。各国互市遣使，所以联外交，亦可以窥敌情。"中国"当特简大臣，轮往兼任，重其禄赏，而定以年限，以宣威信，通情款"。[①] 从清政府派出外交使臣的目的和外交官的职权范围来看，除"联络邦交"、"宣威信"外，"采访风俗"、"窥敌情"、"探其利弊"、考察世界发展形势也是十分重要的方面。外交官大多生长于江苏、广东、浙江等对外开放较早、经济较发达、思想相对活跃的省份，这些外交官又大多为中青年，文化素养也较高，他们所去之地以日本、欧美居多。晚清使臣驻使国外，实地考察和研究资本主义国家的发展面貌，并撰写出了大量以异域文化为书写对象的著述。

（二）晚清驻外使臣的著述

由于长期的自我封闭，中国社会对世界的了解日益陈旧。受国际外交客观形势需要的影响，清政府开始迫切希望了解国外情况，驻外外交官的派出，成为认识外部世界的一种必备途径。清道光年间，许多中国人对西方列强的地理方位都不甚了然，清政府所掌握的外国情况不仅非常零碎，而且错讹百出。1875 年郭嵩焘出使后，不断向清廷发回一些来自国外真实情形的汇报。光绪三年（1877 年）十一月，总署咨行的《具奏出使各国大臣应随时咨送日记》中就对出使大臣有要求："凡有关系交涉事件及各国风土人情"，都应"详细记载，随时咨报"。这样"各国事机，中国人员可以洞悉，即办理一切，似不至漫无把握"。总署认为出使人员的重要职责之一就是要随时汇报"各国如何情形"和"虚实"，故严令"东西洋出使各国大臣，务将大小事件逐日详细登记，仍按月汇成一册，咨送臣衙门（即总署）备案查核。即翻译外洋书籍、新闻纸等件，内有关系交涉事宜者，亦即一并随时咨送，以咨考证"。[②]基于此，出使大臣用呈送日记等方法，向总署提供国外"风土人情"和"交涉事宜"的情况成为惯例。出使大臣们不仅按期递呈，很多人还在国

---

① 沈云龙主编《近代中国史料丛刊》续辑（995 号），《同治甲戌日兵侵台始末》，台湾文海出版社，1983，第 235 页。
② 光绪十九年总署奏定《出使章程》，光绪年铅印本，第 20、21 页。

内刊行和发表出使日记等晚清外交官著述作品。1898 年前曾有 10 位出使大臣刊行出使日记，即郭嵩焘《使西纪程》、刘锡鸿《英轺私记》、陈兰彬《使美纪略》、何如璋《使东述略》、曾纪泽《出使英法俄国日记》、李凤苞《使德日记》、张荫桓《三洲日记》、刘瑞芬《西轺纪略》、崔国因《出使美日秘国日记》和薛福成《出使英法义比日记》，这些作品都是晚清使外文臣出使东西方各国实地考察的内容呈现。

出使大臣日常事务繁忙，为及时向清政府递交日记，他们常让随员、翻译等其他使外文臣写汇报和日记，以便参考。陈兰彬抵达美国之后，"无时或释，即有暇晷，而夙昧洋文洋语，见闻未审，亦难遽笔于书，数月来缀述寥寥"，于是他把参随陈嵩良、曾耀南、陈善言、蔡锡勇等的"散记合并参订"以成日记。薛福成也让王丰镐、胡惟德、郭家骥等人"各置日记一本，每日随所见闻，自一行以至数十行，各听其便，凡纬度、道里、山川、形势、风土、物产、炮台，苟阅历有得，皆可登记"，以备薛"择要选记，免得再费一番查访"。①显然，出使日记等晚清外交官著述中的许多内容和材料取自参随人员之手，保留了大量其他使外文臣介绍国外情况的文字，以及对世界形势和资本主义国家的认识及变革思想。某种程度上可以说，出使日记正是整个驻外外交官团体智慧的结晶，反映了晚清使外文臣群体走向世界、认识世界的总体水平。

除出使日记以外，出使国外的晚清使外文臣还有大量著述。使外文臣把他们在国外的经历、感想、考察研究成果，以游记、笔记、诗文、日记或学术著作等多种形式发表。其中张德彝以多次随使经历为背景创作的数部《述奇》、黎庶昌辗转西洋各国创作的《西洋杂志》、驻德随员王咏霓的《道西斋日记》等作品，在当时的中国社会都产生过一定影响。黄遵宪驻日期间所创作的《日本杂事诗》和《日本国志》更是知晓于海内外。这些著述出现后常常被大量引用和传播，许多作品还适应市场需求不断再版。

翻译西方书籍也是近代中国了解和认识世界的重要途径。在晚清的

---

① 薛福成：《札翻译学生写呈日记》《出使公牍》，台湾华文书局，1968，第 507 页。

翻译领域，虽然西方教会组织、清政府江南制造局翻译馆和京师同文馆等是晚清译述的主体，但许多外交官也热衷于西洋书籍的译介。曾活跃于京师同文馆的外交官就有汪凤藻、凤仪、联芳、庆常、杨枢、左庚等人，在江南制造局翻译馆参加翻译的外交官还有赵元益、钟天纬、徐建寅、李凤苞、瞿昂来、凤仪、吴宗濂等人。他们每人的译书从几本至十余本不等，所译书籍的内容广泛，其中对世界各国的史地沿革、政治经济状况、军备实力、文化风俗习惯、自然科学基础知识以及国际交往惯例等均有涉及，表现出晚清外交官群体对于了解和认知西方社会的强烈愿望。

外交官在国外任职，有机会收集和整理异邦丰富的书籍资料，并编译出了不少书籍。马建忠在驻欧洲时，就曾热衷于翻译《法国海军职要》一书。徐建寅在德国考察期间，也趁闲暇翻译了《德国议院章程》和《德国合盟记事本末》等书，对德国的议院制度和德意志联邦的历史沿革进行详细介绍；姚文栋在日本期间也"先后六易寒暑，得于彼国之政教号令人情风土"，编译出《日本地理兵要》等书；驻日翻译刘庆汾也译有《日本国事集览》一书；出使德国大臣李凤苞在任期间曾译《列国海战记》等四部书；出使英、法、意、比四国的薛福成还曾组织人员编辑《续瀛寰志略》，以备近代国人了解当时世界的最新情况。从晚清外交官的译述来看，其重点在于对异邦政治和军事制度的译介，这不仅是由于这些国家的政治和军事确实在当时领先于世界，更与彼时中国社会"师夷长技以制夷"时代思潮的推动有着直接关系。

综上可以看出，晚清时期，中国外交官的各种著述出现了勃兴的局面，而且著述所涉及的域外文化内容可谓相当丰富。在这些著述当中，晚清外交官的文学创作呈现出一种什么样的状态？其对异质文化有着怎样的思考？其对异质文化的文学书写又具有怎样的特征？其在中国近代文学发展史上的地位如何？若要理清这些问题，就有必要对晚清外交官的文学创作进行整体观照和系统研究，这就首先涉及对晚清外交官文学创作的界定问题。对晚清外交官文学创作的界定，是对晚清外交官文学创作进行整体观照和系统研究的必要前提。

第三节 晚清外交官文学创作的一种界定："使外文学"

一 "使外文学"概念的提出

晚清驻外使臣是清政府直接外交政策的执行者，这些外交使臣在国外广泛接触世界近代的科学成就、社会文化和政治思想等，成为中国近代最早走出国门、接触西方、了解世界潮流和思考中西文化的先行者之一。晚清使外文臣的著述介绍世界的情况，不仅使国人眼界大开，而且对中国思想界也产生了一定的影响。

当然，晚清使外文臣关于东西方世界的著作，并不仅限于日记，还有短篇游记、笔记、诗文以及史地专著等。晚清使外文臣创作的作品，内容驳杂，形式多样，学术界对此并没有固定的专有名词对其包举而囊括之。若从传统目录学来看，这些作品除了诗文以外，都应归于史部地理类外纪之列（依《四库全书》的分类法）。但"外纪"的概念又似乎过于宽泛，不能体现这类作品的内容特性。钟叔河在《走向世界丛书》中采用"载记"一词概括此类作品，但传统的"载记"专指记载历朝历代僭乱遗迹的史籍（《钦定四库全书总目》卷六十六），用于指称晚清使外文臣对于异邦的见闻记述，并不妥当。单从对日记的概述来说，固然可以用"星轺日记"①，也可用朱维铮的"使西记"一词对出使西方的晚清外交使臣日记和笔记作品进行概括。② 陈左高、朱维铮等人虽然对日记等一定体裁范围作品的概括名实相副，然亦未能为使外文臣其他驳杂的创作内容和形式找到一个恰当的称谓。对晚清使外文臣出使国外的文学创作，学界以"域外游记"概括的较为普遍。

晚清域外游记曾引起钱钟书先生的关注。他在《汉译第一首英语

---

① 陈左高：《中国日记史略》，上海翻译出版公司，1990。
② 郭嵩焘等：《郭嵩焘等使西记六种》，生活·读书·新知三联书店，1998。

诗〈人生颂〉及有关二三事》一文中较早涉足研究晚清的域外游记。文章在论述中西文化的暌隔而导致中外文学互译中的尴尬时,将晚清使外文臣的出使日记作为重要的参考资料。文章指出晚清出洋使臣所关注的重点是西洋的科技,对他们对西洋文学的漠视和无知颇感失望。文章还将《镜花缘》《儿女英雄传》等小说文本与使外文臣的域外游记互为参照进行了比较研究,其思路颇具启发意义。而较早提倡对晚清域外游记进行系统研究的当是黄万机的《自强、开放的探寻与呼吁:晚清旅外文学初探》(1995)一文。黄万机先生敏锐地捕捉到了晚清域外游记(文中称旅外文学)的重要研究价值,并称这种文学为"中国近代文学遗产的重要部分,也是值得珍视的部分"。① 朱维铮先生的《晚清的六种使西记》(1996)一文是他为其主编的《郭嵩焘等使西记六种》所做的序言。该文详细考述了郭嵩焘、刘锡鸿、薛福成、宋育仁四人的生平经历及其思想主张,在肯定使外文臣游历日记重要价值的同时,还高度评价了他们作为出现在工业革命和民主革命以后的西方世界的首批中国使者的开拓精神。

王飚在《中华文学通史·第五卷·近现代文学编》(1997)《西学东渐中的文学新变》一章中,对于王韬的海外游记以及郭嵩焘、薛福成、黎庶昌等使外文臣的出使游记进行了较为详细的论述。文章断言晚清域外游记和出使日记"留下了近代散文从载道明理、陈言旧说向务恢新义转化的轨迹;同时在中国散文史上开拓出一片新的领地,创造了一种新的品种"。② 这些论断发前人所未发,颇具学术眼光。王飚还在与关爱和、袁进的对话《探寻中国文学从古典到现代的转型历程——中国近代文学研究的世纪回眸与前景展望》中明确提出:近代的域外游记是"中国文学史上游记文学的新大陆",是"近代文学研究开拓的一个重要方面"。并将其分为"随行者游记""外交官游记""流亡者游记""考察者游记"和"留学生游记"这五大类,更是开始朦胧地注意到了游记作者身份的

---

① 黄万机:《自强、开放的探寻与呼吁:晚清旅外文学初探》,《贵州社会科学》1995 年第 11 期。

② 张炯等主编《中华文学通史·第五卷·近现代文学编》,华艺出版社,1997,第 216 页。

差异，为此类文学创作的研究提供了较好的分类线索。

　　钟叔河先生所著《走向世界：近代中国知识分子考察西方的历史》一书，则为今人所著的少数关于中国近代知识分子西方观念形成和发展历程的富有启发性的论著之一。该书在《走向世界丛书》所做序论的基础上，结合晚清域外游记的内容，阐述了在近代中国社会风雨飘摇的时代背景下，中国知识分子在跨出国门、走向世界过程中歧路彷徨的心路历程，所论多为高怀远识，令人信服。张隆溪先生在《起步艰难：晚清出洋游记读后随笔》一文中也认为，晚清域外游记对于了解国人如何在不得已的情况下步履维艰地走出文化的封闭圈而迈向现代世界，具有极为重要的意义。当然还有一些学者的专论论述晚清外交官的文学创作，或论其单部作品，或谈某一问题，不少文章能以小见大，亦不乏精彩之作。如孙柏的《清使泰西观剧录：19世纪晚清的西方演剧及国人的最初接受》、尹德翔的《晚清使官的西方戏剧观》便抓住了晚清使臣对于西洋戏剧这一重要艺术形式的淡漠、误读与接受，揭示了中西文化与文学的交流与沟通在使外文臣这样的官方层面所遭受到的困境。

　　晚清所派遣的使外文臣，就其文化身份而言，是中国具有深厚传统文化修养的杰出士人[①]，在对于清政府的述职呈文等日记写作中，他们或以政治家的立场，或以传统士人的思考，或兼以文学家的笔触，直接反映了其在使外经历中的所见所闻，他们的作品以中外文化为背景，描述了创作主体参与文化认知的一种身份建构。这一现象，成为认识和研究晚清居庙堂之高的士人们肩负国家使命与外交责任时的一份珍贵的文化资源，为我们打开了直接面向世界时，中国传统士人身份建构的图景，这种由使外文臣出使异邦所创作的作品，本书拟将其称为"使外文学"。

　　"使外文学"是由出使异邦的外交官所创作的文学，是以异域文化

---

　　① 士人：古时指读书人，是对中国古代官僚人文知识分子的统称。士人是一个精英社会群体，中国的官员选拔制度（科举制度）是其形成的制度保证。他们既是国家政治的直接参与者，又是中国文化艺术的创造者、传承者，是中华文明所独有的一个社会集团。提出"士"的理论标准的是孔子。《论语·子路》中子贡问："何如斯可谓之士矣？"孔子答曰："行己有耻，使于四方，不辱君命，可谓士矣。"这就是说，只有严于律己、忠君爱国的人才能称为"士"。孔子的这个"士"和"君子"的概念基本上重叠。

为主要文学书写对象的创作现象，反映了异质文化碰撞所带来的自我与他者文化关系的思考，是文学书写异质文化的一种话语表达方式。

晚清"使外文学"，就是晚清使外文臣的文学创作，和晚清使外文臣的身份相适应，晚清"使外文学"这种文学创作形式至少具有以下三个层面的多重性文化特征。

一是晚清"使外文学"的创作主体，即使外文臣文化身份的多重性。"使外文学"的创作主体是晚清派遣国外的常驻外交官，晚清外交官通常都是中国的传统士人，是古代中国社会人文知识阶层的精英群体，同时具有高级官员的政治身份。不仅如此，晚清使外文臣中的大多数人也是善于文学书写的人，他们有的甚至还是当时社会颇有影响的散文家或诗人。另外，使外文臣中还有些是精研于中国传统学术的人，因此又具有传统文化学者的身份，比如黎庶昌、薛福成、黄遵宪等皆如此，因此由这些多重文化身份特征的使外文臣创作的"使外文学"作品，其内容就自然受到主客观多种因素的影响。除了受制于创作者自身的传统文学素养之外，也受创作主体使外文臣特殊政治身份的影响，并体现了中外文化相异背景所带来的冲击。

二是"使外文学"文学书写对象的多重性。晚清使外文臣出使异邦，肩负着重要的国家使命，在国家意识的实践中，使外文臣所关注的对象就必然涉及异邦文化的方方面面。当然在这种种关注当中，又有两个层面的文学书写形式，一是"使外文学"官方层面的文学书写。官方层面的文学书写，主要是以对异邦国情的了解以及为晚清政府提供参考为出发点，尤其关注异邦的政治制度、军事实力、经济发展、科技实力等，这些对于晚清政府来说，是维持其政权延续最为切要和紧迫的问题。二是"使外文学"个人层面的文学书写。个人层面的文学书写常常关注异域的文化、民俗风情以及自然风物等，但即便是这种相对来说相当个人化的文学书写，其国家意识也是其个人化写作的题中之意。

三是晚清"使外文学"文学书写形式的多重性。就使外文臣创作的文学形式而言，由于"使外文学"的创作主体是在中国传统文化中孕育和自足发展的文学主体，其所赖以表述和采用的文体，自然也就与中国传统的文体密切相关，因此中国传统的散文（包括游记、笔记、日记、传记等）与诗歌等文体，为使外文臣创作时所常采用；使外文臣兼具的特殊政治任务和国家使命，又使他们必须采用一些中国传统的政论，比如奏折、上书等涉及中外事务的论说文体；另有在日常交往中，使外文臣与异邦人士之间文章往来，进行学术讨论和文学创作心得交流的书信以及为异邦人士著述所撰写的序、跋等创作；还有各种政略、志略、纪略等。这些体式各异的文章形式，与"使外文学"创作主体的使外经历发生着联系，也与晚清外交官的多重性文化身份特征密切相关，体现出对中外异质文化的多重性描述与思考，因而对以上创作形式均可以"使外文学"的概念统摄之。唯其如此，我们才能从整体上来观照和解析晚清"使外文学"创作及其与中外文化之间的关系。

　　"使外文学"概念中所使用的"文学"一词的涵盖，借鉴了罗根泽先生的说法，也是对"文学"采取折中义的做法，以期达到解读"使外文学"的合理性。罗根泽先生认为：欲研究"中国文学批评史"，必先确定"文学批评界说"；欲确定"文学批评界说"，必先确定"文学界说"。"文学界说"，各家众说纷纭，莫衷一是，这是由于取义的广狭不同。① 罗根泽先生说："采取广义、狭义或折中义，是个人的自由，我虽采取折中义，并不反对别人采取广义或狭义。不过我之采取折中义也有三种原因：第一，中国文学史上，十之八九的时期是采取折中义

---

① 罗根泽先生认为，文学有三种界说："一、广义的文学——包括一切的文学。主张此说者，如章太炎先生《国故论衡·文学论略》云：'文学者，以有文字著于竹帛，故谓之文；论其法式，谓之文学。'二、狭义的文学——包括诗、小说、戏剧及美文。主张此说者，如萧子显《南齐书·文学传序》云：'文章者，盖情性之风标，神明之律吕也。'梁元帝《金楼子·立言篇下》云：'今之儒、博穷子史，但能识其事，不能通其理者谓之学；至如不便为诗如阎纂，善为章奏如伯松，若是之流，泛谓之笔；吟咏风谣，流连哀思者，谓之文。'合乎这个定义的，现在只有诗、小说、戏剧及美文。三、折中义的文学——包括诗、小说、戏剧及传记、书札、游记、史论等散文。主张此说者，如宋祁《新唐书·文艺传》序首称，'唐有天下三百年，文章无虑三变'。所谓三变，指王勃、杨炯一变，张说、苏颋一变，韩愈、柳宗元一变。王杨所作是骈文，张苏所作是制诰文，韩柳所作是古文。又云：'今但取以文自名者，为文艺篇。'而文章家和诗人，都拉来入传。则所谓文章、文艺，包括骈文（制诰文也大半是骈文）、散文（古文）和诗。"见罗根泽《中国文学批评史》（一），上海古籍出版社，1984，第3～4页。

的，我们如采取广义，便不免把不相干的东西，装入文学的口袋；如采取狭义，则历史上所谓文学及文学批评，要去掉好多，便不是真的'中国文学'、真的'中国文学批评'了。第二，就文学批评而言，最有名的《文心雕龙》，就是折中义的文学批评书，无论如何，似乎不能捐弃。所以事实上不能采取狭义，必须采取折中义。第三，有许多的文学批评论文是在分析诗与文的体用与关联，如采取狭义，则录之不合，去之亦不合，进退失据，无所适从；而采取折中义，则一切没有困难了。"①

童庆炳先生等人也认为："文学历来有三种不同含义：第一，广义文学是一切口头或书面语言作品的统称，包括今天所谓文学和政治、哲学、历史、宗教等一般文化形态；第二，狭义文学专指今日所谓文学，即包含情感、虚构和想象等因素的语言作品；第三，折中义文学是那种介乎广义文学和狭义文学之间的难以确切归类的口头或书面语言作品。从历史演变看，广义文学概念盛行于中国魏晋以前和西方14世纪之前，把文学当作一般文化形态，并无特殊的或专有的性质；狭义文学概念大致完成于中国魏晋时期和西方16~18世纪，强调文学具有不同于一般文化形态的特殊审美性质；折中义文学概念从惯例角度接纳新的难以确切归类的文学现象，如新文体、边缘文体或实验文学。我们主张以狭义文学概念（审美的文学）为中心，并吸纳广义文学概念（文化的文学）和折中义文学概念（惯例的文学）的合理成分，以便形成一种合理可行的文学观。"②

杨慧林在《西方文论概要》一书中谈到，柏拉图在《理想国》当中，曾谈到"诗歌与哲学之间的古老争论"。这一争论的实质在于，诗人和哲学家都认为唯有自己才能解释世界的意义。可见从最古老的意义上说，文学并不只是提供审美的享受，古希腊文学犹如希伯来人的《圣经》一样，也包含着远古初民全部的历史、伦理、教化，也包含着

① 罗根泽：《中国文学批评史》（一），上海古籍出版社，1984，第3~4页。
② 童庆炳主编《文学理论教程》（修订版），高等教育出版社，1999，第69页。

他们对于世界的全部想象和认识。①

张哲俊在其著作《东亚比较文学导论》中考察东亚"文学"一词与西方 literature 这一概念的对应形成时说："文学"一词是东亚共享的汉字词语，用于日常生活，也用于学术研究。"文学"作为近代意义的汉字词语并非是东亚文学的固有术语，原本是西文词语，是 literature 的翻译。汉字在翻译西方术语方面发挥了巨大的作用，也给东亚带来了近代的人文科学。"文学"一词在中国古已有之，但与现在普遍使用的"文学"意义有所不同。现在"文学"的意义是作为美的艺术的文字作品，包括诗歌、小说、戏剧，但这不是中文原本具有的意义。近代的"文学"一词是随着西方文化传入东亚，在翻译中产生和固定，成为东亚文学共同使用的术语。②

被誉为"批评家们的批评家"的美国新批评理论家韦勒克·沃伦在《文学理论》一书中，在谈到文学语言与科学语言的区别时说："文学语言远非仅仅用来指称或说明（referential）什么，它还有表现情意的一面，可以传达说话者和作者的语调和态度。它不仅陈述和表达所要说的意思，而且要影响读者的态度，要劝说读者并最终改变他的想法。"③ 他还指出："一部文学作品，不是一件简单的东西，而是交织着多层意义和关系的一个极其复杂的组合体。"④

因此，有鉴于中外文论批评者对于文学的不同理解，本书将使外文臣创作的具有中外异质文化因素的奏折、上书、序、跋等作品均视为"使外文学"，其中的"文学"一词并非所谓的"纯文学"。

二 晚清"使外文学"的研究范畴

本书之所以将晚清使外文臣的文学创作定义为"使外文学"，目的

---

① 杨慧林编著《西方文论概要》，中国人民大学出版社，2003，第 7 页。
② 张哲俊：《东亚比较文学导论》，北京大学出版社，2004，第 11 页。
③ 〔美〕韦勒克·沃伦：《文学理论》，刘象愚、邢培明等译，生活·读书·新知三联书店，1984，第 10 页。
④ 〔美〕韦勒克·沃伦：《文学理论》，刘象愚、邢培明等译，生活·读书·新知三联书店，1984，第 16 页。

是想强调这种文学与中国晚清外交的特点及其功能有着密不可分的关系，从而对晚清使外文臣的"使外文学"创作有更清晰和多重层面的文化思考。与此同时，从晚清"使外文学"这一特殊的文学与文化现象出发，去探求和认知晚清士人走向世界的心路变化历程。

晚清"使外文学"在近代中国的兴起，实为中国寻求近代化、现代化的时代氛围所赐。1840 年鸦片战争的爆发，惊扰了中国封建帝国的上层统治者，打乱了中国封建农业社会缓慢发展的固有秩序和结构，"天朝帝国万世长存的迷信受到了致命的打击，野蛮的、闭关自守的、与文明世界隔绝的状态被打破了"。① 近代中国可谓遇到了"数千年未有之变局"②，一直以天朝为中心、以中国为天下的晚清士大夫被迫卷入了时代的风云际会，不能不对清帝国的运数乃至数千年中国传统文化的出路进行检讨和反思，如何救亡图存成了近代中国朝野纷纷关注的焦点，而了解夷情、认识西方、变法图强的诉求，则成就了"使外文学"的勃兴。近代长期闭锁的国门一旦被迫向西方开放，西方文化就会源源不断地传入中国，而国人也迫切地想要了解世界并开始陆续走出国门，走向世界。尤其是那些具有特殊身份的晚清常驻国外的外交使臣，他们把自我走向世界的历程和体验以文字的形式记录下来，促进了"使外文学"创作的蔚为风潮。

晚清使外文臣出使异邦所创作的"使外文学"固不同于传统的古典山水游记。从传统士人与使外文臣的双重身份出发，使外文臣所创作的"使外文学"必然需要担负起历史反思与文化交流的重要使命，成为晚清国人走向世界接受近代文明思想洗礼的重要通道，成为不同民族文化之间碰撞、比较、交流的前沿文化场域。19 世纪四五十年代，域外对于中国人来说还相当陌生，出国亲历的机会更是有限，所以这一时期对于异邦的文学描述并未产生多大的影响。进入 60 年代以后，随着洋务运动的推行，公派留学、出国考察和出使异邦开始成为国人回应西

---

① 《马克思恩格斯全集》第九卷，人民出版社，1961，第 110 页。
② 李鸿章：《筹议海防折》，《李文忠公全书·奏稿》卷 24，沈云龙主编《近代中国史料丛刊》续编，台湾文海出版社，1980，第 828 页。

学东渐、了解西方、学习他者的重要途径。此时游历域外虽然主要以官方行为进行，但也呈现出多样格局的并行。这时期问世的以异邦为主要描写对象的使外文学蔚为大观，不仅数量可观，而且引起了强烈的社会反响。

除出使日记外，晚清驻使国外的外交官们还有大量著述。他们把在外国的经历、感想、考察研究的成果，以游记、笔记、诗文或著作等多种形式发表。据杨易粗略统计，在1898年前，至少有53位晚清使外文臣的118部有关外国情况的著述刊行于世。其中以涉及日本的最多，达15部；英国居次，为8部；俄国7部。以日记形式刊行的有28部；笔记、杂记、琐记等23部；政略、志略、纪略等15部。① 这些著述曾被大量引用和传播，许多再版以供需求。

对于如此驳杂的"使外文学"创作进行研究，需要我们借助更多的学科理论和知识才能顺利进行，具有鲜明的综合比较性质。我们可以借助一些新颖的研究方法和理论，对"使外文学"进行不同主题的分析比较，比如说现代性体验、身份认同等。也可以在比较文学形象学视域下对"使外文学"进行跨文化研究，在解读其文学价值的同时，了解近代中国使外文臣认识西方的过程，借以观照近代中国社会自身文化形象的衍生和构建，这些都有待于进一步的探索和深入。在综合运用相关研究理论和方法时，尤其应当关注和借鉴比较文学形象学理论。

比较文学形象学的研究对象是一国文学中对异国形象的塑造或描述，这一形象是在"文学化、社会化的过程中得到的对异国认识的总和"。这就要求在重视文学文本内部研究的同时，超出文学领域进入历史学、文化学、社会学、心理学等领域，跨学科性成为其最鲜明的特点，呈现为一种非常开放的研究态势，晚清"使外文学"研究可以在此基础上有更多重的观照视野，使研究层次更加丰富。

"使外文学"为研究异国形象提供了重要的文学载体，"使外文学"作者的"外交官"身份，必然涉及文化认证与文化转移，中国与异邦

---

① 北京市档案馆编《北京档案史料一九九九·一》，新华出版社，1999，第217页。

文化形象的相互交流与影响的痕迹，必然会在“使外文学”文本中体现出来。形象学理论观点只是为文学研究提供了一个独特的切入角度，并不是完备的可供操作的研究步骤和方法。对于晚清“使外文学”研究而言，这一个崭新的领域并没有现成的研究成果可资参照。因此，如何做到研究方法和文本内容、现代研究理论与传统治学路径相得益彰，需要我们在研究中进一步实践和探索。

三　黎庶昌“使外文学”作品研究的价值

研究黎庶昌“使外文学”创作中对西洋和东洋文化的不同体认，无疑是本书的重点，但黎庶昌只是晚清众多外交使臣中的一员，作为群体而存在的中国外交使臣，他们的“使外文学”创作对东西洋的体认和描述，又是黎庶昌“使外文学”创作的一个重要背景，于是也就自然成为本书所必须给予关注的对象。因此，也只有将黎庶昌的“使外文学”创作和东西洋外交文化经历，置于晚清中国外交的大背景下，置于晚清使外文臣“使外文学”创作的大背景下，才是本书获得准确认知，得出可靠结论的前提。

黎庶昌作为晚清第一批随郭嵩焘出使并常驻西洋的使外文臣，在与西方世界的接触中，他不仅改变了自己对于西方世界的守旧观念，而且也真心地流露出学习西方的愿望。黎庶昌通过其“使外文学”创作，展示了他对西方文明的尊重和重视，实现了他在文学创作上追求“因文见道”和“权时达变”的思想。

黎庶昌的文学创作不仅突破了桐城派的保守文风，更为中国近代散文的发展带来了新的因素，成为近代散文新变的先声。这些改变，都是黎庶昌在面对西方世界时对自我与他者进行比较审视时所产生的，因此，在黎庶昌在对于西方世界的“使外文学”书写中，其所展现的自我与他者的意识是贯穿于作品当中的。就个人而言，黎庶昌有对自我文化形象的缠绵，也有对他者文化的仰慕，而在某种程度上，又实现了对自我形象的超越。

黎庶昌是中国近代的外交官之一，除了这一特殊的政治身份之外，黎庶昌还有着传统士人、散文家、学者等多重文化身份。黎庶昌遵守着传统中国的道统，以儒家治国、平天下的崇高理想作为对自己的鞭策，因此，他对西方的仰慕和尊崇是有一定的限度的，对此当然不能苛求太多。但即便是这样，黎庶昌对于改变国家现状、重塑国家形象的努力，却也实实在在地显示着他在接触西方世界之后，力求改变国家形象，从而加快融入世界，在世界潮流中争取到自己民族国家的一席之地所做的努力。通过认真分析和研究黎庶昌的"使外文学"作品，可以使我们对此获得更为清晰的认识。

黎庶昌出使西洋所著的《西洋杂志》以及其出使东洋与日本、朝鲜朝野文士之间诗文唱和的《重九登高集》《癸未重九宴集编》《戊子重九宴集编》《樱云台宴集编》《己丑宴集续编》《庚寅宴集三编》等诗文集，都是黎庶昌使外文学作品中十分重要的作品，以下章节将分别对其出使东西洋的"使外文学"作品加以详细论述。

第二章

西洋*借镜

——《西洋杂志》与中西文化取向

第一节　黎庶昌及其《西洋杂志》的创作

一　历史浪潮中的忧患承担

某种程度上可以说，晚清走向世界的外交官和留学生等知识分子，正是近代中国最先进入西方社会、了解西方文明，并在中西文化剧烈冲突的历史大潮中，逐渐超越种族偏见，突破封闭心态，并站在民族复兴和人类的进步立场，看待世界文明的中国近代知识分子的先驱者。而与冯桂芬、郭嵩焘、薛福成、马建忠、黄遵宪、容闳、王韬、郑观应等近代先驱者声名相当的黎庶昌，与他同时代的先行者一样，也曾经受过中西文化的碰撞，并由此开始探索中西文化。

黎庶昌所生活的年代，正是中国面临亘古未有的大变局的时代，用

---

*　西洋是古代中国人以中国为中心的西部地域概念。明朝时期的西洋是指今文莱以西的东南亚和印度洋沿岸地区，广义西洋还包括欧洲等地。晚清用西洋一词特指欧美国家，相当于今天"西方世界"这个含义。西洋概念与东洋、南洋等概念相对应，南洋指东南亚，东洋指日本。

薛福成的话说，就是"华夷隔绝之天下，一变而为中外联属之天下"。①
19世纪是东西文化激烈碰撞和交汇的世纪，对当时的中国人来说，又
是一个面临着生存还是毁灭、富强还是贫弱、尊荣还是屈辱的决定性历
史命运的世纪。中华帝国虽然有五千年的文明史，早已脱离了"野蛮
民族"的发展阶段，然而当中国的商品经济还在封建母体中喘息呻吟
时，西方的资本主义商品经济早已克服重重障碍，发展壮大起来，并用
一切可能的手段，向一切能获利的地方进行资本的渗透和扩张。面对西
方正在飞速进步而中国却停滞不前的严酷现实，张之洞曾发问道："岂
西人智而华人愚哉？"他在分析西方"开辟也晚""进境尤速"的原因
时认为："欧洲之为国也多，群虎相伺，各思吞噬，非势均力敌，不能
自存。故教养富强之政，步天测地、格物利民之技能，日出新法，互相
仿效，争胜争长。且其壤地相接，自轮船、铁路畅通以后，来往尤数，
见闻尤广，故百年以来，焕然大变，三十年内，进境尤速。"② 19世纪
中叶，在以西方坚船利炮为先导的军事进攻和打击之下，西方文明也紧
随其后带来了冲击波，在中国各个知识阶层中引起了多种反响。有人闻
风丧胆而屈膝投洋，有人自愧形秽而崇洋媚外，有人夜郎自大而盲目排外，也有人反躬自省而奋发图强。发奋图强者，多为能睁眼看世界，既勇于维护民族的尊严，又勇于学习西方文明的士大夫中的先行者，黎庶昌就是这发奋图强者之一。

黎庶昌1837年（清道光十七年）出生于贵州黔北具有"中华文化第一村"③之称的沙滩，在这块土地上，拥有独具一格的西南文化积淀。从明末至清末，沙滩方圆几里

黎庶昌（1837～1898）

① 薛福成：《变法》，任继愈主编，郑振铎编《中华传世文选·晚清文选》，吉林人民出版社，1998，第219页。
② 冯天瑜、何晓明：《张之洞评传》，南京大学出版社，1991，第12页。
③ 张杰、张靖、李鹰编著《贵州》，广西师范大学出版社，2007，第195页。

范围之内，其文化沿袭 300 余年，涌现出数十名举人进士，尤其清代嘉道咸同之际，以郑珍、莫友芝、黎庶昌为代表的数十名沙滩文人学者，其著述多达 200 多种，2000 余万言，内容涉及经史、诗文、音韵、地理、训诂、版本目录、科技、金石、书画等十多个领域，多方面的文化学术成就均引起重视，曾在中国文化史上产生过一定影响。而沙滩文化名人的文学成就也同样引人注目，在整个沙滩的文化和文学传统影响之下，各个时期的沙滩文人学者均有文学作品问世，在中国文学文化史上留下了自己的身影。其中清代出现了蜚声文坛的"郑、莫、黎"三家，郑珍和莫友芝在诗歌方面的创作最为杰出，他们的作品不仅在一定程度上反映了当时的社会现实，而且对贵州地区的山水奇景、民俗风情也有一定篇幅的描写。明清文学专家钱仲联教授对郑珍诗有较高的评价，他在《梦苕庵诗话》中说："郑子尹诗，清代第一。不独清代，即遗山（元好问）、道园（虞集）亦当让出一头地。世有知音，非余一人私言。"又云："子尹诗，才气工力俱不在东坡下。"① 就莫友芝与郑珍相比较，钱仲联认为："莫友芝与之齐名，但《郘亭诗》多以考订议论为诗，虽有山水及旅程之作，亦学古未化，非子尹之比也。"② 所以，钱仲联赞曰："清诗三百年，王气在夜郎。经训一菑畬③，破此南天荒。莫五偶齐名，才薄难雁行。"④ 而青少年时代的黎庶昌正是在沙滩黎恂、莫友芝、郑珍等宗族前辈和师友的教诲和勉励之下，浸润在传统文化的宝库里求知成长。其家境虽清寒，然而这种寒苦却成为他成才的催化剂。

　　21 岁时，黎庶昌获赏"府学廪贡生"。青少年时代的黎庶昌已表现出强烈的政治抱负，他在《答李勉林观察书》中回忆道："十七八岁时，读古人之书，即知慕古人之为，思以瑰伟奇特之行，震襮乎一

---

① 钱仲联：《梦苕庵诗话》，齐鲁书社，1986，第 280 页。
② 钱仲联：《论近代诗四十首》，《社会科学战线》1983 年第 2 期。
③ 《尔雅》："田一岁曰菑，二岁曰新田，三岁曰畬。"
④ 钱仲联：《论近代诗四十首》，《社会科学战线》1983 年第 2 期。

世。"① 为了实现抱定的政治抱负，黎庶昌跋山涉水，先后两次赴京师应考，均名落孙山。诚然，科举考试的失利对血气方刚的黎庶昌来说无疑是个很大的打击，然而，黎庶昌并没有因此而退缩，他回到家乡，一面继续刻苦攻读，一面又深入细致地观察研究社会状况。后恰逢咸丰十一年（1861 年），载淳（同治帝）即位，"两宫"垂帘听政，下诏求言，欲求挽倾亡之策，此时朝廷大小臣工却无一人敢于勇进片言只字。1862 年，年仅 26 岁的黎庶昌，虽明知有"罪该万死"之险，但他仍以"干犯天威"的胆量，接连两次上呈《上穆宗毅皇帝书》（也称《万言书》），恳切而坦率地提出了改革弊政的一系列对策，显示出非凡的胆识。

在《上穆宗毅皇帝书》中，黎庶昌曾开宗明义地指出当时清政府所面临的危急情势，他说："臣观今日之大势，犹贾生所谓病肿，四肢不能运用。窃恐日削月弱，痿惫不起之症，深中膏肓，一旦元气厥绝，而国有不济之患矣！"② 黎庶昌还把当时的社会弊端精确地概括为天下"十二危"和京师"十危"："臣窃计今天下其危道有十二：而贼与外夷不与，开捐取利，上下交征，一危也；冗官芜杂，贻害百姓，二危也；捐厘抽税，刻剥无已，三危也；律例牵掣，百度不张，四危也；空言粉饰，务为太平，五危也；言路不宏，闻多隘，六危也；士无实行，正气不伸，七危也；礼义廉耻，上无倡率，八危也；官人不择，授例是铨，九危也；州县无权，滥受轻调，十危也；兵制破坏，散漫不修，十一危也；财源闭竭，不思变通，十二危也。不仅如此，京师亦有十危焉：无劲兵，一也；无一月之储，二也；多游民，三也；盗贼公行，不用重典，四也；旗人坐食，毫无生计，五也；商人把持物价，涌贵不常，六也；律例屡更，法令不一，七也；户口繁重，无所统纪，八也；官禄不给，无以养廉，九也；闲暇时日，不策备防，十也。凡此危道不除，而

---

① 黎庶昌：《拙尊园丛稿》，沈云龙主编《近代中国史料丛刊》第八辑，台湾文海出版社，1967，第 88 页。

② 黎庶昌：《拙尊园丛稿》，沈云龙主编《近代中国史料丛刊》第八辑，台湾文海出版社，1967，第 22 页。

欲底治天下，岂不难哉乃者?"① 黎庶昌不仅在第一书中列举了天下和
京城的种种弊端，而且在其《上穆宗毅皇帝第二书》中开篇就对症下
药地开出了治理的药方："臣闻自古天下有治人无治法。孔子亦曰'人
存政举'，治世之要，不出此两言而已！得其人，则虽进今日为三代也
可；不得其人，则纷更扰乱，以图一日之安不能也。"② 黎庶昌反复强
调"得其人"，其目的在于提出："求贤为今日第一义。"③

　　黎庶昌不断强调，"贤才者，国之元气也。人无元气则亡，国无元
气则灭。"④ 对于如何做到视才、辨才、选才、用才、培才等有关人才
的问题，黎庶昌的《上穆宗毅皇帝书》用大量篇幅做了一系列论述。
为了真正能够选取"贤才"，黎庶昌提出："无论山林隐逸，布衣缙绅，
末僚下位，皆得被举，由地方官给资入京，许驰驿朝庭试以事。或如汉
以盐铁发论，反复诘难，能自理其说者，量才官之，汇效者不次超擢，
毫无发明者放还。大吏无真知，听其缺而不举。如举主系情托受贿，或
参劾，或访闻，与被举者同坐罪。"⑤ 黎庶昌唯贤才是举的主张，可以
说是一针见血地洞见了晚清衰微以及吏治腐败的病根，他接连两次上呈
《上穆宗毅皇帝书》，不仅显示了他不惧权贵的大无畏勇气，也凸显了
他对中国命运的深重忧思。在当时的历史条件下，这不仅需要巨大的胆
量和超人的勇气，而且也需要丰富的历史知识和较深的社会阅历，如果
没有对社会弊病的长期关注和辨析能力，黎庶昌也断然提不出这些
观点。

---

① 黎庶昌：《拙尊园丛稿》，沈云龙主编《近代中国史料丛刊》第八辑，台湾文海出版社，
　　1967，第 34~35 页。
② 黎庶昌：《拙尊园丛稿》，沈云龙主编《近代中国史料丛刊》第八辑，台湾文海出版社，
　　1967，第 38 页。
③ 黎庶昌：《拙尊园丛稿》，沈云龙主编《近代中国史料丛刊》第八辑，台湾文海出版社，
　　1967，第 39 页。
④ 黎庶昌：《拙尊园丛稿》，沈云龙主编《近代中国史料丛刊》第八辑，台湾文海出版社，
　　1967，第 22 页。
⑤ 黎庶昌：《拙尊园丛稿》，沈云龙主编《近代中国史料丛刊》第八辑，台湾文海出版社，
　　1967，第 39 页。

二 出使西洋经历及《西洋杂志》

黎庶昌以"干犯天威"的忧国精神，向同治皇帝呈《上穆宗毅皇帝书》，却幸运地并未得到"罪该万死"的结局，反而被起用。起用的过程正是他自己所主张的不可"以文取才"，要经过试用之后再辨别其是否为真正的"贤才"。1862 年 10 月 18 日，皇帝降旨："黎庶昌著加恩以知县用，发交曾国藩军营差遣委用，以资造就。"① 曾国藩手下幕僚可谓人才济济，黎庶昌刚到曾氏大营，起初并未受到太多重用，只被"委办保甲"，后来曾氏逐渐发现黎氏的才干，于是将其安排在自己身边襄理经办文书事务。后来曾国藩调任直隶总督，还亲自上疏举荐黎庶昌说："黎某与臣朝夕互对数年，外甚朴讷，内有抗心古哲，补救时艰之志。"② 后曾国藩任两江总督，又调任黎庶昌为青浦知县。曾氏辞世后，光绪二年（1876 年）郭嵩焘出使英、法、德、日四国，遴选黎庶昌为三等参赞，黎庶昌从此走上了国际外交的大舞台。

黎庶昌 1876 年随郭嵩焘出使到西洋，其传统士人的文化观念开始受到西方异质文化的冲击。在 1876 年以前的 14 年宦海生涯中，黎庶昌仅仅作为一个有着"补救时艰之志"和使命感的士大夫，先后从事过幕僚、县官和权务等事务，在清帝国闭塞的官僚体制内苦辛谋略，他对于政治的黑暗、吏治的腐败、人民的疾苦有着深切的体会，对于振兴国家的渴望也极为迫切。在清帝国统治正一步步走向没落的深渊，处于慈禧太后所谓的"纸老虎拆穿"③ 的困境之时，作为一个爱国文人，黎庶昌也时刻关注着国家的前途与命运，但是囿于环境和眼界的局限，黎庶昌对于危机中的中国何去何从，自然还脱离不了传统皇权思想的拘囿。而当西潮东涌滚滚而来之时，清帝国的国门再也关不住了，清王朝也不

---

① 黎庶昌：《拙尊园丛稿》，沈云龙主编《近代中国史料丛刊》第八辑，台湾文海出版社，1967，第 58 页。
② 黎汝谦：《诰授资政大夫出使大臣四川川东道黎公家传》，转引自冯楠总编《贵州通志·人物志》，贵州人民出版社，2001。
③ 朱维铮、龙应台编著《维新旧梦录：戊戌前百年中国的"自改革"运动》，生活·读书·新知三联书店，2000，第 66 页。

得不与叩关者办交涉事宜以图生存的机遇，黎庶昌终于有幸成为清朝外交使团的一名驻外使臣而走向世界。

1876年，40岁的黎庶昌以三等参赞的身份随郭嵩焘出使西洋，作为一名参赞官，在随郭嵩焘出使英、法、德的五年中，黎庶昌参与了大量的外交活动，诸如陪同公使向各国呈递国书，代表中国出席在巴黎召开的关于建造巴拿马运河的国际会议并发言，参加巴黎世界博览会，与英国交涉喀什噶尔事件，商议在新加坡等地设立中国领事馆，协办英船华工案等诸如此类的事宜。除此而外，出使西洋使黎庶昌有更多的机会亲自接触和了解西方社会各个层面和各色人物，看到了许多新鲜事物。黎庶昌对西洋各国的生产方式、政治制度、教育文化、风俗民情等极为关注，他利用一切可能的机会认真考察、研究西洋社会，并有意识地将诸多与中国社会相异的见闻加以记录和书写，其见闻和识见在《西洋杂志》一书中有突出的体现。《西洋杂志》的成书与黎庶昌驻使欧洲的经历密切相关，黎庶昌驻使欧洲的主要经历有：1877年初随郭嵩焘驻使英国，1877年冬随刘锡鸿驻使德国，1878年4月调任驻法使馆参赞，1880年改任驻日斯巴利亚国（西班牙）参赞。他并且先后在欧洲游历过瑞士、意大利、荷兰、比利时等国，直到1881年回国就任出使日本国大臣结束。《西洋杂志》1900年最初刊行于世时，收集了黎庶昌出使西洋期间所写的杂记、游记、书简和三篇地志，此外还收录了郭嵩焘、刘锡鸿、陈兰彬、李凤藻、曾纪泽、罗丰禄、钱德培等使外文臣关于西洋的记述片段。《西洋杂志》以简洁、生动的笔调向国人展示了西洋主要国家的政治制度、经济状况以及文化、教育、风俗、民情等诸多方面的情况，开阔了读者的眼界，是黎庶昌作为使外文臣匡时救世、实现民富国强的多重文化身份意识的体现。

黎庶昌《西洋杂志》

黎庶昌传统士人、使外文臣、晚清官员、文学创作者、学者等多重文化身份的重叠，使他对西洋世界的观察和发现，蕴含着更丰富的文化信息，引导着当时读者对洋人和洋务的了解，也引发了读者对于中国未来发展道路的思考。正是从这个意义上，笔者把《西洋杂志》视为一部引领中国人走向世界的杰出作品，而在此书中大力介绍西方物质文明和精神文明的黎庶昌，则是晚清使外文臣接纳和客观对待西洋文明的先行者之一。

第二节　黎庶昌多重文化身份意识下的西洋文化取向

在出使西洋的五年时间里，黎庶昌从传统士人、使外文臣、晚清官员、文学创作者、学者等多重文化身份出发，对西洋各国的外交策略、政治制度、经济发展、军事实力、文化教育、民情风俗等进行了多层面的观察与比较认证，其对西洋异质文化的思考和启发记录于《西洋杂志》，遂使其《西洋杂志》成为中国近代记录并思考西方异质文化冲突的一部重要的"使外文学"作品。

一　"变局观"及其对外交往策略的选择

吴宝晓说："变局观念实际上是强敌压境情况下产生的一种危机意识，1860年以后，部分人开始认识到，西方入侵是中国几千年未曾遇到过的新情况。据统计，从1861年到1890年，至少有43个人论述过变局思想。黄恩彤把这种新情况叫作'变动'，黎庶昌称之为'大变'，王韬把这叫作'创事'，丁日昌、瑞麟、曾纪泽和李宗羲称之为'创局'；最通常的概念是'变局'。但在1840年到1860年，只有一个叫黄钧宰的扬州秀才在1844年认识到，西方的到来是一个'变局'。"①

1862年（同治元年），黎庶昌以廪贡生身份呈递了《上穆宗毅皇帝书》，该上书归纳了中国自周以来所经历的"变"与"害"，显示了其

_____
① 吴宝晓：《初出国门：中国早期外交官在英国和美国的经历》，武汉大学出版社，2000，第36页。

对于中国国运深邃的历史思考，该书言道：

夫中国者，天命人心之所依归也，衣冠礼乐之所萃聚也，百代圣君贤臣之所维持以至于今日者也。自周之衰，嬴秦恣兴，残虐生民，为中国一大变；五胡云扰，冠履涂炭，为中国二大变；五季之际，纷争战伐，五十余年，暗无天日，为中国三大变；金元祸宋，古所未有，为中国四大变。四变之中益以三大害：杨墨之无君父，一大害也；黄老之清静无为，二大害也；佛氏之虚无因果，中于人心，牢固而不可破，三大害也。中国经此四变三害，而天地之正气几乎息，先王之礼乐法度扫地尽矣。我圣祖皇帝以尧舜之德，修文武之政，使天命人心有所依归，使衣冠礼乐有所萃聚，使百代圣君贤臣之所维持者敝坏而复整，是以天下为寿为富且二百年。至于今日英法诸夷之祸，合四变以为一大变者也：耶稣之教，合三害以为一大害者也。堂堂中国，坐令数千魑魅魍魉横行而无毫发之忌惮，恣睢不道，惟所欲为，此天地神明之所震怒，忠臣烈士所痛心疾首，愤不愿与俱生者也。先帝北狩之痛，天下臣民未尝一日忘诸心也。陛下岂肯含垢蒙耻，隐而不言，置而不问，以听中国之毙哉！外夷之志在中国，不自今日始也。乾隆、嘉庆之际，窥伺已深，当时中国元气尚厚，惟以优容示为宽大，而不知遗祸之烈至于如此。若再姑息隐忍，臣恐数十百年后，挈二百余年衣冠礼乐、子女玉帛之天下，一旦被发左衽于夷狄，变人类为禽兽，化孔孟为耶稣，尽四民为行教，稍有变动，而中国不可复闻矣。陛下銮舆返正已久，不闻进天下贤豪，与王大臣等议所以控驭之方，筹所以防备之策，思所以殄灭之道。而姑息之，苟安之，不知外夷豺狼之心，制之受其害，不制亦受其害。制之害速而浅，犹有再振之机；不制祸大而迟，终成噬脐之患。①

---

① 黎庶昌：《拙尊园丛稿》，沈云龙主编《近代中国史料丛刊》第八辑，台湾文海出版社，1967，第23~26页。

黎庶昌对西方列强入侵中国以及基督教在中国的渗透和传播特别关注，忧心忡忡，他认为西方入侵中国，是天地间一大变，在西方军事和文化入侵中国以前，中国有"四变三害"。"四变"即暴秦统治、五胡乱华、五代战乱和金元祸宋，"三害"为杨墨之无君父、黄老清静无为和佛教之流传中国。"中国经此四变三害，而天地之正气几乎息，先王之礼乐法度扫地尽矣"，英法侵略中国，"合四变以为一大变者也；耶稣之教，合三害以为一大害者也"。在这里，黎庶昌将西方国家视为中国古代的"夷狄"。

在《上穆宗毅皇帝书》中，黎庶昌儒家思想主导的国家忧患意识以及他对儒家礼仪法度的坚守和维护可谓异常鲜明。更为重要的是，从儒家礼仪法度的被破坏当中，黎庶昌看到了一种可能会导致大祸的"变局"，黎庶昌看清了长期以来西方列强对于中国恃强凌弱和文化渗透的动机，如果对此变局置若罔闻，不加重视，很可能出现"中国不可复闻矣"的大变局，因此黎庶昌的"变局观"是对疗救晚清颓势的强烈呼吁。

为了疗救晚清国运衰微，黎庶昌在1862年上同治帝的两道《上穆宗毅皇帝书》中，对于清朝内政直言敢谏，颇多触犯忌讳之处，年仅26岁的他虽然对于国事有一定的见识，但对有关涉外事务的论述，仍脱离不了尊王攘夷的窠臼，后来在曾国藩幕磨炼了14年之后，得以交识天下名士英豪，后又出使西洋，与西洋各国外交，对于天下大势，才逐渐深悉其趋向。为了更加了解西洋外交，黎庶昌充分利用他在西洋各国从事外交工作的机会，对西洋外交进行细致的观察。晚清使外文臣不得不时常应对国际外交事务的摩擦和世界局势的变化，新疆喀什噶尔事件的发生，对于刚步入国际外交舞台的黎庶昌来说，是一次重要的经历，并对其后来的对外交往策略选择产生了一定的影响。

1864年，从库车爆发的叛乱顷刻间便波及新疆全境。为了响应当地穆斯林的要求，浩罕汗国①掌权者阿里木库里联合大和卓的曾孙布素

---

① 浩罕汗国，中亚古国之一，18世纪初由乌兹别克明格部落建立，1876年为俄国所亡。浩罕的国教是伊斯兰教苏菲派的支脉依禅派。

鲁克，对喀什出兵。然而，出兵军队中的领导者阿古柏在到达新疆后，与布素鲁克趁混乱夺取了喀什的穆斯林政权，并建立了哲德沙尔汗国，一时几乎占领新疆全境，宣布从浩罕独立，史称新疆回乱。1867 年（同治六年），阿古柏在英国的秘密支持下，从中亚入侵我国的南疆，到 1870 年秋，阿古柏攻占达坂城、吐鲁番、乌鲁木齐、玛纳斯，占领了新疆的大部分地区。阿古柏一方面依附土耳其，联合土耳其等国与其相互策应，另一方面又以通商的许诺拉拢英俄两国。英国也想趁此机会挟持阿古柏独立建国，将其变为英帝国的殖民地，英国使臣威妥玛还几次向清政府提出许诺喀什噶尔独立的请求。

面对阿古柏的入侵，清廷上层意见颇为分歧，李鸿章等主张放弃新疆而退守关内，清廷中有的大臣也主张放弃天山南路八城，册封阿古柏为外藩。陕甘总督左宗棠等则坚决主张收复新疆，用武力先夺回喀什噶尔，再收复被俄国侵占的伊犁等地。左宗棠从维护国家领土完整的大局出发说："臣一介书生，位极人臣，今年已六十有五，何敢妄贪天功？惟伊犁既归俄有，阿古柏又据喀什噶尔，若置之不问，必有日蹙百里之势，后患何堪设想。"[1]清政府于是同意左宗棠的武力对策，并委任他为钦差大臣，赴新疆督办军务，率兵西征。光绪二年（1876 年），也就是黎庶昌随郭嵩焘出使英国的同年 8 月，左宗棠率 7 万多西征军进入乌鲁木齐，平复了天山北路。阿古柏见势不妙，立即派人前往伦敦向主子求援。英国政府出面向清政府调停，提出："（一）喀什噶尔愿以中国大皇帝为主，但现在所据之地，总须准他专管，由牙古波阿密尔按时派使进贡。所呈贡文内，总需有称臣字样。（二）中国与喀什噶尔，必须将界址划清。（三）订明两国如应该帮助处，必须彼此互相帮助。"[2] 从这三个条件的提出来看，英国对清政府采用了软硬兼施的外交策略，要求当时驻英公使郭嵩焘将其要求转奏清廷。英国这样袒护阿古柏，是因为在阿古柏占据南疆之时，英国就已与其伪政权订立了条约、互遣了使

---

① 萧一山：《清史大纲》，经世学社，1944，第 237 页。
② 黎庶昌：《西洋杂志》，湖南人民出版社，1981，第 28 页。

臣。但此时左宗棠等人所率的军队已对阿古柏军事力量造成了沉重的打击，其伪政权也行将崩溃，英国的出面"调停"，其实只是企图使苟延残喘的阿古柏政权得以合法化。

在对待喀什噶尔这件国际外交变局事件上，黎庶昌显示了强硬的国际外交态度。黎庶昌对新疆地区喀什噶尔独立一事，坚持反对态度，他站在维护国家领土主权完整的立场上，劝阻郭嵩焘向清廷上奏英国提出的调停条件，他在《郭少宗伯咨英国外部论喀什噶尔事》一文中对英国的外交斡旋看得很透彻："其时适有喀什噶尔使人来英，盖因中国兵势甚盛，叠次克捷，国将不支，特求援助。英国之私意，欲建喀什噶尔自成一国，为印度藩篱。其外部丞相德尔比令威妥玛屡向宗伯（郭嵩焘）处缓颊，邀使人于威妥玛家便见宗伯，并拟约章三条，行文照会相商，谓立国仍以中国大皇帝为主，称臣朝贡，而英与俄共保护之。宗伯因其所请，据以入奏。然当时庶昌逆料：喀什噶尔业已破坏，万无久存之理，老湘军一营（指左宗棠部队），百战不挫，必蒇大功，欲乞宗伯寝此奏而不克。"[1]

光绪四年冬，喀什噶尔叛乱彻底被平定。从对喀什噶尔事件的外交处理来看，黎庶昌能够综合正确地分析英国外交斡旋的真实意图，也对英国在国际外交舞台上的影响力有深刻和充分的认识。在《与李勉林观察书》一文中，黎庶昌就描述了他对英国的总体印象和认识："伦敦都会大于上海二十倍，街衢广阔，景物繁华，车马之声，殷殷訇訇，相属不绝。夜则万灯如昼，论者谓气局冠于欧洲，以此可以推知其国矣。"[2] 在《上沈相国书》中，黎庶昌还进一步分析了当时的中英关系："庶昌自出洋以来，将及一载，身所经历国都有四：曰伦敦，曰巴黎，曰不鲁塞而司（比利时），曰伯尔灵。其气象规格以伦敦最为壮阔，而国政号令之所从出，人情之趋向，亦以英国为最整齐。一履其庭，即知该国之可与联和，而不易与竞争。中国与外洋立约通商，以英之码头为

---

① 黎庶昌：《西洋杂志》，湖南人民出版社，1981，第28~29页。
② 黎庶昌：《西洋杂志》，湖南人民出版社，1981，第180页。

最多，其贸易亦较他国为盛。"① 因此，在国际"强权外交"的时代氛围中，黎庶昌审时度势，权衡利弊，在他后来的外交方略中，他一直主张将英国作为"择交"的大邦之一，这反映出黎庶昌在"弱国无外交"的时代环境下，能够审时度势，做出最有利于中国的国际外交策略选择，尽管这样的选择充满了矛盾和无奈。

黎庶昌对资本主义列强一贯奉行的"强权外交"心存戒备，他知道，列强在国家利益相关之时，并不会讲所谓"公理"，也不会守所谓"公法"。当然，在对国际外交形势的认识上，晚清使外文臣受西洋各国表面文章迷惑的人也大有人在。比如首任驻英公使郭嵩焘就说："近年英、法、俄、美、德诸大国，角立称雄，创为万国公法，以信义相先，尤重邦交谊，致情尽礼，质有其文，视春秋列国殆远胜之。而俄罗斯……英吉利……足称二霸……绝不以逞兵纵暴掠夺为中心。其构兵中国，犹展转据理争辩，持重而后发。"② 郭嵩焘迷信所谓"万国公法"，将西洋列强的侵略行径称为文明有礼，非"纵暴掠夺"。而黎庶昌对所谓的万国公法并不迷信，甚至对于强权外交背景下的"礼义"作用也深表怀疑，他在《上沈相国书》中说："现今国家遣使四出，在外洋亦知中国之谊，意在联络邦交，渐臻融洽，迥非昔年情事可比。独至一遇公事交涉，则各国俱颇自尊大，纯任国势之强弱以为是非，斯固未可尽以理喻。徒执礼义以相抵制，彼且视为漠然。"③

黎庶昌驻使英国仅两个月，通过对欧洲各国外交的观察，对国际形势产生了较为清醒的认识和较为准确的判断。《与李勉林观察书》一文对当时的国际形势有这样的论述："大抵西洋今日各以富强相竞，内施诈力，外假公法，与共维持，颇有春秋战国遗风。而英实为之雄长。俄罗斯虎视北方，屡欲吞并土耳其，而迟回审顾，不敢公然违盟者，徒为英所劫持耳。法于德亦未忘旧耻。纵观大势，目前尚未暇注意东方。中国诚能于此时廓开大计，与众合从，东联日本，西备俄罗斯，而于英法

---

① 黎庶昌：《西洋杂志》，湖南人民出版社，1981，第182页。
② 郭嵩焘：《伦敦与巴黎日记》，岳麓书社，1984，第91页。
③ 黎庶昌：《西洋杂志》，湖南人民出版社，1981，第182页。

等大邦择交一二，结为亲与之国，内修战备以御外侮，扩充商贸以利财源，此非不足大有为于时也。否则敬慎守约，不使官民再启衅端，亦可十年无事。若犹偃然自是，不思变通，窃恐蚕食之忧，殆未知所终极。"① "大抵西洋今日各以富强相竞，内施诈力，外假公法，与共维持"，这是黎庶昌对于西洋各国外交实质的判断，这种判断无疑是准确的，这充分体现了黎庶昌对国际外交的洞察力。由此，黎庶昌积极主张加强国力，并以之作为外交的后盾。当然，黎庶昌认为西洋各国外交纷争的局面"颇有春秋、战国遗风"，则又凸显黎庶昌中国传统士人认知世界的一种模式，也就是说，在黎庶昌中国传统士人的意识中，西方所有的，早已为中国所有，一切都只不过是中国形象的比附而已，并不值得大惊小怪，这种自我与他者文化关系互动的认证模式，流露的是黎庶昌传统士人身份意识主导下的对于传统文化的留恋。虽然黎庶昌对英国等西方强国存有"结为亲与之国"的幻想，但其利用列强之间矛盾，趁其尚无暇东顾之机发展国家实力的设想，实颇具战略家的眼光。

鉴于列强彼此之间存在复杂的矛盾，黎庶昌主张联络一两个强国以应对对中国威胁最大的俄国。在《上沈相国书》一文中，黎庶昌做出了这样的分析："窃谓今日时势，似宜有一二强大之国，深与结纳，以为外交，殆未可一律相待，使无轻重厚薄之分。欲择所从，则莫如英为宜矣。俄虽与国为邻，而行事谲诈，欧洲之人，无不心畏而恶之，此殆未可深恃者也。"② 此论与黎庶昌《与李勉林观察书》中提出的"联英防俄"的外交方略相呼应。当然，由于黎庶昌对西方列强的本质认识不深，所以采取联英抗俄的方针，未必十分妥当，但他积极防俄的方针具有很强的针对性。

在黎庶昌的外交思想中，对俄国志在并吞他国领土的野心有着较为清醒的认识，他对俄国"行事谲诈""志在得地南侵，蒙古、新疆，垂涎已久"③ 的行径十分警惕。清咸丰年间，俄国就已经吞并了我国黑龙

---

① 黎庶昌：《西洋杂志》，湖南人民出版社，1981，第 180～181 页。
② 黎庶昌：《西洋杂志》，湖南人民出版社，1981，第 182 页。
③ 黎庶昌：《西洋杂志》，湖南人民出版社，1981，第 183 页。

江以北的大片领土；同治年间又出兵占据新疆北部的伊犁地区。左宗棠等主张出兵新疆，采取武力平定阿古柏等叛乱，并向俄国索还伊犁；李鸿章等则主张"放弃关外"，即放弃玉门关以外的大片国土以自保。黎庶昌坚决支持左宗棠以武力平叛并索还伊犁的主张，反对李鸿章等放弃国土的卖国行径。他在《答曾侯书》中写道："当咸丰年间议割黑龙江时，以为弃此数千里不甚爱惜之地，以惠俄人，重订新约，当可保百年无事；乃未曾十年，而伊犁已入俄人之手矣。新疆道远费重，人人谓难。假令中国此时笃守先王'不勤远略'之义，即举新疆而尽让之，画嘉峪关以为守，而关内仍不能不以重兵屯扎。俄人得尺近丈，又不数年，而驻军哈密等处，复假通商为名，以与中国议增口岸，求索他地，不则与我兵戎从事，其将何以自处？一国如是，他国又从而效之，更何以自处？"① 黎庶昌对俄国贪得无厌的本性可谓了如指掌，并对妥协可能引发的列强侵吞中国疆土的连锁效应深感忧虑，并对那些主张舍弃边疆远地的"小儒"行为十分反感。曾任驻英法公使和驻俄公使的曾纪泽，曾在英国《亚洲季刊》上发表文章，认为经过中法战争之后，"反而中国与西国人相交，更为亲睦，更出以实心，为从前所未见……诸国有所请于中国，苟能合理，每许虚公妥议，可从则从，从前亦无此舍己从人之美意……愚以中国虽记其前之屡败，决不愿弃其和好之心，盖中国不似他国，一受灾害始终切齿。"② 对列强要求给予满足，以"舍己从人"的"美意"求得表面上的邦交友好，这为黎庶昌所不为。黎庶昌在《答曾侯书》中谈及新疆问题时，明确地指出："故今日之力争新疆，与异日之力守新疆，其用兵皆非得已。诸葛武侯所谓'住与行劳费正等'也。若依中国小儒之见，不但新疆可弃，即西北等省亦在可弃之列，只留东南数处足矣！"③ 黎庶昌对国家主权和领土完整尤为看重，他从不对列强的侵略野心掉以轻心。后来，左宗棠以武力平定南

---

①　黎庶昌：《西洋杂志》，湖南人民出版社，1981，第188页。
②　中国人民大学中共党史系、中国近现代政治思想史教研室编《中国近代政治思想史参考资料》（上册），1981，第283页。
③　黎庶昌：《西洋杂志》，湖南人民出版社，1981，第188页。

疆，陈兵伊犁对曾纪泽的对俄谈判提供了有力的军事支援，终于促使俄国改约，俄军退出伊犁，祖国西北 200 多万平方公里领土得以保全。

黎庶昌一直认为，沙皇俄国的侵略性对我国北方构成了潜在的严重威胁，因此，他从地理学的角度提出了对于将来中俄交恶的对策。他在《上曾侯书》中指出：

窃自天津定约以来二十余年，沿江沿海要害之地，听准西人设立码头通商居住。西人之心犹以为未足，复于通商之外，增出"游历"名目，无非欲假此无限之利权，以遂其窥探内地之私计。举凡云贵、甘肃、新疆、蒙古、青海、西藏之地，中国所号为边鄙不毛者，凿险缒幽，无处不有西人踪迹。故其绘入地图，足履目验，详核可据。一旦有衅，何处可以进据，何处可利行军，其国虽远在数万里外，中土形势，莫不了如指掌。而叩之吾华士大夫，反有茫然不晓其方向者。近年遣使四出，持节驻扎各国，情形渐渐通知一二，然亦仅在西洋繁盛之区。而俄罗斯边地绵长，与国邻接二万余里，疆场纠纷，时时多故，其在亚细亚洲者，仍属茫昧无稽。俄人高掌远跖，志在得地南侵，蒙古、新疆，垂涎已久。故尝欲创火车设电线以达中华，君臣同力谋之数十年，徒以地势险远，经营未就。而中国从未有遣一介之使，涉历欧亚两洲腹地以相窥觇者。从前康熙年间，曾遣兵部郎中图里琛出使，假道俄罗斯西悉毕尔以行，往返三年，仅至土尔扈特而止。其地在哈萨克游牧之西，尚未出亚细亚境也。同治中钦差副使志刚，奉使致俄，亦有从陆路回国之议，嗣以畏难而止。窃谓俄人允还伊犁，收回故地，将来事定之日，正宜早建善后长策，商告俄廷，于出洋人员中，选派数员，酌带翻译随人，亦假游历名分，两道并发，径从俄境陆路回国，至京师销差。以两年为期，限令其从容行走，凡所经过之处，山川城廓、风土人情、道途险易、户口蕃耗、贸易盛衰、军事虚实，以及轮车、电线能否安设，一一谘访查看而记载之。可图者并图其形势而归，以备日后通商用兵有所考核，不为俄人所欺，实亦当务之急。①

由此可以看出，黎庶昌认为对地理状况的熟悉，实际上是关乎国家安全的一个重要问题，因此需要重视地理考察，以便弄清涉及国防的种种地理概况，这是十分重要的事情。他在《答曾侯书》中主张与俄国针锋相对、寸土不让："新疆善后，绝无万全之策，惟力守尚是正办"。②

黎庶昌认定俄国志在南侵，称其对蒙古、新疆垂涎已久，防御俄国乃是中国最首要的外交军政要务。黎庶昌从抗俄的长远战略出发致书曾纪泽，请曾纪泽代转总理衙门，准其深入中俄边地进行实地的地理考察，搜集相关的地理资料，既了解风土民俗又备于军事通商。黎庶昌在《再上曾侯书》中恳切地说："建此议，实欲求益国家，非苟为纸上空谈。若以为游历起见也者，则舍欧土之繁华，而趋沙漠之荒邈，释轮车之便利而取驼马之艰辛，去使馆之舒和，而乐风沙冰雪之寒苦，虽至愚不为矣。"③ 黎庶昌力请从事这项艰巨的考察，大有"虽死亦可以无朽矣"④ 的雄心。黎庶昌的请求虽然最终未能获得批准，但是他没有放弃探究中俄边地的想法，转而用学术研究的方式完成了对西北地理的考察。

受沙滩莫友芝、郑珍等人学术研究的影响，黎庶昌也具有相当的文献考订功底。为了弄清中俄边境的地理状况，他千方百计地搜求中俄边境的相关地理资料。18 世纪 60 年代以后，外国人就假借通商、游历之名而深入中国内地，对于中俄边境一带地区，英、法、俄等国已有不少冒险家前往进行过地理考察，并留下了一些日记或游记资料，其中有些资料已刊布于国外。黎庶昌用心搜集，居然从中搜罗到七八种资料。其

---

① 黎庶昌：《西洋杂志》，湖南人民出版社，1981，第 183～184 页。
② 黎庶昌：《西洋杂志》，湖南人民出版社，1981，第 188 页。
③ 黎庶昌：《西洋杂志》，湖南人民出版社，1981，第 190 页。
④ 黎庶昌：《西洋杂志》，湖南人民出版社，1981，第 185 页。

中有未署名的《英商节略》，英国人密溪的《自北京出蒙古中路至俄都载记》，法国人密仰的《由俄都经西必尔利（笔者注：西伯利亚）至北京载记》，英国人瑞勒尔的《至土耳迄司当、伊犁、塔什干等处游记》，俄国人卫勒果夫的《游历新疆记》，还有英人伯尔拉贝至机洼（即基发）等处游记，法人涉发尔卫至土耳迄司当、萨马耳罕、伊犁等处及其妻布尔当两人的游记等资料。这些资料都来自资料作者的亲历记载，内容庞杂，次序也很凌乱。黎庶昌请翻译人员将其中关于行路探索的部分译出，自己反复研读，仔细鉴别和揣摩，最后编纂整理成两篇当时非常重要的地理资料考略：《由北京出蒙古中路至俄都路程考略》和《由亚西亚俄境西路至伊犁等处路程考略》，这两篇考略文献也收录于《西洋杂志》。两篇考略不仅体现了黎庶昌作为学者精研考证的学术功力，也显示出他作为晚清外交官用心捍卫国家疆土的领土意识。黎庶昌以维护国家领土完整的目的来研治地理，以增强国人对于国情和边疆形势的了解。黎庶昌为清政府中俄外事交涉以及中俄边境的军事行动、商务贸易等提供参考资料的治学精神，更是近代走向世界、努力探求国家富强的中国知识分子国家忧患意识的鲜明体现。

二 西洋民主与封建专制的两难选择

黎庶昌以中国传统士人的文化身份，对西洋政俗进行了较为细致的观察，在《西洋杂志》中，流露出其对于西方民主的羡慕之情。黎庶昌出使德国、法国及西班牙期间，对三国的议院，俱有详尽的记述。黎庶昌在描述西方各国政体时看到：西洋无论是君主立宪还是总统制的国家，都有议会制度。法国的议院"当其议论之际，众绅（笔者注：议员）上下来往，人声嘈杂，几如交斗，一堂毫无肃静之意，此民政之效也"。[①] 法国总统马克蒙辞位之后，"朝定议，夕已退位矣，巴黎之人若弗闻也者"。[②] 而西班牙更换内阁也井然有序，"十一点钟干那瓦司辞

---

① 黎庶昌：《西洋杂志》，湖南人民出版社，1981，第61页。
② 黎庶昌：《西洋杂志》，湖南人民出版社，1981，第54页。

退文上，君主立即批准，至十二点钟，各部院大臣俱已更换矣"。① 瑞士更是"无君臣上下之分，一切平等，视民政之国又益化焉"。② 黎庶昌看到西方的议会制度不仅具有相当的民主性，而且在此制度下整个国家权力机构的运作也显得井井有条。

法国总统因与国会发生矛盾而辞职，其结果却是"巴黎之人，若弗闻者也"。这与中国政统中"国不可一日无君"的担忧形成了鲜明的对比，也彰显出议会制度下国与民之间非臣属的民主关系，这些都是与中国封建政体决然不同之处。这正是西方多党执政的特点，因此，在对西方政界多党制进行介绍时，黎庶昌特别指出："西国朋党最甚，无论何国，其各部大臣及议院绅士，皆显然判为两党，相习成风，进则俱进，退则俱退，而于国事无伤，与中国党祸绝异。"③ 因此，黎庶昌言西洋的"党"与中国"朋党"大不相同，更肯定它"于国事无伤"，不会带来负面的危害。黎庶昌从君与臣关系、国与君关系等既有政治意识出发，对于西方的政党制度和议会制度给予了热心关注。《西洋游记第二》一文甚至在描述瑞士的旖旅风光之后，注意点也转移至瑞士的议会政治制度上来："瑞士分二十二县，每县举上议政院绅二人；下院绅则以人数之多寡为额，大率二万人得举一人。其入议院者共一百三十余人，办事则推七人为首，七人之中推一人裁决，定例每岁一易。西洋民政之国，其置伯理玺天德（笔者注：总统）本属画诺，然尚拥虚名。瑞士并此不置，无君臣上下之分，一切平等，视民政之国又益化焉。盖其地本山国，各邦无欣羡之心，故得免兵争，而山水又为欧洲绝胜，西洋人士无不以乐土目之。"④ 黎庶昌的记述中表现了他对瑞士"无君臣上下之分，一切平等"制度的羡慕，在黎庶昌看来，西方"民政之国"已然是一种进步，而竟连总统也不设的瑞士，比"民政之国"又更加"益化"，所以西洋人士也视之为"乐土"。"乐土"一词较早出现在我

---

① 黎庶昌：《西洋杂志》，湖南人民出版社，1981，第 56 页。
② 黎庶昌：《西洋杂志》，湖南人民出版社，1981，第 148 页。
③ 黎庶昌：《西洋杂志》，湖南人民出版社，1981，第 55 页。
④ 黎庶昌：《西洋杂志》，湖南人民出版社，1981，第 148 页。

国的《诗经》中，是诗人心中的理想国，诗曰："硕鼠硕鼠，无食我黍。三岁贯汝，莫我肯顾。逝将去女，适彼乐土。乐土乐土，爰得我所！"黎庶昌以中国古代文学中的"乐土"意象，表达了他对瑞士政教民风的一种向往，追溯中国远古无疑是他对西洋文化的一种认证方式。

《西洋杂志》还对英国的政治制度，诸如地方官制度、听审衙门、办案规模以及监狱中整洁的衣食、有序的生活以及人道的待遇等，都做了种种描述，从中可见黎庶昌出使西洋"入境问俗，入国问政"的敏锐观察力。此外，黎庶昌在描写西班牙首相因反对国王违背往例、分封公主采邑而辞职一事，亦在有意识地展示西洋政治环境下官员勇于向国王问政的嶙峋风骨。黎庶昌驻使的西洋国家，可以说正是当时欧洲的政治中心，在这些国家"问政"的所见所闻，使黎庶昌对于清朝在世界格局中的政治形势走向，已然具有了许多切要的见解，他在《上沈相国之书》中说："朝廷处此时势，宜常有鞭挞四海之义，并吞八荒之心，然后可以退而且固其国。"① 因此"须择交一二大邦，结为亲与之国，内修战备，以御外侮，扩充商贾，以利财源，此非不足大有为于时也。否则谨慎守约，不使官民再启衅端，亦可十年无事。若犹偃然自是，不思变通，窃恐蚕食之忧，殆未知所终极"。② 黎庶昌此段文字的意思很明确，欲要强国，必先要强心。何以强心？在黎庶昌看来就是借鉴西洋"大邦"的经验。虽然黎庶昌并没有直接明确地提出学习西洋"大邦"的民主政宪制度，但"择交一二大邦，结为亲与之国"的想法，却不能不说隐含着黎庶昌借鉴西洋"大邦"包括政治制度在内的强国经验的意图。

在清王朝内外交困、焦头烂额的严峻形势下，黎庶昌在皇帝开恩和封建法制允许的特殊情况下冒险上书言事，揭露时弊，畅言变革而侥幸地走上了仕途。然而，他殚精竭虑地提出的 25 条改革建议，仅有 3 条获同治皇帝的采纳。这使刚刚走上政治舞台的黎庶昌，就尝到了专制主

---

① 黎庶昌：《西洋杂志》，湖南人民出版社，1981，第 182 页。
② 黎庶昌：《西洋杂志》，湖南人民出版社，1981，第 182 页。

义国家改革难、自救难的艰辛。当他成为使外文臣出使到欧洲时，对于一个来自封建专制王朝而又敢于变法图强的士人来说，西方民主政治制度与中国专制皇权制度的巨大区别是具有极大诱惑的，其分权、制衡、选举、有任期的议会民主制度着实对黎庶昌的触动很大，他无时无刻不在想着要将这些对于西洋议会的观察所得认真地记录下来。

在西洋驻使 5 年期间，黎庶昌先后参观过西班牙、德国和法国议会的议事，思考过多党轮流执政的优势，也比较过民选总统的长处。在《与莫芷升书》一文中，黎庶昌指出：欧洲"各国风气，大致无殊。凡事皆由上下两院商定，国主签押而行。君民一体，颇与三代相同"。①他欣赏欧洲民选总统的退位制度，如法国总统马克蒙因与议会意见不合而辞职，"朝定议而夕已退"，即便这样也对政局毫无影响，并无中国专制皇权统治对国君的倚重。

《西洋杂志》所载德（普）皇、俄皇及其君臣关系，更使黎庶昌看到了泰西各国君民关系的新面貌。1878 年，德皇恺撒被刺，黎庶昌在《开色遇刺》中写道："泰西之君，大抵勤于政事，亦不废游观，而仪文简略，无扈从警跸之烦。两马一车，徜徉驰骋，道旁行人，仅免冠行礼，其君亦举手及额以答之。若不及礼，亦不介意。每出入，人人得而望见之。"②"泰西之君"走出宫廷的情形，似乎为泰西各国习以为常之事，此段文字在平实的描述中，"泰西之君"不以君王威严凌驾于国民之上的形象，深深地映入了中国读者的脑海。与中国国君出宫廷的豪华威严相比，"泰西之君"显得亲民得多了。据黎庶昌所述，由于"无扈从警跸"，因此德皇 4 月 10 日第一次被刺虽幸免，而第二次 5 月 2 日在王宫门前卒遇刺丧命。然而普鲁士"虽遭此大变，而肆市无惊，安堵如故"。③ 于此可见西洋国家对国君并不十分倚重。

1881 年，俄皇亚历山大二世在位 26 年，在阅兵返宫途中被刺，黎

---

①　黎庶昌：《拙尊园丛稿》，沈云龙主编《近代中国史料丛刊》第八辑，台湾文海出版社，1967，第 406 页。

②　黎庶昌：《西洋杂志》，湖南人民出版社，1981，第 57 页。

③　黎庶昌：《西洋杂志》，湖南人民出版社，1981，第 57 页。

亚历山大二世　尼古拉耶维奇
（Александр II Николаевич）

庶昌在《俄皇遇刺》一文中写道："随从侍从武官数名，兵二十余人，被所掷炸弹伤从官及士兵数人，未及俄皇。御者鞭马疾驰，俄皇止，令驻车下视武官之被击伤者。西例君主出游，从官往往得同车侍坐。俄皇甫下，第二次炸弹正击中俄皇。"① 在中国传统士人黎庶昌看来，德皇、俄皇均是贵为天子的人物，而其在国都却出入平常，不惧生死安危，在生死攸关之际，尚还能从容体恤下属，此等风度着实令人钦敬。而更为重要的是，泰西国君遇害，而举国并不慌乱，

则说明其政体之稳固，此等君主缺位，而国不慌乱的现象对西方国家来说，似乎极为正常。对于俄国和德国皇帝被社会民主党人刺杀的情况，黎庶昌指出，俄国民意党人反对沙皇，根源就在于沙皇的专制统治："拓土开疆，横征无度，事皆独断独行，又不设立议院，民情不能上达，素为国人所忌。"② 这种评述是比较客观的。相对于英、法、瑞士等国的民主来说，德、俄是较为缺乏民主的，因此，其国君才会遭此灾祸。黎庶昌通过比较，也看到了泰西各国政体差异及其所造成的社会影响，并流露出对西方民主制度的倾慕。

在晚清当时的政治气候下，附和民主当然是比维护封建专制要危险得多的事情，黎庶昌的顶头上司郭嵩焘就是因为在其《使西日记》中赞扬西方国家把"国政一公之臣民，其君不以为私"③，并批评恪守祖宗成法是导致国势日衰的症结所在。该书呈送总理衙门后，遂遭清权臣非议，公开出版后更是成为被保守势力攻击的靶子，结果不仅书被毁版，人也被免职遣返湖南老家，甚至还有人侮骂他是"汉奸"，甚至要

① 黎庶昌：《西洋杂志》，湖南人民出版社，1981，第59页。
② 黎庶昌：《西洋杂志》，湖南人民出版社，1981，第58页。
③ 郭嵩焘：《伦敦与巴黎日记》，岳麓书社，1984，第434页。

烧毁他的家宅以泄愤。尽管如此，郭嵩焘的此种遭遇却并没有使黎庶昌感到胆怯而退缩，他不仅在《西洋杂志》中继续以刚直不阿的史笔，描述自己在西方国家的亲见亲闻，他还以无私无畏的精神公正地为郭嵩焘鸣不平。黎庶昌在《上沈相国书》中言道："郭、刘两星使所撰日记，西国事情，大致綦详，足资考察。惟郭侍郎被弹劾后，不敢出以示人。原朝廷所以命使之意，亦欲探知外国情形，其初旨未必如此，似宜仍属随时抄寄，以相质证，正未可以词害意也。"①

　　另外，值得一提的是，从目前的资料来看，早在洋务运动时期就有中国人注意到欧洲的社会主义运动。一些出国人士的游记作品就已经记述了巴黎公社和欧洲工人运动的情况，黎庶昌 1877 年随郭嵩焘出使到英国、法国，也是较早关注到欧洲社会主义运动的中国人之一。黎庶昌的《西洋杂志》不仅介绍了欧洲国家的社会与文化，也涉及了 19 世纪 70 年代末 80 年代初的欧洲社会主义运动。在《开色遇刺》一文中，他记叙了德国社会革命党人行刺德皇的活动，写道："行刺者就获后，刑司讯之，以'为民除害'为词，迄无他语……久乃知为'索昔阿利司脱'会党。索昔阿利司脱，译言'平会'也。"② 黎庶昌在这里比较准确地使用了社会主义者，即德语 Sozialist 的音译词"索昔阿利司脱"。黎庶昌不是就事论事地记叙刺杀案件，而是进一步介绍了社会革命者及其思想动机。对德国社会民主党，他写道："索昔阿利司脱译言平会也，意谓天之生人，初无歧视，而贫贱者乃胼手胝足，以供富贵人驱使，此极不平之事，而其故实由于国之有君，能富贵人、贫贱人。故结党为会，排日轮值，倘乘隙得逞，不得畏缩，冀尽除各国之君使国无主宰，然后富贵者无所恃，而贫贱者乃得以自伸……其党甚众，官绅士庶皆有之，散处各国。"③ 黎庶昌虽然将无政府主义"使国无主宰"的主张与社会主义思想相混淆，但首次提到了社会主义者的目标，即用一个人人平等的新社会取代贫富不均的旧社会。

---

① 黎庶昌：《西洋杂志》，湖南人民出版社，1981，第 182～183 页。
② 黎庶昌：《西洋杂志》，湖南人民出版社，1981，第 57 页。
③ 黎庶昌：《西洋杂志》，湖南人民出版社，1981，第 57～58 页。

威廉一世（Wilhelm I,
Wilhelm Friedrich Ludwig）①

1902 年的《新民丛报》第 18 期刊出了梁启超《进化论革命者颉德之学说》的文章，称"麦喀士，日耳曼人，社会主义之泰斗也"。此后在《新民丛报》第 42、43 期的合本又发表他的一篇《二十世纪之巨灵托拉斯》，间接地介绍了马克思的资本论观点，其中提到："麦喀士，社会主义之鼻祖，德国人，著书甚多。"梁启超又在记述其游美观感时说："吾所见社会主义党员……其于麦克士（德国人，社会主义之泰斗）之著书，信奉之，如耶苏教人之崇信新旧约然。其汲汲谋所以播殖其主义，亦与彼传教者相类。盖社会主义者，一种之迷信也。"梁启超等人从宗教的角度出发，认为社会主义"实基督教平等博爱之教义"，即一是为人人自由，"国家不得以威力压迫之"；二是为平等，"人对于神为同等之子孙，四海皆同胞也"；三是为博爱，普天下"一视同仁"。此三者，"诚得社会主义之神髓矣"。梁启超等人完全给社会主义披上了一层神的外衣，将社会主义曲解为一种普度众生的推恩行善主义，梁启超还进一步概括说："社会主义，即以救私人之过富过贫为目的者也。"若以梁启超和黎庶昌对社会主义的描述而言，梁启超对社会主义的描述，更增添了许多自己对于伦理政治的阐释，相比较而言，黎庶昌的描述则要公允与平和得多。

黎庶昌出国后，和郭嵩焘一样，逐渐对西方资本主义社会产生了向

---

① 1878 年 5 月 11 日，叛乱者 Max Hödel 在柏林企图行刺威廉一世失败。同年 6 月 2 日，Karl Nobiling 刺伤威廉后自尽。缘此，《清除社会主义法》于 1878 年 10 月 21 日设立。法例由俾斯麦政府提出，并得到国会大力支持。法例的目的是打击社会主义者和工人阶级行动，并剥夺德国社会民主党的合法地位。禁止所有党组织、工人大众组织、社会主义者和工人阶级刊物，并用以裁决或充公社会主义者文学作品，但又给予社会民主主义者赔偿。法例每两三年扩大一次。虽然惩罚严重，但社会民主党影响继续扩大。基于大量工人阶级行动的压力，法例于 1890 年 10 月 1 日被废除。

往之情，不过，为避免如郭嵩焘遭诋诽那样的后果，他一改文风，用"以词掩意"之法，通过委婉平实的记叙、细微生动的白描，展现出了"西洋国政民风之美"。他择取欧洲国家若干政治事件如实叙写，隐约地表示了对"民政之国"的私心景慕，也显示出其对于西洋民主与中国封建专制的清晰比较和两难选择。

三　西方科技非"奇技淫巧"

多党制度和议会制度，是西洋"大邦"国家强盛的因素之一，却是黎庶昌不能轻言效法的，而与政体无关的其他强国经验，比如说发展科学技术、工商业经济、西洋教育等，在黎庶昌看来，也许在清朝更具有可行性。

是视科学技术为"儒者不屑为之"的"奇技淫巧"，还是把它看作建设现代文明不可缺少的基石，无疑是判断中国传统士人思想是否与近代社会发展相协调，是否具有近代意识的重要标志。中国培养入世队伍的教育宗旨，主要着力于培养和选拔管理国家的政治精英，这种教育体制培养出了一代又一代的文官队伍，适应并巩固了古代封建国家的政治制度。中国的传统教育与科学技术几乎不沾边，中国传统士大夫与科学技术也无缘相遇。

中国古代并非完全没有科学技术，更不是完全不需要科学技术。中国作为造纸术、指南针、火药和活字印刷术四大发明的发明国，一直在世界上享有文明古国的盛誉，然而中国古代社会的经济结构和文化背景决定了它无法孕育出近代科学和近代技术。中国古代士大夫普遍认为，"制造乃工匠之事，儒者不屑为之"。① 与黎庶昌同时代的大学士倭仁还保守地坚持"立国之道，尚礼义不尚权谋；根本之图，在人心不在技艺"。②近代社会的发展，需要科学与技术的结合，也需要知识分子与工匠的结合。欧洲早在 17 世纪就实现了这种结合。世界科学史的发展表

---

① 《筹办夷务始末》（同治朝），第 46 卷。
② 倭仁：《同治六年二月十五日大学士倭仁折》，《洋务运动》（二），上海人民出版社，1961，第 30 页。

明，没有从事自然科学的知识群体，就不可能产生近代的科学技术。

青少年时代的黎庶昌虽博览经史，重视修身养德，算得上是传统士大夫中的佼佼者，然而他对西方自然科学的认知，却仍然具有先天知识结构的局限和缺陷。出使到西洋以后，面对西洋发达的科学技术、繁荣的工商业经济，黎庶昌不得不睁大眼睛，认真地观察并记录下一切新奇的所见所闻。

《西洋杂志》所记各种新奇的西洋科技，可谓林林总总，不一而足。比如在通信资讯方面，就有伦敦电报局邮局、泰晤士报馆以及印度橡皮电缆等。工业方面则有巴黎的印书局、布生的织呢厂、赛勿尔的瓷器局、德国的磁器厂、蝉生的玻璃厂、巴黎的电灯局、德国的花纸厂、水泥厂等。金融方面则有伦敦的铸钱局、柏林的官钱局、吕宋赌票局（即彩票）以及英、法、德、俄、意、奥、荷及西的货币。农业方面则有马德里农务学堂等。西洋科技不仅技艺先进，其日新月异的变化，更对黎庶昌触动颇深。黎庶昌 1877 年到巴黎之时，巴黎街头尚以煤气灯为照明，而当他 1878 年再度前往巴黎之时，巴黎歌剧院的前街却全都装上了电灯，这一变化，令黎庶昌深切地感受到了科学技术给西洋社会带来的一日千里的变化。

西洋科学技术的快速发展促进了西方国家工商业经济的发展，而工商业经济的繁荣又促进了西洋国家的富强，黎庶昌对此认识十分清晰，他在《与李勉林观察书》中说："前闻中国有开设宏远公司之议，是举亦属要图，第数十万金，未足以集事，此间（指欧洲）建一行栈，修一码头，动以兆计，若能仿西国火轮车船公司及电报信局之例，岁领国家之经费，而官为主持，庶几权利可收，富强可以渐致。释此而不务。吾未见其可也。"[1] 西方国家通过技术发明带动商品生产，又通过商品生产满足社会需求，而社会的需求又会不断地促进商品生产和技术进步，在此循环往复的相互促进过程中，政府一方面对企业扶植与保护，另一方面抽取赋税，在民富的同时，国家也随之富强，在国民与政府之

---

① 黎庶昌：《西洋杂志》，湖南人民出版社，1981，第 181 页。

间，形成一个良性的循环。归根结底，资本主义经济制度为西方社会提供了经济发展的动力，这与中国的封建经济是大相径庭的。黎庶昌看到了这个问题，他走出中国传统社会重农抑商思想的影响，开始清醒地意识到工商业经济对于实现国富民强的作用。

在如何促进工商业经济的繁荣问题上，黎庶昌还敏锐地观察到了商品流通这个十分重要的环节，《西洋杂志》中的《巴黎大会纪略》一文，就详细描述了1878年法国政府所举办的巴黎国际博览会。在商品经济时代，为提高出口，开设国际展览无疑是一种较为直观便利的商品推介形式。国际展览不仅使各国之间能够面对面地互通有无，亦有利于本国产品与外国产品的相互比较，并从中寻求到推销本国产品的有效途径。《巴黎大会纪略》一文描述的1878年的巴黎国际博览会，历时长达六个月之久，开会前一年，法国政府即发函遍邀各国。至展会之时，"殊方异物，珍奇瑰玮之观，无不毕至。巨厦穹窿梁栋榱桷悉皆铁铸，而函盖玻璃，下铺地板，东西相望。外缀园亭池馆，市肆酒楼，规模壮阔，自西洋赛会以来，诧为未有"。[1] 黎庶昌所记的这次国际博览会，

黎庶昌在《巴黎大会纪略》
中描述的热气球

其展地分三大区，第一区为各国住宅及零星售货处，第三区为工业制品及日用饮食之所。赛会主会堂长2014米，宽1005米，四周的石刻为四大洲人物。第二区为主赛会堂，主会堂又分为三区，左区设本国的货品，中区为油画石刻的展示，右区则为各国货品的陈列。黎庶昌的《巴黎大会纪略》，洋洋洒洒近三千言，为各类相关记载中最为详细的文章之一。黎庶昌对博览会十分看重，他多次前往博览会观看，想要更多地了解和记载这次博览会的盛况，以资为中国日后的商业流通提供一定的参考，虽然记载不少，但他尚

---

[1] 黎庶昌：《西洋杂志》，湖南人民出版社，1981，第111页。

自言所记"盖千百中之十一"①，可见，黎庶昌观看此次博览会所受到的震撼以及他对这次盛会的重视程度。

黎庶昌不仅认识到西方工商业经济的繁荣与科学技术发展的密切关系，还更加认识到了科学技术对于增强西方军事力量的作用。黎庶昌出使到欧洲，亲眼看见了科学技术对英、法、德等国家军力强大的影响。他利用一切时机，认真参观和琢磨西方国家建立在近代科学技术基础之上的兵工厂、印刷厂、纺织厂、造纸厂、农场、农产品加工厂等。在《西洋杂志》里，黎庶昌对欧洲工业生产过程曾做过详细的记录，并将之与国内手工生产的效率做对比，把欧洲工厂生产的武器射程与国内土法生产的武器射程做对比，揭示了中国与欧洲在军事科技制造领域的显著差异，以期唤醒国人对于西方先进科学技术的重视，使中国科技早日赶上西方水平。如在参观英国的乌里制炮厂时，黎庶昌详细了解了炮膛来复线的工艺流程，并把它与陈列在一旁的中国炮的粗糙工艺进行对比："一中国炮，系明代之物，一千八百五十八年在大沽口掠来者，外钢内铁，已早得块拼之法，特做法不精耳。"② 中国传统技术所制造的大炮，显然已难以匹敌英法利用近代复合铸造工艺精心打造的洋炮，科学技术对一国安危的重要性自是不言而喻。

黎庶昌驻西洋五年，亲眼看见了西方的军事实力，尤其是海军实力的强大，而清廷在国力日弱、外侮日亟的环境下，却仍因循保守，不思变革，黎庶昌1884年再次斗胆上了《敬陈管见折》，其中对于国家海军的建设最为关注，折中言道："洋务之急，未有过于水师。而事体之宏大，条理之精微，亦未有如水师之难。"③ 黎庶昌之所以有此忧虑，正与当时的世界局势有关。19世纪正是葡萄牙、西班牙、比利时、英国、法国先后向海外扩张之时，而各列强漂洋过海所凭恃者，首先就是先进的坚船利炮。黎庶昌建言强海军，固国防，正是针对当时列强利用

---

① 黎庶昌：《西洋杂志》，湖南人民出版社，1981，第111页。
② 黎庶昌：《西洋杂志》，湖南人民出版社，1981，第84页。
③ 黎庶昌：《拙尊园丛稿》，沈云龙主编《近代中国史料丛刊》第八辑，台湾文海出版社，1967，第368页。

海军实力开拓殖民地的侵略行径而提出的对策。从《西洋杂志》中有关各国海军的记载可以窥知黎庶昌的用心所在。《西洋杂志》描写的英君主阅视兵船、日本兵船访英、瑞士水雷、德国王石矴炮台与葛美尔钢铁厂等，都是关于欧洲各国以及日本海军建设和海军实力的内容。在描述葛美尔钢铁厂时，黎庶昌特别强调该厂所产者为兵舰所用之铁甲。文章详细记载了葛美尔铁厂研制军舰舰身所用材质的精良，文章写道："铁质已净……始铸以模，凝结成块……船身既成，将铁甲紧贴于外，内实以径尺许之厚木枋，再加寸许厚钢板一层，用螺丝巨柱转入铁甲，只穿三分之二，不使柱纽外露，自外观之，犹如无缝天衣。船内皆露纽，惟炮门处不露，恐于施放有碍，故令与板平。又有铁甲数块，曾以试验炮力者，一穿巨穴，一穿其半，一则微有击损痕。总办曰：始用铁，铁质脆，故洞穿。继用钢，钢性过坚，亦易裂，故穿其半。后以钢铁融合，铁居三分之二，钢居三分之一，刚柔得中，故微损。其精如此。"① 黎庶昌对所参观的有关西洋海军的设施及其武器兵船制造等情况，细心观察并详予记载，从这些详尽的记载文字中，透露出黎庶昌对西洋军事技术的重视和羡慕之情。

《西洋杂志》还记有他受邀参观日本"清辉舰"的情形。黎庶昌看到日本军舰与英国军舰无太大的区别，足以说明中国邻邦日本的海军实力已达到了当时世界的先进水平，这对黎庶昌是一个不小的震动，他感言道："日本国小，而能争胜若此，未可量也。"② 英前任驻广东领事罗伯偕同黎庶昌观舰，在下船之时，他耳语黎庶昌说："愿贵国将来造一大船，前来敝国"③，黎庶昌答曰："余亦盼望如是。"④ 黎庶昌远怀落后保守的清王朝，胸中自然是五味杂陈。当西风东渐，欧美列强不断向中国扣关之时，清廷对于世界大势尚不自觉，尤笃守祖宗成法而不知变通图强。虽有曾国藩之平复太平天国，左宗棠之武定新疆，这些对垂暮的

---

① 黎庶昌：《西洋杂志》，湖南人民出版社，1981，第99~100页。
② 黎庶昌：《西洋杂志》，湖南人民出版社，1981，第66~67页。
③ 黎庶昌：《西洋杂志》，湖南人民出版社，1981，第67页。
④ 黎庶昌：《西洋杂志》，湖南人民出版社，1981，第67页。

清帝国而言，只是一剂暂时的强心剂，并不足以说明清朝已经具有与列强抗衡的综合实力。因此，黎庶昌并不为曾氏、左氏的区区战功所迷惑，他从世界局势的演变中，更加理智地认识到：中国只有富国强兵，面对列强，始足以自存。

四 西方教育的接受及引入实践

在晚清初出国门的中国人当中，既有通过官方科举正途或其他途径而跻身官僚队伍的驻外使节，也有关心祖国命运而自费考察游历异邦的文人学者，不管他们是由于列强的逼迫不得已而被纳入了国际关系的复杂格局中，还是为时势所催促，自觉自愿地踏上了异域土地寻求新声，这些先行者的足迹都印证了近代先进中国人向西方寻求救国真理的过程。"百闻不如一见"，他们亲历西洋，不仅对于西方资本主义制度及其先进文明有了切身的感受和体会，重新定位着"先进的西方"，还通过认真务实的比较和反思，对于中华民族自身的前途和命运进行了探索和追求。这些出国知识分子广泛考察当时西方发达国家的政治、经济、军事、文化等各个领域，而被时人视为救国根本的教育，对于当时的中国而言无疑更具有"他山之石可以攻玉"的作用。因此，晚清初出国门的外交官对于当时西方教育的观察和引入实践，是中外教育交流史上不可或缺的一笔。

1876 年是中国近代外交史上具有里程碑意义的一年，清政府正式派遣郭嵩焘、黎庶昌等人在英国设立了我国第一个驻外公使馆。郭嵩焘在出使英国任上，对欧洲视为立国本原的科学和教育有着比较深刻的认识和理解。早在出国之前郭嵩焘就在《条议海防事宜》中指出："西洋之法，通国士民一出于学。"[①] 到达英国之后，郭嵩焘特别注重利用各种机会考察西洋各类学校，并从中体悟到了教育在泰西国势强盛、科技发达、民风养成中的重要作用。于是，他在伦敦给沈葆桢写信，力主中国强盛当以教育为急务。他在《致沈幼丹制军》中说："人才国势，关

---

① 陆玉林选注《使西纪程——郭嵩焘集》，辽宁人民出版社，1994，第 93 页。

系本原，大计莫急于学……至泰西，而见三代学校之制，犹有一二存者。大抵规模整肃，房屋精详，而一皆致之实用，不为虚文。宜先就通商口岸开设学馆，求为征实致用之学……此实今时之要务，而未可一日视为缓图者也。"① 郭嵩焘认为学校教育须重实学，才能造就有用的人才，从而使国家富强，这是他出国后的切肤之感。郭嵩焘认识到："欧洲各国日趋于富强，推求其源，皆学问考核之功也。"② "计数地球四大洲，讲求实在学问，无有能及太西各国者"③，他赞扬西方在人才培养上"吾谓西法学仕两途相倚，不患无以自立，此较中国为胜……西洋律学、医学皆可以求仕，学成亦可以治生"。④

在传统儒家"学而优则仕"的教育体制下成长起来的黎庶昌，也深刻理解教育与人才的关系问题。后随郭嵩焘出使国外，其思想不能不说受到郭氏的影响。通过对西方教育的认真考察，黎庶昌也发现了西方科学教育在其社会发展中所起的支柱作用，看到了中国科学技术的落后与教育体制的落后存在着很大的关系，黎庶昌对西洋国家奖励学业、重视技术教育的做法颇为欣赏。

在出使西洋各国的5年中，黎庶昌特意考察了西班牙马德利农务学堂的教学和实验情况，黎庶昌首先重点介绍了西班牙对教育的高度重视。他说，农务学堂"开学之期，君主君后亲临，学部尚书（笔者注：教育部长）函请观礼"。⑤ 黎庶昌对他亲自参加巴黎官学堂奖赏学业优秀学生的颁奖典礼的情形记忆深刻。他在文中特意提到，在颁奖中"又一生因称赞君主，不喜民政，为众所扶出，不使与赏"。⑥ 此处记述，一则可见西洋教育的开放，二则可见西洋教育更为重视民主，其民主氛围深入人心。黎庶昌对法国政府颁奖优秀学生的场面描写尤为具体："巴黎有总官学堂，名骚尔班纳者，犹如中国之国子监。每岁教部

① 陆玉林选注《使西纪程——郭嵩焘集》，辽宁人民出版社，1994，第145～146页。
② 郭嵩焘：《郭嵩焘日记》第三卷（上册），湖南人民出版社，1982，第356页。
③ 郭嵩焘：《郭嵩焘日记》第三卷（上册），湖南人民出版社，1982，第203页。
④ 郭嵩焘等：《郭嵩焘等使西记六种》，生活·读书·新知三联书店，1998，第188页。
⑤ 黎庶昌：《西洋杂志》，湖南人民出版社，1981，第93～94页。
⑥ 黎庶昌：《西洋杂志》，湖南人民出版社，1981，第76页。

尚书，必集法国之学生，每学择其超等者十人，聚会于此，给与奖赏一次，以资鼓励。奖赏之法，该尚书必延请各国公使及他部尚书数人，亲临散给……尚书持得胜冠加于其首，再取书册授之，相与握手为礼……乐兵奏乐为节，观者时时拍手欢呼，楼上下皆为之震动。"①

民智的开启和科学技术的传播和图书有着十分密切的关系。黎庶昌还记载了法国国家印书局，该局虽是印刷各部应用官书文件的处所，但"亦有文人学士所著之书，须先由各部验明其书果裨实用，始准发印，虽私，犹官也"。② 这就说明法国政府对于实用书籍的重视。黎庶昌在西洋考察，深深感到自己先天知识结构的不足，特别是语言文字给交流所带来的障碍，他在《与李勉林观察书》中说："两星使呈递国书后，与其外部丞相以下联络周旋，情谊尚不隔阂。惟交涉事少，时日甚觉宽闲，参赞更乏所事。偶一出游，则儿童妇女围绕观看，语言不通，如同面墙，以此转增异国之思耳。"③ 因此黎庶昌在《上沈相国书》中遗憾地说："庶昌于西洋语言文字素未通知，奉使一年，徒能窥观其大略，而无从细求。耿耿此心，用为憾事，以此益知出洋当以语言文字为先务也。"④ 黎庶昌出使西洋，认识到了学习西方语言对于学习西方先进文化的重要性，他意识到只有学习并掌握西方语言，才能够更好地学习先进西方的文化。多年以后，黎庶昌在重庆创办川东洋务学堂，正是对这一认识的教育实践。

在出使西洋5年和两度出使东洋日本之后，光绪十七年（1891年）四月，黎庶昌被任命为四川川东兵备道道员，兼任重庆海关监督。黎庶昌上任之后，"裁汰旧规，清正守法"，并开始着力兴办文教与实业。根据《中英烟台条约》续增专条，四川省经济门户洞开。光绪十六年（1890年）清政府设置重庆海关，第二年正式开关，从此，长江流域重镇重庆被正式开辟为商埠，黎庶昌为重庆首任海关监督。

① 黎庶昌：《西洋杂志》，湖南人民出版社，1981，第74~76页。
② 黎庶昌：《西洋杂志》，湖南人民出版社，1981，第86页。
③ 黎庶昌：《西洋杂志》，湖南人民出版社，1981，第181页。
④ 黎庶昌：《西洋杂志》，湖南人民出版社，1981，第182页。

作为内河流域通商口岸的重庆，虽然是外商货轮辐辏的热闹之地，但是懂洋务的外事人才十分稀缺。黎庶昌从事外交活动多年，深知掌握外语的重要性。他自己虽也学过英语、法语，但都并不系统，也不精通，只能勉强做一般的交际应酬。鉴于对外语人才的客观需求，1892 年，黎庶昌在重庆创设了四川第一所新式学校——"洋务学堂"。川东洋务学堂的出现，为四川教育打开了新的局面。该学堂"考选学生正副额各二十人。其课程外国文外，增设科学，而以英语、数学为主科。在四川未废科举以前，此为官立学校之始"。[①] 洋务学堂全面改革课程内容，以西方语言、历史、地理、数学、科普知识取代四书五经和八股制帖，在兴洋务的名义下，公开承认西学的作用，在教育领域内给予西学一席合法之地，从而打破了四川传统教育一统天下的局面。黎庶昌还聘请饱学且精通洋务者为师，他自己也不时到学堂亲自授课，或讲解介绍东西洋各国概况，或讲授古文，并亲自批阅学生的文章。而学堂所需的经费，则全由黎庶昌自己的薪俸支付，并不向外索取。后来，该学堂选拔了 12 名优秀生赴伦敦留学，黎庶昌在《海行录》中记述了选送留学生的情况。临行之前，黎庶昌对留学生做了一番语重心长的讲话，他在讲话中详细介绍了赴伦敦航行途中可能遇到的各种情况以及处理的办法，并介绍了与外国人员交接的礼节，到伦敦后如何衣着生活、选择专业等，这些在《黎监督训洋学堂诸生教》中都写得很细致：

> 铺盖全不必带，大皮衣亦不带。房间间有炉；若与大聚会，尤嫌太热。男子用行装，女子衣制，要华丽而正派，不必穿补子（笔者注：清朝官服）、挂朝珠，衣袖宜稍短，腰处宜收束。若如上海群妓装束，必为人所笑。西洋女子，多美丽而文，易滋弊端。故令诸生挈眷而行，用资约束。到后，谒见钦差出使臣，后应如何位置，听候示下遵行。即在衙门外左右，另租小屋同住。诸生既能

---

① 《巴县志》卷二十一（下），第 53 页。

英语，雇用女仆，尤为方便。

　　该生等此行，原为游历学艺而设。西洋艺术，门径多端，自应听其性之所近学习。而兵船、炮台、枪炮、铁厂、测量等属，尤宜切意考究，用收实效。黎监督之名，西洋各国人人皆知。重庆洋学堂之设，西人早传为美谈。幸勿辱身，以为监督玷。来去以三年为限。学成归国，或充翻译官员，或充通事，或襄助各商店办事，谋衣食，建功名，无投不利。况有马格里、张听帆、庆霭堂、宋芸子诸君在彼，凡事宜可问乎！①

　　黎庶昌遣派的这批留学生，是中国西南地区的首批留学生，他对这批留学生特别强调说："西洋艺术，门径多端，自应听其性之所近学习。而兵船、炮台、枪炮、铁厂、测量等属，尤宜切意考究，用收实效。"这既表达了黎庶昌对留学生的殷殷期待，更说明了他对西学教育，尤其是实用自然科学教育的大胆接受。

　　黎庶昌少年时代刻苦攻读，常倾慕中国古代一些著名的政治家、文学家，如诸葛亮、司马光、范仲淹等，立志像他们一样做出一番治国经邦的事业来。黎庶昌曾在《答李勉林观察书》中回忆说："庶昌方十七八岁时，读古人之书，即知慕古人之为，思以瑰伟奇特之行震襮乎一世。"② 他抱定建功立业的志向入世。奔走于仕途三十多年，"故年二十六而应诏上书言事，颇自傅于苏子瞻、陈同甫一流。二十七而从军江皖，三十四而绾符治县，四十而奉使出洋，今十五年于兹矣。中间自奉讳外，未尝一日归休于家。其非无意用世、欲以肥遁自高甚明。"③ 后来身任公使，自感"犹有所难胜"，因而不再想"逾分干进以巨艰之任"④，既不想去求人谋求升迁高位，也不想"从俗俯仰，庸庸循循，

---

① 黄万机：《黎庶昌评传》，贵州人民出版社，1989，第178～179页。
② 郭预衡：《中国散文史》（下册），上海古籍出版社，1993，第597页。
③ 郭预衡：《中国散文史》（下册），上海古籍出版社，1993，第597页。
④ 郭预衡：《中国散文史》（下册），上海古籍出版社，1993，第597页。

相与竞争蒙昧之中"①。既然耻于在庸俗污秽的官场中征逐，为坚守清贞的操守，黎庶昌一度产生"隐退"之念："二者惧无所处，计惟卷怀以退，然后可葆吾真而全吾志。"② 黎庶昌的隐退思想，恰恰是他洁身自好的表现。黎庶昌对仕进的看法，并非着眼于个人的显达与否，而更多考虑的是"道"与"学"能否得到"行"与"验"。因此，"道足以拯天下，虽皇皇日求登进，而贤哲不以为非；学足以究天人，虽汲汲以赴功名，而反躬不以自耻。无他，有所济也"。③ 如果得不到"行道""验学"的机遇，也可"隐居以求其志"，这也正是儒家"穷则独善其身，达则兼济天下"的济世观念，黎庶昌在重庆任职海关监督期间所兴办的川东洋务学堂，正是这一观念的具体实践。

　　作为晚清使外文臣的郭嵩焘、黎庶昌等人均是晚清近代化的参与者和支持者，属于比较积极主张学习西方，以使中国摆脱落后挨打局面的站在时代前列的先行者。他们在出国前仅仅通过阅读洋务书刊，和西方人以及通晓洋务的人士交流，或多或少地获得了一些重要的思想资源和知识储备。而在身临西洋其境，沐浴了欧风美雨之后，他们的思想和价值观都不同程度地受到了冲击和影响，他们清醒地认识到了西方坚船利炮背后的政教制度和礼义文明，看到了西方崇尚实学、鼓励发明的先进制度，对立国、强国之本的教育也给予了深切关注，他们以各种形式记述和传达的西方近代教育信息，无疑为中国教育尽快地融入世界，提供了十分有价值的思想资源和可资借鉴的实践范本。不可否认，在时代大潮风云际会的中国近代，这些使外文臣不仅在中西外交史上，而且在中西教育交流史上也产生了一定的影响。黎庶昌将对西方教育的观察与思考付诸实践，则使之成为晚清使外文臣中极富实践精神的杰出代表，是中国近代教育的先行者之一。

---

① 郭预衡：《中国散文史》（下册），上海古籍出版社，1993，第597页。
② 郭预衡：《中国散文史》（下册），上海古籍出版社，1993，第597页。
③ 黄万机：《黎庶昌评传》，贵州人民出版社，1989，第197页。

第三节 黎庶昌的变革意识及其中西文化取向

一 国学修为与变革思想

黎庶昌对近代西方的国际外交、政教、科技、工商等多层面的考察与认证，具有一定的系统性，但由于条件限制，以及缺乏专门的系统知识的修养，他的认识其实并不深刻，对西方资本主义政治的本质及其制度的局限性，也难有洞见。但是，作为从东方封建皇权体制国家走出来的外交官，黎庶昌能够在较短时间内，洞察把握传统中国与资本主义西方的种种不同，看到中国与近代化西方的差距，却也是难能可贵的。依学者通常所说，近代中国向西方学习的过程，分三个阶段，即器物层面之学习、制度层面之学习、精神层面之学习。黎庶昌的杰出之处在于，他对近代西方社会的考察和学习，能从制度入手进行观察，揭示其关窍所在。进一步说，黎庶昌所看到的西方，是近代化的西方，但不只是物质的近代化，而且是制度的近代化、科学技术的近代化。黎庶昌正是从中国与西方的两相对比中，看到了西方社会制度的先进性、合理性，因此，他才表现出对西方文化倾心的文化取向，显示出某种"西化"的倾向。虽然他在一些重大思想问题上还有不确定之处，但他的《西洋杂志》仍是晚清中国全面学习西方可资借鉴的重要文本，也预示着中西碰撞之后中国未来可能的方向。

清朝长期的闭关锁国政策，其初始原因是对被统治者及异族的防范，但这一政策的长期实行也给清朝统治者造成了一种自己一切状况良好的错觉。美国著名的汉学家乔纳森·斯潘塞在其《改变中国》一书中指出："中国因自身的先进而自豪，绝没想到西方有什么值得称道的东西。"[1]乾

---

① 〔美〕乔纳森·斯潘塞：《改变中国》，曹德骏等译，生活·读书·新知三联书店，1990，第110页。

隆还曾以十分傲慢的口吻在《赐英吉利国王书》中说："天朝物产丰盈，无所不有，原不借外夷货物以通有无，特因天朝所产茶叶、瓷器、丝巾，为西洋各国及尔国必需之物，是以加恩体恤，在澳门开设洋行，俾得日用有资，并求沾余润。"① 乾隆的祖父康熙曾于 1717 年就下诏禁止沿海人民往南洋经商，对已出洋的，限三年内回籍，对久留外洋者、知情同去者坐罪枷号一个月，并行文南洋各国，要求将留住华侨解送回国，立处斩刑。马克思对此辛辣地指出，中国封建皇帝们的闭关锁国"与外界完全隔绝曾是保存旧中国的首要条件……正如小心保存在密闭棺木里的木乃伊一接触新鲜空气便必然要解体一样"。② 马克思批评这种做法是"竭力以天朝尽善尽美的幻想来欺骗自己，这样一个帝国终于要在这样一场殊死的决斗中死去"。③ 西方坚船利炮的攻击，终于使"天朝帝国万世长存的迷信受到了致命的打击，野蛮的、闭关自守的、与文明世界隔绝的状态被打破了"。④ 中国从此不再沉迷于自我封闭、自我陶醉的梦幻奇境，开始认识世界和走向世界，逐渐汇入世界资本主义的竞争潮流之中，渴望迈上近代化道路。19 世纪，当这种闭锁状态被强行打破之后，中国人最初选择的抵抗又难免"带有这个民族的一切傲慢的偏见、蠢笨的行动，饱学的愚昧和迂腐的蛮气"。⑤ 在与西方列强屡战屡败的较量中，一些"食古不化"的士大夫不得不承认洋人洋枪洋炮的厉害，但又竭力诋毁洋人的生活方式，以师法洋人为可耻，坚持以忠信为甲胄、以礼义为干橹的立国之本，用心灵的自我封闭和满足来抵制东西文化的融会，这类眼界的士人即使有机会出洋，也只能是入宝山而空返。如与黎庶昌同时代的大臣王之春出洋归国后，仍宣称"我朝威灵震叠，一道同风，受万国之共球"⑥ 等虚妄之言，继续愚己、愚民、愚君。

---

① 《东华续录》（乾隆朝），第 118 卷。转引自赵佳楹《中国近代外交史》，世界知识出版社，2008，第 26 页。

② 《马克思恩格斯全集》第九卷，人民出版社，1961，第 111 页。

③ 《马克思恩格斯全集》第十二卷，人民出版社，1962，第 587 页。

④ 《马克思恩格斯全集》第九卷，人民出版社，1961，第 110 页。

⑤ 《马克思恩格斯全集》第十二卷，人民出版社，1962，第 232 页。

⑥ 转引自胡绳《帝国主义与中国政治》，生活·读书·新知三联书店，1949，第 62 页。

黎庶昌熟读经史，对《史记》《汉书》《三国志》《资治通鉴》等致力尤深。他从历史典籍中考究历代治乱之原，体察政教得失之因，并以之与现实政教相比照，往往能洞察现实吏治、文教和社会民情的诸种情伪与弊端。黎庶昌上过两道《上穆宗毅皇帝书》，洋洋万余言，深刻阐述了清政府的利弊症结，条分缕析地提出了兴利除弊的措施，两道上书充分表现了黎庶昌早年的变革思想。

首先，举贤才，振元气，这是黎庶昌早期变革思想的核心。在黎庶昌看来，清朝国势就如同一个人"病肿四肢，不能运用"① 一样，元气行将灭绝。"贤才者，国之元气也。人无元气则亡，国无元气则灭。"② 因此，黎庶昌主张必须摒弃"循例"旧规，破格求贤。他毫不掩饰地直陈"循例"求贤的弊病："设例以待奇杰之士，彼既不乐俯就，而又往往以跅弛见黜；良臣志士复扼于例而不得尽其才；充例者类皆庸陋冗阘，不足以议天下大事。三者皆执例之咎。"③ 于是，黎庶昌大胆建议皇帝"扫除一切文法，准汉代求贤之意，参之以司马光十科之议，责诸臣以求贤"④，并对所得之才，"博以咨之，宽以收之，量以用之"。⑤如此作为，只要行之数年，那么"中国元气振，而痿疰之证可徐起矣！"⑥

为举拔贤才，黎庶昌还提出了多项具体措施，如改革科举取士制度，取消"八比、小楷"，增加"时务策"等考试内容，增设"绝学"如历算、乐律、测望、占候、火器、水利之属，在乡、会试中设科考

---

① 黎庶昌：《拙尊园丛稿》，沈云龙主编《近代中国史料丛刊》第八辑，台湾文海出版社，1967，第 22 页。

② 黎庶昌：《拙尊园丛稿》，沈云龙主编《近代中国史料丛刊》第八辑，台湾文海出版社，1967，第 22 页。

③ 黎庶昌：《拙尊园丛稿》，沈云龙主编《近代中国史料丛刊》第八辑，台湾文海出版社，1967，第 23 页。

④ 黎庶昌：《拙尊园丛稿》，沈云龙主编《近代中国史料丛刊》第八辑，台湾文海出版社，1967，第 23 页。

⑤ 黎庶昌：《拙尊园丛稿》，沈云龙主编《近代中国史料丛刊》第八辑，台湾文海出版社，1967，第 23 页。

⑥ 黎庶昌：《拙尊园丛稿》，沈云龙主编《近代中国史料丛刊》第八辑，台湾文海出版社，1967，第 23 页。

选，考中者赐以举人、进士功名。用人应不分满汉，化除畛域之见，视才录用。

其次，维持儒家的"衣冠礼乐"，抵御"杨墨""黄老""佛氏"三大害和"耶稣"之害。面对"英法诸夷之祸""耶稣之教"，"堂堂中国，坐令数千魑魅魍魉横行而无毫发之忌惮，恣睢不道，惟所欲为"。① 西方列强的军事入侵和文化侵略使中国几千年的"礼乐法度"濒于泯灭，濒于"被发左衽于夷狄，变人类为禽兽"② 的境地。坚持反对西方列强的入侵，这自然是爱国精神的表现，但以此坚持维护儒家的礼乐政教，却也未免保守。黎庶昌早期的变革思想，当然并没有超越儒家思想的范畴，中心依然是维护儒家的"礼乐法度"。其关于"举贤才"、用人不分满汉、摒弃循例陈规等主张，都是尊崇儒家道统之举，是其深受儒家思想熏染的结果。

黎庶昌出身于有"易学"传承渊源的黎氏家族，受家学浸染，获益良多。黎庶昌的祖上颇好研究《易经》。其入黔六世祖黎民忻，就曾受业于明代著名学者来知德的高足，由此而精通《易》学。③ 研究《易》学的心得和学术思想代代相传，黎庶昌的祖父黎安理对《易》学也很精通。《易》学便成为黎氏家学之一，黎庶昌自然也接受了这份文化遗产的熏陶。他曾熟读黔籍经师萧吉堂的《易篆属辞》等著作，在萧吉堂身故之后，还为其撰《萧吉堂先生墓志铭》，对其《易》学成就给予了中肯的评价。他还写有《读易程传》，由此看来，黎庶昌对《易》还是下了一番功夫的。黎庶昌反对对《易》做穿凿附会的解说，更反对把《易》作为"怪迂缴绕、阔远情事"的"卜筮"之书。黎庶昌不认可，孔子《系辞》所说的，"止于阴阳、奇偶、刚柔、动静、进退、存亡、吉凶、悔吝而已"，《易》所论的，正是万事万物发展变化

---

① 黎庶昌：《拙尊园丛稿》，沈云龙主编《近代中国史料丛刊》第八辑，台湾文海出版社，1967，第24~25页。

② 黎庶昌：《拙尊园丛稿》，沈云龙主编《近代中国史料丛刊》第八辑，台湾文海出版社，1967，第25页。

③ 《遵义府志》卷三十四载："六世祖民忻，受业来知德高足，世称来氏传，故尤精《易》学。"

的诸种因素，特别是"阴阳"两种力量的交互感应，正是化生万物的根源，万物总是在无穷的变化中才得以生生不息。黎庶昌接受了《易》中发展变化的观念，这构成了他哲学观的基础。他常引用《易》中"物穷则变，变则通，通则久"的朴素哲学观点，用来分析社会现象和文学现象，黎庶昌后来诸种变法革新的主张，正是以《易》的发展变化观为基础的。

黎庶昌通过对《易经》等儒家传统文化典籍的钻研，在《上穆宗毅皇帝书》中一针见血地指出了清王朝面临的十二种"危道"都是"不思变通"所致。在出使欧洲期间，黎庶昌更是依托儒家的变革思想来看待西方世界的政治制度、生产方式、生活方式等的合理性，与泥古守旧、盲目仇洋排外的顽固派的思想和观点形成了较为鲜明的对比。

黎庶昌清醒地认识到，在中国传统思想精粹中，变革和创新思想是紧密联系在一起的。《易经·序卦》指出："道不可不革，故受之以《革》。革物者莫若鼎，故受之以《鼎》。"《易经·杂卦》解释："'革'，去故也。'鼎'，取新也。"从革故到鼎新之间固然有一个量变到质变的过程，而新与故之间，也有互相交替、相互渗透的状态。诉求变革现实的人，如果无视新与故之间量的积累和质的差异，而操之过急，处之过绝，则必然是欲速而不达，欲新而愈旧。如何应用这一哲理来处理中西文化之间的碰撞和融会，黎庶昌深得此中三昧。他认真比较中西文化之后，指出两者之间是能够互相沟通、互相融合的，而并非互相隔离、互相拒斥。黎庶昌在《儒学本论序》中认为："西人立法施度，往往与儒暗合。"[1] 又曰："'不得罪于巨室'则上下议院之法也。"[2] 黎庶昌既反对"用夏变夷"那种妄自尊大的陋见，也反对"用夷变夏"的那种唯洋是从的偏颇，主张两者之间长短互补，以消除夷

---

① 黎庶昌：《拙尊园丛稿》，沈云龙主编《近代中国史料丛刊》第八辑，台湾文海出版社，1967，第390页。

② 黎庶昌：《拙尊园丛稿》，沈云龙主编《近代中国史料丛刊》第八辑，台湾文海出版社，1967，第391页。

夏之间的畛域，从而创造出中西合璧的新文化。

二　借鉴西洋文化革故鼎新非全盘西化

黎庶昌以开放的眼光和较为客观的态度，在《西洋杂志》中把西方各国的风土民情荐诸国人。黎庶昌轺车所及，遍历欧陆，《西洋杂志》中举凡英国的王宫、法国的市衢、公园、动植物园、水族馆、画廊、纪念会、歌剧院、灯会、赛船、赛马、溜冰、马戏、斗牛等，黎庶昌都有生趣盎然、淋漓尽致的描绘，其目的就在于竭力搜罗西洋各国先进情状以改进中国。他在1884年的《敬陈管见折》中曾建言曰："京师宜修治街道，西洋教法，务尽地力，家无不修之业，国无不治之涂，而都会地方，尤为精神所萃聚。凡外国客之往游者，但观其街衢之敞洁，屋宇之整齐，车马之骈阗，气象亦足耸然矣！大国伦敦，巴黎，姑不必论，即小国如荷兰，比利时都会，亦皆壮阔无比，今中华乃自古最尊之国，京师又四海仰望之区，其外观可谓不饬矣。"[①] 黎庶昌还建议"照外国章程，抽收地税、房租，以佐不足，将街道一律平缮，治使清洁，广种树木，添设自来水火，以便民用。徙致豪富以实空间，置巡役以养旗丁，藉工作以消盗贼。务令两城内外，焕然一新，荡平如砥，则四海之人皆将悦而愿游于吾宇矣。夫西人最视此等为振作有为，亦以此等为实事就是，与其作为无益之举动，或致虚糜，何如兴此共睹之工程，使人称善。此实于国体民生两有裨益者也"[②]。上述收取地价税、房屋税，借富室豪宅装点市容，拓宽通路，种植行道树，并设自来水以及置巡役等，就当时的西方世界看来，都是城市规划的题中应有之义，而就当时的北京而言，却无一不是革故鼎新之举。

在黎庶昌看来，率先跨入近代生活门槛的西方人的生活，较之滞留于古老文明美梦中的中国人的生活方式要先进得多。黎庶昌冷静地观察

---

① 黎庶昌：《拙尊园丛稿》，沈云龙主编《近代中国史料丛刊》第八辑，台湾文海出版社，1967，第391页。
② 黎庶昌：《敬陈管见折》，丁守和等主编《中国历代奏议大典》第4卷，哈尔滨出版社，1994，第662页。

着伦敦人的生活方式，他在《卜来敦记》中感慨地说："英之为国，虽为盛强杰大，议者徒知其船坚炮巨，逐利若驰，故尝得志海内，而不知其国中之优游暇豫，乃有如是之一境也。"① 黎庶昌在《与莫芷升书》中赞赏欧洲人"每礼拜上下休息，举国嬉游，浩浩荡荡，实有一种王者气象。决狱无死刑而人怀自励，几于道不拾遗；用兵服而后止，不残虐其百姓"。② 这与中国古圣先贤们追求的理想境界何其相似乃尔："老、墨知而言之，鉴其治理，则又与孟子好勇、好货、好色诸篇意旨相合"。③

在黎庶昌所描述的欧洲风情中，以西班牙人痴迷于斗牛而又崇仰文化的两个场景最为精彩、最为动人。如果说斗牛这种惊心动魄的体能活动，集中表现了欧洲人视死如归的剽悍勇武性格的话，那么西班牙人纪念他们伟大的戏剧家卡尔德隆逝世二百周年的盛况则又集中体现了西班牙人对于艺术的热爱和重视自己文化传承的良风美俗。西班牙对卡尔德隆的纪念活动持续进行半个多月，每天总是举国狂欢、万人空巷，国王还亲往教堂致吊，与民同乐。在黎庶昌眼里，西班牙文明呈现出刚柔并济、文武互补的面貌，面对这样一种文明，又有什么理由斥之为落后、野蛮而不敞开胸襟向其学习？

在强烈变革意识的支配下，黎庶昌希望通过借鉴"先进"西洋而使国家通过改革走上富强道路。作为近代走出国门、对中西文明有着较强对比感受的中国知识分子之一，黎庶昌把国家忧患意识与大胆学习"先进西方"的革新思想有机地结合了起来，其变革意识既受益于传统文化的濡养，又得益于西方文明的启迪。1884 年，黎庶昌在《敬陈管见折》中所提出的急练大支水师，火车宜早兴办，京师宜治街道，公使宜优赐接见，商务宜加重保护，度支宜豫筹，亲贵大臣宜赴欧、美、

---

① 黎庶昌：《拙尊园丛稿》，沈云龙主编《近代中国史料丛刊》第八辑，台湾文海出版社，1967，第 386～387 页。

② 黎庶昌：《拙尊园丛稿》，沈云龙主编《近代中国史料丛刊》第八辑，台湾文海出版社，1967，第 407～408 页。

③ 黎庶昌：《拙尊园丛稿》，沈云龙主编《近代中国史料丛刊》第八辑，台湾文海出版社，1967，第 408 页。

日游历以了解西洋国事等改革建议，大多来自他出使西洋的实地见闻，也是他后期革新思想的鲜明体现。

黎庶昌无论是在国内，还是出使于国外，都是一个勇于革故鼎新的人，并具有一定的洋务思想，这主要表现为：第一，黎庶昌重视从国外引进先进生产方式，引进西方的现代工业，包括军事工业，自然会推动中国社会原有结构的调整和向前发展，改变中国传统的农业社会结构和意识。第二，黎庶昌兴办学堂，培养和造就翻译人才，输送中国学生留学国外，学习国外先进的声光化电（声学、光学、化学、电学）等自然科学，力图克服中国与世界的隔阂，拉近中国与世界的距离，这对中国文化的发展也具有一定的启示作用。

黎庶昌的所思所想和所作所为，代表了中国近代社会向上发展的一个环节、一个阶段，这个阶段无法超越，只能是跟进。因此，黎庶昌的观念和实践对中国历史发展所产生的正面积极作用是值得肯定的。同时，也应该看到，黎庶昌的革故鼎新并不是所谓的全盘西化，他的革新还是以儒家道统为旨归的，这是黎庶昌个人及其时代的典型特征。

第四节　黎庶昌"夷狄"成见的破除

一　晚清士人的对"夷"态度

在中国古史中，早已有南蛮、北狄、东夷、西戎之说，所谓蛮、狄、夷、戎，都是相对于"华""夏"而言的四方部族。由于历史形成的经济文化的差异和历代破坏性的相互征战，华夏在汉民族心中逐渐被视为文明礼仪之邦和天下的中心，而夷狄则是除此而外的化外之民，"严夷夏之大防"成为千百年来根深蒂固的传统观念。到鸦片战争前后，"夷"的范围逐渐扩大了，西方各国相继梯航而至，列强用坚船利炮和物美价廉的商品打开中国久已封闭的大门，于是在清朝的公私书牍中出现了"英夷""法夷""米夷""夷酋""夷商""夷语""夷船"

"夷馆"等带"夷"的字眼。而与这些国家交涉关系的事务则被称为"夷务"清朝对外关系的档案资料编辑成帙也被名曰《筹办夷务始末》，国人了解外国情况谓之"悉夷情"，而"筹夷""防夷"则成为朝野上下有识之士的热门词语和话题。由于外国势力均来自海外，所以鸦片战争时期所谓的"防夷"也有"防海"，"筹夷"也有"筹海"之说。继魏源《海国图志》之后，相继出现了一系列关于"筹海"的著作，"谈瀛海故实"成为一时之风尚。

仔细审视晚清关于"夷"的舆论，可以归纳出当时士大夫阶层对于来自海外的挑战有以下几种回应方式。

其一是臆想和附会西方，产生了误导的效果。如林则徐等人认为各夷大黄茶叶不生，若悉行断绝，必可制其死命；又如有人大谈夷人不善陆战，"至岸上该夷无他技能，且其浑身裹紧，一仆不能复起"。① 因此，只要开战时引诱夷人上岸，则人人皆可得而诛之等。事实证明，这些所谓的制夷优势都是虚假和不可靠的，其产生的根源既有来自历史的成见，也有来自主观的臆想和附会，两者结合所表现的就是一种懵懂的自大。

其二是不愿意正视西方，盲目排外。如管同在《禁用洋货议》中就指出："凡洋货之至于中国者，皆所谓奇巧而无用者""是洋之人作奇技淫巧以坏我人心"，他还疾呼"一切皆焚毁不用，违者罪之！"② 曾望颜则又提出了一个"今日要策，首在封关"的口号，他主张："无论何国夷船，概不准其互市"；无论"大小民船，概今不准出海"。③ 这些不愿正视西方的人，其实是出于对西方的恐惧而做出的抗拒性回应。这种回应仿佛掩耳盗铃之举，是传统夷夏观念在近代中国的延伸和畸变。

其三是鼓吹西学源出中学之论，反对向西方学习。林昌彝、温训、梁廷枬等人是当时"西学源出中国"的鼓吹者，林昌彝在《射鹰楼诗

---

① 《筹办夷务始末》（道光朝），第 14 卷。
② 管同：《禁用洋货议》，郑振铎编《中华传世文选·晚清文选》，吉林人民出版社，1998，第 28 页。
③ 《筹办夷务始末》（道光朝），第 9 卷。

话》中说："外夷奇器，其始皆出中华。久之，中华失其传，而外夷袭之。"温训则作诗道："西夷制器虽奇巧，半是中华旧制来。"① 而梁廷枏更在《夷氛闻记》中指出，外夷之炮，"大率因中国地雷飞炮之旧而推广之；夹板船亦郑和所图而予之者"。因此，他们均反对学习西方，以为若师夷长技，"延其人而受其学，失体孰甚"，况且中国"反求胜夷之道于夷，古今无是理也"。②

总之，鸦片战争时期绝大多数的中国士大夫对于西方挑战的回应都较为偏激，缺乏客观理性的分析和认识，他们只是对"侵略的西方"做出了迅速而又带有情绪化的对抗性盲目回应，而对于"先进的西方"要么不愿意正视，要么自以为是地盲目排斥，所以，若指望这样的士大夫们开出救国、强国的药方，那不仅十分不可靠，而且往往自欺欺人。

幸运的是，正是在这样的历史时代氛围中，还有一些对西方能够做出客观理性和积极回应的先进中国人，他们推崇"制夷与师夷"。这样的回应主要来自以林则徐、魏源、姚莹为代表的少数先进士大夫。他们在面对西方的侵略之时，首先也是不假思索地奋起本能的抵抗，以捍卫民族尊严和祖国领土的不受侵犯。在广东，林则徐督办严禁鸦片，同时也积极筹定制夷方略，做好迎战准备；在台湾，姚莹奋起迎击来犯之敌，使英军侵犯台湾的阴谋未能得逞；在浙江，魏源则投奔两江总督裕谦麾下，积极参与浙东抗英的斗争。可见，林则徐等先进士大夫同大多数士大夫一样，首先是站在坚定的攘夷立场上，同仇敌忾地抗拒侵略的西方的。然而，较之于后者，林则徐等人的可贵之处却在于他们能够冲破传统思想的藩篱，从中西战争的炮火硝烟中务实地思考"六合之外"的另一世界。身处时代风云旋涡中心的林则徐懔然于时代的变奏，率先萌生了"师敌之长技以制敌"③ 的思想；随即是与林则徐息息相通的魏源在其《海国图志》中明确地提出了"以夷攻夷、以夷款夷、师夷之

---

① 龚书铎、孙燕京：《道光间文化述论》，龚书铎主编《近代中国与近代文化》，湖南人民出版社，1988，第296～297页。
② 梁廷枏：《夷氛闻记》第5卷，中华书局，1985，第172页。
③ 魏源：《道光洋艘征抚记上》，《魏源集》上册，中华书局，1983，第177页。

长技以制夷"① 的口号，这一口号随后成为一种鲜明的时代观念，在当时中国的知识界流传开来，于是引领了一批谈夷情、论夷事的先进士大夫的出现。这些先进中国人所撰写的介绍世界史地知识的著作，促使人们走出了封闭的天国迷雾，领略到了另一世界的迷人风光。从这个意义上说，这些少数先进的士大夫无疑是拓荒者，他们使近代中国人"向西方学习"的追求逐渐变为一种自觉，而这种局面的形成正是他们在应对西方挑战时，能够做出积极回应所产生的深远影响。

鸦片战争时期，面对西方侵略性与先进性的双重特性，在中国引发了各种各样的回应。其中，在对待"侵略的西方"这一问题上，除了少数人采取低姿态外，大部分中国人都做出了强烈的抗击反应，即主张给予"侵略的西方"坚决的抵抗。尽管当时的抵抗由于军事实力悬殊而于事无补，但这种抵抗表现出了国人同仇敌忾的民族气节，为中国的振兴带来了希望。但是，在如何对待"先进的西方"这一问题上，绝大部分人又仅持消极态度，要么自高自大地鄙视和排斥西方；要么自卑自贱地不敢仰视西方，只有少数先进中国人能够以积极的态度辩证地对待西方，主张向先进西方学习，以此实现富国强兵。这些先进中国人在闭塞已久的"天朝上国"中，虽然仍是孤独、微弱的一群，但是他们的言论激发着国人的觉醒，以黎庶昌等人为代表的晚清使外文臣中的一部分先觉者，也是这些先进中国人的重要组成部分。

二　黎庶昌"夷狄"成见的破除

光绪二年（1876 年），郭嵩焘出使英国，贵州同乡丁宝桢以"志节坚毅，抱负甚伟"向清政府保举黎庶昌，黎庶昌被委为三等参赞随同郭嵩焘出使西洋。这是黎庶昌走出国门、放眼看世界的重要开端。黎庶昌在西洋近五年的时间，相继由英国转赴德国、法国和西班牙马德里等地。作为第一批走向世界的中国正式派遣的驻外使臣之一，黎庶昌从此

---

① 魏源在《海国图志原叙》中说："是书何以作？曰：为以夷攻夷而作，为以夷款夷而作，为师夷长技以制夷而作。"

迈出了他人生重要的一步。出使西洋的经历，也促使黎庶昌的思想发生了重要的转变。黎庶昌出使西洋，不失时机、尽可能地广泛接触西洋文明，目睹了西洋各国的政教民俗、经济文化等方面的实况。黎庶昌几乎遍游了欧洲各大国，西洋政治民主、文教昌明、科技发达以及经济繁荣的现实，不仅使他眼界大开，而且也使他逐步消除了曾视西洋诸国为"夷狄"之邦的成见，做出了与他在国内时想象中的西方国家迥然不同的新判断。

黎庶昌在《与李勉林观察书》中说，他在英国月余"往观会堂者一，往与公朝者二，默察该国君臣之间，礼貌未尝不尊，分际未尝不严。特其国政之权操自会堂，凡遇大事，必内外部与众辩论，众意所可，而后施行，故虽有君主之名，而实则民政之国也"。[①] 在出使西洋之前，黎庶昌还在上同治皇帝的《上穆宗毅皇帝书》中诅咒以"奇技淫巧"立国的西洋为夷狄世界，而出使西洋，却使他看到了也有上千年文明教化的西洋景现实。

1862 年，黎庶昌在《上穆宗毅皇帝第二书》中所提出的救世良策，无非是荐贤才、慎保举等老一套内容。其对于外国入侵的对策，也只是"内诸夏而外夷狄""严夷夏之大防"的一套，他在建议"禁罢一切奇技淫巧"时说："外夷以奇技淫巧炫惑中国人士，人士向风。今请将中国服色仿古五等之制定为品级，使公、卿、大夫、士、民到目可辨，则人有限制，华靡自抑；并洋货使用亦定为品级，使与中国限制同至。"[②] 用人分五等、服色各异的办法来抵制洋货和外夷的奇技淫巧，反映了长期处在封建专制社会封闭状态下、昧于世事的封建士大夫对来自西洋新鲜事物的束手无策。黎庶昌所走的仍是封建知识分子的老路，换言之，黎庶昌是以传统士人身份上书而闻名的。若以黎庶昌 26 岁时的两次上穆宗毅皇帝书与他 49 岁时的《敬陈管见折》相比，就能看出其中反差极大。就夷狄观念来说，黎庶昌 1862 年的上同治皇帝书，严夷夏之大

---

① 黎庶昌：《西洋杂志》，湖南人民出版社，1981，第 180 页。
② 黎庶昌：《拙尊园丛稿》，沈云龙主编《近代中国史料丛刊》第八辑，台湾文海出版社，1967，第 54 页。

防的观念十分鲜明，而出使西洋之后的 1884 年上光绪皇帝的《敬陈管见折》，则完全放弃了夷夏之防，转而变为希望清廷学习西法，即用夷人之法以治夏。

在未走出国门之前，黎庶昌曾深受国内社会舆论和儒家"夷夏之辨"的影响，他也习惯于用"夷狄"观念想象西方国家的不文明。经过自己亲身游历，并以西方现状与《史记》《汉书》等中国典籍中所描写的古代"大秦"① 等国情况相比较，黎庶昌发现西洋国家原也是具有几千年文明史的古国，因此，他对这些国家的认识得以更新，黎庶昌在《尊攘纪事序》中曾这样写道：

> 《史记·大宛列传》载安息在大宛西，最为大国；临妫水，有市民商贾，用车船行旁国或数千里；以银为钱，钱如其王面，王死则更钱，效王面焉；画革旁行为书记。以证今日欧罗巴事甚明。而后汉时之大秦，即今意大利。史称其俗力田作多种，树蚕桑；银钱十当金钱一，质直无二价，国用富饶。各有官曹文书，置三十六将，会议国事。其王无常人，皆简立贤者。人民长大平正，有类中国，故谓之大秦……当其时，罗马并兼欧土，广制万里，政教号令郁然可观，浸与汉家冠带比伦矣。况更千数百年间，殊势异变，益务强兵，并敌杂霸王，假仁义，修盟会，若今西国者哉！②

从这段文字可以看出，黎庶昌认为他所看到的西欧各国，正是由古代"大秦"发展变化而来的，"大秦"原本也是文教昌明之邦。1883 年，黎庶昌在驻日公使任上，给日本冈千仞编撰的《尊攘纪事》一书作序，回顾日本开关之后，水户氏倡攘夷之说，迫使德川幕府归还大政，以成尊王之局。"乃不旋踵明治改元，即举向所攘斥者一变而悉从之，而水户之论，绝不复闻。推移反掌，何其速也。然则，夷

---

① 大秦是古代中国对罗马帝国的称呼，亦指近东地区，特别是叙利亚。
② 黎庶昌：《拙尊园丛稿》，沈云龙主编《近代中国史料丛刊》第八辑，台湾文海出版社，1967，第 389 页。

不夷亦因心之异视己耳，于人国无与。孔子作《春秋》，明王道，制义法，诸侯用夷礼则夷之，进于中国则中国之。可知夷狄无定名、定形，褒讥予夺，一本政教而言。非谓舍己以外，综地球七万里，而皆可禽扰兽畜也。"① 这是黎氏观念上的一次极大转变。通过自己对于欧洲真实情状的所见所闻和对孔子训教的再次深刻体会，黎庶昌心胸豁然洞开，"夷狄"之邦的陈旧观念被翻新了，他开始用一种全新的眼光来打量西洋陌生的世界，并且以中国传统文化为基础，对西方文明进行化用。

黎庶昌用他从《易》中所体悟的变通观来看待西洋各国的实况，并且利用儒家学说串解西洋文明，试图发现东西洋文明的关联。黎庶昌认为西洋各国法度实际上已为儒学所包容，也就是说，西洋各国法度与儒学政教规范往往有契合之处。黎庶昌在《儒学本论序》中，对西法与儒家学说的关系，做过这样的分析和比较。

　　西人立法施度，往往与儒暗合。世徒见其迹之强也，不思其法为儒所包，而反谓儒为不足用，是乌足语道哉！孔子曰："物穷则变，变则通，通则久，虽百世可知。岂非善观世变乎！曰："形而上者谓之道，形而下者谓之器。"又曰："以制器者尚其象。"岂非今世西学之所从出乎！曰："送往迎来，嘉善而矜不能，所以柔远人。"曰："即以其人之道，还治其人之身。"岂非公法条约之所本乎！曰："通其便，使民不倦。"又曰："行夏之时，乘殷之辂，服周之冕，乐则韶舞。"使孔子而生今世也者，其于火车、汽船、电报、机器之属，亦必择善而从矣！至如孟子，其言尤合于时宜。曰："凡我同盟之人，既盟之后，言归于好。"则订约之说也。"惟仁者为能以大事小，惟智者为能以小事大"，则交邻之道也。"国君进贤，必国人皆曰贤"，又曰，"不得罪于巨室"，则上下议院之

_____

① 黎庶昌：《拙尊园丛稿》，沈云龙主编《近代中国史料丛刊》第八辑，台湾文海出版社，1967，第388~389页。

法也。"征商自贱丈夫始，有布缕之征、粟米之征、力役之征"，则关税之例也。"一齐人傅之，众楚人咻之，引而置之庄岳之间"，则学馆之规也……孰谓儒果迂阔哉？孰谓孔孟之道果不可施于今世哉？仆向蓄此论，在东西洋日久愈信孔孟之学为可行。①

　　黎庶昌虽然笃信儒家学说，但他也善采诸家学说之精华。黎庶昌在《读墨子》一文中认为墨家的本旨与儒家相近，墨家的长处在于"贵俭、兼爱、尚贤、明鬼、非命、尚同"，而且能够根据国家的实情，有针对性地倡导和实施其本旨："凡入国，必择务而从事焉。国家昏乱则语之尚贤尚同；国家贫则语之节用节葬；国家喜音湛湎，则语之非乐非命；国家淫僻无礼，则语之尊天事鬼；国家务夺侵凌，则语之兼爱。"② 黎庶昌评论说："墨氏亦何尝不权时达变，与仲尼救世意同。"③

　　黎庶昌甚至把西方各国基督教、天主教与墨家道义加以比较，他认为"墨道，夏道也。今泰西各国，耶稣、天主教盛行，尊天明鬼，兼爱尚同。其术确然本诸墨子。而立国且数千百年不败。以此见天地之道之大，非执儒之一涂所能尽。昌黎韩愈谓孔、墨相为用：孔必用墨，墨必用孔，岂虚语哉？"④ 墨家"天志""明鬼"的主张主要致力于其"兼爱""非攻"等社会学说的推行，这与西方宗教的信仰理念显然有很大的区别。尽管黎庶昌对于西方天主教等"其术确然本诸墨子"的判断并不切实，但他"西学墨学等同论"的思想是他沟通中西文化的一种文化策略选择。西学墨学等同论是中国近代附会中西文化风气

---

① 黎庶昌：《拙尊园丛稿》，沈云龙主编《近代中国史料丛刊》第八辑，台湾文海出版社，1967，第 391~393 页。
② 黎庶昌：《拙尊园丛稿》，沈云龙主编《近代中国史料丛刊》第八辑，台湾文海出版社，1967，第 237 页。
③ 黎庶昌：《拙尊园丛稿》，沈云龙主编《近代中国史料丛刊》第八辑，台湾文海出版社，1967，第 237 页。
④ 黎庶昌：《拙尊园丛稿》，沈云龙主编《近代中国史料丛刊》第八辑，台湾文海出版社，1967，第 238 页。

的主要表现之一，在 19 世纪下半期风行的西学中源思潮中就已初具规模。在近代墨学与西学的关系问题上，主要流行过两种相似的思想看法：一种认为，墨学和西学大同小异，在主要方面或基本精神层面是可以等同的；另一种说法更甚，认为墨学和西学不仅在基本精神层面和主要方面大同小异，而且西学源于墨学，西方近代科技、社会制度、思想学说等都是墨学流传西土发展而成。后者大致包含了前者的主要意思。"西学源于墨学"的言论是 19 世纪西学中源思潮中的主流。在 20 世纪早期，西学墨学等同论仍十分普遍。而且较之 19 世纪言论的范围更加广泛，描绘得更加具体细致。如果说，19 世纪的"西学源于墨学"说直接推动了墨学的复兴，那么，20 世纪早期流行的西学墨学等同论则是该时期墨学与西学关系的融会和加深，它推动了近代墨学的繁荣。

黎庶昌在《儒学本论序》中还援引儒家经典以印证西洋天文、勾股、重力之学，黎庶昌还推论道："向令孟子居今日而治洋务，吾知并西人茶会、音乐、蹈舞而亦不非之，特不崇效之耳。"[1] 黎庶昌想象孟子若置身 19 世纪中后期，也必将是一个善于权时达变的人物。这一推论，表达了他对国内顽固派因循守旧、不知融会变通现状的不满。顽固派死守"孔孟之道"而盲目自大，视异国一切科学技术为"魔道""淫巧"，毫不理会孔孟的变通之理。黎庶昌采用以其人之道还治其人之身的办法，运用儒家推崇的"穷则变、变则通"的原理，借用儒家祖师爷孔孟的言论来确证西方文明的合理存在，并从中找到西方文明种种与儒家孔孟之道契合的行迹。

黎庶昌在对西洋各国的政治制度进行详细考察之后指出："各国风气，大致无殊。凡事皆由上下议院商定，国主签押而行之。君民一体，颇与三代大同。"[2] 所谓"三代"，即夏、商、周三朝，是被称作"礼乐

---

① 黎庶昌：《拙尊园丛稿》，沈云龙主编《近代中国史料丛刊》第八辑，台湾文海出版社，1967，第 392 页。

② 黎庶昌：《拙尊园丛稿》，沈云龙主编《近代中国史料丛刊》第八辑，台湾文海出版社，1967，第 408 页。

昌明"的"小康之世";而"大同"则是"天下为公"、"大道"畅行的理想社会,是儒家理想的最高社会形态。黎庶昌把西洋各国社会与"三代""大同"相比,不仅彰显了儒家思想涵盖的广阔性和内容的丰富性,也确证了西方文明与孔孟之道的契合。至于西洋社会风俗,则与中国循规蹈矩、严"男女之大防"有迥然不同:"而风俗则又郑、卫桑间濮上之余也。每礼拜日,上下休息,举国嬉游,浩浩荡荡。实有一种王者气象。决狱无死刑而人怀自励,几于道不拾遗;用兵服而后止,不残虐其百姓。"在黎庶昌看来,西洋的民俗社会似乎有些近似于儒家所宣扬的"王道乐土",又类似于老子、墨子所宣扬的清静无为、兼相友爱的境界。所以黎庶昌说:"蒙尝以为真是一部老、墨二子境界。老、墨知而言之,西人践而行之。鉴其治理,则又与孟子好勇、好货、好色诸篇意旨相合。吾真不得而名之矣。"当然,黎庶昌的这种比附,其主要目的在于借用中国传统文化之力化用西方文明,至于其比附的合理性大可不必吹毛求疵。

来自封建皇权专制社会的黎庶昌,对西方资本主义社会中的种种现象感觉新奇,同时也不太理解,只能借用中国古代经典中的有关描写加以比附,显得有些不伦不类。他看到了资本主义社会既有优长,也有不足,但比封建专制王朝统治下的中国社会要好。黎庶昌早年曾贬斥过"外夷"的"奇技淫巧",那是在对西洋实情无从了解和仇洋心理作用下产生的一种文化偏见,或者说是一种有意而为之的文化遮蔽。经过出使西洋各国的实地考察,黎庶昌改变了认识,对西洋的"奇技淫巧"极为推崇:"至于轮船、火车、电报、信局、自来水火、电气等公司之设,实辟天地未有之奇,而裨益于民生日用甚巨。"[1]

出使西洋之后,黎庶昌逐渐体察到了西洋国家富强的根本因素。

第一是"政教修明",实行议会制,从而能够"君民一体",或是纯粹的民主(如瑞士无总统)。

---

① 黎庶昌著:《拙尊园丛稿》,沈云龙主编《近代中国史料丛刊》第八辑,台湾文海出版社,1967,第408页。

第二是重视发展科学技术，运用大机器生产。

第三是大力发展工商业，积财于民，积富于国。

第四是在军事上建立强大的陆海军以维护国家主权，捍卫本国商民利益。

在以上四个促进国家富强的要素中，最主要的其实就是政治体制和经济制度，军事则是二者相互作用的结果，位于其次。当时中国的洋务派，重心在于强军事，从西方购置洋枪、洋炮、洋舰，也抓矿业、机器创造，其主要目的是想以军事强国，这当然是舍本逐末之举。洋务派后来倡导以"中学为体，西学为用"为自己的"八字方针"。"中学为体，西学为用"亦称"旧学为体，新学为用"。张之洞说："四书、五经、中国史事、政书、地图为旧学，西政、西艺、西史为新学。旧学为体，新学为用，不使偏废。"① 但洋务派的"中学为体"，往往又固守中国"三纲五常"，也就是要首先坚守封建地主阶级的政教伦理。所谓"西学为用"，也只不过是学点洋人技艺（主要是军事方面）的皮毛以维护自己的统治而已。

黎庶昌虽然受同时期晚清洋务派思想的影响很深，但他与晚清洋务派的主流思想也有不尽相同之处。在对"中学"与"西学"关系问题的思考上，黎庶昌秉持"权时达变"的思想，主张以儒学（也就是"中学"）融会"西学"，对西学的一切优长，认为皆可吸收而充实自己。因此，他认为"使孔子而生今世也者，其于火车、汽船、电报、机器之属，亦必择善而从矣！"黎庶昌认为中国不仅应该吸收西方的科学技术，就是其风俗礼仪，也不应盲目加以反对。黎庶昌说："向令孟子居今日而治洋务，吾知并西人茶会、音乐、蹈舞而亦不非之，特不崇效之耳。"② 西方茶会往往兼有音乐舞蹈，特别是有男女双双结伴而舞，在"男女授受不亲"的中国晚清

---

① 张之洞：《劝学篇·外篇·设学第三》，《张文襄公全集》第 203 卷，中国书店，1990，第 9 页。

② 黎庶昌：《拙尊园丛稿》，沈云龙主编《近代中国史料丛刊》第八辑，台湾文海出版社，1967，第 392 页。

士大夫们看来，这是违背"伦理纲常"的大逆不道之举，而黎庶昌居然认为孟子如尚在的话也不会以之为非，这的确是独异于当时传统守旧士大夫的非常之论。黎庶昌还把"公法条约""上下议院之法"等也纳入儒家学说理念的范畴。这实际上就把"西学"中的自然科学和社会科学都归入了儒学涵盖的范围之内。这种对西洋文明"儒学化"的化用方法，正是黎庶昌当时不韪大道并且补益孔孟之道的一种文化选择策略。

黎庶昌在《西洋杂志》中记述各国政治体制及总统任选、议院开会等情况，字里行间常常流露出钦羡之情。但在对待君权的问题上，他十分矛盾。西洋总统无常任，如法国总统马立克与议会意见不合被弹劾而辞职，"朝定议，而夕已退矣"，全国人民安之若素，并没有引发大的社会波动，就像没有发生这回事一样，这在国不可一日无君的中国君权社会，是不可想象的。就是古代的"大秦"（罗马），也是"置三十六将会议国事；其王无常人，皆简立贤者"①，在西方古代社会中，竟然也有这样的"民主制"。但黎庶昌毕竟受儒家学说浸润根深，是神圣君权制度下的忠君主义者，他并不会唐突地否定君权神授的皇帝，而是希望皇帝能够权时达变、锐意革新，像日本明治天皇那样改行西法。

黎庶昌也并不满意独裁专制的君主，他在《俄皇遇刺》一文中就写道："俄皇阿赖克桑得尔第二（今译亚历山大二世）即位二十六年，拓土开疆，横征无度，事皆独断独行，又不设立议院，民情不能上达，素为国人所忌。"② 当时中国的西太后，除"拓土开疆"一条外，其余无不毕肖于亚历山大二世。黎庶昌在《答曾侯书》中委婉地说："中国君主专制之国，有事则主上独任其忧，臣下不与其祸。"③ 虽然言语之间表达的是臣下应为主上"分忧"，而实质上却是希望主上能够分权于臣下，不要大权独揽，致使大臣无权责之忧。鉴于中国

---

① 转引自黄万机《黎庶昌评传》，贵州人民出版社，1989，第206页。
② 黎庶昌：《西洋杂志》，湖南人民出版社，1981，第58页。
③ 黎庶昌：《西洋杂志》，湖南人民出版社，1981，第188页。

皇权专制的威严和顽固大臣的守旧，黎庶昌并未直接提出设立议会或君主立宪的政治主张，但他迫切地要求"整饬内政""稍稍酌用西法"。然而，如何择善而从，酌用西法？黎庶昌对西方国家的政治制度等深层文化结构并不敢贸然接受，更多地侧重于对其军事、科技、经济等方面之长予以"酌用"和"善从"。1884年，黎庶昌上呈《敬陈管见折》，以他在西洋社会的实地见闻为基础，借鉴西洋，畅言改革，这是在他突破对西洋的"夷狄"之后，最为直接地表达了他对西洋文明的借鉴。

《敬陈管见折》所提的几点措施，如操练水师、筹建铁路、保护商务等，虽也可以归属当时洋务运动的范畴，但黎庶昌的眼光比一般洋务派要高远得多。就以操练水师而言，洋务派一般只为自己扩充实力，战时常避敌不战以保存实力；黎庶昌则从捍卫国家整个海防疆域的角度出发而指出："中国沿海疆域袤延万里，又有台湾、琼州两岛海外孤悬，一朝告警，非有平时练足百号之兵船，断难分布。"[1] 他把操练水师与台湾及海南岛的海防考虑在内，颇具长远的战略眼光。

在外交方面，黎庶昌提出"公使宜优赐召见"和派遣皇亲大臣出洋游历。"召见时，凡其眷属人等，例得侍从，不苟以仪文，概随国俗。"[2] 清朝皇帝为保持自己"天朝帝君"的体面和威严，总想让外国使节行"三拜九叩"之礼，这显然与外国朝见礼仪区别很大，外国来使也常常不愿意行此礼仪，于是清廷皇帝便以种种托词避而不见。时日久了，外国使节逐渐大为不满，视中国为轻慢。为此，总理衙门的官员也十分为难。黎庶昌提出让外国使节及其夫人等眷属也入宫礼见皇帝，而且礼节随其国俗，即只需鞠躬甚至握手，而不行跪拜之礼，在礼仪上，皇帝和使节之间处于一种平等的地位，这在当时来说，是一个相当

---

① 黎庶昌《敬陈管见折》，丁守和等主编《中国历代奏议大典》第4卷，哈尔滨出版社，1994，第662页。

② 黎庶昌《敬陈管见折》，丁守和等主编《中国历代奏议大典》第4卷，哈尔滨出版社，1994，第662页。

重大的外交礼仪改革，提出这一条需要极大的勇气。黎庶昌之所以放胆进言这项外交礼仪的改革，实际上正是他在担任外交使臣期间对国际外交事务深入观察的体会。从现代外交的理念上来说，国家间的外交往往有一种平等与宽容的诉求，绝不应以一国之好恶来左右他国的交往事项，更不能强加一些为他国所不能接受的礼仪，这是具有平等外交意识的国家应该具有的基本风度。黎庶昌也借此想要向清朝皇室说明，国家外交并不是一国内政，国与国的外交活动，首先是基于双方的尊重，并给予他国以平等地位为前提，而这些理念，恰恰是晚清政府固执于传统为我独尊的观念所不愿意接受的。一个看似简单的外交礼仪的变动，实际上却是对中国诸多守旧观念的更新，其会遭遇的抵触和困难也就不难想象了。

至于建议清廷派遣一二亲贵大臣赴欧洲、美国、日本等处游历，也是出于政治战略上的考虑。诸亲王中，除奕䜣倾向于洋务外，其余大多都是顽固派的后台。黎庶昌认为出洋考察"莫如醇亲王最宜"。醇亲王奕譞是光绪皇帝戴湉的生父，又是西太后的姨妹夫，如果这样身份的皇亲国戚能够去世界各地见见世面，不但有利于消除鄙夷西洋的成见，而且能够借以减轻其他顽固派对抗变法的阻力，其政治意义也是深远的。

此外，黎庶昌提出的国家振兴革新计划非常注重系统性，他提出兴办铁路，开设矿山、工厂，大力发展工商业等，其要旨就在于建立一套相互依存、相互促进的经济体系，这和洋务派只造枪炮、战船的片面依赖军事迥然不同。1884年黎庶昌的《敬陈管见折》与1862年的《上穆宗毅皇帝书》相比，其眼界已大不相同，从内容上来看，《上穆宗毅皇帝书》偏重于"举贤才""广开言路"和慎择督抚守令等方面，而《敬陈管见折》则偏重于经济、军事方面的具体设施，有相对系统的振兴国家的计划。《敬陈管见折》是《上穆宗毅皇帝书》的补充和发展，但《敬陈管见折》的革新色彩更浓，也更切实。二者综合起来看，黎庶昌完整的革新思想体系也已建构完成。《敬陈管见折》的立足点在于与西人竞争，以挽回"东南大利"，这是黎庶昌振兴国家的战略目标，因此，发展本国工商业，借以抵制"捆载如山"的外国货物，挽回丧失的利权，并且增强国家财力，为军备建设提供充足的财政支持，这是黎庶昌所考虑的固本而茂末的强国要义，这些措施可以说都有环环相扣的密切联系。

如果把黎庶昌1862年两道《上穆宗毅皇帝书》和1884年《敬陈管见折》的革新思想和1898年"戊戌变法"时期康有为、梁启超等人的维新思想相比较，不难发现其中的相似之处。

如对资产阶级文明的评价，谭嗣同认为"西人之治之盛，几轶三代而上之"。① 这与黎庶昌"颇与三代大同"的意旨契合。严复强调要使中国富强，必须用西洋之术，"夫士生今日，不睹西洋富强之效者，无目者也。谓不讲富强，而中国自可以安；谓不用西洋之术，而富强自可致；谓用西洋之术，无俟于通达时务之真人才，皆非狂易失心之人不为此。"② 这与黎庶昌"酌用西法"也大体一致。对于维新变法的根本主张，康有为在致光绪皇帝的第三书中概括为三点："求人才而擢不次，慎左右而广其选，通下情而合其力。"③ 也就是不拘一格选拔贤才，慎重选取掌权重臣，广开言路以通下情，黎庶昌也早有此主张。维新派的其他具体措施，大致可分为十类。

一、废八股文，改革科举制度。黎庶昌曾提出。

二、废淫祠，办学堂，派遣留学生，禁止妇女缠足。其中办学堂、派遣留学生，黎庶昌在重庆开设之川东洋务学堂已经践行。

三、提倡游历，奖励办报，广开言路。除奖励办报一事外，黎庶昌业已提出。

四、奖励农工商业和创造发明，其中包括办商会，订立商务章程。黎庶昌在重庆开办川东洋务学堂时，要求科举考试设"绝学"科，也含有奖励发明创造之意。

五、修铁路，开矿山，办邮政。黎庶昌在《敬陈管见折》中已提出。

① 王尔敏：《晚清政治思想史论》，华世出版社，1970，第110页。
② 严复：《论事变之亟》，《严复集》第1册，中华书局，1986，第4页。
③ 汤志钧：《戊戌变法史》（修订本），上海社会科学院出版社，2003，第154页。

六、撤并政府机构，裁汰冗员。黎庶昌在《上穆宗毅皇帝书》中有详细陈述。

七、改革财政制度。有关整顿赋税、厘金，编制年度预算等方面，黎庶昌《敬陈管见折》也有具体措施。

八、改革军制，裁汰绿营训练兵勇，增强水师。黎庶昌《敬陈管见折》有论述。

九、安置旗民生计。黎庶昌在《上穆宗毅皇帝书》也提出过具体解决的办法。

十、增设散卿，宣讲新法。此为黎庶昌所未提及。

以上比照在于说明，黎庶昌的确是一位具有革新思想的人物。早在维新派之前，他的一系列建言和上书，都在阐发自己的变革图强思想，而这些思想，与后来以康有为、梁启超为代表的维新派主张，竟有许多相似之处，虽然不能就此称黎庶昌是维新变法的先驱，但他至少是一位具有革新意识的先行者，而正是这样一些先行者，启迪着后来人不断地思考着中国变法图强的可能性，营造了维新变法的社会氛围。在此意义上可以说，黎庶昌的思想对于维新变法也是具有启发性的。

毛泽东曾指出："自从一八四〇年鸦片战争失败那时起，先进的中国人，经过千辛万苦，向西方国家寻找真理……那时，求进步的中国人，只要是西方的新道理，什么书也看……这些是西方资产阶级民主主义的文化，即所谓新学，包括那时的社会学说和自然科学，和中国封建主义的文化即所谓旧学是对立的。学了这些新学的人们，在很长的时期内产生了一种信心，认为这些很可以救中国，除了旧学派，新学派自己表示怀疑的很少。要救国，只有维新，要维新，只有学外国。那时的外国只有西方资本主义国家是进步的，它们成功地建设了资产阶级的现代国家。日本人向西方学习有成效，中国人也想向日本人学。"[1] 以《敬陈管见折》为标志，黎庶昌终于理智地破除了他对于西洋各邦的"夷狄"成见。黎庶昌看到了西方资本主义先进的一面，尽管他并不能从

---

[1] 《毛泽东选集》第四卷，人民出版社，1991，第 1469～1470 页。

根本上找到中国走向现代化之路，但是，他毕竟承认了西方的先进性，不再盲目视西洋为"夷狄"，并倾向于学习先进西方，虽然这种学习也只是在技术、器物等表层上的，但无疑已经开始显示出学习西方的自觉意识。

第三章

东洋唱和

——黎庶昌与日本文士的文字交往

第一节　晚清驻日使臣与日本文士的诗词
唱和——从何如璋①到黎庶昌

一　日本汉文学渊源

世界上常有多个国家或多个民族共同使用某种相似语言的情况。日本文字以中国汉字为基础演化而来，日文和汉语读音上虽然差异较大，但在意义表达上非常接近。日本文字，初期采用汉字，后来又根据汉字创造演化为假名，所谓"假名"，其实是与汉字相区别的一种说法。日本还依据汉字草书和楷书形体，创造了日本民族自己的文字——平假名和片假名。在日本，早已将汉字称作"真名"，所以就把这种后来演化创新的日文字母称作"假名"。所谓的"名"也就是"字"，"名"和中国文字的古义相合。同时，日本文字以汉字楷书偏旁新造出片假名，

---

① 何如璋（1838～1891），字子峨，广东大埔县湖寮双坑村人，我国早期杰出的外交家。光绪三年（1877年），何如璋受李鸿章推荐，晋升为翰林院侍讲，加二品顶戴，充出使日本大臣，成为中国首任驻日公使，时年39岁。

"片"者即"偏"也；并且将汉字草书精简而新造为平假名，"平"者言其全也。片假名和平假名的新造是日本文字自身发展的一大进步，同时也是中日文化交流孕育的成果，因此日本文字与汉字在某种程度上具有割舍不断的"同文"之谊。

事实上，日本文学的创作，既有日本人借鉴中国文学样式，直接使用中文创作的文学作品，也有日本人使用自己民族语言加以创作的和文文学作品。《古事记》① 是日本现存最古老的历史书籍，也是一部文学著作，内容包括日本古代神话、传说、歌谣、历史故事和帝王家谱，该书的写作以汉文为书写工具。《古事记》的文体主要是散文和诗歌，其散文叙事主要使用古汉语，抒情诗歌则使用汉字作日语的标音。散文部分的固有名词、敬语、助动词，也采用汉字作标音。《古事记》全书采用古汉语行文和汉字作日语标音，是日本古代创作的基本文字样式。由此可以看出，至少从中国隋唐时代开始，日本就已经大量使用中国文字了。905 年，日本现存最早的以日本本民族文字记录的和文作品——《古今和歌集·假名序》出现，由此直到 1925 年昭和之前，日本和文学与汉文学两大文学脉系相互补充，彼此促进，共同创造了日本古代与近代文学的繁荣。

日本以汉字为书写工具，根据中国旧体格律诗的韵律和格式创作汉诗的历史已逾千年。早在 7 世纪的时候，大友皇子（即位后称弘文天皇）就写有一首《侍宴诗》：

> 皇明光日月，帝德载天地。
> 三才并泰昌，万国表臣义。②

---

① 《古事记》是日本奈良朝文献中的一种，是日本现存的最早的历史和文学著作，内容包括日本古代神话、传说、歌谣、历史故事和帝王家谱，撰写者为太安万侣。7 世纪日本天武天皇时期曾对"本辞"（神话与传说）和"帝纪"进行整理。8 世纪初奈良时期，元明天皇命太安万侣撰写《古事记》，以发扬"邦家之经纬，王化之鸿基"。太安万侣根据熟知"本辞"和"帝纪"的女官稗田阿礼的讲述，加以撰录整理，于 712 年成书。

② 猪口笃志：《日本汉文学史》，角川书店，1984，第 53 页。

这首诗是日本国内流传下来的最早的一首汉诗，这首诗被收入日本第一部汉诗集《怀风藻》的卷首。《怀风藻》出现于751年，同期于我国唐玄宗天宝十年，这部诗集的总体风格受中国六朝及初唐文学的影响较为明显。平安时代（794～1192年）和镰仓时代（1192～1333年），在日本知识分子中间，汉诗的写作颇受追捧，写汉诗成为当时的一种潮流。

日本历代对于汉诗的热衷，不仅使日本汉诗的写作水平得以极大的提高，同时也促进了中国文化在日本的传播。江户时代（1603～1867年），日本写作汉诗的诗人早已是人才济济，而且名家辈出了。到19世纪的明治维新时代，日本由于西方列强的侵入，不能不寻求富国强兵之道，于是"脱欧入亚"，将其目光投向当时领先于世界的西方，此时在文化上也出现了全盘吸收西方文化的倾向。尽管如此，日本国内崇尚中国文化、热衷于汉诗写作的人依然不少。特别是一些贵族、官僚、文人、学者仍旧把汉诗的写作和吟唱看作文学水平与修养的一种标志。经过千百年汉诗创作传统的积淀，日本汉诗创作群体早已不下数千人，而他们流传下来的诗集更是数以千计，诗作数量则可以数十万计。日本汉诗遂成为日本文学宝库中重要的组成部分，见证着中日两国的"同文"之谊。

隋唐以来，中日两国文士之间的民间文化交流，除了使用汉字进行书面笔谈以外，也通常采用诗词唱和这种交流方式。诗歌创作是中国源远流长的文学传统，在中国文人雅士中间，诗歌创作是一种必备的文化修养。中日两国文人都喜好汉诗，他们不仅吟咏、唱和汉诗，而且还能以各种字体写作汉诗，并以书画结合的形式加以艺术地表现。因此，汉诗不仅因其艺术功能带给创作者审美的愉悦，更能在书写诗人情思之时传递文化的信息，从而在中日文化交流关系史上，扮演了重要的角色，成为中日两国文人之间抒发感情，传递思想，交流文学与书法艺术，增进彼此友谊，发扬东方文化传统，以及在宴会、赏景、送别等各种社交场合助兴留念的重要形式。

明治初年，受西方文明的大量涌入和国内"脱亚入欧"时代氛围的影响，汉学、汉文学在日本的发展遭受了空前的冲击，不仅失去了在日本上层社会以及文化领域长期占有的主导地位，甚至成为陈腐落后、保守僵化的代名词。此时日本国内竞相拥护西学，西方的各种社会、科学等启蒙读物充斥日本社会，而大量汉文典籍则被廉价抛售、处理，汉学、汉文学也一度陷入衰退。明治七八年以后，由于过度吸收和倚重西方文明给日本社会发展带来了种种不适，日本对于西方文化的借鉴开始进行自觉反思，此时汉学作用又得以重新被评价，汉文学也出现了复兴的局面，并于明治二三十年间迎来了日本汉文学发展史上的第四次繁荣。① 日本诗人及著名的评论家大町桂月（1868～1925）曾在《明治文坛之奇现象》中指出：“明治之世，西洋文学、思想排山而至，是未足奇；新体诗勃兴，亦未足奇；吾所奇者，原以为势必衰亡的汉诗却意外地兴旺繁荣，汉籍传入两千年，从不及明治时代赋诗技巧之发达。”② 汉诗在日本明治时期的复兴，除了当时日本国内汉语诗社、文会以及汉语杂志的推动之外，清朝派往日本的驻日使臣与日本文士之间的文学交流也是一个不可忽视的因素。

伴随着民间交往的进行，中日两国之间的使节交往，也早在二三世纪就已开始。三国时期的曹魏与今日本的北九州（当时的“倭奴王国”）就曾正式互遣使者交好往来，在十年左右的时间双方遣使交好竟有六次之多。隋唐时期，中日两国使节交往更加频繁，留下了中日文化交往史上不少的佳话。如日本遣唐留学生阿倍仲麻吕（即晁衡）曾与李白、王维等交往，他们之间不但通过以文会友的形式交流，为后世留下了许多脍炙人口的珍贵诗歌，而且他们在日常生活交往中的深厚情谊，在中日文学文化交流史上也常为两国人民所津津乐道与欣羡。

---

① 学者高文汉指出：纵观日本汉文学发展史、从诞生到消歇，时间长达一千余年。其间的汉文学创作大体出现过四次高潮。首次昌盛于平安（794～1192年）前期；第二次复兴于镰仓、室町（1192～1603年，又称“中世”）时期；第三次再昌于江户（1603～1868年，又称“近世”）时期；第四次则鼎盛于明治时期（1868～1912年）。见高文汉著《日本近代汉文学》，宁夏人民出版社，2005，引言第2页。

② 大町桂月：《明治文坛之奇现象》，雄山阁，1999，第48页。

二 中国驻日使节与日本汉文学的互动

19 世纪 70 年代，中日两国开始了近代意义上正式互派使节的外交活动，自中国第一次向日本派遣正式外交使臣开始，作为外交官身份出使日本的中国驻日使臣对中日两国的文化交往也具有重要的推动作用。根据 1871 年签订的《中日修好条规》，中日两国政府开始正式建立外交关系，互设公使馆与领事馆，互派外交官，加强通商贸易，自此以后直到 1894 年（光绪二十年）的中日甲午战争，两国外交关系一直处于正常化。中国派驻日本的外交官员大多是具有深厚中国文化和文学修养的文人学士，他们基本上都能文善诗且工书法艺术，因而汇聚着中国文人雅士的中国驻日公使馆，就往往成为明治时代日本汉学者以及汉诗人倾心向往之地。在中国公使馆，日本文士可以面对面与中国文士对话交流，领受汉诗和中国文化的魅力。自 1877 年中国第一任驻日公使何如璋出使到日本开始，中国方面就经常在使馆署地等场所举行诗酒宴集，招饮日本文学文化界名流。除此而外，中日两国官员、文人、民间人士之间也常有聚会，他们之间或相互宴请，或偕同赏樱，登高游乐，双方在这些活动中应酬、笔谈、对答及唱和诗词，均有大量诗篇留存于世，

何如璋

这些诗文从文学角度来看，是中日两国文士珍贵的文学遗产，而从文化角度来说，则是近代中日文化交流关系的重要史料。

中国驻日使外文臣与日本文士之间的诗词唱和活动，开始于首任驻日公使何如璋时期。

1876 年（光绪二年，明治九年），清政府任命何如璋为首届驻日钦差大臣全权公使，张斯桂为钦差大臣副使，除张斯桂（字鲁生）外，何如璋的随员还有参赞黄遵宪（字

公度）①、神户领事刘寿铿（字小彭）、随员沈文荧（字梅史）、廖锡恩（字枢轩）、潘任邦（字勉骞）、何定求（字子纶）、增生王治本（字黍园）、附生王藩新（号刊仙）等。受日本西南战争的影响，何如璋使团延至 1877 年 10 月 23 日才由上海乘军舰海安号启程，经长崎、神户、大阪、横滨，11 月 21 日进入东京。中国公使馆最初租用东京芝山的月界僧院，僧院"古松满径，苍翠万重，风起涛生，与海浦惊潮、山寺疏钟相答，虽居都市中，大有林栖幽趣"。② 明治初年，尽管西学盛行，但是许多日本人依然对中国文化十分崇拜，并以能够结交中国名士为荣。自从中国驻日使团进驻芝山以后，日本文人、儒士、僧侣等纷至沓来，竞相拜谒中国使馆官员，以求教中国文学与文化，"执经者、问字者、乞诗者，户外展满，肩趾相接，果人人得其意而去"。③ 其中有位汉诗人源辉声④还索性将王治本请至家中，指导自己汉诗创作。

1878 年初春，寓居芝山附近的汉学家石川鸿斋（又名石川英）和知恩院僧人彻定、天德寺僧人义应三人结伴前往公使馆，各自拿出自己所写汉诗，请教中国使臣，何如璋、张斯桂等人以诗和韵相回赠。何如璋在和韵诗末尾误称石川鸿斋为"鸿斋大和尚"⑤，何如璋对石川英解释说："和僧同来访，故疑君亦已净了俗缘也。"⑥ 此事虽是一场笑话，但在日本诗坛、汉学界传为美谈，石川英也因此得了个绰号"假佛印"。⑦ 此后，石川

---

① 黄遵宪（1848～1905），字公度，广东嘉应州（今梅城东区下市角）人，晚清爱国诗人，杰出的外交家、政治家、教育家。1877 年十月（光绪三年）黄遵宪应邀任参赞，随何如璋出使日本。光绪八年，黄遵宪调任驻美国旧金山总领事。光绪二十四年八月，光绪帝任命黄遵宪为出使日本大臣。黄遵宪的著作生平自定的有《日本杂事诗》《日本国志》《人境庐诗草》三种。

② 何如璋：《使东述略》，钟叔河主编《走向世界丛书》，岳麓书社，1985，第 103 页。

③ 石川英：《日本杂事诗·跋》。郑海麟：《黄遵宪传》，中华书局，2006，第 158 页。

④ 源辉声，号桂阁，原高崎藩主，因祖居大河内，故又称大河内辉声或源桂阁。

⑤ 〔日〕实藤惠秀：《明治时代中日文化的连系》，陈固亭译，"中华丛书"编审委员会，1971，第 41 页。

⑥ 〔日〕实藤惠秀：《明治时代中日文化的连系》，陈固亭译，"中华丛书"编审委员会，1971，第 42 页。

⑦ 〔日〕实藤惠秀：《明治时代中日文化的连系》，陈固亭译，"中华丛书"编审委员会，1971，第 42 页。

鸿斋便经常与中国公使馆的使外文臣们游宴唱酬，并将所得诗篇结集，题名为《芝山一笑》（1878 年东京文升堂刊印）。其中，石川鸿斋曾同何如璋、张斯桂等人泛舟墨水（又称墨江、隅田川），到木母寺，各赋五绝一首：

> 一雨涤烦热，清风到小舟。墨江渡潋滟，况复是新秋。（何如璋）
> 观瀑先消暑，妇来雨打舟。墨江移短棹，凉意逼新秋。（张斯桂）
> 欲觅清凉界，沿江荡小舟。打篷天忽雨，送到几分秋。（廖锡恩）
> 急雨鸣芦荻，江风荡叶舟。铄衣初觉冷，时节入新秋。（石川鸿斋）

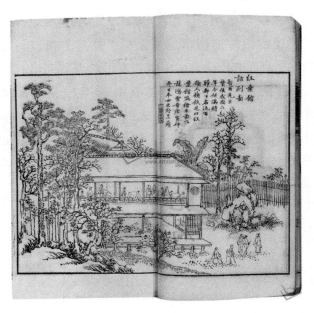

日本明治二十三年 日本·鸿斋石川英等 红叶馆话别图题词（一册）

1878 年 3 月 2 日，元老院议员宫本鸭北邀请何如璋、张斯桂、黄遵宪以及汉学家重野成斋、汉文家中村敬宇等，于巢鸭别墅长华园聚饮。席间，众人诗酒唱酬，黄遵宪吟道："绕榭山花红欲然，林中结屋屋如船。人来蓬岛无宾主，境比桃园别洞天。近事被图谈斗虎，旧游濡笔纪飞鸢。登楼北望方事多，未许偷闲作散仙。"① 黄遵宪在觥筹交错之间，依然抒发着牢记自己外交使臣身份和国家使命的忠心赤胆。

1878 年（明治十一年）4 月中旬，是日本樱花盛开的季节。② 基于对中国文化的浓厚兴趣，日本贵族源桂阁诚邀何如璋公使、张斯桂副使、黄遵宪参赞等中国使团成员与日本汉诗人加藤樱老等人，前往东京隅田川畔著名的赏樱胜地——向岛，中日双方文士在此赏花饮酒，席间观樱赋诗，吟诗和唱。何如璋称此次活动为"海外看花第一遭"。③ 日本雅士加藤樱老则赞誉此次活动："今日盛会，和汉一席，开辟以来一大盛事。"④ 隅田川畔向岛的樱花林，灿如云霞，绚丽多姿，犹如一片无垠的花海，中日诗人文士们面对美景，看的是如醉如痴，何如璋公使率先即兴吟诵了一首赏樱诗："十里春风烂漫开，墨川东岸雪成堆。当笼莫惜诗兼酒，如此花时我正来。"⑤ 中国诗人王治本首先采用何如璋诗歌的原韵和诗一首："千红万紫一齐开，艳似云蒸又雪堆。墨水江边无限好，游人尽是看花来。"⑥ 日本贵族源桂阁也和诗一首："绝胜西园雅会开，春花烂漫似雪堆。樱堤休作桃源认，为赋渊明《归去来》。"⑦

中日文士在宴集上借景抒情，以观樱花为契机，各自表达出赏樱的心情，其情感抒发，皆以对樱花的赞美为主。源桂阁所作诗句"樱堤

---

① 黄遵宪著，钱仲联笺注《人境庐诗草笺注》，古典文学出版社，1957，第 81 页。
② 赏樱花，日语写作"花见"。"花见"是日本独特的赏花方式，每当春天樱花季节展开之际，群聚于各地赏樱名所，席坐粉白花树下，大家举杯高歌，谈笑春日，尽情捕捉烂漫春光。"花见"一词甚至被纳为英文专有名词，意为日人赏樱盛宴。日本人赏樱花的历史悠久，一般认为源于平安时代在宫中举行的樱花宴。庆长三年（1598 年）3 月 15 日，丰臣秀吉在京都醍醐寺举行的赏花会（历史上称"醍醐花见"），以其豪侈华丽而名标史册。而"花见"成为日本平民百姓的年中行事，则是江户时代以后的事情。现每年 3 月 15 日到 4 月 15 日为日本"樱花节"。
③ 陈铮编《黄遵宪全集》（上册），中华书局，2005，第 597 页。
④ 陈铮编《黄遵宪全集》（上册），中华书局，2005，第 593 页。
⑤ 陈铮编《黄遵宪全集》（上册），中华书局，2005，第 596 页。
⑥ 陈铮编《黄遵宪全集》（上册），中华书局，2005，第 596 页。
⑦ 陈铮编《黄遵宪全集》（上册），中华书局，2005，第 596 页。

休作桃源认，为赋渊明《归去来》"又有中日文化比较的韵味。樱花是日本国花，也是日本列岛分布最广泛的花木。樱花之美有双重含义，一是指樱花的自然之美，在百花盛开的春天，樱花总会抢先绽放，盛开一周后，会突然一日一夜之间全部迅速凋零散落。"性相近"是日本人爱樱花的另一个重要原因。日本是一个多灾害国家，常年不是地震、海啸，就是台风乃至火山爆发。在古代，这些难以预报、抗御的灾害经常会突然地夺取人的生命，灾害频繁使日本人逐渐"习惯死亡"，于是更加注重今世人生。日本古代文学著作《徒然草》的作者——吉田兼好法师就歌唱了日本人的这种无常观和趣味观，称"世间万物无常，唯此方为妙事"①，"世无定数，遂见其美"。② 久而久之，赞赏美好伤逝的物哀情调成为日本文化的重要特点。樱花的生命特征正好与大和民族的文化心灵相契合并产生共鸣。樱花开时匆匆，开得尽情灿烂；去时匆匆，去得凄然寂静，开去之间也不过仅有半个来月光景。在日本人看来人生就犹如樱花的花期一样短暂而美丽，樱花的凋零和它的开放同样具有诱人的魅力，令人感慨万千。日本古籍《新古今集》中曾有和歌道："人生如梦幻，光阴似水奈何去，怅然度流年。赏花痛感良辰短，春去悠然。"③ 因此日本人的赏樱情结毕竟与中国陶渊明世外桃源的追寻相异其趣。

此次观赏樱花的诗酒宴集持续到当晚九点方才尽欢惜别。中国使臣的才气和诗作，给源桂阁留下了深刻的印象，他对中国使臣的诗作赞赏有加：

墨堤十里放莺桃，诗酒来游快此遭。
博得笔筵才子赋，洛阳纸价一时高。④

---

① 转引自李芒、黎继德主编《日本散文精品·咏事卷》，云南人民出版社，1999，第27页。
② 转引自李芒、黎继德主编《日本散文精品·咏事卷》，云南人民出版社，1999，第27页。
③ 转引自高子川《逐日本人》，四川人民出版社，2001，第1页。
④ 郑子瑜、实藤惠秀编校《黄遵宪与日本友人笔谈遗稿》，早稻田大学东洋文学研究会，1968，第76页。

　　第二天他即将此次诗酒之会的笔谈、诗歌作品加以整理，集得诗歌作品近百首。

　　1878年夏，何如璋在墨水千岁楼设宴，回请日本朋友。能够得到邻邦公使的邀请，与会的日本学者格外高兴。87岁的绫小路有长氏乘兴舞了一曲兰陵王舞，诗人龟谷省轩则赋七古一首，盛赞这次聚会："二千年来无此游，星轺始临梦香洲。琼词瑰句惊四席，淋漓醉墨盈高楼。楼临长江鸭头碧，即是蛟龙所窟宅。赤日行人天不知，水烟漠漠须眉白。君不见露兵十万临土疆，烽火焦天剑摧铓。何以邻交若唇齿，泉石之间飞羽觞。"1879年，日本强行将琉球划入冲绳县，中日在朝鲜问题上也出现纷争，中日两国关系笼罩着沉重的阴影。对此，黄遵宪作七古《琉球歌》，表达忧虑和愤慨之情：

> 白头老臣倚墙哭，颓髻斜簪衣惨绿。
> 自嗟流荡作波臣，细诉兴亡溯天蹴。
> 天孙传世到舜天，海上蜿蜒一脉延。
> 弹丸虽号蕞尔国，问鼎犹传七百年。①

　　中村敬宇对中日关系出现的新变化也表示担忧，有七古一首唱和：

> 今日乾坤果如何，悲欢中宵起悲歌。
> 物议喧腾如乱蛙，人情险恶似骇波。
> 日清之事我所忧，顷刻片晷难忘过。
> 人道韩范坐庙堂，吾侪不用杞忧多。
> 虽然吾性偏忧国，不忧一身苦坎坷。
> 若使二邦用干戈，后来结果可叹嗟。
> 蚌鹬相持利渔人，螳螂捕蝉悲生涯。
> 我恐北方伏猛虎，魔爪窥机凶威加。

---

　　①　黄遵宪著，钱仲联笺注《人境庐诗草笺注》，古典文学出版社，1957，第25页。

治国只当守理直，遂过饰非是妖魔。

更若庸人自扰事，妄鞭草菜走虺蛇。

又有好战以求利，怒目炯炯活阎罗。

吾知流传多谬说，或是病眼现空华。

愿得吾忧归妄想，二邦和亲如一家。

东风三月春骀荡，与君同看洛阳花。①

　　清政府第一任驻日公使何如璋，曾与不少日本朝野文士唱和诗词。事实上，在第一届驻日使外文臣中，与日本文士交流最广以及最活跃的人是黄遵宪。

黄遵宪与日本友人合影，中立者为黄遵宪

　　黄遵宪思维敏捷，才智过人，他对于日本的历史、文化也有深刻的见解，尤其是对日本的民风、民俗有格外细致的观察。黄遵宪将自己在

---

　　①　转引自王晓平《近代中日文学交流史稿》，湖南文艺出版社，1987，第131页。

日本的所见、所闻、所思，随时加以记录，或者咏成"杂事诗"，这些诗句都是绝句，内容包罗万象，"上自神代、下及近世、其间时世沿革，政体殊异，山川风土服饰技艺之微，悉网罗无遗"。① 且"大抵意主纪事，不在修词，其间寓劝惩，明美刺、存微旨；而采据浩博，搜集详明"。"举凡胜迹之显湮，人事之变异，物类之美恶，岁时之送迎，亦并纤悉靡遗焉，洵足为巨观矣。"诗稿两卷于1879年完成，共集有154首诗。1879年冬，黄遵宪将其送呈总理各国事务衙门，总理衙门以同文馆珍版刊行，1880年香港循环日报又出版了铅印版，日本的凤文馆以及东京和京都的书店又出现了多种翻刻本，黄遵宪的诗集在日本得以广为流传。

1880年4月，黄遵宪与重野安绎、严谷修、蒲生絧亭、冈鹿门等游于小石川后乐园。后乐园为日本三大名园之一，水户藩的初代藩主德川赖房始建于1629年，第二代藩主光国则采纳了旅居日本的明末遗臣、儒学家朱舜水的建议，在园中仿建了中国的西湖苏堤、庐山等景观，使后乐园中的中国文化气息十分浓厚。时隔两个多世纪，这一名园迎来了一批中国饱读经史的外交官，日本友人也显得格外兴奋。中村敬宇曾赋五古一首表达他的欣悦之情："堂堂大国宾，晴日驻车纛。围林增光辉，酬酢极欢好。"黄遵宪得与日本友人倘徉园中，抚今追古，不胜感叹：

> 泓峥萧瑟不可言，周遭水木围亭轩。
> 夏初若有新秋意，褰裳来游后乐园。
> 主人者谁源黄门，脱弃簪绂甘邱樊。
> 夷齐西山不可得，欲以此地为桃源。
> 左挈舜水右澹泊，想见往往倾空樽。
> 呜呼源平霸者起，太阿倒持归将军。
> 黄门懿亲敢异议，聊借蕨薇怀天恩。

---

① 钟叔河辑注校点《黄遵宪日本杂事诗广注》，湖南人民出版社，1981，第241～242页。

一编帝纪光日月，开馆彰考非为文。

高山九郎好痛哭，相继呼天叩帝阍。

布衣文学二三子，协力卒使天皇尊。

即今宾客纷裙屐，一堂笑语言温温。

岂识当时图后乐，酒觞未毕泪有痕。

丰碑巍然颓祠倒，夕阳归鸦噪黄昏。

顾起朱子使执笔，重纪米帛贻子孙。①

1881年，何如璋、张斯桂二人任期届满，参赞黄遵宪转任美国旧金山总领事。翌年春，在何、张二使归国之前，日本诗人纷纷赋诗惜别。黄遵宪离开日本前夕，日本友人还在墨水酒楼为他饯行。回顾自己驻日期间的工作与生活，黄遵宪不无自豪地吟道："海外偏留文字缘，新诗脱口每争传。草完明治维新史，吟到中华以外天。"同时也表达了对于日本的惜别之情："一日得闲便山水，十分难别是樱花。沧溟此去浩无垠，回首江城意更亲。"日本诗人不仅纷纷赠诗留别，更对黄遵宪的才智与功绩称颂不已，宫岛诚一郎赋诗数首赞曰："渤海初浮星使舟，知君参赞呆名流。五年帷幕纤筹策，万里江山纵胜游。""夙以文章呼俊豪，连城有价格更高。""连衡画策希兴亚，唇齿论交贵善邻。"黄遵宪与日本国内有名的文士龟谷省轩、浅田常、宫岛诚一郎、重野安绎、森立之等人交好，后来又将这些人引荐给黎庶昌，这些人遂又成为黎庶昌驻日公使期间举行宴集进行诗词唱和的座上宾朋。重野安绎在《癸未重阳宴编记》中，描述自己参加黎庶昌宴集时对何如璋、黄遵宪等人的怀念："始予之获纳交于黎君，在于饯前使何子峨（何如璋）之日。子峨之在此时，招余辈乐饮交欢，亦尤今日也。子峨已去，与其僚佐张鲁生、黄公度等皆在天外，虽欲相见，不可复得。今跻此堂，

---

① 转引自王韬《漫游随录·扶桑游记》，湖南人民出版社，1982，第209页。

观诸子留题于壁间，宛如对其人。"①

尽管何如璋驻日公使时期，中国公使馆的使外文臣与日本诗人文士之间的交往，尚没有大规模、有计划地展开，一般还只限于私人交游或小型集会宴席上互赠诗篇，但是中国外交使臣与日本朝野文士之间的诗酒宴集，在中日文士的心中，都留有极其美好的印象。特别是对日本文士而言，与中国使臣这样面对面的接触，更是他们直接和中国文学和文化进行对话和交流的一种重要方式，他们更渴望这样的活动能够得以继续开展。到第二任公使黎庶昌驻日期间，黎庶昌利用中日文士对于诗酒宴集活动的热心，将这种有利于中日两国加深了解和增进友谊的活动进一步发展和巩固，使之成为中日两国文士定期的诗酒宴集与唱和活动，并且日益扩大规模，让日本朝野文士获得了更多的与中国诗人进行沟通和交流的机会。黎庶昌驻日公使时期的每次宴集活动的唱和诗词文章均有专人负责整理，并依据唱和主体或唱和时间编辑出唱和诗文集，为中日两国的文学和文化交流史留下了珍贵的记录和资料。

第二节 "东洋唱和"之盛——黎庶昌驻日公使时期中日文士的诗文唱和

继何如璋之后，黎庶昌于1881年以道员出任驻日第二任公使，1884年因需守母丧而回国丁忧，1887年再任，成为第四任驻日公使，1890年任满回国。黎庶昌先后两度出任驻日公使，驻日本共计6年之久。黎庶昌及其随从，都是晚清中国士人的杰出代表，跟随黎庶昌出使

---

① 黎庶昌等著，孙点编次，黄万机点校《黎星使宴集合编》，贵州人民出版社，1992，第5页。

到日本的随员，大多是学识渊博而且能文善赋的文章里手，比如孙点①、姚文栋②、黄超曾③等人都是当时享誉日本的中国文士，日本诗人向山荣就有诗句盛赞黎庶昌及其随从的才华："黎公山斗望，追随悉名士。"④ 出使日本的黎庶昌使团堪称人才荟萃，而这也正是在黎庶昌驻日期间，中日文士之间诗酒宴会进行得有声有色的基础。

黎庶昌任驻日公使期间文酒之宴的状况，孙君异在《宴集三编后序》中曾有这样的描述："春秋佳时，每择胜地招集名流，觞咏流连，不拘礼数，必罄其欢。兴之所至，张以诗文，笔舌互下，酣嬉淋漓。"⑤宴会并不拘泥，气氛活泼而轻松。重野安绎在《癸未重阳宴编记》中，曾描述自己参加黎庶昌宴集时的心境："因思聚散之无定，而胜集之不可常也，感从中来，不觉中坐而叹焉。"重野安绎的叹息却引起了一位老儒的戏谑："森枳园勃然而怒曰：'吃尽黎公三斗酒，而犹区区悲叹，天下宁有此怪事乎？小子无礼，当浮一大白！'"森枳园这位年近八旬的老翁，"矍铄善饮，醉谑纵横不可挡。方其谩骂快心，轩眉耸肩，手舞足蹈，交椅欲倒，举座为之哄然"。⑥ 77 岁老儒森枳园怒骂、欢欣、

---

① 孙点（1855～1891），字君异，号圣与、顽石、三梦词人，安徽来安人。曾任山东学政幕宾，并曾两度东渡日本。光绪十七年（1891 年）五月十二日，于归国船上投海自沉。著有《嘤鸣馆百叠集》。

② 姚文栋（1852～1929），字子梁，一字东木。上海人。先后就读于县学、龙门书院、求是书院、诂经精舍（上海、杭州两处）。五应乡试未中，后捐纳通判，官至二品衔直隶补用道。1882 年清廷派为驻东京使署随员。1888 年随使俄、德、奥。1894 年甲午中日战争时，派赴台湾襄理军务，《马关条约》签订后，在北洋襄办外交。归里后，任江苏学务议绅，督办江苏优级师范学堂。创立佛教公会于上海，宣扬佛教甚力。立尊孔会，又立世界宗教会，在上海创江苏第一图书馆。著有《七庆堂全书》等。

③ 黄超曾，字吟梅，江苏崇明人，县学生。光绪七年冬渡日，为黎庶昌第一次公使时代随员之一。其在日本创作的各种诗集，汇成一整册，出版为《东瀛游草》（其中包括日本诗人的赠诗集《同文集》）。

④ 黎庶昌等著，孙点编次，黄万机、张新民、〔日〕石田肇点校，中国人民政治协商会议贵州省遵义市委员会宣教文卫委员会编《黎星使宴集合编补遗》，贵州人民出版社，2001，第 9 页。

⑤ 黎庶昌等著，孙点编次，黄万机点校《黎星使宴集合编》，贵州人民出版社，1992，第 362 页。

⑥ 黎庶昌等著，孙点编次，黄万机点校《黎星使宴集合编》，贵州人民出版社，1992，第 5 页。

率真的情态跃然纸上。

　　黎庶昌任驻日公使时期，中国驻外文臣不仅与日本朝野文士有诗酒唱和，为数不多的几位在日本的朝鲜文士也加入了唱和。中、日、朝三国文士的诗文唱和，无论是诗酒唱和宴集的次数，还是出席宴集的人数，抑或是宴集所得诗文篇数，均可谓日本明治时期中国使外文臣与日本、朝鲜文士"东洋唱和"之盛。

一　宴集之频繁及诗文之丰富为一时之盛

　　黎庶昌先后两次出使日本的六年间，定期于春秋佳节与日本朝野文士举行一些诗酒宴集活动。宴集活动常在一些固定地点开展，比如枕流馆、芝山红叶馆等，这些地方都曾有过清朝驻外使节与日本文士的数度宴集，为中日文士宴集所钟爱。在雅致的诗酒宴集活动中，必不可少诗词唱和这种以文会友的形式，各国文士在诗词唱和中，不仅任性展示个人的文思和才智，通过性情的释放也增加了彼此的感情，而且通过对中日文化渊源关系的重温，也加深了中日两国文士对于同文友好关系的认同。每次宴集往往产生不少的诗词佳作，黎庶昌对这些诗词唱和作品十分珍爱和重视，授意孙君异、陶大均等随员收集并整理，后将其逐一汇编，使之流传于世。就笔者所掌握的资料来看，黎庶昌两度驻日期间，中日文士饮酒和诗的盛会，仅编辑出版有诗集或是有记载的宴会，就有17 次之多。

　　第一次诗酒宴集是在1882 年（明治十五年，壬午）夏历九月九日的重阳节。在此次东京上野精养轩的宴集上黎庶昌率先吟诗一首：

　　　　重阳佳节古今同，异地浑忘在客中。

　　　　招致一时名下士，仰希千载古人风。

　　到场宾客也争先步黎庶昌诗韵，相继唱和诗词以助雅兴。中日文士在这次宴集上所吟唱的诗篇，由中国使馆随员姚文栋编辑为《重九登高集》。

1883 年（光绪九年，明治十六年，癸未）重阳节，黎庶昌又照例举行了盛大的诗酒宴集。这次地点选在永田町中国公使馆西楼，从西楼的窗户可以远眺富士山的美景。宴会上依然由黎庶昌率先赋诗，两国文士对富士山秋景多赞叹，并触景生情，各抒情怀。此日宾主之间唱和的诗篇共计 52 首，后由使馆随员孙点编集为《癸未重九宴集编》，诗集用日本纸作书皮，书页则是中国的宣纸。日本诗人岩谷修还在封面上作有题签，中国公使黎庶昌的署检则在封里，这部诗集，无论是从内容还是形式上看，都展现并见证了中日文士的唱和之谊。

孙点编集《癸未重九宴集编》

1884 年黎庶昌因母丧而回国丁忧[1]，黎庶昌与日本文士之间的诗酒宴集活动就只能暂告一段落，直到 1887 年黎庶昌再次出任驻日公使，1888 年（光绪十四年，明治二十一年，戊子）重阳节在使署西楼举行"戊子重九宴集"，此次宴集共有宾主 32 人出席，集成诗歌百多首，序

---

① 丁忧源于汉代，至宋代则由太常主其事。"丁"是遭逢、遇到的意思。丁忧原指遇到父母或祖父母等直系尊长等丧事，后多指官员居丧。西汉时规定在朝官员须丁忧三年，至东汉时，丁忧制业已盛行。此后历代均有规定，凡官员丁忧，必须解职守孝，三年期满后起复原职，故对仕途升迁略有影响；若官员丁忧，匿丧不报，将可能遭到御史弹劾，一般都会遭到革职处分，因各朝均标榜以孝治天下之故。

6 篇。黎庶昌依然在诗会上率先赋诗，中日文人纷纷随黎庶昌的诗韵唱和，席间所作的诗篇均由孙点编辑为《戊子重九宴集编》。

1889 年（光绪十五年，明治二十二年，己丑）是同一年度当中举行诗酒宴集较多的一年，这一年先后举行了三次中日文士之间的大规模诗酒宴会。三次盛会上唱和诗篇由孙点分别编辑为《枕流馆集》、《修禊编》与《登高集》，此三集后又合并为《己丑宴集续编》。

1889 年的第一次宴集在 2 月 18 日，日本文士设宴于中洲的枕流馆，并邀请黎庶昌等中国使臣参加。孙点将宴集所得诗文编辑为《枕流馆集》。

1889 年 3 月 23 日，作为对日本友人上次宴集的回礼，黎庶昌主持了该年度中日文士之间的第二次规模较大的宴集，地点选择在芝山公园的红叶馆，此次宴集名为"曲水修禊之宴"①，又名"春季同人亲睦会"。此次宴集以中国民间三月三到水边嬉游的民俗为背景，并借助王羲之"曲水修禊"的典故以助雅兴，黎庶昌公使邀请了日本三十多名文士同温"曲水修禊"的古韵遗风。孙点将此次宴集所得诗篇编辑为《修禊集》。

1889 年 10 月 3 日（夏历九月九日），黎庶昌又在芝山红叶馆主持召集重阳节登高诗酒宴会。参与此次宴集的 32 名日本文士当中，有当时的驻华公使大岛圭介、长冈护美子爵、田边太一、宫岛小一、中村正直、金井之恭、岩谷修、重野安绎、长松干和内阁书记官小牧昌业等

---

① 中国古代风俗三月三日到水边嬉游，以消除不祥，叫作"修禊"。"曲水修禊"则出自晋代大书法家王羲之在兰亭聚会，曲水流觞、饮酒作诗的典故。东晋穆帝永和九年（353 年）三月初三（即古代春天的修禊日），四十多位东晋名士应东道主会稽内史王羲之的邀请，亮相于会稽山阴（今浙江绍兴）的兰亭，观山、赏水、饮酒、作诗。魏晋以来显赫的世家大族差不多都来齐了，但东晋旷达、清雅、飘逸、玄远的时代气息使这次聚会完全丧失了政治的色彩，可以说，这是一次体验生命、内心和山水的聚会，是中国古代最负盛名的聚会。此日风和日丽，东晋名士宽袍大袖，偎花依草，列坐于曲折清澈的溪流边，酒觞漂流，到谁跟前，谁就得现场作诗，不能赋诗者，则以饮酒代之。共有 26 人成诗 37 首，辑为《兰亭集》，王羲之为之作序，是为千古第一行书《兰亭序》。《兰亭序》中记叙兰亭周围山水之美和聚会的欢乐之情，抒发好景不长、生死无常的感慨，具有较高的文学价值和史料价值。该作品曾书法于珍贵的蚕茧纸上，共 28 行，324 字，其中"之"字有 20 个，却形态各异，并不重样。

人，还有一名朝鲜驻日公使金嘉镇也应邀参会。中方出席的则有兵部郎中傅云龙和使馆参赞陈明远、钱德培等十人。日本文士盐谷时敏对此次三国文士参与的重阳诗会评价道："地据芝陵之首，人聚三国之英，登高之会于是为盛。"① 西岛准之助在《红叶馆宴集记》中对此次宴集场面描述道："献酬交错，吟咏互发，笑声语声与琴弦歌谣声，宛转参杂，颇似群仙之游戏矣。"②

1890 年（光绪十六年，明治二十三年，庚寅），是黎庶昌担任驻日公使任期的届满之年，日本朝野文士纷纷表达对黎庶昌的留恋之情，中日文士之间的诗酒宴会也更加频繁。

1890 年春的"曲水修禊之宴"本应于夏历三月三日举行，而黎庶昌为了表示对于日本新历法的尊重③，便依据日历的 3 月 3 日（即夏历二月十三日）在红叶馆设"修禊之宴"，诚邀 36 名日本文士前来赴会。孙点将此次诗酒宴集所收集的唱和诗词，汇编为《修禊编》，收入《庚寅宴集三编》之中。孙点自己按黎庶昌诗韵作了近百首和韵诗，另编为《嘤鸣馆百叠集》。不仅如此，在国内的一些文人，如黎汝谦、徐衡山等，他们闻知黎庶昌在日本召集宴集进行诗词唱和，便纷纷将他们的唱和诗词作品从国内寄往日本，以作为中国国内文人对于黎庶昌宴集的呼应，孙点特将这一部分诗词作品集为《叠韵汇录》。黎庶昌宴集在中日文坛上造成的影响和轰动，成为当时中日诗歌交流史上的佳话。

1890 年 4 月 8 日，日本东京上野公园樱花盛开，日本文士长冈护美、重野安绎等人，为答谢黎庶昌 3 月 3 日宴集的美意，选择上野思冈顶上新开辟的樱云台，盛情宴请黎庶昌等中国使馆成员。是时，樱云台前人来人往，盛况空前，到会中日两国文士竟有上百人之多。黎庶昌虽

---

① 黎庶昌等著，孙点编次，黄万机、张新民、〔日〕石田肇点校，中国人民政治协商会议贵州省遵义市委员会宣教文卫委员会编《黎星使宴集合编补遗》，贵州人民出版社，2001，第 83 页。

② 黎庶昌等著，孙点编次，黄万机、张新民、〔日〕石田肇点校，中国人民政治协商会议贵州省遵义市委员会宣教文卫委员会编《黎星使宴集合编补遗》，贵州人民出版社，2001，第 82 页。

③ 1872 年（明治五年）11 月，日本改用公历。

刚从名古屋参观日本陆军演习回来，但也立即赶来参加宴集，他在诗题中对参加此次宴集有说明："长冈、重野诸请名流燕余及使署同人于上野樱云台，即席赋小诗呈政。时余方从名古屋观阅回，又闻大鸟公使在京燕饮，赋诗甚乐，故及之。"黎庶昌诗言曰："笠山观战日喧阗，马首新瞻岳雪回。草色辨天迷路曲，樱花终日绕云台。吾侪报国文为辅，临境交欢德乃媒。寄语燕都持节使，定知同此好颜开。"① 从诗中可见，黎庶昌珍视中日两国和中日文士之间的传统友谊，虽然由于各自身份地位的不同，在国家利益上只能各为其主，各谋其政，但是黎庶昌仍旧推崇中日两国之间的"以德交欢"。此次宴会所得诗篇，由孙点编辑成《樱云台宴集编》。

1890 年秋天的重阳节（夏历九月九日，阳历 10 月 22 日），黎庶昌仍一如既往，在芝山红叶馆举行中日文士之间的重阳登高诗会。屈指算来，此次登高之会已经是第六次登高之会了，也是黎庶昌在离任之前的最后一次重阳节诗会。应邀出席此次重九登高宴及诗会的日本文士有六七十人，大多为黎庶昌的故旧之交，他们纷纷以赠诗表达对黎庶昌的款别之情。这次盛会所得诗篇，孙点辑为《登高集》，收入《庚寅宴集三编》中。

1890 年，黎庶昌任满归国之期日益迫近，日本文士、名流纷纷设宴饯别。中日两国文士及诗人又有许多感人的唱和诗作与赠留别诗作，孙点将这些诗作整理编辑成《题襟集》，收入《庚寅宴集三编》。

1890 年 10 月 26 日，华族局主事宫岛诚一郎在养浩堂设宴，许多日本名流出席宴集。1890 年 10 月 6 日、10 月 23 日和 11 月 17 日，日本文士在红叶馆三次设宴为黎庶昌饯行，黎庶昌也于 11 月 22 日在霞关举行告别宴会以示答谢。

黎庶昌第一任驻日公使期间，与日本文士唱和的诗文并不多，也曾刻印过《癸未重九宴集编》。第二任期间，交游日益广泛，所集诗文也

---

① 黎庶昌等著，孙点编次，黄万机、张新民、〔日〕石田肇点校，中国人民政治协商会议贵州省遵义市委员会宣教文卫委员会编《黎星使宴集合编补遗》，贵州人民出版社，2001，第 117 页。

越发增多。黎庶昌的随员孙点专门负责收集整理编次，刻印了几个诗文版本。首先刻印的是《戊子重九宴集编》，该编附有《枕流馆集》。《枕流馆集》是日本友人在祝贺黎庶昌再度使日的宴会上所作的唱和诗文集。1889 年（己丑年）春的宴集中，黎庶昌首赋诗章，因押韵险怪，能和者实寡。但孙点叠韵唱和的 24 首诗，却很有特色，受到中日诗友的高度评价，得中日文士题识（评跋）40 多则，于是专门编印为《嘤鸣馆春风迭唱集》。

1890 年（庚寅年）是黎庶昌任职的最后一年，唱和的诗文特别多，共集三个集子，即《修禊集》《登高集》和《题襟集》，合称《庚寅宴集三编》，由黎庶昌写《庚寅宴集三编统序》，分上、中、下三卷印行。黎庶昌在《庚寅宴集三编统序》中说：

> 余以光绪七年冬奉使日本，有与国同文之乐；暇辄与搢绅儒流叙交会饮，诸君子或为诗文以张之。而上巳、重阳，每岁必举特别之会，使与兰亭、龙山相配。
>
> 光绪十三年，余奉使再至，国好日密，骎骎乎有唐世遗风，愈益无事，与诸君子道故旧、为宴乐。于是，会者愈繁，诗与文日益多；岁不下数十聚，或有作，或无作，随员孙子君异皆理而董之，使自成帙。今年（按：光绪十六年）冬，余任满将归国，又有饯别、留别之宴。诗文之外，踵而为图；酬唱倍于曩者，非一编可容。孙子因综前后所得，汇为《宴集三编》。凡得诗若干首，文若干篇，均别为之题，而属余志其首。呜呼，多矣！自唐以来，未之有也。[①]

黎庶昌感叹中日文酒之会所得诗文数量之多，实可少见。"呜呼，多矣！自唐以来，未之有也"也确实并不虚妄。西岛准之助（原名醇）

---

① 黎庶昌等著，孙点编次，黄万机点校《黎星使宴集合编》，贵州人民出版社，1992，第 120～121 页。

在《红叶馆宴集记》中对比中日历史上的名宴集，对黎庶昌驻日公使期间的宴集评价道："醇窈考之：西园之集①，萱园之宴，东西映晖，传为雅宴，然地限于一方，会者不过僚属门客。今黎公则集三邦名士于一馆之上，宴游之大，献酬之盛，虽谓仿佛西园雅集而超乘萱园宴会可矣。然则天下后世将东西并称，纪之画之，永以传乎不朽，岂不一大快事乎！抑政教之兴废隆污，征乎名贤之离合聚散；而名贤之离合聚散，即固政教之兴废隆污而知之。则今日之会之盛，其所关系特不止乎一时之宴游也。"②

为统一版式，孙点后将《癸未重九宴集编》重新编次、补充，用聚珍版③印制，并将所有集子合为一函，统称为《黎星使宴集合编》，此书只有庚寅年（1890 年）驻日本使署的版本，未曾翻印。1992 年，黄万机先生依据孙点编次的版本，加以点校，由贵州人民出版社出版了《黎星使宴集合编》。共收录有《癸未重九宴集编》、《戊子重九宴集编》、《枕流馆宴集编》、《嘤鸣馆春风迭唱集》（来安孙点君甫著）、《庚寅宴集三编》5 个集子，共收中、日、朝三国文士诗文作品 770 首、文 40 篇、赋 1 篇、曲 20 支、评语 49 则。诗歌形式也颇为多样，除五言、七言、绝句、律诗之外，也有三五七言的杂体诗，还有长篇歌行，长者甚至多至百韵。

在黄万机先生点校的《黎星使宴集合编》中，对黎庶昌 1889年（己丑）宴集的诗文，却由于资料的缺失而没有加以收录。直到1999 年秋，日本东京群马大学的石田肇教授专程赶赴贵州参观黎庶昌故居，拜谒其墓道，并从日本带来了黎庶昌 1889 年的宴集诗文集（复印件），其中有《己丑宴集续编》上、下卷（含《枕流馆

---

① 北宋时苏轼、米芾、黄庭坚、秦观及李公麟等共 16 位文人雅士聚会于王晋卿都尉家中，写字、绘画、赋诗、谈禅。李公麟曾经画有《西园雅集图》，米芾为该画题写《西园雅集图记》赞曰："水石潺湲，风竹相吞，炉烟方袅，草木自馨。人间清旷之乐，不过于此。"

② 黎庶昌等著，孙点编次，黄万机、张新民、〔日〕石田肇点校，中国人民政治协商会议贵州省遵义市委员会宣教文卫委员会编《黎星使宴集合编补遗》，贵州人民出版社，2001，第 82 页。

③ 即活字版，清代以木活字排印之书。版，也写作"板"。

集》《红叶馆修禊编》《红叶馆登高集》),《樱云台宴集编》《嘤鸣馆百叠唱余声集》和《嘤鸣馆百叠唱集》)。《己丑宴集续编》《枕流馆集》《红叶馆修禊编》《红叶馆登高集》均有黎庶昌亲笔"署检"的题字，这些集子均为光绪年间刊刻于日本的聚珍版原刊本，实为海外难得一见的孤本。在石田肇、张新民、黄万机三人的共同点校下，2001年贵州人民出版社出版了《黎星使宴集合编补遗》，该书的出版弥补了1992年黄万机先生点校的《黎星使宴集合编》的缺憾，使黎庶昌驻日公使时期，中、日、朝三国文士的宴集诗文作品得以较为全面的展示，为相关研究提供了重要的文本资料。

黎庶昌两次出使日本与日本文士的诗词唱和，是黎庶昌诗歌创作最为丰富的时期。《黎星使宴集合编》及《黎星使宴集合编补遗》不仅收录了中、日、朝文士的诗词文章等作品，更收录了黎庶昌诗歌创作的大部分佳作，共计有七律28首、七绝15首、五律2首、五绝1首。这些作品是中、日、朝三国友好人士通过宴集这种文化交流方式所累积下来的硕果，也是中日文学和文化交流史上难得的珍贵资料。

黎庶昌两任驻日公使期间的文酒宴集及编印诗集一览①

宴集次数	时间	地点	主办人（方）	出席人数	诗集名称	编者
1	1882年10月20日（重阳节）	上野精养轩	黎庶昌	18人	《重九登高集》	姚文栋
2	1883年10月8日（重阳节）	永田町公使馆	黎庶昌	21人	《癸未重九宴集编》	孙点

---

① 资料来源：（1）〔日〕实藤惠秀著《明治时代中日文化的连系》，陈固亭译，"中华丛书"编审委员会，1971；（2）王晓秋、大庭修主编《中日文化交流史大系·历史卷》，浙江人民出版社，1996；（3）黎庶昌等著，孙点编次，黄万机点校《黎星使宴集合编》，贵州人民出版社，1992；（4）黎庶昌等著，孙点编次，黄万机、张新民、〔日〕石田肇点校，中国人民政治协商会议贵州省遵义市委员会宣教文卫委员会编《黎星使宴集合编补遗》，贵州人民出版社，2001。

宴集次数	时间	地点	主办人（方）	出席人数	诗集名称	编者
3	1888 年 10 月 13 日（重阳节）	永田町公使馆	黎庶昌	32 人	《戊子重九宴集编》	孙点
4	1890 年 2 月 18 日	中洲枕流馆	日本文士	未详	《枕流馆集》	孙点
5	1889 年 3 月 23 日（修禊节）	芝山红叶馆	黎庶昌	30 多人	《修禊编》	孙点
6	1889 年 10 月 3 日（重阳节）	芝山红叶馆	黎庶昌	40 多人	《登高集》	孙点
7	1890 年 3 月 3 日（修禊节）	芝山红叶馆	黎庶昌	40 多人	《修禊编》	孙点
8	1890 年 4 月 8 日（樱花节）	上野樱云台	日本文士	100 人左右	《樱云台宴集编》	孙点
9	1890 年 10 月 22 日（重阳节）	芝山红叶馆	黎庶昌	70 多人	《登高集》	孙点
10	1890 年 9 月 20 日	芝山红叶馆	伯爵小粒原锦陵等	9 人	《题襟集》	孙点
11	1890 年 10 月 6 日	芝山红叶馆	重野成斋、岩谷六一等	未详		
12	1890 年 10 月 26 日	养浩堂	宫岛诚一郎	9 人		
13	1890 年 11 月 3 日	樱云台	日本文士	未详		
14	1890 年 11 月 17 日	芝山红叶馆	大岛正人	未详		
15	1890 年 11 月 22 日	霞关	黎庶昌	未详		

宴集 次数	时间	地点	主办人 （方）	出席 人数	诗集名称	编者
16	1890 年 11 月 23 日	芝山红叶馆	亚细亚协会	50 多人	《题襟集》	孙点
17	1890 年 11 月 24 日	偕乐园	未详	未详		

注：1889 年的《枕流馆集》《修楔编》《登高集》后由孙点编辑合并为《己丑宴集续编》；1890年的《修楔编》《登高集》《题襟集》后由孙点编辑合并为《庚寅宴集三编》。

二　宴集人数之多、范围之广为一时之盛

明治维新以前，日本学习汉学的人很多，有些学者能写中国古典散文，也能写中国的古体诗词和律诗绝句。黎庶昌两度出任驻日公使期间，通过与日本朝野人士的诗词唱和与文章往来，结识了许多日本人士，黎庶昌自称："上自公卿大夫，下逮布衣野老之伦，往往歌吟啸呼，诗酒淋漓酣恣而不厌……余又以得朋好之乐于异国为足庆也。"[①] 两次驻日公使期间，黎庶昌多次主持中日文人之间的诗酒宴会。

春秋佳日之会，中日文士或设宴请酒，或品茶清谈，或品鉴名人书画，形式不一而足，但诗文唱和是其中的重头戏。在酒酣兴浓之时，黎庶昌常率先赋诗，众宾依韵而和答，少则和一二首，多者甚至一气和韵十几二十首，诗传于外，则有不少文士又依韵而作，有的甚至从外地将和韵诗文寄到使馆。每次宴集的唱和诗词，很快传抄流播到日本各地，日本国内不少文士依韵唱和；宴集的唱和诗词传抄回中国国内，和韵的也不少，诗集的编撰者孙君异均将其编为《叠韵汇录》，黎庶昌宴集诗文唱和作品，已经突破了宴集特定的时间和空间范围，从而形成了中日两国文人诗文唱和的大交流局面，其影响之广

[①] 黎庶昌：《拙尊园丛稿》，沈云龙主编《近代中国史料丛刊》第八辑，台湾文海出版社，1967，第 396 页。

可想而知。

　　从 1882 年开始，在黎庶昌两度任驻日公使时期，每次中日宴集的人数均不等，少者十多人，多者可致近百人，人数有逐年增多的趋势。黎庶昌首次出使期间举行的第一届"重九之宴"（1882 年）在日本上野的精养轩举行，当时与会的中日双方文士仅有十七八人。1883 年的"癸未重九宴集"在中国使署西侧的芝山红叶馆举行，黎庶昌《重九宴集诗序》曾描述此次宴会的盛况：

　　　　光绪八年壬午，予会日本人士于上野精养轩，修登高约也。明年癸未，再举斯会，益充其人。东士来与者，曰森立之，曰重野安绎，曰长松干，曰岩谷修，曰藤野正启，曰中村正直，曰川田刚，曰向山荣，曰三岛毅，曰龟谷行，曰宫岛诚一郎，曰石川英，曰森大来。中七则宜都杨守敬（惺吾），定远方濬益（子听），武进陈允颐（养源），上海姚文栋（子梁），崇明黄超曾（吟梅），吉安江景桂（秋槎），泽官梁殿勋（懂堂），凡二十一人，同会使署之西楼。

　　　　使署据爽垲地，楼又其最虚处，可以凭高望远。日景加晡，主宾即席。雍容翼如，笔扎纷纶；肴蔬迭输，每进益欢，惟酒与黄。予乃举盏执壶而言曰：登高之俗，周、秦相袭，所从来旧矣！……诸君子服膺圣学，经书润其腹，韦素被其躬，国殊而道同，群离而情萃。《传》曰："登高能赋，可以为大夫。"宜有以张今日之雅者。然如牛山之涕泣，则无取……于是，众宾愉怡，兴有所会，托物造端，酬倡环迭，奏篇章，写素心，无莞弦而极乐，无礼数而有伦。沨沨（注：婉转悠扬）乎，雅声也。[1]

　　到 1888 年的"戊子重九宴集"之时人数达 32 人，到 1890 年的

---

① 　黎庶昌等著，孙点编次，黄万机点校《黎星使宴集合编》，贵州人民出版社，1992，第 4 ~ 5 页。

"庚寅重九宴集"的时候，人数更是增加到 50 多人。1890 年 4 月 8 日的樱云台赏花之宴，到会中日两国文士竟有上百人之多。中日与会文士，特别是日本与会人士的增加，使中日两国文士的交往范围日益扩大。

出席宴集的人员，中国方面多以黎庶昌为领衔，包括随黎庶昌出使到日本的使馆各随员；而日本方面则多为一些朝野的文人学士，甚至有些宴集日本的宗室勋臣也来参加，其中也不乏精通中国文化的汉学家，比如重野安绎①、宫岛诚一郎②、冈千仞③等。因此，黎庶昌驻日公使期间宴集活动的参与者，不仅人数众多，而且身份各异，既有内阁属官，也有幕府旧臣；既有文科教授，也有民间诗人；既有宗亲贵族，也有平民子弟，人员范围相当广。笔者对黎庶昌驻日公使期间以各种方式先后参与诗文唱和的中、日、朝三国人士进行统计，就目前所掌握的资料来看，其人数已经超过 100 人，共计有 175 人之多，其中日本文士为 111人，朝鲜文士 4 人。日本文士参与宴集次数最多者为岩谷修④，其参与诗酒宴集达 8 次，详情见下表。

---

① 重野安绎（1827～1910），1827 年 10 月 6 日出生于萨摩国鹿儿岛郡阪元村上町，字子德（一作士德），又名厚之丞，号隼所（一作隼洲）、龙泉、未斋，成斋，又自号"淮南居士"。父太兵卫的长子，为乡士。1879 年，重野安绎主盟成立了在明治文坛颇有影响的"丽泽社"。与会者有藤野海南、冈鹿门、小山春山等。每月集会一次必课一文，由重野氏评讲。在明治时期的汉学领域，重野安绎、川田瓮江和三岛中洲，被誉为"三大家"。重野安绎的著作，主要有《成斋文集》凡三编、《成斋遗稿》8 卷、《国史综览稿》10册、《皇朝世鉴》40 册、《国史眼》（共著）等。后人编有《重野博士史学论文集》3卷。
② 宫岛诚一郎（1838～1911），米泽人，号粟香。出生于江户时代末期米泽藩的一个藩士家庭。自幼接受严格的汉学训练。诗学于山田蝝堂，年轻时就以诗名。1870 年，宫岛诚一郎应聘于待诏院。1877 年，任修史馆御用官。其后，历任候补参议官等职，由贵族院议员致仕。著有《养浩堂集》3 卷等。
③ 冈千仞（1832～1914），号鹿门，字振衣，仙台人。先就学于藩校，从大槻磐溪学。1852年（嘉永五年）上江户，后入昌平校，受业于安积艮斋、古贺茶溪、佐藤一斋。冈千仞也是当时有代表性的汉学家之一。其学尊程朱，详于《左传》，文章主"气"，学唐宋八大家，以意气豪壮见称。主要著作：《仙台史料》18 卷、《藏名山房文初集》6 卷、《藏名山房杂著第一集》19 卷、《观光游记》10 卷、《观光游草（附外 4 种）》6 卷等。翻译《美利坚志》6 卷、《法兰西志》3 卷。
④ 岩谷修（1834～1905），字一六。日本人，近江藩士。诗人、书法家。历任一等编辑官、修史局监事、内阁大书记官、元老院议官、贵族院议员。

黎庶昌驻日公使时期诗文唱和之日本文士一览

序号	姓名	字或号	身份或职务	宴集次数
1	岸田国华	吟香	诗人	
2	奥玄宝	蓝田	学者	
3	奥义制		外务中录（三等书记生）	
4	本田幸之助		诗人、汉学家	
5	长冈护美	云海	子爵，东京人，从三位，勋二等，元老院议官，前驻荷全权公使	7
6	长松干	秋琴	山口人，从四位，勋三等，元老院议官	4
7	长尾槙太郎			
8	长野宗臣	栗山		
9	成濑温	大城		
10	城井寿章			
11	川口鬻	濯父		3
12	川田刚	甕江	诸陵寮头，文学博士	4
13	村濑绪	蓝水		
14	村山德醇	拙轩		
15	大岛正人	怡斋		
16	大给近道	澹如	子爵	
17	大鸟圭介	如枫	驻清全权公使，东京人，从三位，勋二等，元老院议官	1
18	岛田重礼	篁村	东京人，文科大学教授	5
19	稻津济	南洋		
20	丁野远影	丹山		
21	渡边清	眉山	男爵	
22	儿岛光亨	随轩		3
23	福井絼			

序号	姓名	字或号	身份或职务	宴集次数
24	副岛种臣	苍海	伯爵，枢密院顾问官	
25	冈本监辅	韦菴		2
26	冈木迪	黄石	滋贺人，诗人	5
27	冈千仞	鹿门		1
28	冈松辰	壅谷、瓮谷	肥州人	4
29	高林锐一	士敏		1
30	高木纯次郎	精轩		1
31	宫本小一	鸭北	东京人，从三位，勋三等，元老院议官	3
32	宫岛诚一郎	栗香	山形人，正六位，勋六等，华族局主事	7
33	谷干城		子爵	
34	股也景质	远轩		
35	股野琢	蓝田		
36	关本寅			
37	关义臣	湘云		
38	广部精	鹿山		
39	龟谷行	省轩	对马人，风光社主教	8
40	河田熙			
41	鹤田朗	北邨		
42	恒屋盛服	清节		
43	横井中直			
44	黄石筹			
45	加藤九郎	秋爽		1
46	榎本武扬	釜次郎、梁川	子爵，亚细亚会会长	
47	金井之恭	梧楼、金洞	东京人，从四位，勋四等，元老院议官	5
48	井上陈政	子德	东京人，外务省交际官试补	
49	柳原前光		伯爵	
50	南摩纲纪	羽峰	青森人，高等师范学校教谕	

续表

序号	姓名	字或号	身份或职务	宴集次数
51	蒲生重章	细亭、子闻	越后人，有为塾主教	6
52	浅田常	栗园	东京人，前宫内侍医	
53	浅田恭悦			
54	浅田惟恭			
55	青木纯次郎			
56	秋山纯			
57	秋叶斐	漪堂		4
58	秋月种树	古香		
59	萩原裕			
60	仁礼敬之	存心		
61	日下宽	勺水		4
62	三岛毅	中洲	东京人，从五位，文学博士	5
63	涩谷启藏	子发		
64	森大来	槐南	东京人，枢密院属官	5
65	森立之	雍江		1
66	森鲁直	春涛	诗人	
67	山吉盛义			
68	神波桓	即山	东京人，内阁属官	6
69	石川英	鸿斋	三河人，幕府遗民	6
70	石桥教	云东		
71	矢土胜之	锦山	三重人，内阁属官	
72	水越成章			
73	寺田弘	望南	文部省总务局书记官	
74	松冈辰			
75	松井操			
76	松平信正	龙峰	子爵	
77	藤野真子			
78	藤野正启	海南		1
79	田边太一	莲舟	静冈人，从四位，勋三等，元老院议官	4

序号	姓名	字或号	身份或职务	宴集次数
80	土方久元	春山		
81	丸山钻	子坚	信州人，海军省属官	2
82	西岛准之助	原名醇，字梅所	东京人，海军省属官	4
83	西冈逾明	宜轩		
84	西尾为忠			
85	细川润次郎			
86	下条丰陵			
87	乡纯造	五三		
88	向山荣	黄村	东京人，幕府旧臣	8
89	小笠原长育	楚臣		
90	小牧昌业	樱泉	鹿儿岛人，从四位，勋四等，内阁书记官长，奈良县知事	
91	小山朝弘	春山	栃木县芳贺郡人	5
92	星野恒	丰城	文科大学教授	
93	岩谷修	字诚卿、古梅、一六	滋贺人，从四位，勋四等，元老院议官，帝室制度取调委员	8
94	盐谷时敏	青山、修卿	静冈人，内阁属官	5
95	野口亲			
96	伊藤博文			
97	依田百川	学海	文部省书记官	
98	永阪周二	石埭	爱知人，医学博士	4
99	元田永孚		枢密院顾问官	
100	圆山真	大迁		
101	泽进石芸			
102	曾根俊虎	啸云		
103	郑永昌		东京人，日本驻清公使馆翻译官	
104	郑永宁	鹤江		
105	中村正直	敬宇	东京人，从四位，元老院议官，文学博士	6
106	中林隆经	梧竹		
107	重野安绎	成斋	鹿儿岛人，从四位，勋六等，元老院议官，文学博士	6

序号	姓名	字或号	身份或职务	宴集次数
108	重野安绎			
109	佐藤云韶			
110	佐野常民		子爵	
111	佐竹义理	恒堂		

资料来源：（1）〔日〕实藤惠秀著《明治时代中日文化的连系》，陈固亭译，"中华丛书"编审委员会，1971；（2）王晓秋、〔日〕大庭修主编《中日文化交流史大系·历史卷》，浙江人民出版社，1996；（3）黎庶昌等著，孙点编次，黄万机点校《黎星使宴集合编》，贵州人民出版社，1992；（4）黎庶昌等著，孙点编次，黄万机、张新民、〔日〕石田肇点校《黎星使宴集合编补遗》，贵州人民出版社，2001。

黎庶昌驻日公使时期诗文唱和之朝鲜文士一览

姓名	字或号	身份
金嘉镇	东农	朝鲜汉城人，日本公使
李鹤圭	寿庭	朝鲜驻日公使
金洛骏	昊臣	朝鲜宫内府主事
金夏英	华下	朝鲜外务协办

黎庶昌驻日公使时期诗文唱和之中国文士列表：

1. 陈絜
2. 陈明远
3. 陈玉麟
4. 陈允颐
5. 程初济
6. 方潏益
7. 傅云龙
8. 高式奇
9. 顾厚焜
10. 顾沄
11. 关毓棠
12. 黄超曾
13. 黄梦畹
14. 蹇念恒
15. 江标
16. 江景桂
17. 蒋子蕃
18. 金采
19. 黎庶昌
20. 黎尹融
21. 李昌洵
22. 李世让
23. 廖锜
24. 廖宗诚
25. 刘德麟
26. 刘德仪
27. 刘庆汾
28. 刘文沆
29. 刘文潘
30. 刘文澍
31. 刘文瀛
32. 卢永铭
33. 罗嘉杰
34. 罗兆载
35. 缪柏岑
36. 钱德培
37. 钱兆松
38. 孙君异
39. 陶大均
40. 万钊
41. 王肇铉
42. 吴廷珍
43. 夏宝泰
44. 萧穆
45. 徐广坤
46. 徐橘孙
47. 徐少芝
48. 徐树绩
49. 徐致远
50. 姚文栋
51. 于小宋
52. 余诚格
53. 余钟杰
54. 袁翔甫
55. 张文成
56. 张滋昉
57. 郑汝骙
58. 周树棠
59. 周之翰
60. 庄兆

就黎庶昌驻日公使时期参与诗文唱和的中、日、朝三国的人员规模来看，足以说明诗文唱和这种文学与文化交流形式在日本受欢迎的程度。黎庶昌在日本明治时期的汉学界如此备受礼遇，有其特殊的历史背景。一方面，在此前的江户锁国时代，日本汉诗人对一海之隔的西土大陆，可望而不可即，无奈之下，那些来往于长崎、本属贩夫走卒的清朝客商，也常常成为他们竞相延揽交流的对象，以聊解不得亲炙"本土"人士之渴。另一方面，明治维新以后，西学盛行，治传统汉学的日本文士开始感到威胁，危机意识日益加深。宫岛诚一郎就曾对黄遵宪说过："今敝邦诗道大衰，因阁下挠正，欲兴起此风，所以有寸心也。"① 因此，明治之初，黄遵宪、黎庶昌等学养丰厚而又身为外交官的"正宗"文人的到来，不啻空谷足音，日本汉诗人自然群起追捧，中日文人在文学与文化交流中往往彬彬有礼地执礼互认。

第三节 宴集诗文与中日文化关系的呼应

黎庶昌驻日公使期间，每次宴集的唱和诗文，都有对两国文化渊源关系的吟唱，从这些吟唱中可以看出与会中日文士对中日两国文化的多重诉求。中日两国文士在国异而俗同、国异而文同、国异而情同等方面相互呼应，展示了明治时期少有的中日文学与文化交流的盛况。

一 对中日两国国异而俗同的呼应

1882 年重阳节宴集黎庶昌率先吟唱的诗句："重阳佳节古今同，异地浑忘在客中。招致一时名下士，仰希千载古人风"就已经表达了他对于中日两国国异而俗同的看法。1883 年（光绪九年，明治十六年，癸未）重阳节诗酒宴集，黎庶昌赋诗其一为：

癸未重九，集两国文人作茱酒之会于使署西楼，赋此起兴②

① 陈铮编《黄遵宪全集》（上册），中华书局，2005，第 755 页。
② 黎庶昌等著，孙点编次，黄万机点校《黎星使宴集合编》，贵州人民出版社，1992，第 8 页。

小楼一角露屏颜，洒落霜风夕照间。

近寺微红日支社①，远天依白富姿山。②

可堪酩酊酬佳节，暂把茱萸③得少闲。

文字盍簪④无异地，姓名同在列仙班。

其二为：

即席再赋呈诸公⑤

皛皛浮云白日光⑥，天教放与作重阳。⑦

西京公子萸为佩⑧，南国佳人菊有芳。⑨

诗律未应输巩轼⑩，轩车原不数山王。⑪

清歌激起商飚馆⑫，缭绕余音在后梁。⑬

黎庶昌这两首诗以对富士山的吟唱为起点，采撷富士山、日支社等

---

① 日支社：同日枝舍，即日枝神社，在东京千代田区永田町，始建于文明年间（1469～1486）。

② 原注："富士或作富姿"。

③ 茱萸：植物名，味香烈。古俗于重阳日佩戴茱萸以驱邪避灾。

④ 盍簪：盍，合；簪，用于束发。盍簪谓朋友会聚。《易·豫》："朋盍簪。"文字盍簪言以文相聚。

⑤ 黎庶昌等著，孙点编次，黄万机点校《黎星使宴集合编》，贵州人民出版社，1992，第8页。

⑥ 皛皛：皎洁，明亮。

⑦ 原注："昨宵风雨殊甚，今日大晴。"

⑧ 西京：日本京都。西京公子指近畿地方出身的岩谷修等。

⑨ 南国：指日本南方。南国佳人指九州出身的重野安绎、龟谷行等。

⑩ 原注："东坡九日次王巩韵有'诗律输君一百筹'之句。"

⑪ 山、王：指晋山涛、王戎。颜延之咏竹林七贤，作《五君咏》，因山、王显贵，故不列于所咏之内。

⑫ 商飚馆：世呼为九日台。齐武帝永明五年（487年）四月，作商飚馆于孙陵冈。九月九日，车驾至商飚馆，大宴群臣，讲武习射，应金气之节（《南齐书》卷3）。《景定建康志》卷22引《建康宫殿簿》云："商飚馆，在县北十三里篱门亭子堆上。"沈约《郊居赋》云："望商飚而叹，每乐恺于斯观。"（《全梁文》卷25）九日台，据《金陵历代名胜志》卷3："九日台，齐武帝九日宴群臣处，即商飚馆，在朝阳门外孙陵冈。"王安石说："南朝九日台在孙陵曲街旁，去吾园（半山园）只数百步。"（《次吴氏女子韵》，《全宋诗》卷568）此借指清朝驻日使馆的西楼。

⑬ 此句语出《列子·汤问》："昔韩娥东之齐，匮粮，过雍门，鬻歌假食。既去，而余音绕梁，三日不绝。"

日本风物，并对日本"西京公子"与"南国佳人"给予褒扬，诗作具有鲜明的异域情调。与此同时，诗作也充满了浓浓的中国味道。诗中以中国齐梁时期的"商飚馆"喻指中国使臣的驻日使馆，并以"余音绕梁"的文学典故形容宴集的欢愉，黎庶昌对中国文化典故的合理运用，发远古之幽思，为诗句增添了厚重的中国历史文化色彩。虽然中日两国风物相异，但是黎庶昌能感受到"文字盍簪无异地"。黎庶昌身在异国日本，却无身处异地之感，这是因为中日文化无论是从文字渊源上，还是从文化源流上，都具有极其相似的亲缘关系。黎庶昌以这样的诗句，传达了他对于中日文化国异而俗同的认同。日本文士川田刚、重野安绎等也随黎庶昌诗歌原韵唱和，两国文士借富士山秋景各抒情怀，从他们各自对于中日两国文化关系的诗文描述中，可以看出其对于中日文化国异而俗同的呼应。川田刚诗曰："身在他乡不为客，一家同赏此重阳"①，表达了在共度重阳佳节之时，他与中国使臣亲如一家宴饮和诗的欢喜。中国随员方潏益也和诗道："茱萸留待明岁看，诗歌补记前游阙。愿将此语傲东坡，年年嘉会吾能说。"② 重野安绎诗云：

> 江山满目淡秋光，莄酒层楼对夕阳。
> 文字有缘偏契合，华筵无物不芬芳。
> 乡心休问北来燕，乐事却胜南面王。③
> 看取高人④忘物我，达观未必让濠梁。⑤⑥

重野安绎诗句"乡心休问北来燕，乐事却胜南面王。看取高人忘物我，达观未必让濠梁"的诗句，运用《庄子》濠梁之辩的典故，不

---

① 黎庶昌等著，孙点编次，黄万机点校《黎星使宴集合编》，贵州人民出版社，1992，第13页。
② 黎庶昌等著，孙点编次，黄万机点校《黎星使宴集合编》，贵州人民出版社，1992，第23页。
③ 指帝王，也泛指最高统治者。
④ 志行高尚的人，多指隐士、修道者。
⑤ 《庄子·外篇·秋水十七》记庄子与惠子游于濠梁之上。庄子曰："儵鱼出游从容，是鱼之乐也。"惠子曰："子非鱼，安知鱼之乐？"庄子曰："子非我，安知我不知鱼之乐？"惠子曰："我非子，固不知子矣；子固非鱼也，子之不知鱼之乐，全矣。"庄子曰："请循其本。子曰'汝安知鱼乐'。云者，既已知吾知之而问我，我知之濠上也。"
⑥ 黎庶昌等著，孙点编次，黄万机点校《黎星使宴集合编》，贵州人民出版社，1992，第9页。

仅透露出重野安绎对于中国文化的熟稔，就整首诗所吟唱的那种安然自在的情绪而言，也能够表明他所受中国魏晋名士风度影响的程度。"名士"源于我国古代魏晋时期，魏晋多名士，他们多崇尚隐居生活，常峨冠博带，形貌潇洒，不过大多数人皆博学多才且多惊人语，偶尔也有放浪形骸者。名士大多内心坚定，不为外物所干扰，无论得失宠辱，乃至于在生死之际，都能够保持内心的平和与宁静。重野安绎这首诗作所流露的，正是重野安绎那种不屑于帝王之乐，而独追求物我两忘的快乐境界，其内在气韵具有中国魏晋名士的风度。其诗句"文字有缘偏契合，华筵无物不芬芳"则透露出他对于中日两国同文之谊的认同，因此，就重野安绎来说，"文字有缘偏契合"，正是他对于中国文化的一种呼应。

1889 年 2 月 18 日，日本文士设宴于中洲枕流馆，日本著名诗人向山荣以长诗追溯了源远流长的中日友谊，诗中写道：

> 往来通玉帛，远自隋唐始。
> 邻交存厚谊，历历征前史。
> 两国敦槃会①，至此为盛矣。
> 黎公山斗望，追随悉名士。
> 忠信涉波涛，再奉皇华使。
> 瞻仰倾朝野，欢迎争倒屣。
> 公余文字饮，唱酬忘汝尔。
> 下交长青眼，每逢辄色喜。
> 高馆重阳宴，宠招饱甘旨。
> 回首成陈迹，恍与梦相似。
> 日月如奔轮，老景惜寸晷。
> 古人不我欺，秉烛良有以。
> 垂柳弄暖绿，早梅缀水蕊。
> 江楼永今夕，谁复执牛耳？
> 吾侪山泽癯，幸得刮目视。
> 诗杰与文豪，直摩韩杜垒。

① 敦盘：指玉敦和珠槃，为古代诸侯盟会所用礼器。敦以盛食，槃以盛血，珠玉以为饰。

　　　　　　　　落纸龙蛇走，绕豪云烟起。

　　　　　　　　举盏更相属，庆洽情何已！

　　　　　　　　岂独为邦家，士庶蒙福祉。

　　　　　　　　山川虽异域，政俗本同轨。

　　　　　　　　辅车实相依，慎勿忽唇齿。

　　　　　　　　凡我同盟人，有如此江水。①

　　在日本文士向山荣眼中，中日文化的交好自隋唐以来源远流长，中日之间深厚的文化友谊一直为爱好中国文化的日本文士所赞赏和坚守，这种赞赏和坚守正是由于中日文化的亲缘关系。中日文化之流传演变虽历经千年，但是在文化习俗上保留着许多相似之处，而且就地缘关系上来说，也是一衣带水的唇齿关系，就正如向山荣诗作所言："山川虽异域，政俗本同轨。辅车实相依，慎勿忽唇齿。"对此，中国使馆参赞、海盐陈明远（哲父）也唱和道："擘麟琼岛酒初醺，鸾鹤联翩下彩云。放眼五洲无此会，同心千古有斯文。拜嘉不用歌三夏，斗韵还疑树两军。和蔼正迎春入座，墨堤梅萼吐奇芬。"② 无论是向山荣的"山川虽异域，政俗本同轨"，还是陈明远的"放眼五洲无此会，同心千古有斯文"，都表达出了中日文士对于中日两国国异而俗同的呼应。

　　1890 年春的"曲水修禊之宴"，更是表达了黎庶昌对于中日国异而俗同的理解。"曲水修禊"本应于中国的夏历三月三日举行，而黎庶昌却选择了日本新历法的 3 月 3 日（即夏历二月十三日）在红叶馆设"修禊之宴"，诚邀 36 名日本文士前来赴会。日本诗人蒲生重章对黎庶昌的心胸气度极表盛赞，他在《庚寅重三红叶馆宴集记》中写道："顾我三月三日，即大清之二月十三日也，而公使以是日开重三宴。呜呼！其宏怀雅量、同文邻好之情谊，可谓厚矣！乃不愧为文，而记盛举，又从而歌曰：红叶之馆兮，既宜秋，又宜春。三月三兮，花香清而柳色

---

①　黎庶昌等著，孙点编次，黄万机、张新民、〔日〕石田肇点校，中国人民政治协商会议贵州省遵义市委员会宣教文卫委员会编《黎星使宴集合编补遗》，贵州人民出版社，2001，第 9 ~10 页。

②　黎庶昌等著，孙点编次，黄万机、张新民、〔日〕石田肇点校，中国人民政治协商会议贵州省遵义市委员会宣教文卫委员会编《黎星使宴集合编补遗》，贵州人民出版社，2001，第 13 页。

新。大国硕士兮，开雅宴而修交亲。珍羞奇膳兮，侑金罍之醇。宾主风流兮，何让永和之春。"①

黎庶昌在《宴集三编统序》中对在中日文士之间开展广泛的宴集活动，是这样理解和说明的：

> 《周官·大宗伯》："以飨宴之礼亲四方之宾客。"往尝读而疑之，以为宾客将君命聘问于王国，而王国所以亲之之道，止于饮食宴飨间，似不称先王制礼本原之意。释之者曰：不然，《诗·大小雅》之兴，在于成周盛时，号为正声，《鹿鸣》一什，冠诸简首；而《鹿鸣》、《常棣》、《伐木》诸篇，酒醴、笙簧、笾豆，羜牡，言宴饮者居其大半。降至春秋列国，聘盟赋诗见志，左邱明之所纪述，仲尼之所称叹，尤往往而是。《礼》所以谓"始于饮食，为人情之极致也"。且古者，飨依命数行之于庙，宴则行之于寝。飨有节，宴无节。宴则旅降、脱屦、升坐，无算爵，以醉为度。其疏数不同若此。
>
> 方今四洲遣使互驻，事体绝重于古列国时，而又异言殊服，政俗不同，若非饮食宴会相与达款诚、联情好，即不幸扞格而有事。然则，使臣之在他人国，遇令典节庆，以礼延致王公贵人，精馔盛筵、葡萄夜光、毛冠金裙、长剑陆离、佩宝星而络绶带者，谓之"飨"可也。良辰美景、华灯明烛、宾客满堂、笔扎纷纶、嘉淆脾腺、歌舞递进者，谓之"宴"可也。余以光绪七年冬奉使日本，有与国同文之乐；暇辄与搢绅儒流叙交会饮，诸君子或为诗文以张之。而上巳、重阳，每岁必举特别之会，使与兰亭、龙山相配。
>
> 光绪十三年，余奉命再至。国好日密，骎骎乎有唐世遗风。愈益无事，益得与诸君子道故旧、为宴乐。于是，会者愈繁，诗与文日益多；岁不下数十聚，或有作，或无作，随员孙子君异皆理而董之，使自成帙。
>
> 今年冬，余任满将归国，又有饯别、留别之宴。诗文之外，踵而为图；酬唱倍于曩昔，非一编可容。孙子因综前后所得，汇为

---

① 黎庶昌等著，孙点编次，黄万机点校《黎星使宴集合编》，贵州人民出版社，1992，第125页。

《宴集三编》。凡得诗若干首，文若干篇，均别为之题，而属余志
其首。呜呼，多矣！自唐以来，未之有也。

大清光绪十六年，岁次庚寅十月

遵义黎庶昌①

日本与中国虽独自为国，但由于长期密切的文化交往，中日两国在
许多风俗上都很近似，黎庶昌深知这一点，所以，黎庶昌并不以日本众
多文雅风俗源于中国而优势自傲，这正如日本西岛醇所说：

> 今兹庚寅三月三日，大清使节黎公莼斋先生，召集都下名士，
> 开宴于红叶馆。盖修同文之会也。公命随员孙君君异走书招醇。醇
> 到，则群贤毕集，飞觞举白，蚌蚌而谈，嘻嘻而笑；或赋小诗，或
> 试挥洒，各适其所适，以寝半日之欢。抑公奉其国命来日东，使事
> 之余暇，忘崇高之势，与名流文士征逐过从，为布衣之交。今以佳
> 时会佳馆为笑乐，可谓熙朝极盛之会哉！②

黎庶昌认识到各国遣使互驻的国际外交，是比中国古代列国外交
事体更有难度的事情，因为这种国际外交面对的是政俗不同、衣着和
言语也大相径庭的国别外交，所以通过饮食宴会可以沟通了解和增进
友谊，以减少在外交局势中的矛盾和冲突。由于黎庶昌充分理解并尊
重日本文士对于中日两国近似的文雅风俗的坚守，所以他颇为用心地
寻找三月三修禊（上巳）、九月九登高（重阳）等这样一些中日共有
的习俗开展宴集，并借宴集之机引导中日雅士重温与唱和与日文化友
谊，体现了黎庶昌利用中日两国国异而俗同关系加强中日外交关系的
文化外交智慧。

二　对中日两国国异而文同的呼应

黎庶昌与日本文士的诗文唱和，其基础就在于中日文字近似的渊源

---

① 黎庶昌等著，孙点编次，黄万机点校《黎星使宴集合编》，贵州人民出版社，1992，
　第 120～121 页。
② 黎庶昌等著，孙点编次，黄万机点校《黎星使宴集合编》，贵州人民出版社，1992，
　第 124 页。

关系，因此，在各次宴集中，对中日两国国异而文同的情况，中日两国文士常有提及，且彼此以诗呼应。

1888 年的"戊子重九宴集"，黎庶昌在诗会上率先赋诗："此日重阳寻旧盟，同文于我是鸣嘤。高秋云物归三岛，异地冠裳集两京。水激息鹏搏海运，醪醇斝兕饮人情。[1] 诸君满腹琼瑶什，槃敦之间一再庚。"[2] "同文于我是鸣嘤"的诗句，表达了黎庶昌对于中日两国能同文唱和的喜悦之情。

1889 年芝山红叶馆的重阳节登高诗酒宴会，黎庶昌率先吟诗启唱，其诗题为"己丑九月九日修登高会于红叶馆，第四会也，仍首唱为诸君引吭，即希雅政"，诗曰：

> 主恩特许双持节，嘉会重阳四举杯。
> 果是登高能作赋，端因同志聚群才。
> 秋容槛外黄花卷，暮影天边白雁催。
> 暂与诸君拌一醉，人生笑口几回开！[3]

日本文士长冈护美唱和道：

> 旷代雄才星使风，重阳高会喜文同。
> 欢追凤岭情无极，游胜龙沙乐未穷。
> 细把茱萸谈更密，偶题糕糗句惭工。
> 瀛东休厌辀车驻，不似南中赋北鸿。[4]

中村正直也唱和道：

---

① 兕：古代一种酒器。

② "伏天"的代称。旧历杂节三伏，以夏至后第三庚日为始，名初伏；第四庚日为中伏，故有庚伏之称。"庚伏"也简称"庚"，如：庚暑（三伏暑天）。

③ 黎庶昌等著，孙点编次，黄万机、张新民、〔日〕石田肇点校，中国人民政治协商会议贵州省遵义市委员会宣教文卫委员会编《黎星使宴集合编补遗》，贵州人民出版社，2001，第 84 页。

④ 黎庶昌等著，孙点编次，黄万机、张新民、〔日〕石田肇点校，中国人民政治协商会议贵州省遵义市委员会宣教文卫委员会编《黎星使宴集合编补遗》，贵州人民出版社，2001，第 84 页。

高楼望迥暮秋天，洗尽铅华山水鲜。

为是使君敦友爱，能令名士伴留连。

人生有限志空大，禹域何边望欲穿。

我若他年乘兴去，登高五岳矢无愆。①

重野安绎在诗题中提到："黎公使莼斋先生每岁重阳招邀同人，今兹己丑，开宴红叶馆，先生有诗，次韵以奉答，是日，我驻清公使大鸟氏及朝鲜公使金氏亦来会。"并称赞此次盛会："一堂偶聚三星使，九日同倾百酒杯。至竟善邻为国宝，果然圣主得贤才。题襟只喜赤心见，落帽何惭白发催。山馆池亭寻旧例，唱酬编就玉函开。"② 重野安绎诗题中提到的出席此次诗会的朝鲜公使金氏，指的是金嘉镇，初次亮相诗酒宴集的朝鲜公使金嘉镇在其诗题中，也做了说明："己丑秋，中国遵义黎星使莼斋先生集日本诸名流作重阳会于芝山红叶馆，余亦叨厕席末，勉步原韵和呈，以志萍水盛举。"并和诗一首："西楼盛会复东台，又举芝山九日杯。红树名园传盛事，黄花佳句逞群才。萍蓬未识明年在，弦管何须逸兴催。自昔登高无此乐，同文三国好颜开。"③ 可见，朝鲜文士也加入了国异而文同的呼应。

中国使臣钱德培在"己丑重九，节宪复设登高会于红叶馆，谨赋二章，恭呈钧诲"中唱和道："扶桑歌舞李唐传，旗鼓诗坛孰先后。使节再持情更重，邦交一气谊相联。莫嫌浊酒都须醉，吟得新诗好共编。此是星槎一佳话，黄花开落自年年。"④ 孙点在"节使会中东同人于红叶馆，设登高宴，谨次元韵纪之"中写道："枫叶未红红叶馆，葡萄酒

① 黎庶昌等著，孙点编次，黄万机、张新民、〔日〕石田肇点校，中国人民政治协商会议贵州省遵义市委员会宣教文卫委员会编：《黎星使宴集合编补遗》，贵州人民出版社，2001，第 85 页。

② 黎庶昌等著，孙点编次，黄万机、张新民、〔日〕石田肇点校，中国人民政治协商会议贵州省遵义市委员会宣教文卫委员会编《黎星使宴集合编补遗》，贵州人民出版社，2001，第 87 页。

③ 黎庶昌等著，孙点编次，黄万机、张新民、〔日〕石田肇点校，中国人民政治协商会议贵州省遵义市委员会宣教文卫委员会编《黎星使宴集合编补遗》，贵州人民出版社，2001，第 100 页。

④ 黎庶昌等著，孙点编次，黄万机、张新民、〔日〕石田肇点校，中国人民政治协商会议贵州省遵义市委员会宣教文卫委员会编《黎星使宴集合编补遗》，贵州人民出版社，2001，第 106 页。

满水晶杯。两年聚会成佳例，七字推敲愧不才。上使连盟唇齿固，新诗差任雨风催。① 天工美意殊堪谢，菊绽东篱顷刻开。"② 就中国使臣而言，能够与日本文士推敲七字诗句并且共编新诗集，不仅是他们出使日本彼此同文相悦的文学佳话，更是他们与日本友人巩固两国唇齿关系的外交佳话。

1890 年 4 月 8 日，日本东京上野公园的樱云台宴集，中国使馆参赞陈明远意趣风发，分别以"樱""云""台"三字为韵，即席赋绝句 12 首，与会日本诗人无不赞叹。陈明远"同洲两国凤同文，坛坫敲诗到夜分。苦忆昔年吟社盛，洛阳旧雨散如云"③ 的诗句不仅表达了他对于诗酒宴集的喜爱，也凸显出他对于中日两国文士宴集同文之乐的欣赏，虽然"坛坫敲诗到夜分"，但中日两国文士之间这种文字唱酬的乐趣以及以文会友的雅趣，又是其他方式难以获得的。日本诗人中村正直赋诗唱和道："两邦宿好文为友，满座半酣花是媒。"④ 川田刚诗曰："多兴无如文字饮，论交谁不兄弟亲。今年更结来年约，复赏艳阳三月春。"⑤ 三岛毅（中洲）则说："相迎高驾上东台，文字订盟几度陪。昨日宾为今日主，红枫馆又白樱台。"⑥ 诗酒之兴味，相辅相成，而同文实为两邦宿好友谊的桥梁，正是因为同文，所以在情感的抒发上，才能对樱花、枫叶等自然之物产生共同的审美愉悦。

1890 年春的"曲水修禊之宴"上，黎庶昌诗题曰："庚寅二月十三

---

① 原注：是日快晴。

② 黎庶昌等著，孙点编次，黄万机、张新民、〔日〕石田肇点校，中国人民政治协商会议贵州省遵义市委员会宣教文卫委员会编《黎星使宴集合编补遗》，贵州人民出版社，2001，第 109 页。

③ 黎庶昌等著，孙点编次，黄万机、张新民、〔日〕石田肇点校，中国人民政治协商会议贵州省遵义市委员会宣教文卫委员会编《黎星使宴集合编补遗》，贵州人民出版社，2001，第 118 页。

④ 黎庶昌等著，孙点编次，黄万机、张新民、〔日〕石田肇点校，中国人民政治协商会议贵州省遵义市委员会宣教文卫委员会编《黎星使宴集合编补遗》，贵州人民出版社，2001，第 131 页。

⑤ 黎庶昌等著，孙点编次，黄万机、张新民、〔日〕石田肇点校，中国人民政治协商会议贵州省遵义市委员会宣教文卫委员会编《黎星使宴集合编补遗》，贵州人民出版社，2001，第 132 页。

⑥ 黎庶昌等著，孙点编次，黄万机、张新民、〔日〕石田肇点校，中国人民政治协商会议贵州省遵义市委员会宣教文卫委员会编《黎星使宴集合编补遗》，贵州人民出版社，2001，第 134 页。

日集日本诸名流于红叶馆为同文会，仍用上年三字韵，先成二律乞正并和。"① 黎庶昌直称此次宴集为"同文会"，正是对中日两国国异而文同的表述。其诗有言：

> 今我寻盟联旧雨，丑年修褉韵重探。
> 交欢槃敦行人职，大块文章与国谙。②
> 客拟登高成四四③，日从新历假三三。④
> 永和胜事归红叶，烂漫题诗对可南。⑤
>
> 薄海尽销兵革气，吾俦珠玉任搜探。
> 朋来簪盍同文乐，博望查通旧路谙。
> 西极戴鳌惟柱八，东归零雨易年三。⑥
> 便瞻北斗趋北京，更向黔南返播南。⑦⑧

　　日本文士对黎庶昌"同文会"的提法，并无异议，宫岛诚一郎在此次宴集上以五首诗和黎庶昌诗韵，其在诗题中就呼应了黎庶昌的"同文会"，宫岛诚一郎说："庚寅三月三日，黎公使莼斋君于红叶馆为春季同文会，公使有诗，乃次原韵。"⑨ 川田刚诗曰："临风觞咏与醼酣，春色何须劳远探。文字宴无宾主别，金兰簿各姓名谙。"⑩ 三岛毅诗曰："夕阳射海暮云霁，又会高楼风色探。客不通名面皆熟，言何

---

① 黎庶昌等著，孙点编次，黄万机点校《黎星使宴集合编》，贵州人民出版社，1992，第126页。

② 大块：大地，原指大自然锦绣般美好的景色，后用以称赞别人内容丰富的长篇文章。出自（唐）李白《春夜宴从弟桃李园序》："况阳春召我以烟景，大块假我以文章。"

③ 原注：去年登高之约，与会者四十四人。

④ 原注：是日为西历之三月三。

⑤ 原注：可南，红叶馆女主人名。

⑥ 原注：余于本年任满行将归国。

⑦ 原注：敝郡遵义为唐宋播州，元至元二十六年改播南路。

⑧ 黎庶昌等著，孙点编次，黄万机点校《黎星使宴集合编》，贵州人民出版社，1992，第127页。

⑨ 黎庶昌等著，孙点编次，黄万机点校《黎星使宴集合编》，贵州人民出版社，1992，第132页。

⑩ 黎庶昌等著，孙点编次，黄万机点校《黎星使宴集合编》，贵州人民出版社，1992，第130页。

须译意相谐。"① 中日文士之间唱酬尽兴，文心相通。

　　黎庶昌驻日公使时期，中、日、朝三国文士的诗文唱和作品，频频出现"同文""文同"等字眼，这说明当时中、日、朝三国文士将彼此之间的同文关系视为文化的友谊纽带，且多喜吟唱，汉字乃至汉诗文在他们心中还占据了相当重要的地位，他们对于汉文学和文化依然充满了仰慕之情，而黎庶昌大力推行的宴集活动则为他们抒发这种同文情致提供了重要的机会和场所，尤其是日本文士，对此感到非常幸运，这正如西岛醇所说："幸公有此会，于是凡士之以文学名者，率皆莫不在座，可谓盛也。"②

　　1890 年春的"曲水修禊之宴"，中国使馆参赞陈明远还从中日邦交的角度以诗言曰："邦交都在诗中见，世味还从客里谙。"③ 日人西冈逾明也和诗言曰："盛会高楼对碧樽，桃花杨柳贲春园。西洲兵祸何时歇，东海醇风终古存。露帝巡封常有警，巴王去国岂无冤。④ 同文唯重交情厚，宾主相忘笑语温。"⑤ 此诗从当时国际时局出发，开始思考更具有现实意义的中日关系。从此诗可见，喜爱中国文学和文化的西冈逾明，在风云变幻的世界格局之下，直接表达了他对俄国、英国等霸权势力垂涎日本的担忧，而对日中两国的友好交往，已经并不仅仅满足于两国的同文呼应，"同文唯重交情厚"，他更呼吁中日两国关系在同文基础上不断加重"交情"，以至于两国之间无宾主之别，而达到一种情感交融、笑语温存的境界。

三　对中日两国国异而情同的呼应

　　中日两国在亚洲互为邻邦，唇齿相依，文化交往源远流长，可谓情

① 黎庶昌等著，孙点编次，黄万机点校《黎星使宴集合编》，贵州人民出版社，1992，第 131 页。
② 黎庶昌等著，孙点编次，黄万机点校《黎星使宴集合编》，贵州人民出版社，1992，第 124 页。
③ 黎庶昌等著，孙点编次，黄万机点校《黎星使宴集合编》，贵州人民出版社，1992，第 141 页。
④ 原注：日本称俄罗斯为"露西亚"，露帝即指沙皇俄国。巴王，指法国"七月王朝"的路易·菲利浦。1848 年巴黎人民起义攻打王宫，他逃往英国。
⑤ 黎庶昌等著，孙点编次，黄万机点校《黎星使宴集合编》，贵州人民出版社，1992，第 131 页。

谊深厚。因此，中日两国文士主张加深两国"交情"者不在少数。

1888年（光绪十四年，明治二十一年，戊子）"戊子重九宴集"上，一些日本文士对中日两国近期出现的芥蒂进行了分析，皆认为这些芥蒂"几害邦谊"，常为此而感"寒心"。如井上陈政在《重阳宴集序》中指出："我邦通好禹域（笔者注：指中国）也，肇始魏、晋，盛于隋、唐，既阅千有余岁；逮于迩世，盟约弥固。然而或有外饰友与之义，内乏唇齿之实之嫌。有志兴嗟，识者寒心。盖两邦情谊，阂壅而不相通晓之弊耳。"① 他还进一步指出："故我邦自强，禹域遵养，皆有深谋远虑，所谓百川异源，而同归于海也。世之不材者，不察其大，徒吹毫毛以相诟病，几害邦谊；傍观狐疑，是非黔黎之罪，实士大夫之过焉耳。"② 在井上陈政看来，明治时期日本国内处心积虑想要谋算邻邦，制造"阂壅"，危害两国邦交的是扩张主义者和军国主义者，而广大日本民众及有识之士，都希望"两邦外饰熄而谠言进，虚礼黜而诚信彰，盟谊结契弥厚也"。③

1890年10月26日，华族局主事宫岛诚一郎在养浩堂设宴，许多日本名流出席宴集。中日文士即席联句吟唱："气象从容吞九垓"（伯爵副岛种臣），"一宵须尽千百杯"（枢密院顾问官元田永孚），"关心最是中东局"（黎庶昌公使），"交膝好应怀抱开"（子爵谷干城），"满座英雄皆老辈"（公使馆翻译陶大均），"十年筹策乐将来"（华族局主事宫岛诚一郎），"古人或戒连鸡臂"（副岛种臣），"边境争桑莫漫猜"（矢土胜之）。④ 日本文士的联唱诗句，不是对宴集表达喜悦之情，就是对中日关系表示殷切期待，其吟唱"交膝好应怀抱开""十年筹策乐将来"，而黎庶昌却"关心最是中东局"。

对时局的关注，是黎庶昌作为使外文臣的本分。正是基于对中日两国长期友好邦交的信念，黎庶昌在其外交策略中，始终愿意把日本视为

---

① 黎庶昌等著，孙点编次，黄万机点校《黎星使宴集合编》，贵州人民出版社，1992，第41页。

② 黎庶昌等著，孙点编次，黄万机点校《黎星使宴集合编》，贵州人民出版社，1992，第41页。

③ 黎庶昌等著，孙点编次，黄万机点校《黎星使宴集合编》，贵州人民出版社，1992，第43页。

④ 黎庶昌等著，孙点编次，黄万机点校《黎星使宴集合编》，贵州人民出版社，1992，第273页。

自己的战略伙伴，在宫岛栗香举行的一次饯别宴会上，黎庶昌作诗表达了自己联日抗俄的主张，诗曰："清谈一夕到瀛垓，岂为离亭惜酒杯。大局自关吾辈事，好怀须向素心开。黄花满径迎人笑，赤叶千峰待雨来。求友嘤鸣争出谷，等闲鸥鹭慢惊猜。"① 当时美、英、俄三国称霸于世，中、日、朝等亚洲诸国均受其威胁。黎庶昌对当时的中国属国朝鲜也是非常关注的，他也用诗表达了自己对于朝鲜局势的看法，他在朝鲜驻日大使为他举行的饯别宴会上写诗言道："亚洲文物最相先，休戚同关岂偶然。古迹云迷箕子墓②，皇洲春满汉阳天。喁夷宅日尧成典，卧榻酣眠虎有涎。地利人和今更切，圣言当作佩韦弦。"③ 黎庶昌写作此诗意在提醒朝鲜，在其酣眠的卧榻之旁尚有猛虎俄罗斯虎视眈眈，因此必须加强警惕，以此表达了他对于朝鲜局势的关注。诗作当中对于朝鲜箕子墓等古籍的追忆和缅怀，则表达了中朝两国休戚相关的密切关系。

日本有识之士也希望中日两国能够联好邦交，共同御侮。如南摩纲纪（羽峰）的诗写道："星槎万里驾长风，良缘重结东海东。新知不若旧知好，虽俗则殊文则同。米欧工技非不妙，邹鲁遗训道独崇。鹿鸣歌罢嘉宾醉，式宴以敖情何穷。愿得唇齿长相赖，共奏墙外御侮功。"④ 日本文士还对黎庶昌中日友好的诉求予以呼应，并对他在中日文化交往过程中所发挥的作用表示认可。蒲生重章诗曰："六年交谊如胶漆，一夕离情付竹丝。"⑤ 小山朝弘吟："几编宴集同家传，如此论交金石坚。"⑥

---

① 原注：借鸥鹭喻欧露，日本称俄罗斯为露西亚。
② 朝鲜古代陵墓，位于平壤乙密台下，建于1102年，1122年重修。墓前有丁字阁和重修记迹碑。甲午战争时此曾有激战，墓上留有弹痕。相传中国周武王灭殷后，殷朝宗室箕子为避难来到朝鲜，教朝鲜百姓以礼仪田蚕之道。一说汉武帝封箕子为朝鲜王。关于箕子东来说朝鲜学术界虽有不同观点，但箕子墓和箕子庙等遗留下来的古代建筑，不仅平壤存在，而且朝鲜其他地方亦有发现。
③ 黎庶昌等著，孙点编次，黄万机点校《黎星使宴集合编》，贵州人民出版社，1992，第327页。
④ 黎庶昌等著，孙点编次，黄万机点校《黎星使宴集合编》，贵州人民出版社，1992，第75页。
⑤ 黎庶昌等著，孙点编次，黄万机点校《黎星使宴集合编》，贵州人民出版社，1992，第296页。
⑥ 黎庶昌等著，孙点编次，黄万机点校《黎星使宴集合编》，贵州人民出版社，1992，第295页。

1890 年夏历 9 月 26 日，日本友人宫岛栗香在自己的养浩堂设宴，款请日本"人望"四老伯爵胜安芳、副岛种臣、子爵谷干城宫、宫中顾问官元田永孚等人为黎庶昌饯行。乘酒酣兴浓之际，彼此赋诗致谢，并共祝中日友好，诸人引吭高歌："同文同德应长乐、他席他乡何不减""万国违言看胜概，西朝盟约慎将来""一别亲交情太密，他年相忆不相猜"等诗句，也表达了对中日两国长久友好邦交的呼应。

1890 年的重阳登高诗会，是黎庶昌离任之前的最后一次重阳节诗会。因此黎庶昌颇感惆怅，他在诗题中说："庚寅九月九日芝山红叶馆修登高约，兼为留别之会，赋呈二律，希诸大雅吟坛和正"，遂即兴赋诗道：

> 晖晖夕照映扶桑，此日芝山又举觞。
> 驻我忝持双节使，登高曾赋六重阳。
> 同文历劫终难废，与国论心实易臧。
> 嘉会不常须尽醉，劝君休负菊花黄。
> 班荆倾盖尚萦思，何况联欢六载移。
> 余事敦槃寻理约，同盟金石寓深期。
> 交邻有道诚能久，时局就平今可知。
> 归去大瀛衣带限，望君频为寄新诗。①

黎庶昌再次抒发了中日两国的"同文"之谊，并且希望以"诚"为善邻之道，这也是黎庶昌作为传统士人儒家修为的体现。应邀出席此次重九登高宴集诗会的日本文士，不仅纷纷赠诗表达对黎庶昌的款别之情，也对中日两国唇齿相依的密切关系给予呼应。

宫岛诚一郎写道：

> 两回持节驻扶桑，几度登高把酒觞。
> 招我交欢如一日，恨君留别在重阳。
> 墩槃订约情偏厚，缟纻寓衷谋最臧。

---

① 黎庶昌等著，孙点编次，黄万机点校《黎星使宴集合编》，贵州人民出版社，1992，第 188 页。

惆怅芝山强尽醉，菊花又似去年黄。

两国同盟久系思，与君眷念十年移。
连横持局犹陈力，辑睦善邻曾共期。
献策幸蒙明主顾，论交难值故人知。
时平况订登高会，由酒黄花合有诗。①

岩谷修也云："唇齿相依旧盟在，金兰永结两心知。写情赖有同文字，去雁来鱼辄寄诗。"② 重野安绎则曰："天涯何异寻常见，素契只须方寸知。"③ 蒲生重章则赞道："星使今世诗酒豪，僚属亦皆一时贤。年年例修登高会，百尺楼头狭坤乾。"④

参加这次"重九登高宴集"的还有两位朝鲜文士，他们也都写诗唱和，李鹤圭（寿庭）的诗写道：

廿年壮志愧蓬桑，到处那堪送别觞。
国历相殊方十月，诗人犹记旧重阳。
交欢始识交邻好，邂逅深期与子臧。
芝馆今朝忽招我，凄然共对菊花黄。

相逢未久做相思，屈指匆匆月屡移。
六载皇华推雅望，明年令节怅佳期。
去犹如在名常在，事未前知后可知。
落木离亭心绪乱，满腔别恨寄于诗。⑤

---

① 黎庶昌等著，孙点编次，黄万机点校《黎星使宴集合编》，贵州人民出版社，1992，第206页。
② 黎庶昌等著，孙点编次，黄万机点校《黎星使宴集合编》，贵州人民出版社，1992，第195页。
③ 黎庶昌等著，孙点编次，黄万机点校《黎星使宴集合编》，贵州人民出版社，1992，第196页。
④ 黎庶昌等著，孙点编次，黄万机点校《黎星使宴集合编》，贵州人民出版社，1992，第210页。
⑤ 黎庶昌等著，孙点编次，黄万机点校《黎星使宴集合编》，贵州人民出版社，1992，第230页。

朝鲜金洛骏（昊臣）的诗句"沈醉竹林同阮籍，愁看枫叶似浔阳"①，也表达了对黎庶昌依依惜别的深情。

中国使臣的诗作则多阐释中日文化交流的意义，如刘庆汾诗曰："产宾素洽怀如昨，唇齿相依心共知。"② 卢永铭吟唱："六处胜会今将别，两国交情各自知。海外催租人不至，满城风雨为催诗。"③ 陈明远诗曰："两番持节联盟好，三国簪裳祝寿臧。此是亚洲全盛会，岂徒诗酒压苏黄。"④ 都指出了这次诗酒宴会不同寻常的特点。中、日、朝三国文士齐聚一堂的这次宴集，在三国文学史上更属少见，其重要的历史意义自然是不言而喻的。

1890年10月6日、10月23日和11月17日，日本文士在红叶馆三次设宴为黎庶昌饯行，黎庶昌也于11月22日在霞关举行告别宴会以示答谢，黎庶昌依旧对加强中日友好念念不忘："高馆离筵一再张，感君敦睦谊偏长。"希望"亚洲大局关中日，兹会同心耐雪霜"。⑤ 并表示"交邻大道惟忠信，与国从来有浅深。天宝开元无限事，唐风一一总堪吟"。⑥ 日本文士也纷纷和诗呼应，土方久元诗曰："盛宴时开黄菊辰，使君待客交情真。望君分袂归朝后，友谊从今更益亲。"⑦ 本田幸之助诗曰："东瀛争唱采风诗，使者高才上下知。云銮千年求药迹，银河八月泛槎期。善邻唇齿盟长在，故国衣冠道不移。"⑧ 儿岛光亨也道："六

① 黎庶昌等著，孙点编次，黄万机点校《黎星使宴集合编》，贵州人民出版社，1992，第231页。
② 黎庶昌等著，孙点编次，黄万机点校《黎星使宴集合编》，贵州人民出版社，1992，第246页。
③ 黎庶昌等著，孙点编次，黄万机点校《黎星使宴集合编》，贵州人民出版社，1992，第245页。
④ 黎庶昌等著，孙点编次，黄万机点校《黎星使宴集合编》，贵州人民出版社，1992，第233页。
⑤ 黎庶昌等著，孙点编次，黄万机点校《黎星使宴集合编》，贵州人民出版社，1992，第320页。
⑥ 黎庶昌等著，孙点编次，黄万机点校《黎星使宴集合编》，贵州人民出版社，1992，第353页。
⑦ 黎庶昌等著，孙点编次，黄万机点校《黎星使宴集合编》，贵州人民出版社，1992，第319页。
⑧ 黎庶昌等著，孙点编次，黄万机点校《黎星使宴集合编》，贵州人民出版社，1992，第318页。

岁东瀛仰慕齐，始终交道愿深缔。"① 日本文士的这些诗句，不仅表达了他们对于黎庶昌的依依惜别之情，也渲染了他们期望中日两国文士友情和中日两国友邦之谊能够长久延续的愿望。

中国文人常以诗言志，一般都是情感蕴藉而发诸为诗，黎庶昌的诗是真情实感的表达，并非吟风弄月或无病呻吟之作，诗歌作品往往透露出他鲜明的文化意识和文化外交理念。黎庶昌的大部分诗作，都以对中日文化的呼应为线索贯穿其中，显示了他对加强和巩固中日邦交独特的文化思考。所以，黎庶昌诗歌对中日文化互认的诉求是相当强烈的，这正是他作为外交官身份的本能反应。黎庶昌文化邦交外交理念的表达，借用了中日同文的渊源关系，也就是说，在处理中日日益疏淡的邦交关系时，黎庶昌找到了重新加强中日两国邦交关系的突破口，也就是通过一种文化互认的交流与沟通，达到对于文化邦交理念的认同，这是理解黎庶昌出使东洋频繁进行宴集活动的一个基点。因此，在诸多宴集诗歌当中，黎庶昌有意识表达的，正是他对于中日长期友好邦交的渴望，所以他的大部分诗作正是他作为晚清使外文臣的身份使然，这些"使外文学"作品中的诗歌作品，也因为黎庶昌使外文臣的特殊身份和特质，而成为中日文学交流史上特殊的存在。比如黎庶昌在枕流馆宴集的诗词唱和中，就以诗言曰："国异不曾文字异，洲同尤愿泽袍同。"② 并说："同文历劫终难废，与国论心实易藏""交邻有道诚能久，时局犹平今可知""交邻大道惟忠信，与国从来有浅深"。③ 这些诗句都是以追溯中日历史上同文昌盛的友好邦交为基础，借古言今，以唤醒日本文士的共鸣，诚挚地表达了黎庶昌希望中日两国长期友好邦交的愿望。

以黎庶昌为首的中国外交使臣对于日本、朝鲜等邻国"友好邦交"的诉求，借助诗酒宴集的形式，获得了日本、朝鲜朝野文士的回应和认同。藤野正启（字伯迪，号海南）对中日两国历史上的友好交往十分

---

① 黎庶昌等著，孙点编次，黄万机点校《黎星使宴集合编》，贵州人民出版社，1992，第 312 页。

② 黎庶昌等著，孙点编次，黄万机点校《黎星使宴集合编》，贵州人民出版社，1992，第 79 页。

③ 黎庶昌等著，孙点编次，黄万机点校《黎星使宴集合编》，贵州人民出版社，1992，第 353 页。

缅怀，他说："昔者，我与隋唐通也，使聘往来，概无虚岁。每岁至，赐宴鸿胪之馆，选文学士接伴诗酒应酬，两情以畅。予每读旧史，心窃钦仰焉。武将执政以来，六七百年间，无复此韵事。追慕往昔，未尝不罔然乎怀。今也，龄近迟暮，遭遇明时，不揣寻千载之旧踪，与大邦名贤，会晤于一堂，交觞论文，以遂平昔之愿矣。"① 对于藤野正启来说，黎庶昌举办的中日文士之间的诗酒宴集，正是秉承了中日两国隋唐时期交聘往来的历史传统，当其老迈之年尚能恭逢诗酒宴集的盛会，一沐汉风古韵，确实是人生的一大幸事，其欢欣雀跃之情自然溢于言表。

黎庶昌召集的诗酒宴集，能够获得日本文士如此的推崇和喜爱，正说明日本文士对中日文化同文渊源的认同，这些宴集也从多个层面再现了中国传统文化在日本的影响力。作为中国士大夫代表的黎庶昌，则以其在宴集活动中所展示出来的个人人格魅力，直观地体现了中国传统文化孕育的人格典范，成为日本文士亲近中国文化的又一种吸引。藤野正启对黎庶昌的品格才识赞赏有加："黎君器宇恢宏，不设城府，开襟接纳，酬答如响。是以宾主相忘，欢然无间。昔时之宴，岂能至此哉？俯仰今昔，抑何吾生所遭之多幸也。"② 可见黎庶昌正是以坦诚好客的热情，展示了文化中国彬彬有礼的友好邦交的外交形象。黎庶昌所召集的诗酒宴集，更多了许多坦诚自如、宾主相忘、欢然无间的氛围，其文化邦交的诉求在不知不觉间已经内化为宴集的题中之意了。所以，在宴集过程当中，每每有日本文士对此同声相应，文化邦交的呼声不绝于耳。宫岛诚一郎在一首和韵诗中写道："忠勤亮特谁君此，重赴皇华此讨探。樽俎笑谈交久熟，辎轩采访俗先谙。善邻应喜联邦两，奉使只希持节三。闻说瓜期在今岁，可能返旆向黔南。"③ 此诗不仅盛赞黎庶昌的德操，还表达了中日两国联好和希望黎庶昌这样的文化交流使者再次使日的愿望。

黎庶昌第二任公使期满将要归国之前的半年，为他饯别的宴集几无

① 黎庶昌等著，孙点编次，黄万机点校《黎星使宴集合编》，贵州人民出版社，1992，第6页。
② 黎庶昌等著，孙点编次，黄万机点校《黎星使宴集合编》，贵州人民出版社，1992，第6页。
③ 黎庶昌等著，孙点编次，黄万机点校《黎星使宴集合编》，贵州人民出版社，1992，第132页。

虚日，唱和、赠序作品也特别多，甚至有赠画、赠宝刀者。设宴为黎庶昌饯别的，上至王公侯爵，下至庶民隐士，就连十二大学学士也在樱云台宴请黎庶昌。黎庶昌在致谢诗中写道："樱云台上听嘤鸣，求友欣闻伐木声。禹域人心终近古，搏桑学士尽登瀛。同文自易通交际，亲密尤当识国情。多谢诸君勤恳谊，离筵今夕胜联盟。"① 黎庶昌从中日同文之谊的角度，再次强调中日两国只有基于对彼此国情加深了解，才能进一步增进亲密关系，不以政治联盟的形成为唯一途径，中日两国人民情感上的友谊纽带，将是更加牢固的联盟。

黎庶昌驻日公使期间多次举行的中日文酒之会，中日两国文士对国异而俗同、国异而文同、国异而情同的反复吟唱，不但发挥了促进日文化交流、发扬东方传统文化的作用，而且也加强了中日两国人民之间的相互了解，加深了两国人民之间的友谊和情感，有利于中日两国的交往，因此日本朝野对黎庶昌在中日文化交流上的贡献评价颇高。

77 岁高龄的浅田常称黎庶昌为"全才之君子"，评价其"目穷纵横三万里，胸储上下二千年""负国家之重而副海内之望"。② 岛田重礼则认为，"君之硕学伟识，当今使人中所罕见，岂可与殷侑辈相提并论！宜乎讲信修睦，情意浃而盟约坚也"。③ 依田百川甚至说："我学士大夫略涉文墨者，以不知黎公为耻。"④ 三岛毅也指出："公使鸿胪交际之暇，每逢良辰佳节，必率从僚属，设宴于东台芝山景胜之地，招集我文人骚士，诗酒应酬；继以谈笑歌舞，宾主相忘，尔汝互呼，吐肺肝、尽情好而罢，如此者不下数十次……是以彼此欢洽，互知无他心；唇齿相依之交日周月密，有隋唐旧盟不足复言者。然则风流文字之饮，有用于国家交际，不亦大乎！"⑤ 由此可见，日本文士无论是对黎庶昌的人品

---

① 黎庶昌等著，孙点编次，黄万机点校《黎星使宴集合编》，贵州人民出版社，1992，第 352 页。
② 黎庶昌等著，孙点编次，黄万机点校《黎星使宴集合编》，贵州人民出版社，1992，第 181 页。
③ 黎庶昌等著，孙点编次，黄万机点校《黎星使宴集合编》，贵州人民出版社，1992，第 256 页。
④ 黎庶昌等著，孙点编次，黄万机点校《黎星使宴集合编》，贵州人民出版社，1992，第 183 页。
⑤ 黎庶昌等著，孙点编次，黄万机点校《黎星使宴集合编》，贵州人民出版社，1992，第 257 页。

还是学养都极为推崇，而且对黎庶昌以宴集形式促进中日文士之间的交流，进而实现两国之间的友好邦交的用心，更是文心相通。正是中日两国人士对于中日文化国异而俗同、国异而文同、国异而情同的认同与呼应，成为中日两国交好的文化心理基础。

尽管黎庶昌等使外文臣通过文化层面的交流对中日两国睦邻友好关系进行大力鼓吹，不少日本有识之士也对日中唇齿相依、共图富强进行呼吁与努力，然而这些在日本统治集团自明治维新后逐渐走上军国主义对外扩张道路之时，显然已经无法改变日本军国主义侵略中国的既定方针，正是在 19 世纪 80 年代到 90 年代初，日本军国主义统治集团内部已在积极酝酿发动一场大规模的侵华战争。

从既有历史发展的事实来看，黎庶昌等人的努力并没有使中日友好得以长久的维持，时隔几年，日本就发动了对华侵略战争，黎庶昌等人的努力也犹如昙花一现，淹没在日本军国主义扩张的淫威中。然而，历史的悖论并不能抹杀黎庶昌等人的功绩，正是在那样一种特殊氛围的历史环境中，黎庶昌真诚地扮演了一名促进中日友好邦交的外交官和文化交流使者的角色。尽管历史在某些特殊时期已将黎庶昌等人的梦想撕得粉碎，使他们维持中日友好邦交的辛苦努力都付诸流水，这种悲剧的产生自然是中日友好人士都不愿看到的，但若从中日两国发展的长远大局和美好前景来看，黎庶昌对中日两国友好邻邦关系的巩固所做出的种种努力，对中日两国的文学、文化交流，无疑都具有一定的历史启示作用，在中日两国文学文化交往的历史长河中，黎庶昌是一朵激情的浪花，能够启迪美好的未来。

第四节　黎庶昌对中日文化关系的认证及其文化交往策略的选择

一　明治时期日本中国观的变化及其对中日交往的影响

1881 年，黎庶昌初到日本之时，日本明治维新正在政治、经济和社会等方面实行大改革以促进日本的现代化和西方化，日本国势日益加强，其中国观也发生了相应的变化。

由于日本与中国特殊的文化渊源关系，明治维新以前，日本对中国的态度，基本上以尊重和敬慕为基础。随着日本明治维新的深入发展和与中国交往的日益频繁及深入，日本的中国观也发生了一些显著的变化。1881 年（明治十四年）以后，如何看待中国和如何与中国交往的问题成为日本朝野热议的话题。当时，日本民权运动的倡导者杉田定一①的观点颇具代表性。1884 年末至 1885 年初，杉田定一发表了《游清余感》。在这篇文章中，杉田定一对于清朝国力进行了细致的分析，他认为，就清朝的军队实力而言："八旗当初，虽有西讨东伐之劳，然至今日，唯余旧弊古格，不供实用。（绿营）兵勇，概为无赖丧伦之徒，为利而集，为义则散。仅李鸿章直辖三万余兵，法欧制式，新制器械、着华荚服装。然持新制器械、着华荚服装之人，仍不过是一些无神经、破廉耻的支那人而已。"杉田定一在谈及当时清政府的内政外交时也十分失望："内则制度紊乱，人心反背；外则国权日缩。爱亲（新）觉罗氏之命脉，殆已坠地。然尚守旧，迷梦全未醒，傲然以自国为中华、中国，为衣冠礼仪之国，视他国为禽兽夷狄，倨傲尊大。"基于对清朝的失望和对国际形势发展的认识，杉田定一认为："宇内大势，驳骏乎，以文明开化为目标而奔腾不息。逆此势者衰，顺之者盛。"所以，他主张日本若要成为"东洋开化之魁"，就应将"支那是唇齿辅车之国，宜加亲善"的观点抛弃，在世界迅速发展的时局之下，抓住"千载一时"的难得之机，采取积极进取的方针，以便在"海外"伸张国威，只有这样，日本才能够实现"东洋盟主，可不期而致"。② 杉田定一的观点，正是当时日本社会"脱亚入欧"观点的典型体现，这种观点，是明治时期日本处理日本与中国、日本与世界关系的具体表现之一，其中国观中所透露的对中国的态度，已经转变为极度的鄙视和厌弃了。

当然，杉田定一等人所持观点只是日本明治维新时期中国观的一个方面，而与此相对，在明治十年（1877 年）前后，日本社会上还存在

---

① 杉田定一（1851～1929），号鹈山，福井县人，自由党人。其《游清余感》是到中国游览以后所写的政论，对清朝的现实，采取了极严厉的批判态度，是当时颇具代表性的一种看法。

② 转引自〔日〕井之口有一编《明治以后の汉字政策》，日本学术振兴会，1972，第 17 页。

一种认为当时中国不可轻视的意见。1875 年（明治八年）11 月 28 日的《东京日日新闻》上刊发的《支那①决不可轻侮》的文章，便是一例。而此后的 1878 年（明治十一年）11 月 12 日，日本的《邮便报知新闻》刊发了《清国不可轻视论》，对当时流行于日本社会轻视清国的言论进行了归纳。

（1）清人身体形容，与欧洲人相比，其优柔惰弱。

（2）清朝政治因循成风，难以迅速在文明道路上驰骋。又其国步迟缓，文明器物运用不熟，故不足惧。

（3）与英国交战而告败绩，举世所知，其国势亦由此可见，故不足惧。

文章对以上三种论调分别进行了分析和驳斥，文章认为，如果仅仅依据以上对中国的认识而采取对中国怠慢和轻侮的态度，不仅不利于日本国事的发展，甚至可能造成相反的后果。②

1881 年以后，也有论者针对中国外交之崛起指出：若中国人排斥古教，抛弃许多古人的条条框框，并加强对世界外交局势的认知，奉行骗诈诡谲的外交策略的话，中国必然会出现许多有为的外交家，持此论者对此深信不疑。他们认为中国人受固有传统教育的影响，大多数人较少具有灵活应变的外交思想，但适合成为外交家的人才，却远胜于日本。中国政治家在处理与异国的外交关系时，往往因其奇言异行而为异邦人士所摈斥，这就暴露出中国对外交真面目不了解，且故步自封的弊病。③ 这样的观点，虽然对清朝潜在的外交等力量给予了肯定，但强调

①　"支那"原是"Cina"的音译，是古代印度对古代中国的称呼，最早出现在梵文佛经。梵文 Cina 进入不同的语言，其读音变化不大，梵文 Cina 向东方传播，进入中国和日本，译音为"支那""脂那""震旦"等。梵文 Cina 进入古代中国后，古代一般把梵文 Cina 音译为"震旦"。日本辞书《广辞苑》解，"支那"是"外国人对中国的称呼（源于'秦'的转讹），初出现于印度佛典"。在日本，"从江户时代（1603～1867 年）中期以后曾使用过。"到 19 世纪中期之前，日本人用"支那"指称中国，与"唐国""清国"等无意义上的差别，没有特别的政治含义。日本社会开始用"支那"蔑称中国始于中日甲午战争中清政府失败，1895 年清政府被迫与日本政府签订了丧权辱国的马关条约，把近代中国的耻辱推向极点。长久以来一直把中国尊为"上国"的日本人先是震惊，继而因胜利而陶醉，上街游行，狂呼"日本胜利！'支那'败北！"从此，"支那"一词在日本社会开始带上了战胜者对于失败者的轻蔑的情感和心理，"支那"逐渐由中性词演变为贬义词。
②　〔日〕芝原拓自等编《日本近代思想大系 12·对外观》，岩波书店，1988，第 315～317 页。
③　〔日〕芝原拓自等编《日本近代思想大系 12·对外观》，岩波书店，1988，第 404 页。此为明治十九年（1886 年）12 月 28 日《朝野新闻》上刊载的《日清两国的外交策略及其外交家》一文中的观点。

不应忽视清朝的力度，却已经微弱了许多，这已经很清晰地显示出了日本明治维新时期社会舆论中中国观总的变化倾向。

日本朝野社会尽管对于清朝实力还抱有一些应当加以重视的考虑，但随着日本国内局势和世界形势的发展，这种重视程度就越来越淡薄了。也就是说，轻视、鄙夷清朝的中国观，在日本明治十年到二十年这一期间越来越强烈，从而对中日之间的交往关系，日本也做出了策略上的调整。在"强权就是公理"的时代氛围中，日本开始推崇以强力解决中日之间的外交纠纷，进而控制朝鲜半岛乃至进入中国大陆的战略，这是当时日本朝野中国观和对华外交政策的主流。当时的日本报纸对中日关系的演变曾发表公开言论："我缔盟诸国中，与我利益最深者为清国。因此，对其的策略，为我政治家最当细心考究之处，对于支那谦退辞让，之所以决非得策，吾辈业已略论说之。"接着，论者还引用法国驻中国外交官所著书中列举的欧洲列国与清朝政府交涉事件的表格，以此为立论根据言曰："是为可见，欧美诸国与支那交通以来 200 余年间，退让策略常常失败，强迫策略常常奏功者。"论者进而鼓吹日本政府亦当效仿欧洲列国对清朝实施武力等强硬政策。① 在明治维新开始后的十余年间，日本的中国观还有各种不同的公开表述，而到了中日甲午战争以后，对于中国实力还应当有所顾虑的中国观，就已经被强权思想涤荡干净了。

黎庶昌分别于 1881 年、1887 年两次出任驻日公使，他到日本的时间，正是日本国内中国观发生重要转变的时期，黎庶昌对此不可能没有洞察。黎庶昌是一个思想敏锐、善于洞察国际形势，更善于把握异邦国情民风的人。早在黎庶昌出使西洋之时，就能够以参赞身份协助郭嵩焘等驻外公使完成许多重要的外交任务，其杰出的外交才能业已得到同僚的认可，当时驻英、法的公使曾纪泽就对黎庶昌赞誉有加，称其为办理洋务不可多得的人才。1881 年，黎庶昌驻使日本，他在向总署的报告中提及与日本往来时"其人傲视中国，矜侈西法"，"是以私衷不快"。② 有一次，日本天皇延请各国公使赏花，随使到日本的黎庶昌从侄黎汝谦记录了当时的情形，并对西方各国公使和中国公使所受到的不同礼遇，

---

① 〔日〕芝原拓自等编《日本近代思想大系 12·对外观》，岩波书店，1988，第 406~407 页。
② 台湾史料集成编辑委员会编《台湾史料集成·明清台湾档案汇编·第 4 辑第 83 册 清光绪七年十一至八年九月》，台湾历史博物馆，远流出版事业股份有限公司，台湾大学图书馆，2008，第 423 页。

以诗感叹道："太西各公使,携手各婉娈。日主独虚衷,温言备宠眷。隆杀礼意殊,强弱于斯见。"① 又说："公在京三年,见日本轻玩中朝,寸心孤愤……公在外无可设施,日夕嗟叹。"② 由于中国积弱,当时清政府派驻国外的公使大多遭受过类似的慢待。

二　黎庶昌对中日文化关系的认证及其文化交往策略的选择

日本明治维新时代,黎庶昌以外交使臣身份出使东洋,他也不得不面对日本社会中国观变化给中日邦交带来的影响,因此,他不仅要以一个中国外交官的身份面对这一变化,还不得不以一个文化交往使者的身份面对。在黎庶昌所作宴集诗篇中,突出地表现了黎庶昌外交官、诗人、文化使者与传统士人身份的多重交叉性。

作为一名驻日公使,黎庶昌担负着处理中日外交事务的重任,而在清朝国力微弱、逐渐在外交事务中被日本强权外交氛围所笼罩的环境下,黎庶昌首先面对的当然是如何改善中日之间的交往关系,重塑中国的外交形象并赢得与日本平等对话权利的问题。因此,从改善中日外交和维护国家形象的角度出发,黎庶昌随即积极开展文化外交活动,在日本朝野人士中间展开文化外交公关,广泛地结交日本朝野文士。

黎庶昌何以会采用诗酒宴集、诗文唱和的方式在日本开展其文化外交?这首先得益于黎庶昌善于考察出使国的国情。通过对日本国情的考察,黎庶昌从历史和现实的角度较好地掌握了日本的文化特征。黎庶昌前后两次担任驻日本公使的 1881 年和 1887 年,正是日本进行明治维新、逐步跻身世界资本主义强国的时期。在信奉"强权就是真理"的时代浪潮中,作为弱国公使,黎庶昌纵然有满腹经纶与能言善辩的本领,恐怕也难以跨越"强权就是真理"的时代风潮,获得中日两国之间平等协商和沟通的外交权利。此时的黎庶昌扬长避短,不以国力强弱为外交后盾,他从中日两国历史文化交流的角度另辟蹊径,在对日本国情和文化的细致考察当中,理清日本文化发展的历史脉络和时代特征,从而找到了一条合适的文化交往之路。

---

① 中华诗词学会图书编著中心等编《贵州诗词卷上》,中国文联出版社,2009,第 119 页。

② 黎汝谦:《黎公家传》,转引自陈福桐《黎庶昌——贵州放眼看世界的第一人》,《贵州文史丛刊》1992 年第 3 期。

　　出生于沙滩文化氛围中的黎庶昌，受黔中著名文人郑珍与莫友芝等的文化熏陶，在古文、历史、地理等方面都有较深的造诣。在对中国历史文献资料的阅读中，黎庶昌早已熟知中日两国不仅在地理位置上是"一衣带水"的邻邦，而且中日两国的文化往来由来已久。日本不仅依据中国汉字演变创造出了日本文字，其国内也有不少崇尚中国文化的学者，他们广泛收藏中国古书，研究中国传统文化，而且还能写作中国古文和古诗，不少人还是研究汉学的专家，对中国文化有割舍不断的情结。黎庶昌知道，日本文士对汉学的热衷正是日本显著的文化特征，既然中日两国文化渊源如此深长，那么借助中国文化元素加强中日两国的文化接触，从而实现两国的友好邦交，就是切实可行的途径。但是，通过何种方式加强这种文化交流，却是一个很具有实践意义的问题。

　　在黎庶昌出任驻日公使之前，前任公使何如璋及其参赞黄遵宪等人与日本文士之间已有诗酒宴集的活动。诗酒宴集本为中日两国共同的文化传统，这种形式既为中国文人所熟悉，也为日本文士所喜爱。何不从中国传统民俗中选择一二佳节，作为诗酒宴集的背景，借以联络中日两国文士之间的感情，加深彼此之间的了解和增进友谊呢？经过认真的思考和反复的比较，黎庶昌认为中国民俗中每年三月三日的"上巳节"和九月九日的"重阳节"，是最适合中日文士诗酒宴集的佳节。之所以适合，一则两个节日一在春季，一在秋日，春秋两季最为文人遐思的季节，所以若在此两季节设文酒之宴定能助益文思；二则"上巳节"是中国民间习俗中三月三日到水边采兰嬉戏，以驱除不祥的修禊日，且有王羲之修禊宴集的典故，颇具文人雅意；而"重阳节"更是中日民间习俗中登高望远的佳节。三国时魏文帝曹丕《九日与钟繇书》中，就已明确写到重阳的宴饮之乐："岁往月来，忽复九月九日。九为阳数，而日月并应，俗嘉其名，以为宜于长久，故以享宴高会。"[①] 晋代文人陶渊明在《九日闲居》诗序文中说："余闲居，爱重九之名。秋菊盈园，而持醪靡由，空服九华，寄怀于言。"[②] 该序文还提到菊花和酒。大概在魏晋时期，重阳日已有饮酒、赏菊的做法，直至唐代重阳才被正式定为民间的节日。每年春风和煦的春季与秋高气爽的秋季，选择空旷

---

①　转引自秦观《淮海词笺注》，四川人民出版社，1984，第44页。

②　贾延祥注评《陶渊明诗文选》，黄山书社，2008，第83页。

幽雅之所，诗酒宴集，以文会友，宾主欢聚，既可品茶清谈，亦可饮酒赋诗，或是鉴赏书画，黎庶昌相信这样的宴集形式一定会深得日本文士喜爱。

诗酒宴集的方式，既可迎合日本朝野文士追崇中国文化的兴趣，满足他们研究中国文化的要求，同时也为黎庶昌借助民间文化交流开展国家外交，搭建了重要的桥梁。于是，黎庶昌从他出使日本的第二年（1882 年）开始，每逢春秋佳日之时，常选择幽雅空阔之地，盛邀日本朝野文士诗酒宴集。东京的芝山（中国使馆所在地）西侧的红叶馆，由于地处芝山之高，得地势之便，可凭高望远，视野极为开阔，所以成为中日文士诗酒宴集的首选之地。参加宴集的不仅有日本文士，有时还有朝鲜文士参加。在出席宴集的日本文士当中，不仅有皇宫大臣，还有平民百姓；既有年届八十的高龄老者，也有二十出头的青年后生；还有父子两代，也有兄弟数人。首次宴集虽然只有十几人的规模，但后来宴集的规模都超出了第一次宴集的规模，人多时竟有近百人之多。参与宴集的日本文士，大多是酷爱中国文化与擅长中国诗文的博雅之士。每次宴集之时，各国文士觞咏流连，无拘无束，欢欣雀跃。每到酒酣耳热之际，便兴之所至地赋诗抒怀，不仅表达朋友结谊深情，更抒发国家友好的愿望。到 1890 年（光绪十六年）的下半年，黎庶昌第二次出使日本的任期即将结束，在行将离任之时，为他饯别的中日文士之间的诗酒宴集更是从秋到冬，屡屡不绝，可见日本文士对于黎庶昌公使的留恋。

黎庶昌出使日本，首先当然是以外交使臣的身份行事，然而，他却能将其使外文臣的身份与文化学者的身份很好地结合起来，在官方层面的外交事务之余，黎庶昌充分发挥文学和文化交往的沟通功能，在日本朝野文士之间开展广泛的文化外交，这种外交虽然有时候也具有官方外交的性质，但更多时候是中日两国文士文化意识在文学和文化交流中的呈现。中日文士通过宴集等文学和文化交流形式所获得的文化愉悦，则带有更多的民间色彩。

黎庶昌发起中日文士宴集并进行诗词唱和，正是想要通过这种半官方的民间文化交流方式，加深中日两国同文之谊的文化认同，从而使诗酒宴集这种半官方的文学文化交流形式，成为官方外交的有益补充。黎庶昌在日本十分重视宴集这种半官方的外交形式，虽然有通过宴集活动改善中国在日本的外交困境之意，实际上也取得了良好的效果，但宴集更对中日文学与文化的交流产生了积极的推动作用。

日本明治维新以来，为寻求国家富强，以一些青年武士为主要领导人的日本改革派，多倾向学习西方，他们对西方强国的法律、军事、科技等极为推崇，致力于实现日本的工业化。相形之下，日本国内对于汉学的热衷程度就日益衰微了。黎庶昌召集中日文士所举行的宴集，并不仅仅是应酬之举，宴集活动充满了中国文化的元素和韵味，中日文士还常常通过以文会友的形式互相诗词唱和与切磋汉学。从某种意义上说，宴集活动不但给中国带来了外交形象的改变，而且再次激发和鼓舞了一部分日本汉学家倾慕和研究汉学的信心。日本海军省属官西岛醇就在1890年的《红叶馆宴集记》中这样写道：

> 顾我邦与清国，国为唇齿，文为同文，而其交不在寻常之比也。醇窃有所感者：古者延喜，天历以还，崇儒术、重礼乐，民物雍熙，海内安义。降迨德川霸府，聘惺窝、罗山二大儒；后又有宽政三博士出，文运隆盛，学术醇正。明治中兴以后，益仰虚文，尚实学；制度文物，参酌泰西之法，国势愈振。然而古老学士渐将就衰损凋谢。幸公有此会，于是凡士之以文学名者，率皆莫不在座，可谓盛也。
>
> 呜呼！文云之盛衰，关治道之隆替，信矣哉！若夫后人继踵不绝，清淑之气日旺，奎文之运月隆，致彬彬郁勃之盛，可卜知也。醇乃知今日之会，非仅主张风月以相娱而已。致他时勃兴之滥觞，则胚胎酝酿于此矣。遂叙以为黾勉从事，不忘其所繇焉。①

晚清派驻日本的黎庶昌等使外文臣，都是国内具有良好儒家文化修养的士人，他们之中不仅有黎庶昌这样学识渊博、能诗善文的领衔者，随行的孙君异、陶杏南、陈衡山等随员，也都是妙手能文的文章里手，这样一群使外文臣出现在日本文士当中，自然颇受日本文士的重视和尊

---

① 黎庶昌等著，孙点编次，黄万机点校《黎星使宴集合编》，贵州人民出版社，1992，第124页。

重。以黎庶昌为首的驻日使外文臣不但在与日本文士频繁的宴集交流中相互切磋文章诗词，显示了深厚的文化底蕴，树立了良好的中国文化形象，而且与日本朝野文士结下了深厚的友谊，为黎庶昌在日本进行的外交活动提供了重要的支持。

黎庶昌之所以能与日本朝野文士建立深厚的情谊，主要在于他待人处世的人格魅力，这是黎庶昌在中国儒家文化的长期濡染中所形成的中国传统士人的典型人格范式。黎庶昌在与日本朝野文士的交往中常常以诚相待，黎庶昌第一次出使日本时，在与日本文士藤野正启（海南）相互切磋汉学的过程中，彼此建立了深厚的友谊。当黎庶昌回国丁忧三年之后再度出使日本时，恰逢藤野海南离世，黎庶昌亲往为好友送葬，为其立碑并撰写墓志铭，还为其《海南文集》写序，后又悉心照顾藤野海南的孤女藤野真子。藤野真子也常到使署探访求教，与黎庶昌之妾赵氏夫人情同母女，黎庶昌与藤野一家交情深厚，他们的故事在日本颇有影响，一度传为美谈。

日本汉学家藤野正启夫妇及其女藤野真子（遵义沙滩"钦使第"挂图）

为表彰黎庶昌在促进中日两国邦交和文化交流方面所做的贡献，日本天皇特嘉奖叙勋一等，赠旭日大绶章，致词曰："鞅掌拮据，赞画有法，两国之交，赖以益臻和好"①，在民间，还有友好人士赠送黎庶昌以日本太庙神宝余铁锻制的宝刀（宝刀锋叶两侧淬有富士山图）和小苹女史绘制的手执仙桃的汉妆神女图，黎庶昌曾赋诗对此表示感谢：

---

① 丁慰慈：《黎庶昌传》，中国人民政治协商会议遵义市委员会文史资料委员会编《遵义文史资料》第30辑《郑莫黎专辑》，1997，第38页。

缟纻①联欢圣所褒，故人投赠等绨袍。

久要然诺通神女，自古交情脱宝刀。

铁泌富姿呈岳雪，查浮博望醉仙桃。

棣②华风谊存邻国，他日勤拳佛锦韬。

勋一等旭日大绶章。依据 1875 年（明治八年）4 月 10 日勋章制定文件
《明治八年太政官布告第 54 号》为基础而制定。大绶从右肩到左肋披
垂，副章佩戴在左胸。2003 年（平成十五年）11 月 3 日改为旭日大
绶章。

　　黎庶昌诗中所用"缟纻"，借古人缟纻互赠以示对友人珍重的典
故，表达出日本友人对于自己的深厚情谊。而"棣华风谊存邻国"一

①　《左传·襄公二十九年》：吴公子礼"聘于郑，见子产，如旧相识。与之缟带，子产献纻衣
焉"。指友人间馈赠物品。韦庄《同旧韵》："既闻留缟带，讵肯掷著簪。"孙万寿《答杨世
子》："缟纻始云赠，胶漆乃相投。"
②　常棣，即"白棣"，喻兄弟。《诗·小雅·鹿鸣之什·常棣》："常棣之华，鄂不韡韡。凡今
之人，莫如兄弟。死丧之威，兄弟孔怀。原隰裒矣，兄弟求矣。脊令在原，兄弟急难。每
有良朋，况也永叹。兄弟阋于墙，外御其务。每有良朋，烝也无戎。丧乱既平，既安且宁。
虽有兄弟，不如友生？傧尔笾豆，饮酒之饫。兄弟既具，和乐且孺。妻子好合，如鼓瑟琴。
兄弟既翕，和乐且湛。宜尔室家，乐尔妻帑。是究是图，亶其然乎？"在《诗·小雅·鹿
鸣之什·常棣》中，"常棣"被赋予了兄弟情义的意义。"常棣"也写作"棠棣"。这首诗
表达了兄弟之间应该友爱的理念，后常以常棣代表兄弟。

句，更是借《诗经》中"常棣"这一文学意象，将自己与日本友人的情谊提升到兄弟般的程度。

黎庶昌任满回国之前，为其饯别的宴会几无虚日，而当他起程回国之时，日本朝野前来为他送行的人更是盈途塞巷，有情谊深厚者，竟追饯至数百里之外，颇有中国古人十里长亭相送的古风，此等热情相送的场面，使西洋各国外交使节称羡不已。黎庶昌在日本所受礼遇如此浓重，足以说明他对中日文化交往关系改善的努力已见成效。

三 黎庶昌唱和诗文及其多重文化形象塑造

在参加宴集的日本文士和学者当中，不少人对中国的历史文化及经史子集、诗词歌赋等是那样地熟悉和感兴趣，这使黎庶昌颇感振奋，也使他增强了对中国文化的自信。通过与日本文士的诗文唱和与文化交往，黎庶昌在东洋再一次确证了自己的文化身份。在自我与他者关系的思考中，黎庶昌在东洋所获得的文化自信，比其在西洋时要强烈得多。因此，在对待中日外交关系上，黎庶昌始终把日本看作中国的友好邻邦，并愿意努力促使中日之间长期的友好邦交，而他的这种想法，在日本朝野文士，尤其是那些深爱中国文化的日本学者当中，获得了较为广泛的呼应，就这一点来说，黎庶昌通过宴集活动不仅实现了他文化外交的目标，也成功地输出了中国文化元素。在日本明治维新"脱亚入欧"的时代浪潮中，能够唤起日本汉学界和中国文化爱好者的信心，这对中日两国的文化交流来说，无疑具有相当的历史意义。

黎庶昌以诗酒雅集的方式共叙中日情谊，在中日文士中的影响甚大。日本人石川英在《宴集编》序中说："春秋两会，公（笔者注：黎庶昌）吟一诗，众齐和之。传至边陬遐邑，或有推其韵、寻其声，寄知己朋友乞评者焉；有赋凭吊游览之什，相互赠答者焉。悉录之，更仆不可数也。然则，斯文命脉未可言堕地也。"[1] 诗酒宴集的消息传到日

---

[1] 黎庶昌等著，孙点编次，黄万机点校《黎星使宴集合编》，贵州人民出版社，1992，第 123 页。

本文士当中，未能亲赴宴集的那些"边陬遐邑"之文士，纷纷和韵，并将其诗作寄予友人评阅，相互赠答。黎庶昌举行的诗酒宴集，已经不再局限于特定的时间和空间了，诗文交友的范围得以扩大。更为重要的是，这种诗文会友的方式，在日本国内所造成的广泛影响，正是黎庶昌推崇中日文化交往所要达到的社会效果。也就是说，从国家外交的辅助性效果来看，黎庶昌借助中国文化元素所进行的诗酒宴集活动，引发了日本国内对于中日文化长久渊源的认同。

从黎庶昌所赋诗文以及日本友人所作和诗来看，友好邦交无疑是中日两国文士常常唱和的主题。诚如日本诗人秋叶斐在诗中所言："交邻有道诚能久，时局就平今可知。"也就是说，无论是国家邦交还是民间交往，只要中日两国都能以诚相待的话，就能出现和平稳定的局面。园山真则赋诗说："直是邮筒屡相寄，莫嘲帐下阿儿诗。"意思是说，即使黎庶昌离任归国，中日两国人士还可以通过书信往来加强联系和巩固友谊，并真诚地希望中日两国人民所结下的深情厚谊，能够世世代代延续下去。

黎庶昌采用诗酒宴集、以文会友的形式，对其官方层面的外交活动具有十分明显的辅助作用，其作用表现为两方面，首先是日本文士黎庶昌外交官形象的认可，其次是由于这种认可所产生的中国外交形象的改善。

黎庶昌博学多才、气度非凡的外交官形象，在日本文士对黎庶昌的认识与评价中得以凸显。在日本文士眼中，作为外交官的黎庶昌是一个"器宇恢宏"、气度非凡的人物。藤野正启认为，黎庶昌不仅具有气质非凡的风度，而且待人接物、与朋友交往，"不设城府"，能够坦诚相见，胸襟开阔。正因为黎庶昌无论是对老朋友还是新朋友，都能够热情相待，特别是在与日本文士的文字交往中，无论是切磋学问、酬唱赠答，还是撰写序跋，黎庶昌都"不问亲疏"[①]，一律平等相待，热情笔

---

① 黎庶昌等著，孙点编次，黄万机点校《黎星使宴集合编》，贵州人民出版社，1992，第 183 页。

耕。中日文士借诗酒宴集的形式以达到"相与达款诚、联情好"的目的。在文酒之宴的友好交往氛围中,黎庶昌本人杰出的道德文章以及交友的诚挚态度,逐渐为日本友人所了解,从而更增加了日本友人对他的敬仰和信赖。77岁的老儒浅田常在《奉送大清公使黎公序》中,对黎庶昌的文章事功有较为中肯的评价:

> 余尝读张裕钊《濂亭文集》,知黎公出处阅历;又阅其《家集》,知一门之美,棣萼之芳;又诵吊徐福墓诗,知访古之志笃;又观《藤野伯迪墓志》,知交谊之厚,不异海之内外。呜呼!若公,可谓全才之君子矣。
>
> ……
>
> 苟达观宇宙之大,泛交海外之名士,多读天下之奇书,身为高官达爵,施所学于事业,泽被于民,文传后世。如此而始为称天生才之意,而公庶几之,岂可不谓天下之全才乎!
>
> 闻公尝出三峡,泛吴楚,东之齐鲁,观河岳之胜;北游燕京,穷津门,航海还吴,浮沉江淮之间;而又奉使于泰西与东瀛,目穷纵横三万里,胸储上下二千年,宏廓阔大。发为文章,施为经纶,负国家之重而副海内之望;西游东涉,信非徒然也。[①]

可见,黎庶昌无论是人品还是文章,都得到了日本文士的认可,更赢得了日本文士对他的敬仰与尊重。深知黎庶昌人品文章的日本文士重野安绎指出,黎庶昌在担任驻日公使期间,一方面以其"忠信笃实"和热情平易的品格,深受日本文人学士的欢迎与爱戴;另一方面则以其"通古今、明治体"的学问与才华,在中日两国的外交事务中,坚持原则、妥善地处理了中日两国"休戚"相关的许多棘手问题。重野安绎在《枕流馆集序》中这样写道:"顾使命之任,两国休戚之所系。其人

---

① 黎庶昌等著,孙点编次,黄万机点校《黎星使宴集合编》,贵州人民出版社,1992,第181页。

非忠信笃实、通古今、明治体则不能。黎君先驻英都数年，谙熟泰西事情，泰西人士皆称其贤。迨转来我邦，以使署余暇，采访古书，著《古佚丛书》，梓以公世；好古之士，赖得以资考证。顷者，吾友藤野海南殁，黎君亲往吊问，送其葬，慰其遗孤，遂至铭墓上。情谊恳到，闻者感叹。呜呼！黎君通今笃古，而挚于其所交也如此。此特予辈耳目之所及；至其忠信处使事，使两国交际亲密无间，盖亦可推而知已。"①重野安绎对黎庶昌的言行风范，给予了较为客观的评价，既高度肯定了黎庶昌作为外交官的外交能力，也赞扬了黎庶昌作为一名学者所具备的学养，更肯定了他作为一位朋友所具有的真挚与坦诚。所以重野安绎从各个方面都信赖和敬仰黎庶昌。黎庶昌在日本文士之中的这种人格形象，也正是巩固中日邦交、消弭隔阂和分歧的重要基础。

　　黎庶昌在与日本文士的交往中，以宽厚仁义和热情友善的态度赢得了日本朝野人士的广泛认可，而在处理国家间的外交事务时，黎庶昌则表现出了一名外交官所特有的外交风格与气度。依田百川就说，黎庶昌"二使吾邦，驻扎东京数年"，在与日本内阁大臣的交相往来中，"相交以礼"，即使是迫于形势必须"进退周旋"，"亦莫不由道焉"。"吾闻南北时，梁使每入邺下，为之倾动，贵游子弟，盛饰聚观，馆门成市。黎公之于吾邦，殆类之。非使命得其人，安能至此。"②黎庶昌在处理外交事务中，始终坚持道义标准和外交规范，所以就算中国国力不如日本强盛，他依然能够在强权外交的氛围中，不亢不卑地履行外交职责，从而展示出中国外交官所具备的那种文明风范和礼仪风度，也为国家赢得了尊严。

　　黎庶昌在处理有关民族尊严和涉及华侨利益的保护等重大问题的时候，常常"刚健果决"且"百折不易"。特别是在与日本外务卿井上馨交涉华侨魏亦鳌冤死事件上，黎庶昌表现出坚定的外交立场和不

---

① 黎庶昌等著，孙点编次，黄万机点校《黎星使宴集合编》，贵州人民出版社，1992，第70页。

② 黎庶昌等著，孙点编次，黄万机点校《黎星使宴集合编》，贵州人民出版社，1992，第183页。

屈不挠的外交风度。当时日本长崎的巡警借查缴鸦片之名，将华侨魏亦鳌殴打致死。黎庶昌了解到事情的真相原委之后，立即展开外交交涉。他向日本外务卿井上馨提出了严正的抗议，并要求日方严惩凶手。但是井上馨起初以盛气凌人的态度，进行狡辩，想为凶手开脱罪责。于是两人便在"误杀"和"故杀"、"不应抵罪"和"应抵罪"等方面进行了激烈的争辩。黎庶昌从保护华侨利益的角度出发，按照相关法律，据理力争，毫不妥协，日方最后不得不惩办凶手和抚恤受害者家属。

　　黎庶昌在担任驻日公使期间，与日本朝野文士有广泛而深厚的交往。他为故友藤野海南撰写墓志铭、立碑碣，并照料其遗孤藤野真子，更被中日两国人士传为佳话。当黎庶昌 1884 年丁忧回国之后，日本尚有不少文士时时想念他。孙君异在《枕流馆集记》中就说："往年春，余来东都，与其贤士大夫游，每为余道黎大使之贤，殷殷询近状；汉学诸子，尤称颂不置。天下事，当局或不免贡谀，及其去且久，而津津不少衰，则其贤可征信矣！"① 黎庶昌在日本交游广泛，上自朝廷亲贵大臣，下至民间布衣草莽，既有年届八十高龄的老儒，也有二十来岁的青年，甚或是父子两代，昆仲数人不等，均与黎庶昌坦诚相待，蔼然相亲。小山朝弘在《奉送莼斋黎先生还国序》中深有感触地说："夫先生学德赅备，名位隆崇，向派驻西洋，又来我邦，前后两次，善修邻好，而于我情谊最密。余每进谒，先生开廓襟抱，谈笑哑哑，使人在乎春风和气之中。"② 黎庶昌在日本，可谓深得日本朝野文士的敬重和喜爱。这一方面来源于这些日本朝野文士对中国文化的认同与尊重，另一方面，黎庶昌作为一位颇具国学修养的中国人所具有的那种学养和文采，也是颇令日人所敬仰的。日本学士大夫，无不以能与黎公使交游为荣。诚如依田百川（学海）在《奉送钦差大臣莼斋黎公序》中所言："钦差

① 黎庶昌等著，孙点编次，黄万机点校《黎星使宴集合编》，贵州人民出版社，1992，第 73～74 页。
② 黎庶昌等著，孙点编次，黄万机点校《黎星使宴集合编》，贵州人民出版社，1992，第 183 页。

大臣莼斋黎公……亦好优遇士人，文字往复，不问亲疏。是以我学士大夫略涉文墨者，以不知黎公为耻。"① 景仰之情，溢于言表。

1888 年 10 月，日本文士在枕流馆设文酒之宴对黎庶昌再任驻日公使表示欢迎。日方东道主为重野安绎、星野恒、南摩纲纪、龟谷行等日本汉学界颇有声望的人。黎庶昌即席吟诗，对重野安绎等友人的热情友善表示谢忱，诗云："愧余忝任皇华节，结好惟凭信与忠。"② 此诗表达了黎庶昌信奉和推崇以"信与忠"的品格处理中日两国的交好，也代表了中国儒家传统文化塑造的中国外交官的一种形象。

文酒之会的诗文唱和，说明中日文士之间的文酒之宴，并非只是热衷于赏花弄月的一般文酒之会，其中蕴含着厚重的国家意识。应该说，这种文酒之宴，确实是正式外交的一种补充。它虽以文会友，却在潜意识中涌动着国家意识的暗流，只不过形式上看起来更为随意和不受拘束。但显而易见，文酒之会，并非醉酒醉文，所谓"醉翁之意不在酒"，出于各自不同身份而产生的对于国家关系的思考则成为文酒之会不可回避的话题。黎庶昌正是想通过文酒宴集文化交流的形式，重塑中国形象，赢得与日本平等对话的外交权利。

对黎庶昌而言，出使日本的目的是处理好中日之间的邦交关系。在日本，能够遇见并识交一些喜好中国文化的朝野文士，这使深悉中国文化的黎庶昌颇感欣慰，因为这些熟悉并喜爱中国文化的日本文士，使中日之间能够在文化层面达成较多的共识，而在文学的审美趣味上也能够较容易地找到自己的知音。这一方面增加了黎庶昌对日本文士的亲近和好感，另一方面无疑加重着他的国家情结，因此黎庶昌本人对中国文化的珍重也就日益明显。在出使日本期间，他之所以要对散佚在日本的中国古籍版本进行收集整理（这些版本在中国早已散佚），一方面不仅是黎庶昌熟悉中国典籍的遗存状况，是中国传统士人重视保存古典经籍情

---

① 黎庶昌等著，孙点编次，黄万机点校《黎星使宴集合编》，贵州人民出版社，1992，第 183 页。
② 黎庶昌等著，孙点编次，黄万机点校《黎星使宴集合编》，贵州人民出版社，1992，第 79 页。

结的一种表达；而另一方面，则是黎庶昌亲身体验了日本国人对中国文化的喜爱，这就从反面产生了推动他善存自己传统经籍的行动。正是这样一种来自于异邦"他者"的反观，产生了对自我文化身份的合理定位和认知。

无论是在个人交往的情谊上，还是在处理国家外交的重要事务上，黎庶昌表现出来的个人修为和外交能力，无不深受日本举国上下的称赞，他也因此为自己塑造了良好的外交官形象，极大地促进了中国在日本外交的形象改善。黎庶昌在启程归国之日，日本群众自动地欢送他，以至于出现"塞途盈巷"的局面，甚至还有人追至数百里送别，日本友人对黎庶昌离开日本的那种盛况空前的欢送情景以及依依不舍的眷念之情，从一个侧面充分说明了黎庶昌在日本所推行的文化外交策略及其重塑中国形象的努力所获得的成功。

第五节　黎庶昌与日本文士的文字交往及其对日本汉学发展的促进

一　日本明治时期关于汉学的争议

1881～1894 年这一历史时期，是中日关系逐渐发生重大变化的时期，也是明治维新以后，日本近代汉学①孕育萌生的关键时期，而黎庶昌正是在这样一个历史时期出使到了日本。通过与日本朝野文士的广泛

---

①　汉学：西文 Sinology/Chinese Studies，指国外研究中国的政治、经济、社会历史、哲学宗教、语言文字、文学艺术、天文地理、工艺科技等各种学问的综合性学科，又称中国学。从汉学发展的历史和研究成果看，其研究对象不仅仅是中国汉民族的历史和文化，实际上是研究包括少数民族历史和文化的整个中国的学问。由于汉民族是中国的主体，而且汉学最初发轫于汉语文领域，因而学术界一直将汉学的名称沿用下来，也有学者用中国学来称呼传统的汉学，其研究范围有广义和狭义之分。广义汉学包括了中国的社会科学和部分自然科学；狭义的汉学只涉及哲学、宗教、历史、语言文字等部分社会科学，诸如传统的版本、目录、校勘、音韵、训诂、考证等。从课题方面看，汉学涉及中国社会生活中已经发生和将有可能发生的各种事态，从学科体系看，汉学囊括了中国已经建立起来的所有知识形态。

接触，黎庶昌真切地感受到了日本汉学的生存状况。中国传统的思想和学风，在日本社会依然具有相当的影响力，而新兴学风也正在开始展现出强劲的生命力。然而，虽然新的学术思想正在孕育萌生，但是还未能系统地阐明自己的理论主张，也未能拿出足以令人信服的研究成果，具有足够代表性的学术大师还没有出现。日本新汉学的确立，在新和旧、传统和现实的斗争中，也有待历史的洗礼。新汉学将要从日本传统的学术土壤中萌生，但在确立新汉学的过渡时期，却充满了种种关于汉学的争议。

日本明治时期，汉学的不断争议的主要是汉学当不当废的问题。随着日本对中国的态度由尊崇向鄙夷演变，日本学界对于汉学所持的否定态度也日益凸显。以德富苏峰为代表的一些日本学者，对中国儒家的政治伦理道德等规范充满质疑，针对日本国内部分儒者对于"必须得尧舜之君，可行尧舜之道"等儒家政治伦理规范的信守，德富苏峰坚决批判了儒家伦理思想的落后性：

> 其君为尧舜之君，儒者为尧舜儒者，政治为尧舜政治，然而奈何时非尧舜之时，民非尧舜之民，欲向此人民，在此时代而布尧舜之政，犹所谓欲以对待鸡蛋的方法对待小鸡，以对待昆虫之法对待蝴蝶，一旦行之，必然误其君，误其民，误其国家，误其自身。①

当然，德富苏峰的批判虽然尖锐，但他的批评也还是在于探讨儒学的政治理念，并未完全脱离儒学体系的范畴。比德富苏峰等人更为彻底地对中国儒家学术传统进行批判的，则是借助西方文化来比照中国文化，当时有日本评论这样写道：

> 迄于近代以前，欧洲诸国的学问，也不免基于空理空想。在

---

① 〔日〕德富苏峰：《自由、道德及儒教主义》，转引自《明治文学全集·德富苏峰集》，筑摩书房，1974，第37页。

16 世纪之际，哲学家培根出，主张实验，强调因理学而增加社会的公利公益。其后，聪明学者相次而起，瓦特氏发明蒸汽力，为铁道、为汽船，或变而为种种器械，以制造货物兵器；又有富兰克林氏发明电气力，为电信、电灯，以至人生利益日日进步。于是，国民之心全起而倾向实利，互相竞争，遂造出如今日之开化。论其政体，则尊有实益的自由政治，说其经济，则因有实益之自由主义，社会事物，一概从实际出发而基于实利。如今日法国攻击支那之器械，皆系基于此实利科学的原则而制造者，自军舰、军器，乃至衣服粮食，尽于实验上出利益。然支那所用军器，与其说是适于实用，不如说是属于虚饰；其军队号称百万，而临实际，欲用一二万尚不能办，其枪械有数十万，多为不适今日实用之旧军器。据云，其军舰也大半未加修复，处处生有破损。何以如此？乃支那人崇空想而轻实用所生之弊害……今日清法战争，乃是空想开化和实用开化之战，以虚敌实，其胜败所在，当可预知。然世之顽冥论者，深崇支那，以为其受欧洲诸国之苦，乃是出于一时之偶然原因，不能进而探究其根源，以为非支那之学问，无以维持社会秩序，反称欧洲之开化为空理虚饰，亦可笑之至。①

这是 1885 年中法战争以后刊发在日本报刊上的一篇文章中的言论，这篇言论切实地道出了日本在面对世界局势的剧烈变化中，对于如何选择自己发展道路的一种思考，这种思考和日本民族在长期的历史发展中所形成的特点是密不可分的。日本民族在自身历史发展的过程中，形成了自己民族崇尚实用的显著特点。日本从中国和西方列强的屡次较量中清醒地看到，腐化落后、"崇空想而轻实用"的清王朝屡屡失败，已经被世界潮流所淘汰了。文章告诫日本国人若想以中国之学问，维持日本之社会秩序的理想也终究不过是不切实际的可笑想法罢了。因此，以前

---

① 〔日〕芝原拓自、猪饲隆明、池田正博编《日本近代思想大系 12·对外观》，岩波书店，1988，第 306 ~ 307 页。

所尊崇的中国就不再可能成为日本之师了。在国家实力悬殊的现实面前，日本涌现出种种对中国质疑和离弃的观点，也从一定程度上反映了当时日本社会舆论对汉学的态度。当然，即便是在这样的时代氛围中，也尚有不少日本有识之士对汉学持推崇和敬仰的态度，中村敬宇于1887年（明治二十年）5月8日发表的"汉学不可废论"，就是其中最具有代表性的观点。中村敬宇的言论共分为4个部分，其要旨在于：

（1）"真理与妄想之事"。中村敬宇强调要分清真理与妄想，所谓真理，中村敬宇认为："物理学也罢，力学也罢，由经验，由比较，由推测，由实证得者，皆为真理，至于教法（宗教理法），东西古今无别。"所以中村敬宇认为，在理性的学术和宗教理法中，都有真理的因素存在。

"支那经书中，有许多真理。教人敬天，爱人以良心，尽职分，一生为善，以国家为善等等，都是由古至今，启牖亿万支那人，脱于黑暗之地，受到上苍光明者。虽间有妄想之说，只系白璧微瑕，其岂可废耶！"

（2）"论汉学者之弊"。"汉学者或甚于自信，世以孔子之学为正，孔子之学以外者，皆视为异端邪说，是亦狭隘之见，自流于一偏。"

"吾邦汉学者，多不为尧舜禹汤之经济，文武周孔之傅薪的研究，不知崇敬天道。格物之学，仅存其名。所谓经学家，大抵止于论说文字章句，只不过如玩弄古董古物；所谓诗文家，大抵流于浮华，疏于实际。如此二者，俱与圣贤大学之道不相关，不晓日进日新之理，致使洋学占居上流。至其甚者，忠孝仁义之名目外，闻自主自由，权利义务，君民同治，共和政治等，便惊以为邪教，乃至视开明诸国为夷狄。怀如此井蛙之见，使汉学在世间益见卑下，岂非自取哉！"

（3）"论视支那历史如无用之误，并论支那之近事"。"吾邦于支那为邻国，人种同，文字同，千有余年之前至于中古，礼乐文物，工艺器具，无非大抵自支那朝鲜输入来者。儒佛二教，皆自二国传来。故幕府时代，朝鲜人来聘，其仪式甚为殷勤，且择学士文人以接伴。学士文人，亦以中选为荣。笔谈问答，诗文往复甚盛。来长崎商舶中的支那人，偶有能文事者，当时汉学者，颇为敬重，或事笔谈，或乞批正诗文，得一言之褒，思如金玉。然而自欧美外交事起，在吾邦则百事师彼。邦人或幻想自在支那人之上，产生卑视支那人之弊。夫卑视人者，其人自卑。君子于僮仆，尚且敬之，况他人耶！纵使吾为小国，卑视之心不除，已去文明远矣！"

（4）"有汉学基础者进而习洋学，有非常明显的效力"。"观今日洋学生徒，森然梃头角，可望前程万里者，皆系以汉学为根基者。长于汉学而能诗文者，于英学也非常长进，压倒会英文之同侪……"

"支那之书，译为英语者，为数甚多……英国人理雅各（笔者注：即 James Legge）氏起志译《十三经》，今何等成就耶？！余于明治十二年购得其所译《四书》、《书经》、《诗经》、

中村正直（1832～1891，
日本启蒙思想家，
别名敬宇）

《春秋》，《春秋》中加有《左传》。理雅各氏在《支那经典·序文》中曰：'中国人为人类中最大的家族，深思熟虑者，欲知此亿万人民及历经数千年故国之事，故余以译中国经典为务。'理雅各氏于《诗经》有两译，一在《支那经典》中，依其原文，不敢自放。另一则拟英诗体裁，自由译出，余近又购得英译《庄子》。汉学者若欲为英学，以上述诸书，英汉比较读之，得互相发明，甚为有用，自不俟论，其乐趣也当无限。余儿辈有一时废汉学之惩，故论此以质之于学士诸君云尔。"①

中村敬宇的"汉学不可废论"在明治维新时代，也是日本汉学界

---

① 〔日〕大久保利谦编《明治启蒙思想集》（明治文学全集3），筑摩书房，1967，第319～
326页。

颇具代表性的学说。从上述关于汉学兴废的论争观点可以看出：

首先，日本社会对汉学的关注和论争是随着日本国内局势和当时世界局势的变化而发展变化的。论争所表达的日本社会的中国观对于日本对中国推行的交往政策有着重要的影响。1881 年以后到甲午战争这段时间，日本中国观的基本倾向是逐渐强化对中国的批判和鄙视态度。

其次，在这些关注和论争中，中国文化受到了日本社会前所未有的审视和批判。无论是对中国和汉学持严厉的否定态度者，还是对其抱有相当好感的人，都明确地感受到了这种传统文化自身所存在的问题和局限，可以说，双方都对中国传统文化和汉学进行了深入的剖析和批判。而且，双方所指出的问题，也具有相当的共性。他们批判中国传统文化问题时对西方思想资源的引入，也是日后中国对自身传统文化的批判所常采用的方法。日本学界关于汉学的论争不但说明中国传统文化以及传统汉学确实存在适应时代发展需要的问题，而且批判者和批判思潮之间的相互论争更有利于汉学的合理定位。

当然，对汉学持不可废论的人，并非否认汉学中存在的问题，而恰恰是在感觉到了汉学的问题和局限之后，对其加以历史的辩证分析，为汉学的应当存在寻找充分的理由。日本的汉学不可废论者对日本汉学发展的未来充满信心，尽管他们有些论点在今天看来并不那么合理，但是正是这些汉学不可废论者的自信、真诚和内蕴的能量，为日本汉学在明治时期克服艰难、走出困境提供了有力的支撑，为日后日本近代汉学的成长和发展奠定了重要的基础。

二　黎庶昌多重文化身份及其对日本汉学发展的促进

黎庶昌 1881 年、1887 年作为驻日公使两次出使日本的时间，正是日本国内关于汉学存废问题争议较激烈的时期，黎庶昌对此不可能没有察觉，1888 年黎庶昌在《日本正六位藤野君墓志铭》中对其故友藤野海南表示悼念之情时就写道："君本以汉学著称，自国内改尚西法，仕东京二十年，不甚显，由昌平学校教授，充编修官，凡十迁至正六位，勋六等，与重野安绎、岩谷修、长松干数辈，先后同官，始终不离修史局。"① 在这段文字中，黎庶昌已经意识到藤野海南在日本研究汉学的处境，"仕东京二十年，不甚显"，原因在于日本明治时期已"改尚西法"。作为一名对中国文化颇有研究的学者，黎庶昌十分关注日本汉学的发展状况及其走向，而他的关注和见解，主要体现在他为日本朝野文士相关著作所写的序跋等文章中。这些序跋，既呈现出黎庶昌与日本文士交好的种种情谊，也展示了他对日本文士的学术研究和文学创作的种种有价值的评论。

黎庶昌为日本朝野文士的著述撰写序跋，实际上对日本汉学的发展也具有相当的推动作用。黎庶昌不仅在人品修为上深受日本文士喜爱，其学术文章更是深得日本文士的敬仰，是日本朝野文士所认可的文化使者。因此，黎庶昌深厚的中国文化学养，使他对日本文士的学术研究及文学创作的评论也颇具分量，日本文士可以从他的序跋等评论中获得灼见，以利于自己今后研究和创作取得更好的成就。而且在日本国内汉学"当不当废"的喧嚣声中，黎庶昌所给予他们的认可和鼓励，又为他们在汉学道路上坚定地继续走下去注入了新的力量。

日本的学者、诗人多喜以自己的诗文或学术专著求正于黎庶昌，并常以获得黎庶昌的赐序为荣。黎庶昌在其《拙尊园丛稿》中，收录有其为日本故友藤野海南所写的一篇墓志铭，还有为其他日本文士著作所写的 15 篇序跋。在这些序跋中，既有黎庶昌对日本文士作品坦率中肯的评价，也有对相互交往情谊的描述。黎庶昌在《海南文集序》中，记述了他与日本文士之间文字交往的大概情形："始余之来东京也，宫岛诚一郎（栗香）首因何君子峩以交于余，得读其《养浩堂诗集》，介为之序。既又因栗香以跋元田东野之诗。而老儒森君立之精考据学，自为寿臧碑，余亦尝书其后。后益内交重野安绎（成斋）、川田刚毅（卿）、中村正直（敬宇）、岛田重礼（篁村）、三岛毅（远叔）、冈千仞（天爵）、龟谷行（省轩），皆博雅多识，而以能文见称。以余之喜

---

① 黎庶昌：《日本正六位藤野君墓志铭》，转引自刘海粟《花溪语丝》，贵州美术出版社，1987，第 108 页。

古文辞也，往往过从，出其所作相质证。而天爵《尊攘纪事》，余又序之。最后乃交海南。"①

黎庶昌文中提到的海南，名藤野正启，字伯迪，号海南，在日本修史局做事，曾任教授、编修官，并受过正六位的爵位。藤野海南一生倾心于汉学研究："汉行而唐服，褎然君子儒也。"② 经人介绍与黎庶昌相识，在交往中二人情谊日浓。1884 年夏天，黎庶昌游伊香保，与藤野海南在逆旅中邂逅。两人在山中逗留好几日，讨论汉学兴废和矿泉原理。当时藤野海南正在点勘《荀子》一书，常手不释卷，每有疑虑，便与黎庶昌商榷。临别之时，藤野海南的女儿藤野真子还为黎庶昌弹琴作歌以志别意。藤野真子不但品貌端庄，而且文才也佳，给黎庶昌留下了很好的印象。真子自幼就随其父亲藤野海南修习汉学，汉学功底较为深厚，她不仅工于汉诗文，还善书法，是一位颇有才华的女子，真子对于中国古典诗词的喜好，还在她与黎庶昌的随员陈矩的交往中留下了一段翰墨佳话。

贵阳诗人陈矩（字衡山）曾随黎庶昌赴日本任职，其诗风与王渔洋颇为接近。真子对王渔洋"神韵"派的诗歌尤为欣赏，于是当她读到陈矩的《悟兰吟馆诗集》时，欣喜之余便将其中《秋柳四首》书于屏风之上，以便朝夕相对诵读吟咏。陈矩的一位朋友黄燮卿见到真子手迹拓本之后，特作一阕《如梦令》，词曰："秃笔一枝如帚，扫却离愁三斗。试唱画中词，字字美人香口。秋柳，秋柳，百倍旗亭赌酒。"黄燮卿还附注曰："衡山先生《秋柳诗》脍炙人口久矣。日本女士藤野真子工诗，善章草，尤爱咏先生诗，谓得渔洋三昧。自写《秋柳四首》于屏。余尝见其拓本，斌媚可喜。窃谓人生得一知己可以无憾，况才如藤野，古今曾有几人！先生得此，夺于万户侯矣。爰题小令，聊博一

---

① 黎庶昌：《拙尊园丛稿》，沈云龙主编《近代中国史料丛刊》第八辑，台湾文海出版社，1967，第 462 页。

② 黎庶昌：《日本正六位藤野君墓志铭》，转引自刘海粟《花溪语丝》，贵州美术出版社，1987，第 108 页。

綮。"① 黄夒卿的词在称颂陈矩之诗得一知己之幸之时,对藤野真子的艺术才华更是赞赏有加。

黎庶昌 1884 年再度出使到日本的时候,听说藤野海南已去外地养病,未曾得以晤面。春节之时,海南还给黎庶昌手书祝节;可是不出一月,却传来了藤野海南去世的消息。黎庶昌特地去为藤野海南送葬,并为他立碑和撰写墓志铭。重野安绎等日本汉学家认为在日本汉学日益衰颓之际,藤野海南之文当梓以行世,而此时若能得黎庶昌这位中国挚交和文化使者为藤野海南的文集作序,不仅可以告慰九泉之下的故友,更可以借黎庶昌这位中国学者的声望,鼓舞日本汉学界的信心,因此藤野真子特地恳请黎庶昌赐序:"妾不幸遭先人大故,弱质不任事。有弟年幼,后时树立不可知,恐不瞑先人地下。谨惟先人之在世也,阁下许之以交;及其没也,辱之以铭。今重野君将谋梓其文,若幸得一言以为序,因以传于世,则先人死骨不朽矣。"② 情辞恳切,黎庶昌深受感动,特为文集写了序。黎庶昌与藤野海南论文旨趣相同,于是援笔写道:"海南阒然内修,不自表襮。于文章趣向桐城,亦取曾文正公阴阳刚柔之说以自辅,为文醇实有法度。设异日有嗜古好奇之士,欲裒辑日本古文以成一编,如曲园俞君《东瀛诗选》故事③,则海南其名家也。"④ 此序对藤野海南的文学风格和文学成就给予了中肯的评价,既指出了藤野海南为文与其意趣趋向于中国桐城文法,也指出了其为文对曾国藩"阴阳刚柔"之说的采纳,并且形成了自己"醇实有法度"的风格,并肯定地指出在将来一旦有中国学者如俞樾编辑《东瀛诗选》之类的集子的话,必将藤野海南列入日本古文名家之列,这是对藤野海南文学成就的一种肯定。毫无疑问,这也是对日本汉文学创作的一种鼓励。藤野真子自父亲海南辞世以后,黎庶昌及其夫人赵氏怜其孤弱,抚之如自己

---

① 任索:《陈衡山的〈秋柳〉诗与藤野真子》,《贵阳志资料研究》1987 年第 13 期。

② 黎庶昌:《拙尊园丛稿》,沈云龙主编《近代中国史料丛刊》第八辑,台湾文海出版社,1967,第 461 页。

③ 我国清代学者俞樾曾编辑《东瀛诗选》。

④ 黎庶昌:《拙尊园丛稿》,沈云龙主编《近代中国史料丛刊》第八辑,台湾文海出版社,1967,第 462 页。

的子女，"时招慰谕训诲无不至"，感情之深，如同亲生父母。

1890 年在黎庶昌即将离任回中国时，特意宴请真子母女以作告别，数日后，又邀冈本黄石和真子在丸木利阳附近拍摄了三人照，并赠予真子一张，真子将其珍藏悬挂于室内，以示对黎庶昌的想念。日本服部嘉修藏有藤野真子写的《题与冈本黄石翁合影相后》，高 18 厘米的卷纸上以 11 行、每行约 11 字的楷书写道：

　　题与冈本黄石翁合影相后

　　清国钦差大臣莼斋黎公与先君交谊最厚。先君即世后，公尚不忘昔恩。眷如父子。是所谓推乌爱者邪。明治庚寅，公任将满，特设宴招待余母子，告别且曰："予留贵邦三年，交友不为少，而尤爱尊公与冈本黄石翁。恨尊公既逝，翁年八十，矍铄有仙态，言语应对殆类壮者。请与（俱）照一影相。尊公已不可见。得见子亦可以已矣！"后数日，延翁及余抵丸木利阳氏，合影及成惠一叶。呜呼，先君已不得与公樽酒论文，此恨何极！而今公又将归朝，不知余母子依谁树立，万感蝟集不能禁，乃装悬诸宝，以永仰高德。余所著衣，盖亦公赐也。

　　　　　　　　　时明治廿三年十月，藤野真子识

黎庶昌看到这段文字后作评语曰："情真语，挚读之使人恻然。"[1]

光绪十六年（1890 年）九月，黎庶昌遣夫人赵曼娟领着儿子尹聪归国，返回故里为其办理婚事。十月末，尹聪从武昌来电告知：其母病逝于湖北嘉鱼县簰洲司。赵氏终年仅 36 岁。鉴于藤野真子与赵氏夫人平素相处的深挚感情，黎庶昌特意恳请真子为赵氏撰写墓志铭。藤野真子闻听赵氏夫人去世的噩耗，也顿时"惊叹若狂""悲恸不能言"。1891 年黎庶昌回到遵义营葬赵氏，真子亲手书写的赵氏墓志铭也寄达遵义，黎庶

---

[1]　〔日〕石田肇：《藤野海南与黎庶昌的交往和友谊》，陈履安编译，《贵州文史丛刊》2000年第 2 期。

昌找人照真子手迹勒石刻碑。1982 年秋，该墓志铭被后人从地下发掘出来，不仅确凿地见证了一段中日人民友好交往的深情厚谊，更说明继藤野海南之后的藤野真子，在汉学修养上已非寻常，日本汉学后继有人。黎庶昌恳请藤野真子为赵氏夫人撰写墓志铭，除了对于真子与赵曼娟二人亲如母女关系的考虑之外，对于以真子为代表的日本汉学新生代的信任和鼓励，恐怕也是其题中之意。藤野真子所撰墓志铭全文如下：

清国钦差大臣黎公夫人赵氏墓志铭

夫人姓赵氏，字曼娟，苏州人。黎公为钦差大臣来驻本邦，夫人从而在使馆焉。先考伯迪尝辱知于公。其没也，公为树碑刻铭，又深怜真之孤，抚真如子。夫人亦视真不异所生，时招慰谕训诲无不至。每窃思真家与公家，万里隔海，东西异邦，而亲爱一至于此，虽本邦不易得也。

今兹公任满，夫人先公发。其抵上海，寄言劳问如平时。讵意行至湖北嘉鱼县簰洲司，染病数日，遽不起。实光绪十六年十月廿六日，夫人年三十有六也。讣至，真惊叹若狂。后数日，公枉驾来告以由，且曰："余归朝后。当返葬之遵义先茔次。今以墓志相属。"真悲恸不能言，唯唯而止矣！

已而自谓，先考交友不乏人，而公海外远客，信独及死后，义高于季札，是果何因也！今夫人不幸即世，公命真以志，是又何缘也！况公之教真，夫人之爱真，有深于家人骨肉者。然则，因缘殆有天命存焉，不关国之东西，海之内外也，真岂得以不文辞！

夫人为人温厚贞淑，涉猎书史，治家有法。其从公在本邦，外赞公当慈善之业，内抚悦人，合馆无间言。使公所以无内顾忧，处国事绰绰有余裕，声名赫灼于本邦者，未尝不由夫人赞助之力也。夫人在本邦日尚浅，而德之所及已如此；其在国在家，必有大且深焉者，惜真不能发扬之也。

生子一：尹聪。

铭曰：其声是凤，犹耳底存；其容似玉，犹眼底痕。讣音忽至，几许悲吞！恨海万里，波涛掀奔。不能墓下，焚香谢恩。

日本明治廿四年一月　藤野真子拜撰①

遵义沙滩出土清光绪十七年（1891 年）日本藤野真子书赵曼娟墓志

藤野真子所写墓志铭以行草书就，字体娟秀而俊逸，略带二王笔意，且兼章草风韵，书艺皆颇见功力。这篇墓志铭，是一位异国女子用汉语为一位中国外交官夫人所写的墓志铭，在中外文化关系史上极其少见，值得史笔一书。墓志铭真切地表达了藤野真子对赵氏夫人的沉痛悼念和深切敬仰之情，其抒发的真实情感，更是一曲中日人民友谊的深情赞歌。墓志铭是一种中国传统的悼念性文体，一般由志和铭两部分组成，志多用散文撰写，叙述逝者的姓名、籍贯、生平事略；铭则用韵文概括全篇，主要是对逝者一生做出评价，表示对死者的悼念和赞颂。藤野真子此篇墓志铭的写作，形式规范，文笔流畅，情辞恳切，感情凄婉动人，足可见其汉文已有相当功底。

在黎庶昌担任驻日公使期间，与黎庶昌交谊深厚者除了藤野海南父女之外，还有宫岛诚一郎。宫岛诚一郎（1838 ～ 1911），米泽人，号栗香。年轻时就以诗名。1870 年（明治三年），被征出仕待诏院，后转修史馆，后又为贵族院议员，有《养浩堂集》3 卷等著作。其父吉利，其

---

① 贵州省博物馆编《贵州省墓志选集》，1986，第 159 ～ 160 页。

子大八，都以文名，宫岛大八后主讲东京帝国大学的汉文课程。

宫岛栗香为人耿介，所交之人多为端人正士，与黎庶昌交游十年，情谊深厚。宫岛诚一郎精通汉学，且对汉诗及古文辞也有研究，其《养浩堂诗》两集均请黎庶昌为序。黎庶昌常往拜访，二人在养浩堂言谈十分投机，"二人者，傲然无复畔岸。于天下事知无所不言，言无所不罄。其于亚洲天时、人事、地利之故，亦筹之悉矣。栗香喜为诗，然不常作。余不善诗，栗香数强余为之。故其后集中，吾二人倡酬之作倍于他人。而栗香更谦下，每有作，必使余审定；颇有绳纠，栗香不余逆也。"① 二人之交好已达到知无不言，言无不尽，以至于对修正文章诗句毫不介怀的境界，友情之弥笃深厚可见一斑。黎庶昌再任驻日公使时与宫岛诚一郎故地重逢，曾用诗表达二人交往的金石之谊：

> 索居离别已三年，握手相逢一惘然。
> 信有断金能砺石，可曾沧海变为田。
> 扶桑浴日花争绥，枫树成林叶媚烟。
> 与子麴町区咫尺②，更联情话早樱天。

宫岛栗香，余之旧交也。三年前在此过从甚密。丁亥冬日重莅东京，相与道故，宛然如昨。书怀奉赠，即希政之。

黎庶昌

黎庶昌再任使臣期满回国，后 1891 年（光绪十七年）在任川东道之初又从重庆寄宫岛诚一郎一函：

> 栗香先生仁兄大人阁下：
> 阔别以来，瞬逾一岁。比审道履绥愉，企颂无已。
> 弟以上年七月自上海溯江西上，至宜昌易民舟，驶行四十四日

---

① 黎庶昌：《拙尊园丛稿》，沈云龙主编《近代中国史料丛刊》第八辑，台湾文海出版社，1967，第 397 页。
② 原注：使署在永田町。

抵重庆，才千数百里耳，而其难如此。中间又遭覆舟之厄，敝眷棺枢逐流而下，顷刻百里，幸而救起无恙。弟又回籍一行，以故迟至敝历腊月十四始接印视事。川东地广人众，事体繁难，不如在贵国时之多暇矣。

闻梁川先生为外务大臣，两国交际益重，此诚东方之幸，弟为之额喜。令少君在襄阳曾否回国？张廉卿先生处久无信来，去岁曾有一缄，亦尚未报。

手此略布近状，即颂

台祺不宣

愚弟黎庶昌顿首

正月八日川东道署①

此函中所提及的令少君，即指宫岛栗香之子宫岛大八，因黎庶昌的介绍，宫岛诚一郎和张裕钊也成为莫逆之交。

黎庶昌首次使日之时，张裕钊之子张沆作为公使随员赴日。张沆随岳父黎庶昌一起去宫岛养浩堂做客，并经常和宫岛进行"笔谈"，结成忘年交。宫岛栗香之子宫岛彦，也聪颖好学，对汉学尤为倾心不已。黎庶昌和张沆归国后的第二年（1885年），宫岛栗香便将宫岛彦送往中国保定，拜张裕钊为师（张裕钊时任保定莲池书院主讲）。宫岛大八因此得以师从著名学者张裕钊，后回日本在东京帝国大学担任汉文讲席。

宫岛栗香把他与黎庶昌、张沆"笔谈"的墨迹装裱为卷子，特地让宫岛彦带去给张裕钊看，并恳请张裕钊指正自己的诗集，希望得到张裕钊赐序。张裕钊便写了《养浩堂诗集序》，详述中日文士之间建立友情和进行文化交流的事迹。1887年（光绪十三年）夏，黎庶昌服阕入京，在保定与宫岛大八见面，宫岛诚一郎闻此，特以长诗志其事，称"情深义重感何极，喜自中来不自持""纯斋（黎庶昌）经济一时杰，廉卿（张裕钊）德行百世师。汝（大八）生何幸事二老，谆谆教诲皆

---

① 一诗、一函均见《宫岛诚一郎文书》，日本国会图书馆收藏。

箴规"。①

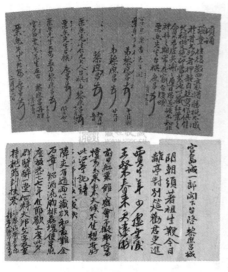

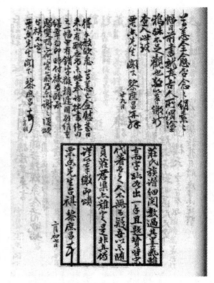

黎庶昌致宫岛诚一郎书信 　　日本国会图书馆藏黎庶昌致
宫岛栗香手札

　　黎庶昌在日本还结交了几位八旬上下的老儒。一为隐居乡间的诗人
冈本黄石，闻黎庶昌之名，特至使署拜见。但见此公"角巾藤杖，须
发浩然，仪容甚伟。见者惊为神仙中人"（《黄石斋诗第六集序》）。于
是黎庶昌特去他家回拜，祝贺他新居落成和八旬大寿，黄石翁性格非常
开朗，谈笑风生，与黎庶昌十分投契，黎庶昌在席间还吟诗几首以为老
人贺喜。二为年近八旬的儒医浅田栗园，精研于张仲景的《伤寒论》，
医道甚为精湛，门徒广众，与黎庶昌也成为挚友。三为77岁老儒森立
之，精于考据和版本目录学，所著《经籍访古志》，为黎庶昌在日本搜
求《古逸丛书》提供了许多重要线索。

　　另外，黎庶昌对日本文士中的一些怀才不遇、壮志难酬者，也极表
同情，感同身受。如日本文士小山朝弘，"少以疏狂得罪，久乃获释"，

---

① 〔日〕宫岛诚一郎：《寄儿大八在清国保定府莲池书院其二》，《养浩堂诗钞》上卷。

一生际遇颇为坎坷，乃致力于汉学古文，记述生平之坎坷经历，写下《春山楼文集》和《文剩》，特请黎庶昌赐一言"以慰蹉跎之身世"。黎庶昌在《春山楼文剩序》中鼓励他以达观的态度对待人生，并分析了"贤人君子"在人生历程中可能遭遇到的种种曲折："大抵人生涉世，方其少壮时，年富力盛，志意伟然，视天下事宜若无不可为。及夫日月浸驰，更历忧患，或仕宦连蹇不得伸，向之意气，颓然就衰。俯仰身世之间，无足控抟，则思托文辞以自见。此自古贤人君子往往而是矣。"① 黎庶昌为小山朝弘所写的序文，阐述了文章可以宣泄个人情志的观点。序文对小山朝弘的人生遭遇充满了同情，对小山朝弘能够在文学上有一番作为也给予了鼓励，黎庶昌慰勉友人珍惜隆盛之秋，争取在文学事业上有更大的建树，这无疑是对小山朝弘汉文学创作才能的一种肯定。

在学术观点与文学见解等诸多方面，黎庶昌同日本文士也有许多相似之处，因此彼此之间能够相互切磋，甚而是指瑕捐疵。如关于"华夏"与"夷狄"的问题，中国有些士大夫盲目自大，往往视一切外国民众为"夷狄"，而一些人又慑于列强的军事威力，企羡其货物器械等技术层面的奇巧，往往滋生崇洋媚外的思想。黎庶昌受孔子《春秋》基本要旨启发，认为："诸侯用夷礼则夷之，进于中国则中国之"，主张视其国之"政教"是否倡明来衡定对待，切不能把地球上除中国人以外的民众视为不知礼仪的"禽兽"；更不必守己之短，"不敢轻丧所守"，从而不愿放弃自己旧有的已脱离时代的传统。出使西洋以后，黎庶昌已经破除了"夷狄"成见，在东洋，他更重视与日本文士在文化平等基础之上进行的对话与交流，以此做到相互尊重。黎庶昌关于华夏、夷狄的见解主要见于其《〈尊攘纪事〉序》。《〈尊攘纪事〉序》是黎庶昌为日本汉学家冈千仞著作《尊攘纪事》所作之序，在冈千仞的新作《（订正）尊攘纪事补遗》中，书前还有黎庶昌的签署，《〈尊攘纪事〉序》写于"光绪九年癸未二月"。

冈千仞（1832～1914），是日本幕府末期明治时期日本学界较为活

---

① 黄万机：《黎庶昌评传》，贵州人民出版社，1989，第161页。

跃的一位汉学家，他1884年5月曾到中国游历，遍访当时中国政界和文化界名人。冈千仞到达上海之后，先后于6月9日和15日与上海龙门、正蒙两个书院的士子进行过两次内容丰富的笔谈。1884年7月9~11日，日本《邮便报知新闻》在其所设的"文苑雅赏"专栏中，以"笔话"为题，并配发按语，分三次刊出了冈千仞与上海书院士子的笔谈记录。其中姚文楠与冈千仞在对话中谈到冈千仞的《尊攘纪事》一书时，对黎庶昌为冈千仞《尊攘纪事》写序一事有提及：

> 姚文楠：先生著撰极富，弟所曾得捧诵者，惟《尊攘纪事》一种，已不胜钦佩。其余有携在行箧者，可即坐次赐观，以慰饥渴否？
>
> 冈千仞：弟于此著沥尽心血者，今得大雅之推称，真有知音之感。此书遗漏极多，后更补逸遗，草四卷，黎正樵（笔者注：即黎庶昌）赐序，发前刻成，赍来在此，今供高览。①

重野安绎校阅、冈千仞点《资治通鉴》

---

① 〔日〕冈千仞：《观光纪游 观光续记 观光游草》，中华书局，2009，第319~320页。

黎庶昌与日本文士在对待儒家学说方面有相似观点。如长尾槙太郎入大学专修古典讲习科，他用西人著书之法以阐明"孔孟之术"，写成《儒学本论》一书。书中采用"物穷则变"的观点看待世界万事万物的变化，并以儒家学说概括诸般巧变，借以阐明儒学并非"迂阔"之术，完全是可以"施于今世"的（《儒学本论序》）。黎庶昌在日本了解到长尾槙太郎的这番儒学言论之后，颇有他乡遇故知的欣喜，黎庶昌说："仆向蓄此论，在东西洋日久愈信孔孟之学为可行。"在东西洋的外交经历中，黎庶昌无时无刻不在思考着国家差距与发展的问题，虽然在器物层面，中国和西洋各国与日本的距离已经非常明显，然而，黎庶昌并不为这种器物层面的差距所蒙蔽，他避开国力强弱一时表象的干扰，对中日两国深层的文化内因进行审视，从而对于当时日本一味"脱亚入欧"的偏颇提出了质疑，并相信孔孟之学对日本仍具有不可忽视的历史作用，这就显示出黎庶昌善于运用古人智慧思考当今时政的智慧和眼光。

在文学批评方面，黎庶昌与藤野海南的论文意旨非常契合，前文已有论及。此外，黎庶昌还在《题藏名山房文钞》中对藤野海南等日本文士的文章风格进行了品评。黎庶昌认为藤野海南："海南儒者，笃行自修。其文若煦日、晴云、蓊霭，使人可亲。"[①] 对中村敬宇，黎庶昌则认为："措注时事，持议欲酌东西之中而剂其平。其文若江湖之水，波澜淳潆而无泛滥也。"[②] 而冈天爵因际遇坎坷，一生百不适一，内心蕴蓄着一股不可遏止的抑郁不平之气，故黎庶昌评说其文："独天爵志在用世，百不遂一，其怀抱郁勃之气，充然不可诎止，其文若深谷高岩，时露巉崿。"[③] 黎庶昌的这些文学评论，确实做到了"知人论世""知人论文"，言中肯綮，日本友人颇为折服。

---

① 黎庶昌：《拙尊园丛稿》，沈云龙主编《近代中国史料丛刊》第八辑，台湾文海出版社，1967，第460页。

② 黎庶昌：《拙尊园丛稿》，沈云龙主编《近代中国史料丛刊》第八辑，台湾文海出版社，1967，第460页。

③ 黎庶昌：《拙尊园丛稿》，沈云龙主编《近代中国史料丛刊》第八辑，台湾文海出版社，1967，第460页。

在医理方面，黎庶昌的见解也为日本医家所首肯。如浅田栗园所著《澡泉余录》一书，推崇道家的"精、气、神"三宝之说。黎庶昌认为其意旨与中国古代医经《灵素》相合，视《灵素》为养生家言。黎庶昌对浅田说："东方食米之国，与西洋之食牛羊而饱者，其人既性质不同，医理亦必有辨。"由于"本土饮食之悬殊，体质强弱之异态，国俗风气之迥然不侔"，因此在药物使用、治法上也应有不同。浅田栗园以黎庶昌之言为"中理"。黎庶昌还认为医者之道与儒道皆出于"仁"，他说："儒道之所以异于他术者，岂非以其心乎！孟子曰，恻隐之心，仁之端也。故必有不忍人之心而后有不忍人之政。禹稷之己溺己饥，文王之亲民如伤，仲尼之老安少怀，皆具此不忍之心而已，推之于医，何独不然？是以古昔圣帝贤臣若黄帝雷公岐伯俞拊之伦，一草一木相与尝剂于庙堂之上，其重视人命若此。西人之横行海内也，日挟其吞噬之器，瞰人肉而食之。铁舰如山岳，巨舶卧而隐人，入其局厂而弹药积如垣墉也，凡所以求为杀人之具者无微而不备，而智者且益极精研虑以求异术之变化，使机械技巧诡出而不穷，充其器非尽族他人之种类不止，斯亦忍矣？虽有好善之情，不足以胜其戕贼之性。"[①] 黎庶昌站在文化视角审视中西文化，比较中西文化。他以儒家"仁"的核心观念审视世道，批判西方的武力杀戮；以时世反思儒学，深刻体会到恻隐仁道在船坚炮利面前丝毫没有话语权。可以看出，黎庶昌的尊儒、推崇儒学，也并非盲目地认为儒学可以战胜一切。黎庶昌所强调的是文化发展建设问题，但他并不否认发展科技带来的国力提升。

1877 年（明治十年）以来，随着中日两国外交官、学者和文人交流的日益频繁，双方对彼此文化的重视也日益加深。东京帝国大学的教授岛田篁村了解到黎庶昌其学其人，均以促进日中友好交往为旨归，所以 1881 年（明治十四年），岛田篁村给黎庶昌写了一封题名为"与黎

---

① 黎庶昌：《拙尊园丛稿》，沈云龙主编《近代中国史料丛刊》第八辑，台湾文海出版社，1967，第 398 页。

莼斋书"的书信，这封信对"日本汉学史"进行了概述：

　　（日本）上古文运之开，昉于仁德，中于天智，至弘仁天长为最盛。次而为延喜、天历。是时学校如林，科分四道，课以策试。又遣使隋、唐。取其长而斟酌之。典章制度、烂然备具。是以俊彦济济，应运并出。清原夏野、菅原道真寅工熙载，炳耀史册……小野篁之文章、都良香之诗赋，皆其选也。至经义则恪守汉魏传注，专门授受，师承有法。文章虽沿骈体，气象浑厚，不失古格……是上代簪缨诸儒之梗概也。自此其后，干戈相寻，斯道几乎熄矣。迨德川氏开霸府，首廷藤原惺窝而礼遇之。又擢林罗山以备顾问……一代风气之开，以二子为嚆矢。但运属草昧……其后伊藤仁斋出焉，初专心宋学，既而有疑于程、朱性理之说。著《语孟字义》、《中庸发挥》，以护独得……其识见之卓，殆不减顾亭林、阎百诗矣。其子东涯博物洽闻，当世无比。其《古今学变》……议论醇正……又有《秉烛谈》、《盍簪录》等，辩证精确。可与洪景卢、王伯厚相伯仲矣。继仁斋起者，为物徂徕。徂徕负绝异之才，济以浩博之学。凤喜李、王修辞，高谈秦汉……一时翕然，随而附和之……同时有新井白石……毅然以经济自命……所著数十种，其于典故，援据详洽；贯穿古今，真为有用之实学。但率以国字为文，而不能通于他邦。此可惜已。及宽政中，伊物流弊滋甚，异说纷兴，幕府患之。举柴野栗山、古贺精里、尾藤二洲为教官。严设异学之禁，学必程、朱……自是学术一定，文体渐趋正，而学力则大逊前矣。其在下者，如山本北山、皆川淇园、太田锦城，各立标帜，掉鞅文坛，而锦城尤邃于经义，著述等身……其他，经义则朝川善庵、猪饲敬所、安井息轩、海保渔村。文章则赖山阳、佐藤一斋、斋藤拙堂、盐谷宕阴，皆其杰然者。是元和以降，诸儒之本末也。

有学者指出："岛田篁村这封可以称之为《日本汉学小史》的书

函，概略地叙述了上代与德川时期的汉学。虽然缺漏了宋学的导入和五山文学活动的记载，不免有不够周全的遗憾，但是这 1500 字左右的短文，却开启了日本《汉学史》研究的先声。"①

黎庶昌与日本朝野文士的交游，不仅加深了相互的理解和友谊，更推动了汉诗创作在日本明治时期的发展。仅以黎庶昌任职的最后一年（1890 年）来看，日本文士闻知黎庶昌瓜代②之期日近，纷纷设宴饯行。"任满之前半载，祖饯之会无虚日，惜别颂祷之词以数百计"（黎汝谦《诰授资政大夫出使大臣四川川东道员黎公家传》，以下简称《黎公家传》），这正是黎庶昌与日本文士交相唱酬诗酒之宴的高潮，也凸显了明治时期日本文人创作汉诗的盛况。

1890 年（光绪十六年）三月三日的"上巳节"，日本文士应邀来到芝山红叶馆举行文酒之宴。石川英在《宴集编序》中谈到此等宴集的盛况时说："然黎公之来我国也，都下人士延颈举踵，喁喁然皆向风如被。春秋两会，公吟一诗，众齐和之。传至边陬遐邑，或有推韵寻其声，寄知己朋友乞评者焉；有赋吊游览之什，相互赠答者焉。"③ 不只是日本各地有寄诗来使署，中国内地也寄来不少，甚至驻美洲的中国外交人员也寄诗来唱和。如黎尹融一口气就写了 24 首，次孙君异的诗韵。日本在明治中兴之后，酌用泰西之法而国势愈振，然而正如西岛醇在《红叶馆宴集记》中所说，"古老学士渐将就衰损凋谢。幸公有此会，于是，凡士之以文学名者，率皆莫不在座"。④ 西岛醇希望后人也"继踵不绝"，那么，"清淑之气日旺，奎文之运日隆，致彬彬郁勃之盛可卜知也！"⑤ 石川英也在《宴集编》序中说："然则，斯文命脉未可言堕

---

① 张立文、町田三郎：《传统文化与东亚社会》，中国人民大学出版社，1992，第 34 页。

② 典出《左传·庄公八年》："齐侯使连称、管至父成葵丘。瓜时而往，曰：'及瓜而代。'"意为到明年瓜熟时派人接替。后称官吏任职期满由他人接替为"瓜代"。

③ 黎庶昌等著，孙点编次，黄万机点校《黎星使宴集合编》，贵州人民出版社，1992，第 123 页。

④ 黎庶昌等著，孙点编次，黄万机点校《黎星使宴集合编》，贵州人民出版社，1992，第 124 页。

⑤ 黎庶昌等著，孙点编次，黄万机点校《黎星使宴集合编》，贵州人民出版社，1992，第 124 页。

地也。"① 日人西岛醇、石川英等对黎庶昌倡导的中日诗酒宴集之会对日本"文运"所起推动作用的肯定，显示了黎庶昌对日本明治时期汉诗创作发展的功绩。

1891 年（光绪十七年）正月初二，黎庶昌赴日本皇宫递交辞行国书，即行返国。此前一月李经方已达东京接掌公使印，黎汝谦为随行，后调任横滨领事官。黎庶昌启程之日，黎汝谦目睹送行盛况，后来在其《黎公家传》中写道："去之日，攀送者塞巷盈途，或追饯至数百里外。泰西各国使臣啧啧称羡，谓为从来使臣返国所绝无也。"② 此前被西方各国使节瞧不上眼的中国公使，而今竟成了令他们钦羡的人物。黎庶昌初来日本之时，在外交仪节或宴集应酬中，所受礼遇颇为疏阔，远不如美欧诸国使节所收礼节亲切殷重。后来，黎庶昌在"敦槃之地"却受到日本君臣的刮目相看，礼遇日渐隆重，使外国使节也不禁称羡起来。赵氏夫人也被召请入宫去参谒帝后，"帝后敛容（严装整容）谢焉，以为达礼。其后，主容交际，日隆分谊"（《长姬赵孺人墓志铭》）。这一巨大的变化和反差，有力地证明了黎庶昌在担任驻日公使期间所获得的认可，也从另一个角度说明了黎庶昌在日本所推行的文化外交策略的合理性及其对日本汉学发展所具有的推动作用。

黎庶昌以相互尊重与平等的立场对待中日文化交往，他在外交事务中求同存异，在文化交往中彼此认同，因此在与日本文士的广泛交流和沟通中，黎庶昌更能够深刻地洞悉他者并反观自身，从而平和地处理两种文化的冲突，并且促进彼此文化心理的呼应，在当时来说，这种文化观念和外交策略无疑具有相当的合理性。因此，黎庶昌与日本文士广泛的宴集往来及其诗词唱和，也并不只是一种应景的形式，宴集往往能在轻松自如的诗词唱和中，实现文化的交流与对话。从某种意义上说，这也是一种所谓的"话语权谋"了，这正是黎庶昌十分热衷文酒宴集的

---

① 黎庶昌等著，孙点编次，黄万机点校《黎星使宴集合编》，贵州人民出版社，1992，第 123 页。

② 中国人民政治协商会议遵义市委员会文史资料委员会编《遵义文史资料》第 30 辑《郑莫黎专辑》，1997，第 38～39 页。

深层原因。也只有从这样的角度，才能更加准确和深入地理解黎庶昌在日本期间文化交往所获得的成效。黎庶昌在日本的唱和诗文、为日本文士所作的序跋以及与日本汉学友人的友好交往等活动，对日本近代汉学的复兴具有积极的推动作用。

第四章

黎庶昌"使外文学"的创作特征

第一节 黎庶昌"因文见道"和"权时达变"的文论观

一 "经世"思想与"因文见道"

尽管黎庶昌在日本开展了一些声势浩大的诗酒唱和活动并创作了不少诗歌，但他文学的主要成就还是散文，他也因此跻身晚清散文名家之列，其代表作主要有《拙尊园丛稿》和《西洋杂志》，还有未刊稿的《使东奏议》《使东文牍》等，都是广义的散文作品，即便是像《丁亥入都纪程》这样的地理学著作，其中有一些篇章对山川风物的生动描写，也是文学意味很浓的游记散文。与大多数中国传统文人一样，黎庶昌也视文章为经国之大业、不朽之盛事而愿倾注毕生精力。与此同时，黎庶昌还有"因文见道"和"权时达变"的核心文论思想，这是其"使外文学"创作的重要基础，这种文论思想的形成与其世界观、学术思想密切相关。

首先，黎庶昌笃信"因文见道"，与其"经世"目的息息相关。黎庶昌重视文学的社会功能，十分强调文学的"经世"作用，他在《庸庵文编序》当中就说："古之君子无所谓文辞之学，所习者经世要务而已。后儒一切废弃不讲，颛并此心与力于文辞，取涂已陋；而其所习又非古人立言之谓，举天下大事，芒昧乎莫赞其一辞，道光末年，风气奄然颓放极矣。"① 黎庶昌对当世汉学末流只追求只言片语的考据，不关心现实流弊，对桐城末流空言义理、言之无物的空疏文风，都表示了他的不满。其实清代汉学也算隆盛，考据之风也因此风靡一时，不少知识分子埋头章句训诂之学，考订古籍名物、典章制度，以至于皓首穷经，不问世事。但道光、咸丰之际，考据之风已日趋式微，其弊病已为众多学者察觉。黎庶昌有鉴于此，不再致力于考据，而是决心发掘文章功用加以弘道，他在《答赵仲莹书》中认为："本朝人喜言考据，然其学在今日实已枝搜节解，几无剩义可寻。鹜而不已，诚不免于破碎害道之讥。惟独文章一事，余意以为尚留未尽之境以待后人。"② 黎庶昌之所以舍弃考据之学而专治文章，正由于"文章乃经国之大业，不朽之盛事"，正可以辅助他实现"以瑰伟奇特之行，震襮乎一世"的宏伟抱负。

道光、咸丰之际，桐城派中兴的主将曾国藩曾倡导"经济"之说以扩大文章的表现内容，力扫卑弱文风，重振桐城散文行将颓败的趋势，使文学更好地服务于封建道统。黎庶昌为曾氏门人，文学思想也受曾氏濡染。就文学目的而言，如果文学只限于为封建统治者服务，这种狭隘的阶级功利观，固不足为法，但文学的社会功能又是多方面的，它包含国计民生和民族文化诸多方面的内容。黎庶昌讲求实用之学，主张"因文见道"，致力于使文章发挥修己治人平天下的作用，这对社会发展来说仍然是有积极意义的。黎庶昌所谓的"道"，主要指儒家之道，也就是"达则兼善天下"的济世之道。他在《答李勉林观察书》中说："隐居以求其志，行义以达其道。穷则独善其身，达则兼善天下，道如是，是亦足矣。"③

"文道关系"是儒家文论的一个重要话题，它随儒学的兴衰而变

---

① 黎庶昌：《拙尊园丛稿》，沈云龙主编《近代中国史料丛刊》第八辑，台湾文海出版社，1967，第 256～257 页。
② 黎庶昌：《拙尊园丛稿》，沈云龙主编《近代中国史料丛刊》第八辑，台湾文海出版社，1967，第 86 页。
③ 黎庶昌：《拙尊园丛稿》，沈云龙主编《近代中国史料丛刊》第八辑，台湾文海出版社，1967，第 89 页。

化，文道关系围绕着重道轻文或重文轻道两个方向而发展变化，也是我国唐、宋、明三次古文（散文）改革运动的中心内容。追求文学的艺术性、注重文学形式技巧的文学思想同原道、宗经、致用的功利主义文学思想，二者彼此斗争，此消彼长。唐代古文运动是以复兴儒学为旗帜、以文体改革为中心的散文革新运动。唐代古文运动家柳宗元、韩愈等倡导的文章"复古"，促进了文化重振（复兴儒学）和"载道""明道"散文的发展。但到晚唐、五代、宋初，散文创作又出现了浮靡之风，因此北宋中叶兴起了第二次古文运动，以欧阳修为代表，极力反对以西昆体为代表的浮靡文风，倡导文章复古，即复韩愈、柳宗元之古。但在处理"道"与"文"的关系问题上，欧阳修的"道胜文至说"（"道胜者，文不难而自至"）等也一度存在重道轻文、忽视文学特征与艺术技巧的倾向。明代的文学复古主义运动尽管与唐宋古文运动颇多相似之处，但在文学创作精神上却又彼此异趣。唐宋古文运动的"复古"并非恢复先秦两汉的古文体制，而是强调"学古道而欲兼通其辞；通其辞者，本志乎古道者也"，力求"惟陈言之务去"，开拓新的文学发展道路。本着"师其意，不师其辞"的学古以创新的精神，唐宋古文运动者既"细大不捐"地继承前人长期积累的优秀文化遗产，"究穷于经传史记百家之说，沈潜乎训义，反复乎句读，砻磨乎事业，而奋发乎文章"①，又致力于推陈创新，变古言为今语，创造出接近当时口语的通用文学语言。在实践上不仅彻底摆脱了六朝以来骈偶化文风的长期束缚，还以新颖的文从字顺、明白流畅的语言以及散行单句的形式，在改革散文的形式和语言方面都做出了重要贡献。然而，明代的文学复古主义者与唐宋古文运动的变古路线却不尽一致，明代的文学复古在理论上以"文必秦汉，诗必盛唐"为旗帜，在创作实践上以古人为标范，处处加以模拟，形成一种"拟古"的复古运动，并视秦汉散文、汉魏古

---

① 韩愈：《上兵部侍郎书》，（清）姚鼐纂集，胡士明、李祚唐标校《古文辞类纂》，上海古籍出版社，1998，第 364 页。

诗和盛唐近诗为绝对完美、不可企及的楷模。在李梦阳"法式论"① 影响下，明代文学复古主义者均以摹拟为能事，形式主义的"拟古"代替了对文学遗产的合理继承，这种面貌与唐宋古文运动的推陈创新迥然不同，"拟古"主义的创作方式无疑将明代的文学复古运动引入了歧途。

明末清初，方以智、钱澄之等人致力于古文振兴，开桐城派先河。戴名世是桐城派孕育过程的继往开来者，提出了"言有物""修辞立其诚"的见解，实为桐城派义法理论的先驱。桐城派的"义法"论内涵也不外是"因道以立义，因文以见道"。由于时代不同，政治风尚、学术风尚也会有所变化，"道"的具体内容会有所不同，而"道"与"文"统一或结合的方式也有差异。郭绍虞先生对桐城派的"道"曾做过精辟的分析："大抵望溪（笔者注：指方苞）处于康雍'宋学'方盛之际，而倡导古文，故与宋学沟通，而欲文与道之合一。后来姚鼐处于乾嘉'汉学'方盛之际，而倡导古文，故复与汉学沟通，而欲考据与辞章之合一。他们能迎合当时统治阶级的意图而为古文，又能配合当时知识分子所倡导的学风以为其古文，桐城文之所由成派，而桐城派之所由风靡一时，当即以此。"② 桐城派的创始人方苞想把程朱理学与韩欧的文章学结合起来；随着汉学的兴起，宋学屡遭批评，姚鼐便以调和折中之策，提出义理、考据、辞章合一的主张。实际上，考据只是装点。后来，汉学渐渐流于支离破碎，与现实脱离。袁枚认为，自韩愈以来，历代古文家所宣扬的"道"，都不过是"道其所道"罢了。曾国藩则认为桐城派末流"名为辟汉学而未得宋儒之精密，故有序之言虽多，而

---

① 李梦阳在《空同集·答周子书》中宣称："文必有法式，然后中谐音度。如方圆之于规矩，古人用之，非自作也，实天生之也。今人法式古人，非法式古人也，实物之自则也。"在他看来，古人作品无论篇章、结构、修辞、音调等都有一成不变的"法式"，只要刻意模拟，"尺尺而寸之"（《空同集·驳何氏论文书》）守而勿失，就能达到同于古人的成就。李攀龙也主张文学创作应严守古人成法，他强调"不以规矩不成方圆"，在诗文创作上"法则森如也"（王世贞：《李于麟先生传》），他甚至主张"视古修辞，宁失诸理"（《送王元美序》），把模拟古人辞藻放在文学创作的第一位。

② 郭绍虞：《中国文学批评史》，上海古籍出版社，1979，第 635～636 页。

有物之言则少”①，曾国藩一语道破了桐城末流的空疏之弊，指出其未能得“道”。于是曾国藩提出了改造桐城派主张，其一是在肯定桐城阴柔惬适之美的同时，推重阳刚雄奇之美，所谓雄奇之美，即有“光明俊伟之象”，他在《鸣原堂论文》中曰：

> 文章之道，以气象光明俊伟为最难而可贵。如久雨初晴，登高山而望旷野；如楼俯大江，独坐明窗净几下，而可以远眺；如英雄侠士，裼裘而来，绝无龌龊猥鄙之态。此三者，皆光明俊伟之象。文中有此气象者，大抵得于天授，不尽关乎学术。自孟子、韩子而外，惟贾生及陆敬舆②、苏子瞻得此气象最多。阳明之文，亦有光明俊伟之象。③

其二则是在桐城“义理、考据、辞章”三要素之外，增加“经济”一项。曾国藩在《劝学篇示直隶士子》中称：“为学之术有四：曰义理、曰考据、曰辞章、曰经济。”“义理与经济，初无两术之分，特其施功之序详于体而略于用耳。”曾国藩针对桐城之文气势不足、格局狭窄之弊而提出的“经济”一说，主要在于拓展文章的功用（如由“不宜说理”而变为长于说理）、审美内涵和欣赏价值。为此，强调扩大文章取法对象的范围，如秦汉文、两汉赋等，不必拘于骈散之分，“古文之道与骈体相通”（《求阙斋日记杂钞》），主张文章宜骈散兼用。曾国藩对桐城文脉的接承和改造适逢其时，他因势利导而又切中肯綮。曾国藩既未从根本上抛弃桐城根系而独树一帜，又不谨守桐城义法而不敢越雷池一步；他既在姚门弟子风雨飘零的关键时机力挽颓势，又敏锐地抓住了桐城文气衰理弱的症结；他既在一定程度上

---

① 朱东润：《中国文学批评史大纲》，上海古籍出版社，1957，第298页。
② 陆贽（754~805），字敬舆，苏州嘉兴（今浙江嘉兴县）人。进士出身，屡官监察御史、翰林学士，唐德宗时以中书侍郎同门下平章事拜相。陆贽入相后，革除弊政，提出了许多改革政治的建议。
③ 曾国藩：《鸣原堂论文》，《曾国藩全集·诗文》，岳麓书社，1986，第554页。

适应了时代变乱和文风转换对散文变革的需求，又为桐城文派讲求身心义理之学培土固基。曾国藩实为救桐城派侈谈义理的空疏之弊，使其增加应对现实、参与世务的功能，即所谓"扩姚氏而大之，并功德言于一途"的中流砥柱。

黎庶昌之"道"虽受曾氏影响，但也有自己的新见解。

首先，黎庶昌尤为强调"因文见道"，他说："因文见道之说，卜尤笃信不惑。何也？盖文以载道，周子固尝言之也。古之善为文，莫盛于司马迁、班固、韩愈、欧阳修。"① 黎庶昌把载"道"之文，扩大到史学领域，韩、欧之文载"道"，为世所公认，而司马迁、班固之文也载"道"，则非儒学界所首肯，为此，他又引证苏洵的评语表达认同："迁、固虽以辞胜，然亦兼道与法而有之，时得仲尼遗意焉。"② 黎庶昌受儒学熏染，其论文则无不以儒家思想为准则，他在《答赵仲莹书》中说：

> 窃以为本朝学问，义理、考据、辞章三端至今日而涂辙大明，皆可寻求而自致。然书籍浩博，毕世不能殚其业。若不循持要领而泛泛以求，则恐舍本逐末，遗精得粗，宝斌碳而弃珠玉，必有误用其精力者矣。夫六经之当讽味，尽人而知之矣，六经之外，余谓有可读与经等者，于子取老、庄、荀、周、程、张、朱……③

黎庶昌治学的目的就是建立以儒家经学为根本的学术体系。从黎庶昌《周以来十一书应立学官议》一文所提到的"亚经"来看，其中有庄周的《庄子》、屈原的《楚辞》、萧统的《文选》、杜佑的《通典》、马端临的《文献通考》、许慎的《说文解字》。"经"自然就是载"道"的典范，黎庶昌把道家、史论家、文选家、训诂家的文章，通通纳入载

---

① 黎庶昌：《续古文辞类纂上》，国学整理社，1936，第 3 页。
② 黎庶昌：《续古文辞类纂上》，国学整理社，1936，第 3 页。
③ 黎庶昌：《拙尊园丛稿》，沈云龙主编《近代中国史料丛刊》第八辑，台湾文海出版社，1967，第 84 页。

道之文。在他看来，凡切合时宜、有利于国计民生、有利于社会发展的都是"道"，都应因文见之。

与此相应，黎庶昌主张由文章入手而悟道，文章应体现出利国利民、利于社会的"道"来，黎庶昌在《答赵仲莹书》中云："望溪方氏推尊子长，曾文正公则兼及班氏，谓其经世之典、六义之旨、文字之源、幽明之情状粲然大备，是岂逐世俗为毁誉哉！故仆近者妄有《古文辞类纂》之续，于《史》、《汉》所选独多，欲以踵姚氏义法后。阁下苟无意于文则已，苟有志于此，异日取吾书而读之，以求合乎桐城之法与宋儒者不悖之言，其于因文见道之说，将深造而有得也。夫道与文并至者，孔、孟是也，下此见道有浅深，言道有醇驳，而皆由文字悟入，则自汉、唐以来无或异也。"① 黎庶昌折中理学派和史学派的古文理论，欲纳入桐城派的框架中，表明桐城派理论本身具有折中性质，至少潜在地具有折中性质。其要求"道与文并至"，即形式与内容要完美结合，表现出"文以载道"的典型特点。

黎庶昌对"文"在形式和内容方面的要求都很高，他在编选《续古文辞类纂》时，对文章"神、理、气、味"内容方面和"格、律、声、色"等形式方面的标准把持很严。黎庶昌在《续古文辞类纂叙》中说："昔孔子论文，义主修辞，而以立诚为本。昌黎氏则曰：'沉浸醲郁，含英咀华，未有辞不工且雄，而文能造其极者。'余今所论纂，博观慎取，盖亦有年。凡神、理、气、味、格、律、声、色有一不备者，文虽佳不入。"② 他选择"范文"如此，自己的文章创作也大致以此为标准。"辞工且雄"，是黎庶昌为文所追求的艺术风格，但他也赞赏其他风格的文章。黎庶昌认为，"人心嗜好之殊，盖难强同"，必须秉公评议，不能以一己之爱好定取舍，所以，"文章之道，莫大乎天下为公，而非可用一人一家之私议"。③ 这些观点，表现出黎庶昌编选文

① 黎庶昌：《拙尊园丛稿》，沈云龙主编《近代中国史料丛刊》第八辑，台湾文海出版社，1967，第86~87页。
② 黎庶昌：《续古文辞类纂叙》，《续古文辞类纂上》，国学整理社，1936，第2页。
③ 黎庶昌：《续古文辞类纂上》，国学整理社，1936，第2页。

章时的公心。

二 "权时达变"的文学及社会变革观

黎庶昌主张文章须"权时达变"。黎庶昌权时达变的文学观点与他的社会变革观是相对应的，黎庶昌在谈到墨子思想时，十分推崇墨子善于"权时达变"的思想。黎庶昌《读墨子》一文写道：

> 《墨子》十五卷七十一篇，今存者六十三篇。此六十三篇中往往有子墨子，大抵墨氏弟子所为也。翟所自著书，止《亲士》、《修身》、《经上》、《经下》并说六篇而已。经上下篇，文颇怪，疑有错简。世或以为似《尔雅·释诂》而莫解其意。以余观之，特坚白异同之辨，非墨氏要指也。据此则翟与公孙龙同时甚明。班孟坚度《墨子》贵俭、兼爱、尚贤、明鬼、非命，尚同是其所长。今取《鲁问》篇语证之。凡入国必择务而从事焉，国家昏乱则语之尚贤尚同；国家贫则语之节用节葬；国家喜音甚湎则语之非乐非命；国家淫僻无礼则语之尊天事鬼；国家务夺侵凌则语之兼爱。墨氏亦何尝不权时达变，与仲尼救世意同？率曰至充塞仁义无父无君，为孟子所距辟，盖别墨者流若相里勤、五侯、昔获、已齿，邓陵子之徒猖言猘行，有以召之耳！岂墨之本旨如是？墨道夏道也。今泰西各国，耶稣天主教盛行，尊天明鬼兼爱尚同，其术确然本诸墨子，而立国且数千百年不败。以此见天地之道之大，非执儒之一涂所能尽。昌黎韩愈谓孔墨相为用，孔必用墨，墨必用孔，岂虚语哉？[①]

就文章创作而言，黎庶昌显然十分推崇"权时达变"，黎庶昌说："天地之运，积久必变，以故夏尚忠，商尚质，周尚文，三王之道若循

---

① 黎庶昌：《拙尊园丛稿》，沈云龙主编《近代中国史料丛刊》第八辑，台湾文海出版社，1967，第237~238页。

环。今天下似亦考据将衰之时也，救敝之术，莫若古文。斯文废兴，盖有天命。"① 天地万物是运动变化的，而伴随这种变化的时代文风也在变化，文章兴衰也将体现出一定的变化规律。只不过，在黎庶昌看来，这种变化应当是夏商周"三王之道"的循环变化，由此可见，黎庶昌受儒家浸润之深，其对儒家文道观念的认可并没有改变。

黎庶昌认为，凡文章内容能载道并反映时代巨变者，皆能播诸千载而历久弥新。他在《题梅所文钞》中说："岂惟道无息时，即区区文字为道之寄迹，亦且历久而弥新异，邦人不能知也。当周末时，游说蜂行，天下骛于合众连横，而屈原乃于是时作《离骚》，以香草美人委屑之辞，摅写其忠爱无聊之意，今乃与日月争光。杜子美遭天宝乱离，颠沛于兵戈扰攘之中，而社稷、君民一饭不忘，其诗百世称盛。夫此二者，所谓文辞之末，而犹然不可废如是，况于周孔之道乎？士患不自立已耳，若其有志于道，即尽心文字之闲，亦何不可辅世翼教？"② 这里所论屈原、杜甫的辞赋诗歌传诸后代百世，可与日月争辉，正在于他们的文章与道相契合，与时代变化相应。当然，"权时达变"的文章内容要符合儒家道统，这是黎庶昌"权时达变"的题中之义。

在文学形式方面，黎庶昌也主张文学的表现手段与体裁或风格也因时代的变化而变化。黎庶昌在考察桐城派散文代表方苞、姚鼐、曾国藩等人的文章差异时指出：

> 古今之文章，谬悠淆乱，莫能折衷一是者，得姚先生而悉归论定，即其所自造述，亦浸淫近复于古。然百余年来，流风相师，传嬗赓续，沿流而莫之止，遂有文敝道丧之患。至湘乡曾文正公出，扩姚氏而大之，并功德言为一涂，挈揽众长，轹归掩方，跨越百氏，将遂席两汉而还之三代……曾氏之学，盖出于桐城，固知其与

---

① 黎庶昌：《拙尊园丛稿》，沈云龙主编《近代中国史料丛刊》第八辑，台湾文海出版社，1967，第84页。
② 黎庶昌：《拙尊园丛稿》，沈云龙主编《近代中国史料丛刊》第八辑，台湾文海出版社，1967，第400~401页。

姚先生之旨合，而非广己于不可畔岸也。循姚氏之说，屏弃六朝骈俪之习，以求所谓神理、气味、格律、声色者，法愈严而体愈尊；循曾氏之说，将尽取儒者之多识、格物、博辨、训诂一内诸雄奇万变之中，以矫桐城末流虚车之饰……桐城宗派之说，流俗相沿，以逾百岁。其敝至于浅弱不振，为有识者所讥。读曾文正暨吴南屏二家之书，断断之辩，自可以止。然工输虽巧，不用规矩准绳，又可乎哉？本朝文章，其体实正自方望溪氏，至姚先生而词始雅洁，至曾文正公始变化以臻于大。①

黎庶昌辑《续古文辞类纂》时，遵循的就是姚、曾二氏之说。按曾氏的标准，"将尽取儒者之多识、格物，博辨、训诂，一内诸雄奇万变之中，以矫桐城末流虚车之饰"。黎庶昌从桐城一派内部不同大家的风格差异中，洞察出即使是在同一文学流派之中，其不同时期的文风也会有变化，这就使他的文学创作既能师承桐城，又能够大胆地"权时达变"。

此外，黎庶昌认为，对文章的训诂、评点，也会因时代不同而产生变化。黎庶昌阐述了历代文章学的发展概况，并借用荀子"法后王"②的主张加以发挥，以此强调文章的变革和致用。他在《续古文辞类纂

---

① 黎庶昌：《续古文辞类纂上》，国学整理社，1936，第2~3页。
② 荀子《非相》篇云："圣王有百，吾孰法焉？故曰：文久而息，节族久而绝，守法数之有司极而褫。故曰：欲观圣王之迹，则于其灿然者矣，后王是也。彼后王者，天下之君也，舍后王而道上古，譬之是犹舍己之君而事人之君也。故观千岁，则数今日；欲知亿万，则审一二；欲知上世，则审周道；欲知周道，则审其人所贵君子。故曰：以近知远，以一知万，以微知明。"《儒效》篇说："（俗儒）逢衣浅带，解果其冠，略法先王而足乱世；术缪学杂，不知法后王而一制度，不知隆礼义而杀《诗》、《书》。"荀子是富于历史现实主义精神的思想家，他反对"呼先王以欺愚者"（《荀子·儒效》），主张"法后王"。《荀子·王制》篇说：王者之制，道不过三代，法不贰后王。道过三代，谓之荡；法贰后王，谓之不雅。"道"，道理原则。"法"，章程制度。"不贰"，不两样，不相反。"后王"，指后来能实现封建统治和统一的理想帝王，如周文王、周武王。"不雅"，不正常。这是说，夏、商、周三代以前年代久远，其典章制度已难以稽考，不如周代详尽，不必从三代去寻找王制的典范，不应和"后王"之法相背离。

叙》中说："《传》曰'法后王',谓其近已而俗变相类也。吾又何疑
焉!"① 在晚清守旧复古之风相当浓厚的环境中,强调文章创作要"权
时达变"和"法后王"的主张,无疑具有力抗习惯势力和使文章适于
实用的创新精神。

第二节　黎庶昌"使外文学"创作的
"坚强之气"与"变革精神"

一　文学风格的渊源关系

在文学创作上,就师承关系来说,黎庶昌的散文创作受"西南硕
儒"郑珍和桐城——湘乡派领军人物曾国藩的影响更为深刻。无论是郑
珍还是曾国藩,他们在文章写作上,都具有勇于突破成规、不拘于旧范
的文学创作精神。

郑珍(字子尹)是清代西南地区著名的硕儒和经学大师,也是有名
的诗文大家。郑珍为文善于博采众家,转益多师,其散文受韩、柳、苏、
归影响尤深,但在撷取各家之长之中熔铸为醇和雅健的艺术风格。郑子
尹散文"纯白古健,变化曲折;不预设局度,任其机轴,操纵自如。比
成,乃无不应矩"(郑知同《郑征君行述》)。郑珍不固守某些固定文章
法度,而是根据其文章内容的需要自由地抒写,因此文思运用自如;待
到文章写成,又无不与古文大家之规矩暗合。黎庶昌一开始就接触郑珍
散文并对其极为推崇,他在《巢经巢文集序》中说:"奇书之在世,譬犹
金珠美玉蕴蓄于山渊,必有精光上属霄汉,历久而不可磨灭。"他编选的
《续古文辞类纂》,精选郑珍散文达 7 篇之多,这并非仅仅出于一己之偏
爱,而确实是因为郑珍散文在清代文坛有举足轻重的地位。

郑珍为文路数与桐城派迥异,他认为桐城派为文"纪律森严,非不

---

① 黎庶昌:《续古文辞类纂上》,国学整理社,1936,第 4 页。

可师；苟取法仅此，恐失之促窘耳"（郑知同《郑征君行述》）。桐城派散文家们讲究"法"，往往因此而拘泥绳墨，以法自限。桐城禁忌特多，在要求文章语言"雅洁"的同时，规定"古文中不可入语录中语、魏晋六朝人藻丽俳语、汉赋中板重字法、诗歌中隽语、南北史佻巧语"。[①] 这么一来，严格的义法就导致散文创作天地的缩小，生机也往往被窒息。郑珍所指出的"失之促窘"，正击中了桐城散文的要害。黎庶昌也认为："桐城宗派之说，流俗相沿，既逾百岁，其弊至于浅弱不振，为有识者所讥。"[②] 由于对郑珍散文的推崇和对其散文"变化曲折""操纵自如"文风的接纳，黎庶昌在后来师从曾国藩学桐城派散文风格时，并不落桐城窠臼，反而能够抒写自如，在其散文创作，尤其是在《西洋杂志》那样的"使外文学"创作中，能够突破桐城义法的拘限，率先为中国近代散文带来新的变化，这和曾国藩对他的影响也有相当大的关系。

当桐城派散文日渐趋于浅弱不振的困境之时，曾国藩揭起了"中兴"的大旗，形成桐城—湘乡派。湘乡派主张文章有用于世，文风趋于雄肆，这种主张是对方苞、姚鼐拘谨文风的校正。曾国藩对为文之法以及历代文风的转变，在其《〈湖南文征〉序》中有详细的解说：

> 窃闻古之文，初无所谓法也。《易》、《书》、《诗》、《仪礼》、《春秋》诸经，其体势声色，曾无一字相袭。即周秦诸子，亦各自成体，持此衡彼，画然若金玉与卉木之不同类，是乌有所谓法者。后人本不能文，强取古人所造而摹拟之，于是有合有离，而法不法名焉。若其不俟摹拟，人心各具自然之文，约有二端：曰理，曰情。二者人人之所固有。就吾所知之理，而笔诸书而传诸世，称吾爱恶悲愉之情，而缀辞以达之，若剖肺肝而陈简策。斯皆自然之文。性情敦厚者，类能为之。而浅深工拙，则相去十百千万，而未始有极。自群经而外，百家著述，率有偏胜。以理胜者，多阐幽造

---

① 转引自欧明俊：《古代散文史论》，上海三联书店，2013，第57页。
② 黎庶昌：《续古文辞类纂上》，国学整理社，1936，第2页。

极之语，而其弊或激宕失中；以情胜者，多悱恻感人之言，而其弊常丰缛而寡实。

自东汉至隋，文人秀士，大抵义不孤行，辞多俪语。即议大政，考大礼，亦每缀以排比之句，间以婀娜之声，历唐代而不改。虽韩、李锐志复古，而不能革举世骈体之风。此皆习于情韵者类也。宋兴既久，欧、苏，曾、王之徒，崇奉韩公，以为不迁之宗。适会其时，大儒迭起，相与上探邹鲁，研讨微言。群士慕效，类皆法韩氏之气体，以阐明性道。自元明至圣朝康雍之间，风会略同，非是不足与于斯文之末。此皆习于义理者类也。乾隆以来，鸿生硕彦，稍厌旧闻，别启途轨，远搜汉儒之学，因有所谓考据之文。一字之音训，一物之制度，辨论动至数千言。曩所称义理之文，淡远简朴者，或屏弃之，以为空疏不足道。此又习俗趋向之一变已。[①]

曾国藩虽然把东汉以来的历代文章分为三类，一为情韵之文，即骈俪之文；二为义理之文，即古文家之文；三为考据之文，即朴学家之文，但他似乎更中意于"体势声色，曾无一字相袭"的《易》《书》《诗》《仪礼》《春秋》诸经那种"理"与"情"结合的自然之文，在其"窃闻古之文，初无所谓法也"的思想指导下，曾国藩自己在创作上率先破除了桐城义法之拘限。从桐城文学的发展来看，曾氏对桐城文风的改变起过重要作用。黎庶昌为曾国藩幕僚时，得以师法曾氏，薛福成在《拙尊园丛稿序》中就说曾国藩对黎庶昌非常嘉赏："莼斋生长边隅，行文颇得坚强之气。锲而不舍，可成一家之言。"[②] 可见，曾国藩对黎庶昌能够成一家之言的坚强之气的文学特质是极为欣赏的。

当然，黎庶昌散文创作也还受益于《史记》《汉书》尤多，他认为"司马迁《史记》，究天人之际，通古今之变，其宏识孤怀，盖未易几

---

① 黎庶昌：《续古文辞类纂上》，国学整理社，1936，第 907~908 页。
② 黎庶昌：《拙尊园丛稿》，沈云龙主编《近代中国史料丛刊》第八辑，台湾文海出版社，1967，第 2 页。

（接近）也"（《宋以来十一书应立学官议》）。又认为"班《书》典雅宏赡，微特元、明人莫能为，即唐、宋诸贤，昌黎而外，亦未有能几之者"（《续古文辞类纂序》）。《史记》《汉书》这些史书都具有阳刚之美的艺术风格，为黎庶昌长期吟诵涵咏，领悟精微，这就与他个人的"坚强之气"相渗融，这种特质贯穿他的散文创作实践，逐渐熔铸成其刚柔相济的艺术风格。

2007 年中国文史出版社出版的黎庶昌《拙尊园丛稿》

二　自树一帜的文章风格

黎庶昌好友吴汝纶对黎庶昌散文集《拙尊园丛稿》就曾做过全面的评价，他在《答黎莼斋》一文中写道：

> 承惠寄大集两册，敬读一过。深服执事于文字所入益深且邃。集中如《曾太傅别传》及《古逸丛书序跋》，则皆早能熟诵。今得全集，则佳篇至多，其体势博大，动中自然，在曾门中已能自树一帜，非廉卿所能掩蔽。某尤服余编内外（笔者注：指出国期间写于东西洋的作品），以为尊著极盛之诣，非他家所有。曾、张（笔者注：指曾国藩、张裕钊）深于文事而耳目不逮；郭、薛（笔者注：指郭嵩焘、薛福成）长于议论，经涉殊域矣，而颇杂公牍笔记体裁，无笃雅可诵之作。余子纷纷，愈不足数。此数百年不朽之

大业。其内外编中，大率皆淳意高文，择言笃雅，足以辅余编而行远。有文如此，即功名不著，亦不为虚生；况如我公，树立磊磊，足以振荡区宇者乎？钦服无以。[①]

吴汝纶对黎庶昌文章创作的评论，中肯之处有三：一是黎氏文章风格"体势博大"；二是黎氏文章造诣颇高，能"自树一帜"；三是庶昌文章笃雅可颂，尤其是其关于东西洋的文学作品为"极盛之诣，非他家所有"。

对文章之"气势"，古文家向来都很讲究，韩愈早有"气盛言宜"之说。文章的气势固然要通过语言来体现，但其根源来自作者对生活的体验，来自作者自身的性格气质，其中包含着最为重要的道德情操的修养。黎庶昌虽外表朴讷，但其内质刚健沉毅，蕴蓄着一股"坚强之气"，其一生的经历也颇不平凡：他曾是一位穷愁潦倒的书生，但能斗胆上书言事，以后步入官场又浮沉于江淮之间，历经人生酸辛，罗文彬在《拙尊园丛稿跋》中说他是"人奇遇奇，故文特有奇气"。这股雄奇坚强之气，发而为文，自然有雄奇劲道的风格表现。

黎庶昌为文，初为世所称道的是《上穆宗毅皇帝书》，也称"论时政书"。此书发端即云：

廪贡生臣黎庶昌谨稽首顿首，惶恐上言皇帝陛下：

臣愚伏读七月二十八日星变诏书，勤求中外直言，特开忌讳，冀聆幽隐遗阙。仰见皇上寅畏天命、励精图治之至意，臣窃幸诏书一下，必有直臣烈士披沥肝胆，昌言谠论，侃侃谔谔，指陈利害，以耸动天听，为一代除积弊，为万世开太平，为国家固本根，为生人振气节，上以回天变，下以尽人事；乃涉月逾旬，而王公宰相无有言者，督抚大吏无有言者，甚而至于台谏诸臣亦无有言者。臣愚

---

① 张裕钊：《答黎纯斋》，《张濂亭文》，中华书局，1937，第33页。

区区之心，不胜愤闷，谨应诏昧死为陛下一言。①

黎庶昌怀治国之志而应诏言事，首先谴责王公宰相、督抚大吏以及台谏诸臣"无有言者"，这自然已是不知忌讳的话；而文章又在列举国家的种种灾异、人才不举、国事不兴等弊端之后，放言质问君主，亦更无忌惮：

> 陛下深处法宫之中，尊居九重之上，庶僚莫能睹其面，豪杰莫由进其忠，虽殚精极思竭蹶以图天下之治，而本末轻重利害得失既不能周历而洞悉，又未能合天下之才智熟思审处以维万世之安，徒委之诸王大臣；诸王大臣不尽深思远览、敢于任天下之重，逡巡塞责而已……
> 臣观今日大势，犹贾生所谓病胕四肢不能运用，窃恐日削月弱痿瘝不起之证深中膏肓，一旦元气厥绝，而国有不济之患矣。贤才者国之元气也，人无元气则亡，国无元气则灭。乃者陛下亦尝汲汲以求贤为事矣，然而一岁以来奇材异能之特进者谁也？鸿识博学之顾问者谁也？山林隐逸之辟召者谁也？末僚下位之汲引者谁也？公卿大臣之荐剡者又谁也？②

痛斥"诸王大臣""逡巡塞责"而不尽职，自己则以贾生自居，并向君王连发气势如虹之五问，其书生意气慨然。曾国藩所谓"坚强之气"，或即指黎庶昌这样的文章而言。黎庶昌的早期作品，如两道上穆宗毅皇帝书，由于内质刚正不阿、疾恶如仇，充溢着蔑视陈腐的凛然之气，因而行文畅达。如书中揭露"吏胥弄法""百司旷官""扰乱生民"，以及官僚尸位素餐、寡廉鲜耻的丑态，大多运用排比的句式，骈

---

① 黎庶昌：《拙尊园丛稿》，沈云龙主编《近代中国史料丛刊》第八辑，台湾文海出版社，1967，第 19～20 页。
② 黎庶昌：《拙尊园丛稿》，沈云龙主编《近代中国史料丛刊》第八辑，台湾文海出版社，1967，第 21～22 页。

散兼行，不仅内容逐层深入，气势也步步推进。

黎庶昌内心的坚强之气，还表现在他对英雄人物气概的倾心和赞赏中。黎庶昌的文章在写到他所敬仰的人物，如诸葛亮、何腾蛟、石赞清等人时，字里行间往往充溢着一股英武雄健的气势。在《何忠诚公编年纪略书后》中，黎庶昌对明末抗清将领何腾蛟在清兵南下"触之皆若焦熬投石"的局势下，坚守全州、桂州的壮举，给予了很高的评价。黎庶昌还说，假若史可法也能像何腾蛟那样坚守扬州，"则扬必不失，扬不失，而金陵尚可有为，不或二公者易地以守，明之亡不亡，未可知也。"① 虽然扬州失守，罪在马士英和阮大铖，怪责史可法似不公允，但黎庶昌的推论"二公者易地以守，明之亡不亡未可知也"。他对何腾蛟的勇毅精神极为推崇。

对天津知府石赞清孤胆深入英国军营并被劫质，面对西方列强所表现出的刚强的国家民族气节，黎庶昌在其文学书写中，更是透露出无比的崇敬之情。他所刻画的石赞清在英军首领面前慷慨陈词、临危不惧、大义凛然的气节，给读者留下了鲜明的印象：

……先是咸丰十年八月，西洋英、法两国，以条约不谐故，合寇天津。吏民骇散，总督以下官，多受辱，公时为知府四年，私念空城徒死无益，不若径往赴敌。即单车抵英酋所，陈说大义，谕以我朝神武，宜速罢兵议和，毋自取覆整，慷慨而谈，颜色不变，英酋虽未即听，然心敬中国有人矣。既而以五百人劫质南营，公即伛强谩骂，时时引手搏颈曰："速杀我，取吾头去。"酋益敬，礼有加，为具食，不肯食；进酒，不肯饮；勺水不入口者三日。酋皆私窃自谓：此大皇帝忠臣，不可屈，宜还之。而天津士民数十万人复集，日夜环奏轮舟，距跃欢呼曰："还我石父母来！"于是英人罗拜送出……②

---

① 王文濡选编，程大琥、马美著校注《续古文观止》，岳麓书社，2003，第288页。
② 黎庶昌：《拙尊园丛稿》，沈云龙主编《近代中国史料丛刊》第八辑，台湾文海出版社，1967，第106～107页。

    黎庶昌生长在外敌入侵、国弱民贫、国势不振而吏治腐败的时代，他自小就力图有所作为，他一方面拥护皇权，另一方面又在积极寻求革新自强之路。及至他远涉重洋，历观十余国的政风民俗，而洞悉天下大势，心怀匡时救国的宏愿，充溢着奋发图强的变革意志。在此时期，黎庶昌的坚强之气也同样熔铸在其文学作品中，充溢着奋进革新的精神。黎庶昌以"穷则变，变则通，通则久"的观点来思考和分析社会现象，他在《青萍轩遗稿序》中分析了中国几千年来所遭受的巨变："自唐、虞、夏、商、周，累世数十王，积二千一百余年而秦始皇帝暴兴，灭封建，废井田，燔诗书，杀儒士，礼乐政教一扫无闻，三代由是旷绝。秦并天下，历汉、魏、六朝、唐、五代、宋、元、明，以迄于今，亦二千一百余年。西洋一旦挟其智力，跨瀛海数万里以款中国，通商互市，轮船、火车、电线、枪炮、机器之属，驰骛纷纭，人心竞于亡。等此二者，五德剖判以来，非常之变，前古所不见闻，而皆在此二千余年间，若有数以限之。斯其所以然，虽圣智莫能明也。"① 黎庶昌把秦始皇焚书坑儒、毁灭文教和西方列强对我国的经济、文化侵略，视为中国四千多年历史中的两次"非常之变"，虽然他还无法彻底弄清产生如此巨变的社会根源，但他能以积极的态度去寻求应变、救变的办法。文章继续写道："夫天既以此变尝试于人，人即当思所以处此变者，而后谓之善承天。《易》曰：'物穷则变，变则通，通则久。'可久，则贤人之德；可大，则贤人之业。向令禹、汤、文、武、周公、孔子易世而并生今日，其必能因势救变以承此天也，决矣！"② 正是社会应当变通则久的认知，黎庶昌把自己毕生的学识与才力都倾注于"救变"即"补救时艰"的事业之中。黎庶昌旅欧、使日十余年间，无时不在探求救国救民以应巨变之术。他的两次上穆宗毅皇帝书和后来的《敬陈管见折》都充溢着忧时忧民、奋发图强、革故鼎新的深情和信念，在他的一些书

---

① 黎庶昌：《拙尊园丛稿》，沈云龙主编《近代中国史料丛刊》第八辑，台湾文海出版社，1967，第252～253页。

② 黎庶昌：《拙尊园丛稿》，沈云龙主编《近代中国史料丛刊》第八辑，台湾文海出版社，1967，第253页。

札和序跋中，革故鼎新的思想也表现得非常鲜明。

黎庶昌驻西欧诸国一年之后，逐渐了解各国"颇自尊大，纯任国势之强弱为是非"，若与之讲什么"礼义"，全为徒劳。因此，在《上沈相国书》中，黎庶昌建议清廷制定宏远的战略决策："私谓朝廷处此时势，宜常有鞭挞四海之意，并吞八荒之心，然后退而可以自固其国。"① 黎庶昌认为只有树立与世界列强竞雄长的信念和决心，采取以攻为守的战略决策，这样才能巩固国防。黎庶昌善于体察国际形势，并根据列强间的矛盾关系和国内实情，在《与李勉林观察书》中曾提出外交内政的根本大计：

> 大抵西洋今日各以富强相竞，内施诈力，外假公法，与共维持，颇有春秋战国遗风。而英实为之雄长。俄罗斯虎视北方，屡欲吞并土耳其，而迟回审顾，不敢公然违盟者，徒为英所劫持耳。法于德亦未志旧耻（笔者注：指 1871 年德法之战，法军惨败）。纵观大势，目前尚未暇注意东方。中国诚能于此时廓开大计，与众合从，东联日本，西备俄罗斯，而于英、法等大邦择交一二，结为亲与之国，内修战备以御外悔，扩充商贾以利财源，非此不足大有为于时也。否则敬慎守约，不使官民再启衅端，亦可十年无事。若偃然自是，不思变通，窃恐蚕食之忧，殆未知所终极。②

书信写于光绪三年（1877 年）春。黎庶昌对当时国际形势"各以富强相竞，内施诈力，外假公法，与共维持"的分析是相当准确的，显示出他看待世界局势的敏锐外交洞察力。至于联日、联英法以防俄的外交方针，后来在收回伊犁的外交斗争中多少发挥了一些作用。当然，在列强均视中国为可吞食的肥肉的形势下，中国要找到可靠的"亲与之国"，无疑是一厢情愿。

---

① 黎庶昌：《西洋杂志》，湖南人民出版社，1981，第 182 页。
② 黎庶昌：《西洋杂志》，湖南人民出版社，1981，第 180～181 页。

在这段文字中，黎庶昌给清廷拟制了上、中、下三种国策：上策是要外结"亲与之国"，而内修战备以御外侮，并扩充商贾以利财源；中策是"敬慎守约"，即遵守两次鸦片战争所签订的不平等条约，不再节外生枝招致外敌的入侵；下策则为"仍然自足"，不思变通，死抱"祖宗成法"，虚骄自大。上策不失为振兴自强之道，充满了积极进取的坚强之气；中策只不过暂时苟且营生；下策则是坐等列强来蚕食鲸吞。清政府拒绝了革新而顽固地坚守着封建的陈规，不到十年，中法战争中失去了藩国越南；其后的中日战争，不仅失去了藩国朝鲜而且还被割去台湾岛；后八国联军打进北京，清廷又签订了丧权辱国的条约。

黎庶昌在一些文章中对日本明治维新"因时制宜"的"善变"也表达了赞赏之情，如他在《日本新政考序》中就说："日本之与中国，名虽隔海，其实自西人通商以来，轮船履洋而若平地，由今日观之，直庭户间耳。方唐之盛时，彼国数遣使往来，慕效华风制度，一准唐法，行用至千数百年，亦稍稍习见增厌矣。适合欧美各邦，款关互市，别开生面，明治改元，遂举唐制废之，一尚西法，因时制宜，不可谓非善变。君子之观于人国也，第取其长而已。"① 在幕府揽政的时代，天皇只是虚拥神器，国势衰微，列强相继款关而入。一些藩主和维新人士提出了"尊王攘夷"的主张，兴兵倒幕，终于迫使德川幕府"稽颡归政，奉还大权"。日本维新志士一旦掌权参政，便一改"攘夷"为"师夷"，即"举向所攘斥者而悉从之"（《尊攘纪事序》），开始积极学习西方的科技文化，革除旧政，改行西法，致使日本国势日渐强盛，黎庶昌对这些日本维新志士的远见卓识颇为倾折。幕府将军德川氏，虽然也一度兴大狱以镇压维新志士，但当"衅起萧墙，兵连不克"，国家处于"河决鱼烂"的危难之时，却能"深察时变，奉归大权，赞成帝业"（《跋外交余势断肠记》），并没有顽抗到底而使国家人民蒙受更大的灾难，这

---

① 黎庶昌：《拙尊园丛稿》，沈云龙主编《近代中国史料丛刊》第八辑，台湾文海出版社，1967，第261页。

正是德川氏的明智之处，黎庶昌对此发出了"前事不忘后事之师"的感慨。

总之，在黎庶昌的书、序等"使外文学"创作中，始终充溢着兴邦济民、除旧布新的思想。可以说，黎庶昌的这些创作，正是他传统士人、外交官、学者等的身份意识使然。黎庶昌以中外异质文化为文学创作背景，积极参与谋略政事、改善民生、力主革新的精神，渗透在其散文创作之中，具有鲜明的时代特色。

第三节　黎庶昌"使外文学"创作的新因素

在古文理论上，黎庶昌对曾国藩之说服膺笃信，但他主张"权时达变"，并不以古自限，他说："余以后世之变，何所不有？自秦燔诗书，而汉儒有章句之学；自刘向校书，而后儒有校雠之学；宋、元、明以来品藻诗文，或加丹黄判别高下，于是有评点之学；本朝以经艺试士，科场定例，又有点句勾股之学。皆权时达变，途辙百出不穷。余悉采而用之，不得以古之所无，非今之所有。"① 就意境的新颖、深微而言，其《西洋杂志》，正是"古无"而"今有"之文。其出使西洋之作，也与前期为文有所区别，正如吴汝纶所说，黎庶昌出国后的作品已臻于"极盛之诣"。黎庶昌的"使外文学"作品淳厚典雅，意境新颖，文辞华美，委婉细腻，不杂笔记、公牍体的因素，因而"笃雅可诵"。

黎庶昌创作的记游散文，大致可分为两部分：一部分是少数几篇名园散记；另一部分则是较多的国外记游。前者有《拙尊园记》《夷牢亭图记》《金鼎山新建玉皇殿记》等，其文字描述颇具特色。比如《夷牢亭图记》中写夷牢亭四季景色的变化：

---

① 黎庶昌：《续古文辞类纂上》，国学整理社，1936，第4页。

时方春也，梅梨桃李怒花，麦秀陵陂，生气盎勃。夏至时，鸟变声于众绿阴中，子规莺燕，旦暮互啼，欣然有会于耳。蚕事毕，人家插秧行水，被蓑戴笠，叱犊饷耕，妇子嬉于陇亩。秋稼既成，当七八月之交，而黄云布野，蚱蜢如繁星，农夫腰镰刈获，趁新月荷担归，笑语乐丰岁。及冬尽，百物腓残，云水寥落，独余山松、庭桂不改故容，使可悦目而怡性。①

黎庶昌把家乡村中一年四季的自然景色变化以及劳动生活的怡然自得，描写得丰富多彩，散发着生活质朴的欢乐和泥土的芬芳，极富诗情画意，令人陶醉，给人以美的享受。

黎庶昌是第一批随郭嵩焘出使英国的驻外使节，曾先后担任过驻美、德、法、西等国的大使参赞，并游历过瑞士、比利时、意大利诸国，后又两度出使日本，担任驻日公使，所以对上述各国的政治、经济、历史、文化、风俗、民情等，黎庶昌均有了解，这就使他的"使外文学"创作呈现了新鲜的内容和异国情调。其关于异国文化书写的"使外文学"作品，计有《西洋杂志》75 篇、《西洋游记》7 篇，还有《拙尊园丛稿》中的 31 篇。② 收录于《西洋杂志》和《拙尊园丛稿》的记游散文，如《奉使伦敦记》《卜来敦记》《巴黎大会纪略》《游日光山记》《游盐原记》等作品，或描述海上的奇景，或记载在巴黎、伦敦的见闻，或描摹日本的自然风光，充满着异国的情韵，给人以奇

---

① 黎庶昌：《拙尊园丛稿》，沈云龙主编《近代中国史料丛刊》第八辑，台湾文海出版社，1967，第 186 页。

② 《拙尊园丛稿》中的"使外文学"篇目有：1.《答李勉林观察书》、2.《读墨子》、3.《青萍轩遗稿序》、4.《庸庵文编序》、5.《游历日本图经序》、6.《日本新政考序》、7.《奉使伦敦记》、8.《卜来敦记》、9.《尊攘纪事序》、10.《儒学本论序》、11.《宴集三编统序》、12.《养浩堂诗第二集序》、13.《医说一首赠浅田栗园》、14.《题梅所文钞》、15.《书高松保郎断腕事》、16.《与莫芷升书》、17.《巴黎大赛会纪略》、18.《跋日本津藩有造馆本正平本论语集解》、19.《跋日本活字版白氏文集》、20.《养浩堂诗集后序》、21.《书森立之寿藏碑后》、22.《重九宴集诗序》、23.《题藏名山房文钞》、24.《海南文集序》、25.《黄石斋诗第六集序》、26.《春山楼文剩序》、27.《跋外交余事断肠记》、28.《日本正六位藤野君墓志铭》、29.《游日光山记》、30.《游盐源记》、31.《访徐福墓记》。以上统计资料来源于沈云龙主编《近代中国史料丛刊》第八辑，台湾文海出版社，1967。

幻浪漫、耳目一新的感觉。在文学创作手法上，黎庶昌的创作既有对姚鼐、曾国藩等桐城大家文风的继承，又确能做到"自树一帜"，在艺术风格上有新的突破，并为中国近代散文的发展提供了新的因素。

郭延礼认为，黎庶昌的散文，"开阖自如，文笔富词采，颇具表现力，与薛福成难分伯仲，故时人有'南黎北薛'之誉"。[①] 郭延礼还将黎、薛二人之散文对比言道："薛福成和黎庶昌的散文，从内容到形式，较之桐城古文都有较大的变化。在某种意义上，它们已为新体散文的产生提供了一些新的因素。这便是薛福成、黎庶昌在近代散文发展史上所占有的地位。"[②] 但是郭延礼并未对其新因素加以详细阐释，因此，本书在此对黎庶昌《西洋杂志》等"使外文学"创作为新体散文提供的新因素进行补充分析。

在同时期的海外记游作品中，黎庶昌的创作对于中国近代散文的发展所提供的新的因素，笔者认为主要在于三个方面。

其一是黎庶昌"使外文学"的异国情调，给散文带来了新的思想和内容；

其二是黎庶昌"使外文学"创作中用活泼的语言以及多样化的艺术表现手法，善于营造新颖的意境，打破了桐城派的古文规范；

其三则是黎庶昌散文创作中的学者风格，成为"文化散文"的近代雏形。

上述三者正是黎庶昌"使外文学"创作为中国近代散文的发展和变革所提供的新因素。

一　异国情调与散文的新内容和新思想

黎庶昌写过政论、史论、碑铭、传记、序跋等文，都各具特色，但是，他性喜游览，所到之处的名胜古迹、山川河流、奇花异草，都会成为其写作对象，因此，他的游记散文写得富有特色。而在这类散文中，

---

① 郭延礼：《中国近代文学发展史》（第一卷），山东教育出版社，1990，第434页。
② 郭延礼：《中国近代文学发展史》（第一卷），山东教育出版社，1990，第438页。

写异国风貌的作品，更为其散文增添了新奇的异国情调，并带来了新的内容和思想。

1876 年，黎庶昌以参赞身份随同公使郭嵩焘出使英国，首次由上海乘船启程赴英国伦敦上任，于是他写作了《奉使伦敦记》，记述了他们由上海乘海轮前往伦敦沿途的见闻。此次行程经过南洋诸邦进入印度洋，而后穿越红海与地中海，出直布罗陀海峡，抵达目的地。这次出行历时两个月，行程近万里。在长时间的航海之旅中，作为一个散文家，黎庶昌仔细观察沿途风光，领略大自然情趣，心有所感，于是常常用画龙点睛之笔，描绘出异国他邦的各种不同风光。

黎庶昌此行航海之旅到达的第一站是新加坡，由于新加坡离赤道较近，其西部与马六甲对峙的苏门答腊，气温高，湿度大，这样的气候会给这一地区带来什么特点呢？黎庶昌在文章里写道："有时望见其地炎热卑泾，有春夏无秋冬，山中奇花异卉，冬至前后号为繁盛。"[1] 寥寥数语，就点明了新加坡热带雨林地区的气候特点。

由新加坡西行到锡兰，在泊船南岸的海口，又是一种景象。此处"椰树成林，极望结实，巨如瓜，剖之有甘浆，可饮。土人贫薄，或取馒头果食之，而饮此浆以解渴"。[2] 这种景象，既有对秀丽景色的描写，又有对当地人民生活的实录。从印度洋入红海，经麦加城，黎庶昌抓住那里盛产的咖啡，用非常经济的笔墨写道：咖啡果实"大类蚕豆，西洋捣瀹为茗，与中国茶叶并行"。[3] 这些简洁明快而不加修饰的描写，既写出了各个地区不同的风物特征，也能让读者迅速了解不同国家的风土人情。黎庶昌对新加坡的动物园，槟榔屿的椰林、馒头果，锡兰的佛寺、贝叶经，亚丁湾一带印度洋中的飞鱼，阿拉伯的鸵鸟，麦加城的咖啡，毛儿达岛的船坞，支布洛陀（直布罗陀）海峡的炮台，苏彝士（苏伊士）

---

① 黎庶昌：《拙尊园丛稿》，沈云龙主编《近代中国史料丛刊》第八辑，台湾文海出版社，1967，第 381 页。

② 黎庶昌：《拙尊园丛稿》，沈云龙主编《近代中国史料丛刊》第八辑，台湾文海出版社，1967，第 382 页。

③ 黎庶昌：《拙尊园丛稿》，沈云龙主编《近代中国史料丛刊》第八辑，台湾文海出版社，1967，第 383 页。

运河的景观等等的描写，呈现出绚烂多姿的异国风物，令人神往。

不仅如此，黎庶昌还把西洋社会的节日风情、宴会、舞蹈、赛马、斗牛、博览会、灯会等，一一收入其画卷之中。西洋社会很多的新奇事物和奇风异俗都为中国国内所罕见，如西班牙斗牛习俗，黎庶昌的《斗牛之戏》一文，不仅对西班牙斗牛历史概况进行了简叙，而且还仔细描绘了斗牛的实景，文笔精粗相间，收放自如，使"斗牛"这一异国风俗得以鲜活的展现，黎庶昌着力描绘的"斗牛"一节其文如下：

> 坐定，兵士奏乐一通，公司二人骑马前行，斗牛之士二十余人，衣五色衣，各随其后，绕行围内一周而出。始开门，纵牛入。骑马者二人，手持木杆，上安铁锥，先入以待。所踏脚镫，系铁鞋如斗形，牛不能伤。又有数人，各持黄里红布一幅，长约六尺，宽约四尺，诱张于前。牛望见红布，即追而触之。一彼一此，或先或后，使其眩惑。诱至马前，牛辄怒而触马，角入马腹，肚肠立出。若迫近人身，则以铁锥锥之。再诱再触，凡三四触，而人马俱倒于地。马无不死者，而人大率无恙……（牛）逐急，其人即弃红布于地，而跃出围外。有持双箭者，箭皆以五彩布剪绞裹束，捷出牛之左右，插入背脊隆起处。箭有倒钩，即悬于脊上，血出淋漓。如是者三，插入六箭。再易一人，用剑刺之。其人右手持剑，左手持红布一幅，且诱且刺；剑从脊背刺入心腹，牛即倒地。大众拍手欢呼，亦有掷帽于围内以贺。刺者如怯而不前，或多刺不中脊缝、剑堕于地，众皆喧嚷呵斥。刺中后，兵士作乐为节。有马六匹入，分为两驾，一拖死牛，一拖死马，如丧车然。既出，再易他牛入……予观至此，以倦，即归。[①]

黎庶昌的《斗牛之戏》用细致入微的笔法描写了斗牛过程紧张激烈的细节，使人过目不忘，同时也透露出他对此种风俗的爱憎情感。对西班牙的斗牛"国俗"，黎庶昌在该文结尾写道："此事西洋各邦，无不讥

---

① 黎庶昌：《西洋杂志》，湖南人民出版社，1981，第 122～123 页。

其残忍。然成为国俗，终不能革……数月前，有上议政院绅名生达纳者，新闻纸馆总办也，发论于议院，请设一斗牛学堂，以备选人练习，其视重如此。旋为他绅议驳，格不行。"① 这些文字暗寓了作者对西班牙斗牛血腥场面的不以为然。《斗牛之戏》全文虽仅1200余字，却把斗牛场地的规模、设施，斗牛的细节、会场氛围以及国俗由来，都一一明白地展示出来，其斗牛场面描写之细腻生动，读之令人倍感惊心动魄。而其斗牛之国俗，确实让人大开眼界。钟叔河先生曾评论说："黎氏大概是中国描写斗牛的第一人。在他之后百年中，动笔的人无虑百十，仅本书作者见到过的少说也有一二十篇，而论描写的简明生动，却很少有人能超过他。"②

1877年，黎庶昌前往法国，参加巴黎举办的万国博览会。在这期间，他撰写了一篇《巴黎大会纪略》。这篇散文，似游记又似报道，更类似于今天的"报告文学"。文章写得井然有序，曲折多变，富有韵味。文章一开始就从宏观角度勾勒了展览区的方位布局。从外形看，"巨厦穹窿"，走近看，"梁柱榱桷"，全是用铁金铸造；向上看，巨厦顶处覆盖着玻璃；向下看，地底铺着木板，巨厦周围，"园亭池馆""市肆酒楼"，陪衬适当，煞是壮观。进入展览区，"但觉千门万户，光怪陆离，目迷五色"。写到各国展厅的物品，又各具本国特色。法国展厅中引人注意的是，"一间以玻璃酒瓶装为城瓮，日光射之，五色璀烂成文"，显得富丽堂皇。日本厅的特色是："白板短扉，以修洁胜。"中国公所的"左右两辕门，飞檐；正厅三间，陈设螺钿几榻；院中央一小亭，两厢十二间……所售磁器、茶叶、古铜器、雕刻、象牙折扇独多"③，也颇清幽雅致。法国的百货展区展品杂陈，五彩缤纷，进入其中，"如行万卉丛中，秾艳极矣！"

① 黎庶昌：《西洋杂志》，湖南人民出版社，1981，第124页。
② 钟叔河：《一卷西洋风俗画——黎庶昌的〈西洋杂志〉》，《西洋杂志》，湖南人民出版社，1981，第8页。
③ 黎庶昌：《西洋杂志》，湖南人民出版社，1981，第111~113页。

仝冰雪提供的 1878 年巴黎世博会中国馆（展区）的资料照片

《巴黎大会纪略》全文 2500 来字，对万国博览会的记述却如此细致入微，曲折多变。读这篇纪实性和文学性兼备的散文，读者如临其境，似乎和作者一样也亲自参观了规模宏大的巴黎博览会。文章给人留下的印象是深刻的。黎庶昌的这些游记散文，说明他不愧为一位善于写游记散文的作家，而就在这些似乎漫不经心的"使外文学"作品中，却也不时透露出黎庶昌新的国家忧患意识。

在出使西洋的异域文化环境中，黎庶昌对于国家产生了新的认识，其基于中外文化比较的国家忧患意识的表达，情调自然与中国古代文人骚客不同。黎庶昌文章绝少凄清惨凄或无病呻吟的抒发，其格调往往雄奇而高昂。黎庶昌到达伦敦之后，游览了英国南部著名的海滨城市卜来敦（Brighton，今译布莱顿），写下了《卜来敦记》。这篇游记不仅刻画了布莱顿这个海滨城市的景物和建筑之美，而且还细致地描写了英国人在此地游览休闲的盛况。

　　卜来敦者，英国之海滨，欧洲胜景也。距伦敦南一百六十余里，轮车可两点钟而至，为国人游息之所。后带冈岭，前则石岸斩然。好事者凿岸为巨厦，养鱼其间，注以源泉，涵以玻璃。四洲之物，奇奇怪怪，无不毕致。又架木为长桥，斗入海中数百丈，使游者得以攀援凭眺。桥尽处有作乐亭。余则浅草平沙，绿窗华屋，与水光掩映，迤逦一碧而已。人民十万，栉比而居；衢市纵横，日辟益广。其地固无波涛汹涌之观，贾客帆樯之集；无机匠厂师之兴作，杂然而尘鄙也，盖独以静洁胜。

每岁会堂散后，游人率休憩于此。方其风日晴和，天水相际，邦人士女，联袂嬉游，衣裙绮袭，都丽如云。时或一二小艇，棹漾于空碧之中。而豪华巨家，则又鲜车怒马。并辔争驰，以相遨放。迨夫暮色苍然，灯火灿列，音乐作于水上，与风潮相吞吐。夷犹要眇，飘飘乎有遗世之意矣。

予至伦敦之次月，富绅阿什伯里导往游焉，即叹为绝特殊胜，自是屡游不厌。再逾年而之他邦，多涉名迹，而卜来敦未尝一日去诸怀，其移人若此。

英之为国，号为强盛杰大。议者徒知其船坚炮巨，逐利若驰，故尝得志海内。而不知其国中之优游暇豫，乃有如是之一境也。昔荀卿氏论立国惟坚凝之难，而晋栾针之对楚子重，则曰"好以众整"，又曰"好以暇"。[①] 夫惟坚凝，斯能整暇。若卜来敦者，可以觇人国已。"[②]

这篇游记，承袭了桐城派传统笔法的"雅洁"，在写法上更类似于

---

① 见《左传·成公十六年》楚令尹子重与栾针对话。晋楚两国交兵，"栾针见子重之旌，请曰：'楚人谓夫旌，子重之麾也，彼其子重也。日臣之使于楚也，子重问晋国之勇，臣对曰：好以众整。'曰：'又如何？'臣对曰：'好以暇。'今两国治戎，行人不使，不可谓整；临事而食言，不可谓暇。请摄饮焉。'公许之。"（译文：栾针看见了子重的旗子，对晋厉公说："楚国俘虏说那面旗子是子重的指挥旗，那车上的人可能就是子重了。往日我出使楚国，子重问晋国的勇武怎么样。我回答他说：'喜欢军容整肃。'又问：'还有什么？'我回答他说：'喜欢从容不迫。'现在两国交兵，外交使节不相往来，不能说是军容整肃；遇到战事而不履行过去说的话，不能说是从容不迫。请君派人替我给子重敬酒。"厉公同意了他的请求。）栾针所说的"整"与"暇"，的确言简意赅，抓住了用兵作战的要领。这是久霸中原的晋国多年用兵经验的总结，反映了带兵用兵的某些规律性东西，同时也为晋国后来的用兵作战之法奠定了理论基础。其实只有在国家强盛、国人团结的基础上，国民的生活和国家用兵才能做到既严整又悠闲。

② 黎庶昌：《拙尊园丛稿》，沈云龙主编《近代中国史料丛刊》第八辑，台湾文海出版社，1967，第385～387页。

现代游记。黎庶昌为表现游人游历布莱顿这个欧洲旅游胜地的盛况，他将风和日丽的白昼与灯火灿列的夜晚作为描写重点，在白天则选取"邦人士女，联袂嬉游""一二小艇，棹漾于空碧之中""鲜车怒马，并辔争驰"三个场景以表现游人兴致；而夜晚则以"音乐作于水上，与风潮相吞吐""飘飘乎有遗世之意"来表现游人悠然陶醉其中的那种宁静而悠闲的心境。文章笔法细腻，并用不断转换的昼夜时空，营造了一种流连忘返的绝佳境界，在写法上很接近现代游记，颇为读者所喜爱，这是不少教科书选本均选取该篇文章作为写作范例的原因之一，但更为重要的原因则是在黎庶昌这篇游记中以使外文臣观风俗以觇政教国情的目光，透视了"船坚炮巨，逐利若驰"的大英帝国，其实也有其"优游暇豫"的一面，进而说明一张一弛、有劳有逸的治国之道。

在《卜来敦记》文末，黎庶昌抒写了自己对于英国国家治理的感慨："英之为国，号为强盛杰大，议者徒知其船坚炮巨，逐利若驰，故尝得志海内。而不知其国中之优游暇豫，乃有如是之一境也。"黎庶昌由此而想到，我国古代的荀子和栾针论立国治军之道，以为既要严整，也要给军民留有闲暇娱乐的余地，这样才能够将国家治理得安定稳固而又具有凝聚力。像布莱顿这种游乐休憩场所的设立，正是英国治国有方和安定稳固的标志。作为清政府的第一批外交使臣，黎庶昌初出国门，却能以比较开明的眼光与思想来观察和评判异邦的政治与风俗，不再妄自菲薄，以"夷狄"之见而视之，已是较为难能可贵的了。

在外侮日重的近代中国，强调"坚凝"无疑具有深远的时代意义，这就又使《卜来敦记》这篇游记带有了某种政治哲理的意味。黎庶昌虽游历欧陆各国，"而卜来敦者未尝一日去诸怀，其移人若此"，并常"叹为绝特殊胜"，何以如此？通过游历，黎庶昌看到了英国社会船坚炮巨以外的另一面。他认为，英国"每礼拜日，上下休息，举国嬉游，浩浩荡荡，实有一种王者气象"①，其仰慕之情溢于言表。船坚炮臣和

---

① 黎庶昌：《拙尊园丛稿》，沈云龙主编《近代中国史料丛刊》第八辑，台湾文海出版社，1967，第407~408页。

优游嬉戏反映了一个强盛国家的两面，在黎庶昌看来这就是一种王者气象，这是对英国社会很高的评价，中国人几千年来一直在追求王道治国，而今船坚炮巨与优游嬉戏都为中国社会所缺乏，中国是大大落后于世界了，"轮船、火车、电报，信局、自来水火、电器等公司之设，实辟天地来未有之奇，而裨益于民生日用者甚巨，虽有圣智，亦莫之能违矣"。① 又说："向令孟子居今日而治洋务，吾知并西人茶会、音乐，舞蹈而亦不非之，特不崇效之耳。"② 在黎庶昌看来，就算是孔、孟等圣人在世，也不会拒绝使用西法。所谓西法，当然也包括"上下议院之法"："凡事皆由上下议院商定，国王签押而行之，君民一体，颇与三代大同。"③ 既然西方的"上下议院之法"，与几千年来中国向往的"三代"政治有"大同"之处，学习西方政治制度也是可以考虑的，但这种治国的政治理念毫无疑问对当时的清朝统治者来说还是非常敏感的，黎庶昌当然不敢过于直白地表达这一理念，因此他只能借圣人之言言说他的治国之道。

黎庶昌引用荀子"立国惟坚凝之难"的观点，借题发挥，表面上赞美英国，实则针对中国。《荀子·议兵》篇说：

> 兼并易能也，惟坚凝之难焉。齐能并宋而不能凝也，故魏夺之。燕能并齐而不能凝也，故田单（笔者注：齐国名将）夺之。韩之上地（笔者注：指上党之地）方数百里，完全富足，而趋赵，赵不能凝也，故秦夺之。故能并之而不能凝，则必夺。不能并之又不能凝其有，则必亡。能凝之，则必能并之矣。得之则凝，兼并无强。古者汤以薄（笔者注：通"亳"），武王以蟘（笔者注：通

---

① 黎庶昌：《拙尊园丛稿》，沈云龙主编《近代中国史料丛刊》第八辑，台湾文海出版社，1967，第 407 页。

② 黎庶昌：《拙尊园丛稿》，沈云龙主编《近代中国史料丛刊》第八辑，台湾文海出版社，1967，第 392 页。

③ 黎庶昌：《拙尊园丛稿》，沈云龙主编《近代中国史料丛刊》第八辑，台湾文海出版社，1967，第 406 页。

"镐"），皆百里之地也，天下为一，诸侯为臣，无它故焉，能凝之也。①

　　与同时代的许多使外文臣一样，黎庶昌把他所处的时代看作春秋战国群雄割据的时代，他借用《荀子·议兵》篇的观点指涉现实。黎庶昌认为，如果国家做不到"坚凝"，面对东西交汇、诸国纷争的世界局势，不但不能相安无事，甚至还难以自保，走向国破家亡的结局。这是黎庶昌对新的世界局势的判断，也是《卜来敦记》在描述西方形象时所演绎出的新的民族危机意识，更是对晚清当政者的提醒。

　　黎庶昌出使西洋之后，其固有的国家忧患意识借助布莱顿这一西方生活场景得以表达，此种意境，早已非姚鼐、曾国藩等桐城文人所能比拟。因此，黎庶昌这类"使外文学"的创作，无疑更具有参与世界的意义，从国家交往的层面来看，黎庶昌所要表达的正是对于新的世界格局变化条件下中国与世界各国关系的思考，西洋国家的强大，是中国不得不认真面对的现实。

　　黎汝谦在《黎公家传》中说黎庶昌"性廉靖沉毅，刚健果决"而且"胸怀高亮，清明广夷"，是一位外朴内刚、意志坚强的人物，他一生际遇坎坷，阅历深广。黎庶昌个性与阅历两相融合，发而为文，自然就流溢出一股雄奇浩博的气势，文章风格虽刚柔兼济，但更富于阳刚之美，并且其作品已融入了新的异国情调，同时又不失其传统之意，其内容也更加充实和具有现实意义。黎庶昌散文在一定程度上反映了时代的精神风貌，从中既可窥见瞬息变幻的世界时代风云，也可感触他内心力图补救时艰的宏伟抱负和精神气质。

二　多样化艺术表现手法与散文情趣的增加

　　黎庶昌在"使外文学"创作中用活泼的语言以及多样化的艺术表现手法，营造新颖的意境，其描述异国的见闻，更是细腻生动、尽形尽

---

① 钱仲联主编《古文经典》，上海书店，1999，第153页。

态，增加了散文的情趣。黎庶昌的一些传记和游记，文学意味深厚，往往运用不同的手法创造出鲜明生动、多彩多姿的艺术形象，编织成一幅幅色彩绚丽、风情各异的社会风情画。无论是写人写景还是叙事状物，其文笔往往都能做到曲尽其妙。

黎庶昌散文最善于抓住生活中极富情趣的典型细节，从而将人物鲜明的性格特征栩栩如生地刻画出来。如《书桦湖文录后》写一老友吴敏树喝酒的细节就格外传神。

> 君故善饮，每夕必得酒而后寐。一夕，与客聚谈，忽忘饮酒。客去，夜分向尽。索之橱下，不得。顾视床头有巨瓮，命仆趋启封；封涂胶，骤不可启。君乃自持门撑击剥之，其声瓮然。余遥与君戏语曰："徐之，否者，酒且迸矣！"良久，瓮启。持碗汲引；碗巨，瓮又不可入。君益叫跃号呼，如渴骥将奔泠泉也。卒易盎斟酌之乃已。翌日，相与大笑以为乐。其不滞于天机若此。①

黎庶昌通过启瓮、汲酒两个细节，把吴氏嗜酒如命、率直爽朗而又性急如火的性格以及天性活泼的气质鲜活地表现了出来，声态形色栩栩如生，似可呼之而出。文章语言生动而幽默，于诙谐中蕴含着笃厚的朋友情谊。

黎庶昌还善于运用对比的手法展示人物的情志和心性。如《郑两山人传》，写郑珍的两位弟弟郑珩和郑珏："道光末，征君（笔者注：指郑珍）以高名宿学为西南儒宗，郡守以下礼聘造请，士大夫望尘款接，惟恐失颜色。山人独默默寡誉，以布衣终；姓名不出闾巷，老屋柴门，萧然物外，于富贵人一不识也。"② 他们虽不识富贵中人，却在穷困者中找到了知己："余兄筱庭（即黎庶焘）以病废，与山人交最笃，

---

① 黎庶昌：《拙尊园丛稿》，沈云龙主编《近代中国史料丛刊》第八辑，台湾文海出版社，1967，第74页。
② 黎庶昌：《拙尊园丛稿》，沈云龙主编《近代中国史料丛刊》第八辑，台湾文海出版社，1967，第141页。

无三日不过视。过则必命酒肴取娱，剧谈雄论，诙谐并作。极夜分乃罢去，折竹然炬以行。明旦视之，则又腰笆篓，短蓑、岌笠、草履，持钓竿出矣。"① 山人的形象，只寥寥几笔就勾勒出来。这种文章的白描技巧，黎庶昌运用得炉火纯青。

《莫善征墓志铭》更是以浓墨重彩之笔，详叙了莫祥芝一生行迹，描绘出一位刚直不阿的中层官员形象。其中对莫祥芝与权贵、恶霸做斗争的事迹描写得十分动人。如清兵占领南京后，曾国藩的女婿袁榆生想霸占一所大公馆，莫祥芝不畏权贵，勇敢地与之斗争。

　　金陵平后，君觅坊口巨馆一区，置报销局。袁纳贿，率亲兵数十直入堂上阻挠，诈称已寓。君壮声呵斥，立苔亲兵数百。袁大沮。文正公闻之，嘉其勇敢不惑。②

当时莫祥芝只不过是七品小官，却并不屈服于清军统帅、两江总督的乘龙快婿的淫威，其胆识可想而知。

在文学创作中，黎庶昌勇于冲破桐城义法的规范而自由书写，这是黎庶昌散文的特色。桐城派在承继唐宋八大家到归有光的古文传统的基础上，提出以"义法"为核心，"义理、考据、辞章"三者并重的文章理论。方苞首创"义法"说，即要求散文做到"言有物"和"言有序"。"言有物"是指在思想内容上要符合儒家思想，"言有序"则是在形式上要以儒家经典为典范。桐城派主张文章的风格或阳刚或阴柔，语言更要做到雅洁清澄，并以此作为评判散文成就高低的标准。黎庶昌为文注重声、光、色、味的相互协和，用字极其简省，能以简洁的笔墨造成丰富的层次感。在《仲兄椒园墓志铭》中有一节描写兄弟夜读的文字颇为精彩。

---

① 黎庶昌：《拙尊园丛稿》，沈云龙主编《近代中国史料丛刊》第八辑，台湾文海出版社，1967，第309页。
② 黎庶昌：《拙尊园丛稿》，沈云龙主编《近代中国史料丛刊》第八辑，台湾文海出版社，1967，第308页。

道光二十二年，我君见背，家贫不能自拔，长兄筱庭，念门户系两弟，董督之愈于成人，期在必达其志事所愿欲。其为教之方，虽严师弗如。兄亦服教惟谨，敦自励饬，不乐以凡子居。与庶昌并案读，属文必尽夜分，每至月落山寒，窗纸映黄金色，竹露滴沥有声，吟哦未已。庭有古橙，我君所手植。时或黄团下賁，大声砉然，击屋瓦皆碎。争启户往拾返，读如初，恒持用笑乐。如是者三年，业大进，中咸丰壬子（公元1852年）乡试举人。①

"月落山寒"点明时令在秋末冬初。"寒"字则把清冷的气氛点染出来。"黄金色"当为灯光映照窗纸的色彩，使屋内增添了一丝暖意，与屋外寒意相对，给人冷中有暖的心理感受。"滴沥"写竹露下落的情态，与吟哦的读书声相应，更显出万籁俱静的意境来。黄橙熟落击碎屋瓦的"砉然"巨响，打破了深夜的宁静。一个"争"字，也把兄弟俩夺门而出的欢快心情生动地渲染出来，用字十分准确传神。此节虽文字简洁，却生动描绘了一幅学童夜读的风情画；画面有声有色，冷暖并济，动静谐调；人物情态鲜活生动，情趣盎然。

黎庶昌的散文语言还具有醇厚典雅、清新自然的特点。他在用醇厚典雅的中国古文辞法描述异域风物时，能够运用自如，将陌生的异域风物去"陌生化"，显得清新自然，不仅难能可贵，而且也极富表现力。以中国古文辞法去描写异国风物，实际上困难极大，而黎庶昌却能巧妙运用古文辞法将异国风俗描绘得逼真传神且富韵致，可见其语言运用技巧之娴熟，其《巴黎油画院》中对几幅油画的描绘可为这种风格的代表。

一画石山荒地，浅草迷离，山脚皆累砢细石，群雁争飞啄食，有平沙落雁之致；一巨鹰攫鱼腾起，爪目生动。一画女子衣白纱，

———————————

① 黎庶昌：《拙尊园丛稿》，沈云龙主编《近代中国史料丛刊》第八辑，台湾文海出版社，1967，第298~299页。

斜坐树下，手持日照，旁有白鹅求食，萍花满地，蕉绿掩映其间，清气袭人袂。一画垂髫女子六七人，裸浴溪涧中，若闻林中飒然有声，一女子持白纱掩覆其体，一女子以手掩额，偷目窥视，余作惊怖之状。①

文中采用中国古汉语书面语汇，如"袂""垂髫""飒然""窥视""惊怖"等以描摹西洋油画图景，文句明白晓畅，读来不仅不感突兀，甚至觉得和谐交融，颇有一番东西方交融的审美韵致，文笔可谓精练而传神。

《西洋游记》描绘自然的湖光山色、港湾要塞、宫殿街衢等文章，其语言也多生动清新，醇和典雅。如《西洋游记第二》对瑞士湖泊的描写。

行至两峰处，忽然开朗，有大湖横列于前，清澈可鉴。所谓勒沙得勒湖也。湖东诸山，连绵不断，石骨秀露，层晕分明，绝似倪云林画意。回望两崖上，云气蓊然涌出，旭日射之，皆成黄金色。②

黎庶昌用不多的文字描绘了瑞士湖泊的水光、山色、云气、旭日，并抒发了个人欣赏这些自然美景的特殊感受，其语言不仅清新练洁，能够营造情景交融、画面清淡艳丽交相辉映的艺术效果，而且用词也十分贴切，如"秀露"一词就准确地描摹了山石清秀可爱的形貌，"层晕分明"则令人想起浓淡相宜的中国水墨山水的风韵。

1889年9月，黎庶昌和日本宫岛诚一郎及翻译陶大均等四人，一同游览观赏盐原的枫叶，写下《游盐原记》。在这篇游记中，他先写山峡的奇特险峻，文章写道，"自那须西行十余里入山，纤道盘纡而上，

---

① 黎庶昌：《西洋杂志》，湖南人民出版社，1981，第106页。
② 黎庶昌：《西洋杂志》，湖南人民出版社，1981，第147～148页。

入愈深，峡愈束"，而山峡之奇愈益突出，奇在哪里？黎庶昌继续写道："泉之淙然鸣琴者，瀑之汹然赴壑者，松之偃立若亭若伞者，石之绐若云者，矗若笋者，垂壁可摩刻者。磈碨嵚崟、熊升鸟骞者，岩之斗出者，奥者、旷者、厂（人可住的山崖石穴）者，窈窕而修秀者，使人揽接不厌。"山峡中松柏、岩石的奇形怪状，泉水的鸣琴声和瀑布的波涛声，确是峡谷特有的风貌。其实，黎庶昌的目的，不是刻画这个幽深奇异的山谷，而是要描写他所欣赏的枫叶。经过一番艰难跋涉，终于看到了枫叶："至则缘山皆枫叶，葵葵丛丛，红者若缊（浅红色），绀（天青色）者若缬（深青透红之色），绛者若丹；日光射之，皆斑驳成锦彩。诚极天下之大观也。"

枫叶色调浓淡相间而富于变化，经日光渲染，更是色彩斑斓，瞬息变幻，炫人眼目。大自然的美，不仅会随四季气候与阴晴风霜的变幻而各逞风姿，更会因人们心目观感的差异而构成变幻无穷的景象，观者主观与客观的融合如一，常常会进入情景交融的境界。文章又写道："若夫山中之景，四时变幻不同，雨旸明晦，霜月高洁，凡遘遇于心目而得诸兴象之间，虽善游者莫能尽其状也。"①黎庶昌善于鉴赏自然之美，但又不得不慨叹文学语言表现自然的有限性。仔细阅读《游盐原记》，就会发现黎庶昌写山峡岩石的奇兀秀美，写枫叶浓淡的色彩，用笔不多，但形象鲜明逼真，情趣盎然，令人向往。

三 学者风格的散文创作与"文化散文"的滥觞

黎庶昌虽步入政界，但仍矢志研讨学问，博览中国经、史、子、集群书，形成了其学术经世致用的思想，他主张"文章之道，莫大乎与天下为公"②，并倡导"多识、格物、博辨、训诂"③的学风，黎庶昌将这种治学精神也贯穿于对异国的考察和记述中。虽身任外交官，

① 黎庶昌：《拙尊园丛稿》，沈云龙主编《近代中国史料丛刊》第八辑，台湾文海出版社，1967，第471～472页。
② 黎庶昌：《续古文辞类纂上》，国学整理社，1936，第2页。
③ 黎庶昌：《续古文辞类纂上》，国学整理社，1936，第2页。

常常置身国际外交的旋涡之中，但他始终也未失其学者风范。他不仅在担任驻日公使期间出钱出力，与杨守敬合作搜集日本所存的中国古籍珍本，将中国已佚的古籍版本影印成《古逸丛书》，至今仍对学术界有着较大的影响，而且他在早期出使西洋时所撰写的《西洋杂志》，也并不失其学者之气，常常在为文之中显示出独特的文化视角。

贵州人民出版社《古逸丛书》套装 56 册

黎庶昌《西洋杂志》对西方礼俗、社会文化风情、科学技术的记述方法，并不类似一般游记那样以时间顺序、日记形式加以记载，而是因为对一类新奇事物感兴趣之后产生强烈的求知探索欲望，因此在为文当中，就会尽力发掘这些新奇事物的来龙去脉，对其情况特立标题详加介绍，以明其本末原委，给人以较为完整的知识概念。20 世纪八九十年代曾风靡中国的"文化散文"① 与此颇类似，在有节制的文学书写中，两者都具有鲜明的文化意识和理性思考特点。

《西洋杂志》一书所记，不少篇章直到今天读来仍饶有兴趣，这正是由此书独特的文化视角及其文化意识所决定的。作为一个拖着辫子的

---

① "文化散文"是指 20 世纪 80~90 年代出现的，由一批从事人文学科或社会科学研究的学者写作，在取材和行文上表现出鲜明的文化意识和理性思考色彩，风格上大多较为节制，有着深厚的人文情怀和终极追问的散文，又称"学者散文"或"散文创作上的'理性干预'"。

中国外交官出现在西欧国家，黎庶昌对所面临的异质文化善于观察和比较，其以学者理性写下的多篇记述文章，具有中西文化互证和参考的意义。如《跳舞会》记述："跳舞者，其源起于男女相配合。西洋之俗，男女婚嫁，虽亦有父母之命，而其许嫁许娶，则须出于本人之所自择。女子将及笄，其父母必为之设跳舞会，盛请亲友宾客临观，或携赴他人之会，一岁中多者至于数十百起。宫庭举行者，只三两次。官绅殷富之家为最多。小女服极其艳丽，或袒露胸背，男亦衣履整洁。其法于入门时授以格纸，人各一片，双叠之长可三四寸，如小书形，上系丝绳，缀铅笔于其端。凡男子欲跳舞者，先与素识之妇女，一一请其可否，若人许之，则记其姓名次序。若无素识者，主人或为之进引。依次而舞，多者至一二十次。每次毕，相与点头为礼而退，皆有音乐节奏之，此跳舞之上者也。"[①] 男女共舞的异域风俗是封建礼教桎梏下的清王朝青年男女们难以体会的，黎庶昌也大开眼界，他客观地加以记述，并着重描写了西方男子对于女子彬彬有礼的态度，他看到了这种迥异于中国的男女社会关系。西方国度正是由于对人格的尊重和个性的张扬，才使这些民族保持了生机和活力，而中国几千年封建思想对人性的摧残，则不知制造了多少悲剧，其文化韵味耐人寻思。

《西洋杂志》收录的《巴黎油画院》《马得利油画院》《布国围攻巴黎油画》三篇文章，从整体来看，无疑是黎庶昌对西洋油画艺术的专题性介绍，将西洋油画这种中国文人并不十分熟悉的艺术形式，以学者化的描述展现在读者面前。黎庶昌先在《巴黎油画院》中说："数十百年来，西洋争尚油画，而刻板照印之法渐衰。其作画，以各种颜色调橄榄油，涂于薄板上。板宽尺许，有一椭圆长孔，以左手大指贯而钳之。张布于座前，用毛笔蘸调，画于布上。逼视之粗劣无比，至离寻丈以外，山水、人物，层次分明，莫不毕肖，真有古人所谓绘影绘声之妙。各国皆重此物，往往高楼巨厦，悬挂数千百幅，备

---

① 黎庶昌：《西洋杂志》，湖南人民出版社，1981，第35～36页。

人览观摹绘，大者盈二三尺，小者尺许，价贵者动至数千金镑。"① 此段记述，把油画在西方艺术中的突出地位、油画特点以及绘制的大致方法等都做了集中的介绍，为读者打开了了解西洋油画艺术的大门，文章随后详细描述了几幅著名的油画作品，并说其"精妙者尚多"。② 这就更加引人关注了。

黎庶昌后来参观马得利油画院，对西洋油画与中国画之间的区别做了比较："一为铅笔纸画日国地名爪达伊尔纳，岭道坡陀斜上，众松离立成林，岭以外天光微透，山凹处乌云一片映带之，时有乱鸦数点斜飞。点缀山麓，浅草乱石，绵羊十余头放牧，牧童箕踞，倚石而坐。笔墨苍润，书味盎然，王麓台③、石谷④之徒也……西人作画，往往于人物山水，必求其地其人而貌肖之，不似中国人之仅写大意也。"⑤ 黎庶昌因此看出了在绘画艺术上西方写实而中国写意的区别。西方绘画艺术在抽象派艺术产生之前，确以形象逼真、色调细腻为主导，与中国画讲究"神似"的风格确有所不同，黎庶昌的比较判断表明他对中西美术

---

① 黎庶昌：《西洋杂志》，湖南人民出版社，1981，第 106 页。
② 黎庶昌：《西洋杂志》，湖南人民出版社，1981，第 107 页。
③ 王原祁，字茂京，号麓台，康熙庚戌进士。崇祯十五年生，康熙五十四年卒（1642 ~ 1715）。论画及题跋之作，有《雨窗漫笔》《麓台题画稿》等行世。麓台论画，重体用、笔墨、设色三项，尤以笔墨为其特色，以其非用干墨重笔，不能现麓台画派独具之面目。清代士大夫之习绘事者，多宗麓台，是以画论之作，属于此派者独多。前后相因，画法自成一特殊之系统，为有清一代各派中所仅见。参见王世襄《中国画论研究（下）》，广西师范大学出版社，2010，第 776 ~ 781 页。
④ 王翚（1632 ~ 1717），字石谷，号耕烟散人、乌目山人、剑门樵客，晚号清晖主人，江苏常熟人。善山水。石谷自童子时即嗜翰墨，先后拜张珂、王鉴、王时敏为师，得摹"二王"家中藏画。吸取诸名家之长，融合南北二宗，以南宗笔墨写北宗丘壑。在王时敏、王鉴悉心指导下画艺大进。石谷山水用笔凝重，功力深厚，既吸取前人技法，又糅入真山真水之情趣，笔调清秀工丽，不入俗套，描绘出新趣味，新意境。他早期画风，笔致清雅，灵秀而稚嫩；中期画风，用笔细秀繁密，墨色浓润苍劲，丘壑布置浑然一体，层次丰富，具秀润苍古之趣；晚年画风，用笔遒劲严谨，墨色富于变化，意境深远含蓄，颇见苍浑。他偶写花卉亦隽秀有致。他晚岁受命绘制《康熙南巡图》十二卷，场面浩大，内容丰富，笔墨多变，为少见的鸿篇巨制，深得康熙帝赏识，并御赐扇面，书"山水清晖"四字以赠，声誉益著。此时，王石谷又得以遍观内府所藏历代名迹，画艺更进。其山水代表了南派特点。从学者甚众，称"虞山派"。时与王原祁"娄东派"为清代正统山水两大派，居清初画坛主流地位。后人将王时敏、王鉴、王石谷、王原祁并称"清初四王"。
⑤ 黎庶昌：《西洋杂志》，湖南人民出版社，1981，第 108 页。

风格的认知还是较为准确的。

《布国围攻巴黎油画》一文则对 1871 年普法战争期间，普军围攻巴黎的一幅油画做了重点介绍。这一幅大型油画作品，堪称巨制，放置于专门的建筑物之中："其法以布绘成油画而张糊于四壁，房顶全盖玻璃，别以布帐从近玻璃处离墙一二尺四围悬结之，使纷纶下垂，而收帐心于顶正中，逼令天光斜射墙上。中有圆台，距墙丈许，环以铁栏。人从台上观之。如立城中最高处，直视远近数十里，浅深高下，丝毫毕肖，不知其为画也。"① 黎庶昌说，这幅画的创作，是法国以此志"不忘复仇之意"②，油画与建筑物合为一体，从而发挥了历史教育和激励人心的作用。这种特别的艺术展示形式，在当时的中国可以说是闻所未闻。

黎庶昌详细介绍了油画的画面图景："栏外置一铁炮，与画上之炮，几无从识别。四面炮烟环起，近城数段，则炮弹炸入，墙垣崩裂。各兵士有从墙缺施放枪炮者，有为炸炮轰击血肉纵横者。房屋延烧，红焰四出。其白山空际有轻气球，盖当时乘以侦敌，亦隐约可见楼下进门处。另有一画系围城时民变攻毁王宫，百姓扶老携幼逃难之状，当时情事，历历在目。"③ 接着黎庶昌又概述了普法战争的起因、经过和结果："先是拿破仑第三在位，意气甚骄。日斯巴尼亚女主伊萨伯尔，以淫放无度，为国人所逐，共议举布鲁斯之王名荷恩则勒尔能者为君主。拿破仑谓布人为君，于法不利，行文布国诘问。布人谓此由日人自主，与布无干，某王之议，旋亦罢论。拿破仑意犹不慊，欲布人立一永不能为日君之约。布人不从，以此启衅。当是时法人颇思革为民主之国，不喜拿破仑。拿破仑欲以兵事示武自固，先以书请战。布主与其相毕司马克④先示以弱。布法交界之处有大江曰尔兰，法恃此江，以为布兵未必即能跨越。讵毕司马克已先期有备，先制一铁桥，绘图散之各局，分起制

① 黎庶昌：《西洋杂志》，湖南人民出版社，1981，第108页。
② 黎庶昌：《西洋杂志》，湖南人民出版社，1981，第108页。
③ 黎庶昌：《西洋杂志》，湖南人民出版社，1981，第107～108页。
④ 原注：毕司马克，俾斯麦。

造，众莫测所用。及兵事起，法兵尚未齐集，布兵已架桥径渡。法不能御，布兵直抵巴黎，围攻一百三十余日（自一千八百七十年九月十五日起至次年正月二十九日止），城中食尽。国人议割东北边之巴尔兰及莫塞尔、倭尔兰三县地属布，赔偿兵饷以和。法人恨拿破仑致启兵祸，逼令退位，远居英国。其后拿破仑死，亦不得归葬。"①

黎庶昌对《布国围攻巴黎油画》这幅油画相关历史知识的介绍，应当是颇费心力考证得来的，这就显示出黎庶昌精研考证的研究能力，也深化了读者对于这幅油画的理解，从而使读者能够获得文化解读的乐趣，这是黎庶昌《西洋杂志》与一般游记随笔不同的地方。

与中国近代其他出国考察人员一样，黎庶昌对西方的军事、经济和科学技术等也甚为关注和重视。《英君主阅示兵船》一文对英国皇室检阅舰队的描述，没有过多言及其仪式和场面，而是把笔墨重点放在详细列举 26 艘军舰的吨位、火炮、动力、水手等数据上。黎庶昌曾多次参观英国兵工厂，他不但细致地在文章中描述了试验鱼雷、大炮的情形，而且还以 2000 多字的篇幅介绍了制造大炮的工艺和机器设备。对巴黎印书局的印书过程，也有 2000 多字的详细记述，其他如记述法国农务学堂中的农业机器、制造瓷器的工厂等，也都务尽其详，表现出其考察的细致与深入。黎庶昌在《布生织呢厂》中，记述了西洋纺织的机械化流程，并以之与中国纺织技术做比较："制呢之法，其次第一如中国纺织棉布，并无差异。所异者，中国以人工，西人用机器，西人可为百者，中国只能为一，优劣巧拙遂殊耳！"② 1880 年，西班牙马德里农务学堂开学，西班牙国王、王后前往祝贺，西班牙学部尚书函请黎庶昌同往观礼。越一月余，黎庶昌又偕黄玉屏、吴礼堂赴该学堂详细考察，观其教学实验设备，以及葡萄榨汁机、犁铧、割麦器、脱粒机、播种器等农耕用具，他在《马得利农务学堂》中感叹西洋农耕技术："无一而非减省人力。"③ 黎庶昌的这些感慨生发，是他对西洋国家机械化生产的

---

① 黎庶昌：《西洋杂志》，湖南人民出版社，1981，第 109 页。
② 黎庶昌：《西洋杂志》，湖南人民出版社，1981，第 91 页。
③ 黎庶昌：《西洋杂志》，湖南人民出版社，1981，第 96 页。

强烈向往。以西方做对比，黎庶昌深深地感到中国洋务运动学习西方的步子实在太慢，他曾在《与李勉林观察书》中说："十余年来，中国颇讲自强之术，然兵船未能逾新加坡一步。现虽遣使驻扎各国，而商贾不能流通，行旅不至于锡兰，岂谓之长驾远驭？"① 由此可见黎庶昌对科学技术的推崇和急切向往。

在英国，黎庶昌践行其"多识""格物"的主张，他兴致勃勃地登上格林尼治天文台观测星空，亲眼观测和验证了西方的天文学说。《西洋杂志》中有一文专门介绍近代天文知识，题为《谈天汇志》，文章比较全面地介绍了太阳系中日、月、地球以及各大行星的运行轨道、体积和观测到的各种天文景象，并指出尚有众多的小行星存在于太空。文章对太阳、水星、金星、地球、火星、木星、土星、天王星、海王星等星体的大小、距离远近、运行规律等都进行了详细的介绍，并对日食、月食、月亮绕地球旋转等宇宙天体现象进行了详细的解说，该文更像是一篇严谨的科普散文。在文章结尾，黎庶昌说："此数者（笔者注：指以上所记述的各条天文知识），在天文中为极浅近之说。西国五尺童子，大率能言之。自余至欧土数年，与罗稷臣、严幼陵、黄玉屏诸君数数讨论，始知其梗概，而得于玉屏者为尤多。志之，所以见余之陋也。"② 罗、严、黄等人均为清朝官派至欧洲学习海军的进修生，严幼陵即严复。《谈天汇志》透露出黎庶昌常与留欧中国知识分子相与问学的情形，黎庶昌虽谦称记述这些浅近的天文知识是"所以见余之陋也"，而其时中国大多数旧式读书人对这些知识也可谓一无所知，其陋又将如何？旧知识分子不也应该知耻而后勇，努力学习新知？这才是黎庶昌给中国读者讲述天文知识的真正用意所在。

黎庶昌还对英法等国政要举行"茶会"的情况，外国使臣贺喜和吊丧的方式以及外交活动中辞行、送行、约见外国大臣的礼仪等这些驻外公使日常应酬常见的知识礼节给予集中的介绍，这对于初涉国际外交

---

① 黎庶昌：《西洋杂志》，湖南人民出版社，1981，第181页。
② 黎庶昌：《西洋杂志》，湖南人民出版社，1981，第143页。

的中国外交官来说自然具有很重要的参考价值。当然，黎庶昌从使外文臣的使命出发，对西方世界的政治、经济、科学技术等方面的内容十分看重，但这并不是说他会因此而排斥西方社会生活、文化形态等为大多数人所喜闻乐见的内容。

　　黎庶昌的《西洋杂志》等"使外文学"作品，无论是其艺术还是内容，都曾受到当代学者的推崇。郭预衡认为这些作品是有清一代"别开生面"①的作品；郭延礼则说它们是清代"散文新变的先声"②，钟叔河则称赞黎庶昌用古文描写异邦景物的不少篇章并"不在朱自清用白话文写的《欧游杂记》之下"③，也有学者认为，黎氏作品描绘西洋生活的优美片段，"已实具有现代美文的特点"。④黎庶昌的"使外文学"作品之所以能够取得这样的成就，原因是多方面的。

　　黎庶昌知道，如果自己的散文创作只是介绍一些过于专业的科学系统知识的话，一则自己并不具备系统的专业知识，因此不能够准确传达科学的信息；二则过于专业的系统知识介绍也难以诱发中国读者对异邦情景的想象，难以使国人产生对外部世界的憧憬，更难以培育中国人认识世界和走向世界的思想基础。所以，黎庶昌着力于国人的意识启蒙，他也像其他旅居国外者那样记述异邦风景、民俗、文化和艺术，而且其描述更为细腻深入，这对打开中国人的眼界大有裨益。在这些介绍和描述中，由于黎庶昌具有深厚的学术素养，所以他能以学术研究的认真和务实精神去考察西洋社会的林林总总，对西洋具体事物的介绍也更注重知识性和系统性，这有助于读者从知识系统性的层面把握西洋社会的种种文化特征。黎庶昌不仅是清朝使外文臣中最为热心于学术研究的官员之一，更是晚清"使外文学"创作中最富学者气息的作家之一，黎庶昌具有学者风格的"使外文学"创作，可以说是"文化散文"的近代雏形。

---

① 郭预衡：《中国散文史》，上海古籍出版社，1999，第588页。
② 郭延礼：《近代文学与中国文学》，百花洲文艺出版社，2000，第113页。
③ 钟叔河：《从东方到西方——走向世界丛书叙论集》，岳麓书社，2002，第384页。
④ 梅新林、俞樟华主编《中国游记文学史》，学林出版社，2004，第409页。

第四节　黎庶昌、薛福成等"使外文学"创作的近代意义

一　晚清"使外文学"与异邦现实书写

19 世纪中叶以后，清王朝迫于形势不得不改变其闭关锁国的政策，陆续向西欧、美、日等地派出外交使节和考察专使以了解国外情形，除此而外还有一些民间自发旅居国外的中国人，他们各自撰写的旅行日记、游记等，先后刊刻的不下百余种。其中不少出自散文名家之手，比如郭嵩焘的《伦敦与巴黎日记》、黎庶昌的《西洋杂记》、薛福成的《出使英法意比四国日记》、王韬的《漫游随录》和《扶桑游记》、康有为的《欧洲十一国游记二种》、梁启超的《新大陆游记及其他》等。这类作品，除以优美的文字描写了美丽新奇的异国自然风光之外，因其主旨在于对外国政俗的考察，所以作品通常更详细地记录了一些西方国家的政治、经济、文化、风俗等事项，使这些游记散文更加贴近西方国家现实的社会层面。与这些丰富复杂的内容相适应，产生了系列性的长篇游记，这种文学创作倾向直接为后来的现代游记散文所继承，并成为现代游记散文的先导。

1862 年（同治元年），王韬随英国著名的汉学家理雅各由香港出发前往英国，从此开始了他在欧洲两年多的旅居生活，王韬此行最大的收获就是对于异域文化与政俗的考察。在巴黎，王韬参观了罗浮宫的文化珍藏和见识了万国博览会的盛况，他作文写道："凡所胪陈，均非凡近耳目所逮，洵可谓天下之大观矣！"[1] 王韬到达伦敦后，"每日出游，遍历各处。尝观典籍于太学，品瑰奇于各院，审察火机之妙用，推求格致之精微"。[2] 王韬在访问英国牛津、爱丁堡等地之后，对英国教育注重

---

① 王韬：《漫游随录·扶桑游记》，湖南人民出版社，1982，第 90 页。
② 王韬：《漫游随录·扶桑游记》，湖南人民出版社，1982，第 98 页。

"实学"的情况做了详细介绍。王韬在《制造精奇》一文中，对英国现代科学的发展及其应用情况也有详细介绍，并认为"英国以天文、地理、电学、火学、气学、光学、化学、重学为实学，弗尚诗赋词章"。①王韬由此指出了中西文化存在的一些差异，西欧国家经过工业革命的洗礼，对科学技术的推崇是崇尚诗赋词章的中国难以比拟的。对于英国风俗，王韬还有很多自己的观感。当中国人普遍视西方各国为夷狄、讳谈洋务之时，王韬能够以实事求是的宽容态度去考察和研究西洋文化和风俗，并能如实加以评价和介绍，在当时的知识界都是明智通达之举。

1876 年，郭嵩焘以清政府首任驻英公使的身份，带领第一批中国正式驻外使臣驻使英国，1878 年他又兼任驻法公使。在郭嵩焘居留国外的三年多时间中，他写下了数十万言的日记。郭嵩焘《伦敦及巴黎游记》中光绪三年（1877 年）农历正月初二的日记，就用 1400 多字记述了郭嵩焘及其随员畅游动物园的情景。日记详细描述了他们所看到的 30 余种动物的形体、神态及生活情状，中国自古以来从未有过此等供公众观赏的动物园。郭嵩焘农历四月十二的日记还记述了他游览伦敦海德公园内的展览厅——水晶宫的情景。该展览厅，是维多利亚女王的丈夫、皇家艺术学会主席阿尔伯特亲王募集资金于 1849 年开始筹建的，1851 年在此举办了大型的博览会。这是一座用玻璃和钢铁构件建造而成的巨型展厅，建筑蔚为宏伟。郭嵩焘在日记中先描述了他的总体印象："入门皆玻璃为屋，宏敞巨丽，张架为市，环列百余。其前横列甬道，极望不可及。"②并对水晶宫的内部结构及陈设进行了具体而细微的描写介绍。作为中国的第一位正式驻外大使，郭嵩焘在其游记中用大篇幅记录了中国人前所未见的西洋世界的新鲜事物，将新的内容引入了中国散文创作中。

二　桐城文法的新突破

在"曾门四弟子"中，黎庶昌、薛福成也都曾远涉重洋，出使到

---

① 王韬：《漫游随录·扶桑游记》，湖南人民出版社，1982，第 122 页。
② 郭嵩焘著，钟叔河、杨坚整理《伦敦与巴黎日记》，岳麓书社，1984，第 203 页。

欧洲，他们的视野也因此大开，扎实的中学基础加上西洋的题材使其作品风靡文坛，如黎庶昌创作的《卜来敦记》《游盐原记》，薛福成创作的《观巴黎油画记》等。他们的文章以简洁、流畅、细腻的桐城笔法描绘了异国人民的生活、风俗和精神面貌，寄托了中国先进知识分子希望国家早日富强的愿望，产生了较为积极的影响。黎庶昌、薛福成二人以桐城文法表现新事物，扩大了题材的范围，给人以耳目一新的感受。

薛福成早期的思想属洋务派，曾出任过英、法、比、意四国使臣。他以自己滔滔雄辩、议论纵横的议政文字打破了桐城古文不宜作论说的传统。薛福成的散文创作还工于叙事状物，他著名的《观巴黎油画记》和那些描绘异国风光的游记如《白雷登海口避暑记》等，均以叙事写景状物的精细传神而达到了较高的艺术水准。《观巴黎油画记》写作者在巴黎油画馆观赏表现普法战争中法国惨败之状的油画，《白雷登海口避暑记》则写的是英国白雷登海口的自然风光。

英伦四面环海，气和而得中，无严寒亦无盛暑。然邦人士之贵富者，咸以避寒暑远徙。一岁中恒四三月，而避暑必在新凉之后。当夫秋高日晶，天宇澄旷，去邑适野，舍业以游，西人名之曰换气。盖都会之中人民稠密，居之久，则气浊神昏，而百病生。必易一地以节宣之，则气清体健而百病却。此于养生要术，研之颇精，意不专在避暑也。其避寒之用亦然。

癸巳（笔者注：光绪十九年，1893 年）七月杪，余从西俗避暑白雷登海口。海口为巨绅豪商必至之地，以海气养人躯体，尤善于郊坰清气也。白雷登在伦敦西南三百余里，乘火车约熟五斗米顷，即至。邦人士营此胜区，罔惜财力，岁异月新。有穹林以翳炎阳，有幽园以栽名花，有陡入海中之新旧二堤，以待游者涵濡海气。岸高也，则有升车以省纤绕；波平也，则有小舟以恣荡漾。海上中下三层俱罗花木，可步可坐可纳凉焉。余初来此，神气洒然，如鸟脱樊笼而翔云霄之表。所居高楼，俯瞰海唇。夜卧人静，洪涛訇㿢，震耳荡胸，涤我尘虑。少焉风止日出，波澜不惊。西望辽敻，想象亚墨利加大洲，如在云烟杳霭中，未尝不觉宇宙之奇宽也。

于是携侣扶筇，任意所之。见有驶电气车者，夷然登之，风驰云迈，一瞬千步。制造之巧，愈于火轮。数十年后，其将行之我中国乎！俄而下车，步往长堤听西人奏乐，披襟以当海风。或遥睇水滨，而美鸥鸟之忘机，或旁睨钓徒，而悯众鱼之贪饵。于斯之际，蠲烦涤嚣，心旷神愉，窃意世间所谓神仙者之乐，不是过也。暑移意倦，浩歌以归。归而依枕高卧，亦得佳趣，梦中如游邃古之世。既觉，偶睎窗外，海景奇丽，皜曜万里，恍睹金碧世界。盖日将西匿，倒景入海也。无何，暝色已至，秉烛朗诵杜子美诗十余首，以畅余气。如是者旬余始返。其诸所访名迹尚多，不尽记。

余自春初期满未归，羁怀侘傺，悄焉寡欢。今而知天与人以自得之趣，随地可以领会，初无遐迩之别也。夫诚默体古君子素位而行之旨，将焉往而不乐哉！

光绪十九年（1893 年）八月十三日记。[①]

薛福成在对景与物生动、逼真而又精确的描绘中，也把自我感受准确地传达出来，达到惟妙惟肖、传神达情、写意俱佳的境界，这种散文作风不仅为桐城古文所未有，亦为传统古文所不及。

黎庶昌与薛福成同跻身曾门四弟子之列，其散文也都在走出国门、接受了异国新事物和新思想的影响冲击之后，文体上产生了新变，已将他们自己所谓的"桐城诸老所讲之义法，虽百世不能易也"[②]的桐城义法抛诸脑后了。薛、黎二人的散文创作，无论是内容还是形式，都对桐城—湘乡派散文的写作规范有所突破，并随着时代的发展而产生了较大的变化，从而为近代新体散文的产生提供了新的质素。这种新变首先从他们的国外记游散文开始，而且这种变化又发生在最顽固的古文派

---

① 任继愈主编、郑振铎编《中华传世文选·晚清文选》，吉林人民出版社，1998，第 235～236 页。

② 薛福成：《寄龛文存序》，《庸庵文外编》卷二，光绪刊本。

别——桐城派内，颇为耐人寻味。这就说明：思想内容的更新，是中国古代散文文体变革的内在动因。也就是说，即使像桐城派这样一个具有深远影响的规范谨严的散文流派，又有像曾国藩这样在政治上强有力的人物兼文坛领袖的人援之以手、加以助推，但在巨大的时代浪潮冲击下也只能是泊岸观潮了。

相比较而言，晚清国内游记散文的文体变化，在同时期内均不如国外记游散文那么明显。林纾1910年前后写作的《记超山梅花》《湖心泛月记》等文章既有游踪，又有山川景物的描写和观感，是结构完整、规范的游记散文。正如文题所示，《记超山梅花》记作者同友人游超山赏梅，《湖心泛月记》则写作者携家人月夜泛舟游赏西湖。林纾以桐城派自居，他不仅用古文写作，而且还用古文翻译西方近代小说等文学。虽然林纾以典雅简洁的文言写下的这两篇游记，绘声绘色而又情景交融，是其游记中的代表作，颇能代表当时国内记游文章的典型文风。但是林纾为文所用的语言依然是文言，其文章情调也尚未脱离古代文人骚客的积习，从其散文创作中尚难以寻觅到向近代散文转变的迹象。这当然不只是林纾一人，同时期其他作家的国内游记作品在内容和文体上也大体如此。

比如南社诗人姚石子的《金陵重九游记》和李叔同的《西湖夜游记》。姚文写于1910年，而李文则写于1912年。姚石子于重九之日游金陵，状写这座龙盘虎踞并被称为"石头城"的古代帝王之都的雄伟和险要："造其巅，纵目四望，前牛首，后武湖，钟阜镇其左，大江环其右，全城形胜，历历如指诸掌。呜呼！何其壮也。"[①] 姚石子凭吊明故宫和明孝陵两处古迹，还描写了紫禁城的颓败和零落，"午朝门外，衰草连天"[②]；明太祖埋骨的明孝陵前，已经是"断砖残瓦""荒烟满目"。很显然，姚石子的这篇游记，借对明代故都的凭吊，寄托了他反清复明的革命情怀，这是南社诗文的一大特点。李叔同的《西湖夜游

---

① 姚昆群、昆田等编《姚光集》，社会科学文献出版社，2000，第27页。
② 姚昆群、昆田等编《姚光集》，社会科学文献出版社，2000，第28页。

记》则通篇以四字句一气呵成，音调读来铿锵有力。姚、李两位南社诗人的记游散文，虽然所写对象不同，情怀的抒发也有很大的差异，但都体现出了南社诗文慷慨激昂、气势充沛的风格特点。在语言文字的运用上，他们所使用的仍然是文言，并未表现出形式上新的进展。但从姚、李的两篇游记来看，作品在主观抒情方面却大大地加以强化。作者的情感和情绪，不仅在行文中时有流露，而且两篇文章的末尾，都有较为集中议论抒情的段落。如《金陵重九游记》最后一段文字："吾因之忆去年今日，方在虎林，于雨丝风片之中，拜苍水张公之墓。今年此日复来建业，于疏柳斜阳之外谒胜朝太祖之陵，如此重阳，其真百无聊赖矣！"① 在主观抒情的强化这一点上，两篇游记已初步显露了冲破旧文体的迹象，与五四记游散文相呼应。

黎庶昌、薛福成等人的近代游记散文在文体上尚处于变革前的准备阶段。旅居或出使国外，引发了他们思想内容的新变化，其描写异国风情的域外游记作品也首先显示出某些新变来。在语言文字的运用上，他们的作品已由典雅古奥的文言，变为浅显易懂的文言。而在写法上逐渐冲破了桐城义法和一切古文家法，打破了古代游记作品狭小的格局，文章体式更趋于自由灵便。而由于描写对象已不再仅仅局限于单纯的自然景物，社会人文景观也受到了空前的重视，所以其文章篇幅也随之而加大。

在曾门四弟子中，黎庶昌与薛福成都属于在科场蹭蹬但以上书言事的方式改变了人生机遇的人物。他们均胸怀用世之志而又不甘以文人自处，都服膺于曾国藩"文者，道德之钥，经济之舆也"② 的训诲，都因熟悉"洋务"而担任驻外使节并因此更多地获得了接触西方政治、思想、文化观念的机会。因此，他们的"使外文学"不仅更能彰显出曾国藩对桐城派"中兴"散文的影响，也做出了属于自己的独特贡献，这主要表现在以下三个方面。

---

① 姚昆群、昆田等编《姚光集》，社会科学文献出版社，2000，第28页。
② 黎庶昌：《拙尊园丛稿》，沈云龙主编《近代中国史料丛刊》第八辑，台湾文海出版社，1967，第2页。

其一，黎、薛二人的散文较多地涉及当世急务，其经世致用的内涵更具体明确。比如黎庶昌不仅写过《由北京出蒙古中路至俄都路程考略》《由亚西亚俄境西路至伊犁等地路程考略》等研究西北地理的文章，而且在他的《上穆宗毅皇帝书》《上穆宗毅皇帝第二书》和《敬陈管见折》等文章中还直陈当时吏治的弊端，并主张向先进西方学习，进行政治、经济、文化、教育等方面的变革；而薛福成则写了不少涉及"洋务"的散文，如《枪炮说》《海关征税叙略》《海关出入货税叙略》《通筹南洋各岛请设领事官保护华民疏》《振百工说》《变法》《矿屯议》《出使四国奏议叙》等。

其二，黎、薛散文在克服传统桐城派散文规模狭小、文笔偏于清淡等方面亦有进展，有时能显示出其雄奇魁伟的一面。薛福成散文既长于记叙又雄于议论，他的《变法》一文首论彼时的天下已由"华夷隔绝之天下，一变而为中外联属之天下"①，因此"虽以尧舜当之，终不能闭关独治"②；次论变法之要在于学习西洋诸国的富强之术；然后驳斥抵制变革的种种迂见，文章指出，"取西人器数之学"并非是"用夷变夏"，"乃所谓用夏变夷者也"。③该文写得雄辩而恣肆，颇具论辩色彩，显然更得"湘乡派"的真传，兹节引其中一段。

　　呜呼！不审于古今之势，斟酌之宜，何以救其弊？我国家集百王之成法，其行之而无弊者，虽万世不可变也。至如官俸之俭也，部例之繁也，绿营之窳也，取士之未尽得实学也，此皆积数百年末流之弊，而久失立法之初意。稍变则弊去而法存，不变则弊存而法亡。是数者，虽无敌国之环伺，犹宜汲汲焉早为之所；苟不知变，则粉饰多而实政少，拘挛甚而百务驰矣。若夫西洋诸国，恃智力以

---

① 薛福成：《变法》，任继愈主编、郑振铎编《中华传世文选·晚清文选》，吉林人民出版社，1998，第219页。
② 薛福成：《变法》，任继愈主编、郑振铎编《中华传世文选·晚清文选》，吉林人民出版社，1998，第219页。
③ 薛福成：《变法》，任继愈主编、郑振铎编《中华传世文选·晚清文选》，吉林人民出版社，1998，第220页。

相竞。我中国与之并峙，商政矿务宜筹也，不变则彼富而我贫；考工制器宜精也，不变则彼巧而我拙；火轮舟车电报宜兴也，不变则彼捷而我迟；约章之利病、使才之优绌、兵制阵法之变化宜讲也，不变则彼协而我孤，彼坚而我脆。昔者蚩尤造兵器侵暴诸侯，黄帝始作弓矢及指南车以胜之；太公封齐，劝其女红极技巧、通鱼盐，海岱之间，敛袂往朝。夫黄帝太公皆圣人也，其治天下国家，岂仅事富强者？而既厕于邻敌之间，则富强之术，有所不能废。①

黎庶昌的论说类散文也大多写得情感充沛，条理明晰，颇具逻辑力量，洋洋洒洒，下笔千言，与桐城派规范未能尽合。1884 年 6 月（光绪十年五月），黎庶昌在驻日使署感慨自己 1877 年随郭嵩焘出使西洋以来，清廷"遣使八年，出洋诸公从未有将中外情形统筹入告者"，而自己"奉使东西两洋，已逾八载，闻见所接，思虑所筹，何忍缄默不言"，于是专折上呈《敬陈管见折》，开端即极大地加强了文章的主观抒情性，使人为之动容。

窃臣伏读三月十三日朱谕："嗣后内外臣工，务当痛戒因循，各据忠悃，建言者秉公献替，务期远大等因，钦此。"仰见虚怀纳谏，集思广益，凡百臣工，苟有一知半解，分当竭愚。况如臣者奉使东西两洋，已逾八载，闻见所接，思虑所筹，何忍缄默不言，以负朝廷望治之意。顷者法越事定，外祸渐纾，虽有球案一宗悬而未结，将来无论如何拟议，实不足再烦兵端。

然者今日所宜加意讲求者，专在整饬内政矣。《易》曰："物穷则变，变者通，通者久。"处今时势，诚宜恢张圣量，稍稍酌用西法，不必效武灵之变服，但当求秦穆之荣怀。中外协力图谋，犹不失为善国。若徒因循旧贯，意气相高，援汉家法度以自解，臣虑

---

① 薛福成：《变法》，任继愈主编、郑振铎编：《中华传世文选·晚清文选》，吉林人民出版社，1998，第 220 页。

后悔仍未已也。谨就微臣管见所及，为我皇太后、皇上约陈数端。①

黎庶昌少年时代师从伯父黎恂和表兄郑珍学习，26 岁以知县衔进入曾国藩幕府，并师法曾氏学习古文。黎庶昌虽师法曾国藩学习古文，但他并不囿于桐城古文的"义法"，却宗于郑珍散文自由抒写的路子，所以他的散文闳肆华赡而又清新淡雅，开阖自如，在抒写自然之时颇多优美可诵之律，在政论文章中则又能雄奇瑰伟，罗文彬曾指出黎庶昌在散文写作上"远祖桐城，近宗湘乡，而不规规一格"。②

黎庶昌出使异国之后受异域文化的影响和启迪，视野得以开阔，其散文创作从内容到形式较之桐城古文都有较大变化。从散文新的内容、思想和文学表现手法等方面来说，黎庶昌的散文已为中国近现代新体散文的产生提供了一些新的因素，其以出使异邦为主要书写对象的"使外文学"散文作品，在中国散文的近代文体观念和语言革新上可谓开风气之先，因此在近现代散文发展史上具有重要的地位。

---

① 黎庶昌：《拙尊园丛稿》，沈云龙主编《近代中国史料丛刊》第八辑，台湾文海出版社，1967，第 367~368 页。
② 罗文彬：《〈拙尊园丛稿〉·跋》，《拙尊园丛稿》，光绪十九年（1893 年）上海醉六堂石印本。

余　论

　　1876 年（光绪二年）12 月 2 日晚，郭嵩焘率副使刘锡鸿、参赞黎庶昌、翻译德明（张德彝）、凤仪等 30 余人，赴英就马嘉理事件道歉。一行人在"举世哗笑"之声中冒雨从上海登船，出使英国。经过长途旅程，于 1877 年（光绪三年）1 月 21 日到达英国伦敦。遵照光绪皇帝诏令，郭嵩焘将其途中所写日记整理成册，题名为《使西纪程》，循例报送总理衙门，不料日记刊印后却引发了一场政治地震，嘲讥谤议，扑面而来。究其原因主要是书中所记载科学地理知识迥异于中国的外部世界，"里头一大段，大概说'现在的夷狄，和从前不同，他们也有二千年的文明'。嗳哟，可了不得！这部书传到北京，把满朝士大夫的公愤都激动起来了。人人唾骂，日日奏参，闹到毁版才算完事"。①

　　尽管有此前车之鉴，但驻英使馆内的其他使外文臣仍旧埋头著述，数年之后，刘锡鸿的《英轺日记》、张德明的《四述奇》和黎庶昌的《西洋杂志》等相继刊行。这些作品和此前斌椿的《乘槎笔记》、志刚的《初使泰西记》，以及薛福成的《出使四国日记》、宋育仁的《泰西各国采风记》等，勾勒出了近代中国人特别是中国官派使外文臣走出国门、初识世界时的认知轨迹和真实的心路历程，形成一道独特的文化景观。朱维铮先生曾指出：

---

① 梁启超：《五十年中国进化概论》，易鑫鼎编《梁启超选集》（上卷），中国文联出版社，2006，第 475 页。

他们的记叙未必可靠，议论或许肤浅，甚至曲学阿世，以挑剔攻讦异域政治文化为能事。但重要的不是他们的陈述的客观性。重要的是他们都是出现在工业革命和民主革命以后的西方世界的首批中国使者。帝国外交官员的身份，使他们贴近观察欧美诸国的权力运作状况，得以连续俯瞰工业化世界的社会生活概况，得以经常接触具有不同影响力的政客、官僚、贵族、财阀以及学者、文士等等。中西社会文化的差异，又使他们的观察的敏感度、感受的对比度，较诸久客异域者更为强烈，尤其是因为他们总在双方政治冲突的前哨位置上。所以，他们的游历见闻，便从一个特殊的角度，展现出晚清中外文化学术的互相冲突，在饱受传统熏染的上层士大夫中间，可能激发的种种反应。①

晚清外交官的种种"使外文学"创作，是晚清外交官对异质文化的自觉书写，是其"跨文化意识"的反映。"跨文化意识"（cross-cultural awareness）是西方学者汉维（Hanvey）提出的概念，是指理解和承认文化差异的能力（the capacity of understanding and accepting cultural differences）。西方学者 Chen 和 Stacosta 对"跨文化意识"曾有如下解释：

跨文化意识是跨文化交际中认知方面的问题，指的是，对影响人们思维与行动的文化习惯的理解。跨文化意识要求人们认识到自己具有文化属性，也要基于同样的认识去探寻其他文化的突出特征。只有这样，他们才能在跨文化交际中有效地理解他种文化人们的行为。由于每一种文化都有其独特的思维方式，不同文化之间的误解就往往会在跨文化交际中造成严重问题。②

---

① 朱维铮：《求索真文明：晚清学术史论》，上海古籍出版社，1996，第139页。
② 毕继万：《跨文化交际与第二语言教学》，北京语言大学出版社，2009，第25~26页。

汉维认为此种意识可分为四个层次：

第一个层次，通过旅游或课本了解到异国文化中的一些表面的可见的特点，得到的感受是觉得奇特和富有异国情调。在第二层次，由于文化上的冲突，看到异国文化中的一些重要但细微的与本国文化不同的方面。这时的反映是情绪沮丧，行为反常。在第三个层次，通过理性的分析达到对异国文化中的重要而细微的特点的了解，在认知的水平上感到可以接受。在第四个层次，通过长期生活在异国文化中的体验，学会从当地人的眼光看待一切，从感情上觉得异文化是可以接受的。①

晚清驻外使臣及其随员精通外语的人并不多，具有西方人文系统知识的人更少，能够深刻了解西方文化思想的人则几乎没有，这些决定了他们对西方文化的认知程度。由于中国传统文化根深蒂固的影响，中国外交官们注定对西方异质文化难以真正认同，更谈不上热爱，也很难对其进行深入的研究，所以，对于西方异质文化的跨文化意识，就很难进入第四个层次。在晚清外交官眼中，大多数只能看见西方文化的表层，并且只能在中西文化差别的表层现象中进行观察和认证。由于这个原因，晚清外交官"使外文学"对西方文化的评价和认知，与同时代西方思想家从自身文化内部得出的见解，并不在一个思想深度上。但也不可否认，晚清"使外文学"创作对中国近代社会产生了一定的影响。

第一节　晚清"使外文学"作品对近代
中国人认识世界的贡献

在晚清使外文臣大量出使异国以前，魏源的《海国图志》和徐继畬的《瀛寰志略》两部著作就代表当时中国人对于世界的最高认知水

---

① 胡文仲：《跨文化交际学概论》，外语教学与研究出版社，1999，第196页。

平。但魏、徐两人并未曾对异国进行过实地考察，所据资料也并不完整，书中甚至还有一些错误，国内一些顽固守旧士大夫还不屑于研究国外的真实状况，黄遵宪就指出：中国士大夫"好谈古义足以自封，于外事不屑措意。无论泰西，即日本与我仅隔一衣带水，击柝相闻，朝发可以夕至，亦视之若海外三神山，可望而不可即"。[①] 因此，中国清朝使外文臣亲历国外的相关著述能够在相当程度上弥补这些缺憾。出使异邦的使外文臣细心记录的赴任途径的路线，沿途所遇景物以及所驻国的风土人情等，都足以校正魏、徐著作之错漏。有的使外文臣还自觉将其见闻与《海国图志》《瀛寰志略》等书的记载相对照，以纠正其记载错误。邹代钧[②]在国外潜心学习和研究了西方的测绘地图新法，所著《西征纪程》就详细记述了沿途国家和地区的地理、政教、历史、风俗、物产、时事等情况，为更全面了解相关国家提供了重要的参考资料。王咏霓撰写《道西斋日记》记录了他自德国柏林归国，路经法、英、美、日等国，经海道绕行大半个地球的经过，使读者对世界地理的情况有了更为形象的认识。

　　近代中国所面临的重大问题之一是如何看待世界形势、如何理解近代西方资本主义国家的发展。在相当长的时期内，中国都把资本主义国家看作夷国番邦，把西方列强与中国古代少数民族建立的政权等量齐观，顽固地对外奉行华夷体制，拒绝向西方国家学习。晚清使外文臣亲眼看见并承认了资本主义制度的先进性，刘锡鸿在国内时以思想顽固保守而著称，但1877年出使到伦敦仅两个月，他就在日记中描述了英国"无闲官，无游民，无上下隔阂之情，无残暴不仁之政，无虚文相应之事"，他"从未闻有人语喧嚣，亦未也有形状愁苦者。

---

① 黄遵宪：《日本国志序》，陈铮编《黄遵宪全集》（下册），中华书局，2005，第819页。
② 邹代钧，中国清末地图学家，中国近代地图学的倡导者和奠基人之一，中外彩色地图铜版印刷的创始人。曾教过光绪、宣统两代皇帝，其祖父汉勋学问广博，擅长地理沿革，他受其影响，自幼爱好史地。光绪十一年（1885年）秋，以随员身份出访英、俄，归国后于1896年在湖北武昌创立舆地学会，从事地图译绘工作。编绘地图多用圆锥投影法，并标明比例尺。舆地学会共译绘中外舆图700多幅，推动了中国近代地图事业的发展。著有《西征纪程》《湖北地记》《中国海岸记》等。

地方整齐肃穆，人民鼓舞欢欣，不徒以富强为能事"。① 刘锡鸿由此而感叹道："诚未可以匈奴，回纥待之矣。"② 有些使外文臣的著述，开始逐渐突破华夏文化中心论及华夷思想的陈腐观念，郭嵩焘就明确表示："西洋立国二千年，政教修明，具有本末；与辽金崛起一时，倏盛倏衰，情形绝异。"③ 西方各资本主义国家"繁华富庶，笔难尽述"。④ 其兴盛的全新面貌，带给晚清外交官们很大的震动。时人评论说："泰西各国之文物制度，厘然秩然，有先王遗意，奉使游历者，众口一辞。"⑤ 首任出使大臣的郭嵩焘还曾向国人介绍卢梭，并提出"民权"的概念。副使刘锡鸿、参赞黎庶昌和翻译张德彝等人分别在自己的著述中介绍英国、德国、西班牙等国议院。同时，使日随员沈文荧也在为《法兰西志》作序时，提及孟德斯鸠和卢梭。许多晚清使外文臣都在各自的著述中记载了资本主义国家的政治制度运行状况和民意基础。他们有的还详细记述了西方议院的组织原则、组成办法、议事程序等，也介绍了与此相关的两党制、三权分立原则，并阐发了个人的观点和认识。

对西方国家经济的发展，晚清使外文臣普遍认为重视工商业是其致富的根本原因。"欧洲立国以商为本"⑥，"其上下所讲求者，曰以通商、兴利、开矿、设厂为务"。⑦ 而这些都是建立在科学技术发展基础之上的。所以很多使外文臣的著述对于国外先进的科学技术都着意地进行了介绍，以徐建寅所著《欧游杂录》为例，杂录记载了他在游历欧洲的20多个月时间里，参观考察的英、法、德三国80多个工厂、矿山、作坊和船厂，具体记录了各个地方的规模、设备、生产技术、工艺过程、

---

① 刘锡鸿：《英轺私记》，岳麓书社，1985，第28页。
② 刘锡鸿：《英轺私记》，岳麓书社，1985，第110页。
③ 郭嵩焘：《伦敦与巴黎日记》，岳麓书社，1984，第66页。
④ 刘瑞芬：《西轺纪略》，光绪丙申年刻本，第1页。转引自杨易《晚清外交官及其著述》，《北京档案史料》（1999年第1期），新华出版社，1999，第218页。
⑤ 赵树贵、曾丽雅编《陈炽集》，中华书局，1997，第29页。
⑥ 薛福成：《出使英法义比四国日记》，岳麓书社，1985，第210页。
⑦ 崔国因：《出使美日秘日记》，黄山书社，1988，第523页。

管理状况，其中涉及 200 余项的工艺技术。热爱自然科学的徐建寅还有意到柏林科学院、巴黎矿务院、机器博物馆、基尔天文台等十多处科研单位进行访问。他的杂录所记录的许多先进工艺，如水泥制造等，在当时的中国还是空白。而其他对于西方社会民俗、日常生活、交通状况及保险、教会、警察等诸多制度，使外文臣的著述均有涉及，兹不一一列举。

清朝使外文臣们还看到，对文化教育的重视是西方国家富强的又一重要原因。崔国因就有评论说："欧洲各邦，论立国育才之道，曰：'读书则智，不读书则愚；智则强，愚则弱'，诚有味乎其言之矣。德国之民，读书者百之九十五；美国之民，无不读书，宜其强富如是之速也。"[1] 而对于西方国家的社会民俗、日常生活、交通状况、风土人情等情况，许多使外文臣的著述也有涉及。其中黎庶昌的《西洋杂志》就对英、法、德、西等欧洲国家的社会生活状况进行过细致的描绘，"就像是反映十九世纪西欧社会生活的一卷风俗画"。[2] 此外，晚清使外文臣对西方国家的铁路、邮政、电气、造船、化工等行业及外国教会、保险、军事、警察等诸多制度也有大量的介绍。

"使臣之职，安内和外，自古与将相并重。"晚清外交官的社会地位较高，又曾长年任职于国外，所以其著述自然颇受各阶层欢迎和重视。许珏称："自海外归后数年之间……每遇朋好，辄询海外见闻，有无著作？"[3] 姚文栋也提到："不才奉使日久，海内知交多赆书索观近著。今年夏乞假归省，同人相见者尤以此为言，因出丛稿。"[4] 国人热切地期望了解国外状况，而作为外交官的使外文臣们"凡一身所阅历，耳目所见闻，无不可书，略志梗概。俾未到海外者可作卧游资"。[5] 由此可见，使外文臣的海外"阅历"和"见闻"是国内知识

---

① 崔国因：《出使美日秘日记》，黄山书社，1988，第 672 页。
② 黎庶昌：《西洋杂志》，湖南人民出版社，1981，第 8 页。
③ 许珏：《复庵遗集》第 5 卷，民国铅印本，第 2 页。
④ 姚文栋：《读海外奇书室杂著自序》，光绪十四年排印本，卷首。
⑤ 蔡钧：《出洋琐记自序》，光绪乙酉年刊本，卷首。

分子了解外部世界的重要途径。据统计，1866～1900 年，由 66 人所撰写的有关国外见闻的单行本著述，总数已逾 158 部。这其中，绝大多数著述为晚清使外文臣的著述。① 为了满足读者的需要，这些书籍曾一再刊行。

1897 年，《小方壶斋舆地丛钞再补编》的出版目的即是如此："中日构衅，全局一变……及此上下交儆，力图振兴，谓非千载一时欤。丛钞旧有正编、补编之刻，近复得数十种为再补编。中如……游历闻见录、各国采风记、万国近事考略，穷事物之变"，以使"读者反覆玩索，洞然于国势敌情"。② 此外，《西政丛书》、《灵鹣馆丛书》、各种《富强丛书》等都大量收录了使外文臣的著述。许多著述在国内获得了较高评价。黄遵宪所著的《日本国志》，狄葆贤在其《平等阁诗话》中评价说："《日本国志》书，海内奉为瑰宝，由是诵说之士，抵掌而道域外之观，不致如堕五里雾中，厥功洵伟矣哉。"③ 姚文栋所著《日本地理兵要》"赅综形势，洞中肯綮，足称洋务中之鸿宝"。④ 王咏霓的《道西斋日记》被誉为"足扩华士迂执之见"。⑤ 黎汝谦翻译的《华盛顿传》也因记录了"美国创立民主合众之全规"而被称为"美国开国史略"。⑥ 黎庶昌"反映 19 世纪西洋生活的一卷风俗图"——《西洋杂志》也颇受时人推崇。这些使外文臣著述的广泛出版和传播，对于近代中国人，特别是晚清政府和官员、士绅和知识分子产生了重要的启蒙作用，对西学在近代中国的广泛传播和清政府之后推行的内政外交的变革，都起到了推波助澜的作用。

① 费正清等编《剑桥中国晚清史》（下），中国社会科学出版社，1993，第 202 页。
② 王锡祺：《小方壶斋舆地丛钞再补编·前言》，光绪二十三年南清河王氏刊本。
③ 黄遵宪著，钱仲联笺注《人境庐诗草笺注》，古典文学出版社，1957，第 412 页。
④ 黄观保：《读海外奇书室杂著后序》，光绪十四年排印本，卷尾。
⑤ 阙名：《道西斋日记序》，光绪徽休屯同文堂本，卷首。
⑥ 转引自张承宗、陈映芳《简论戊戌维新变法时期外国史的介绍和研究》，《世界历史》1987 年第 1 期。黎汝谦，字受生，贵州遵义人。曾数度随使日本。1882 年为神户、大阪理事，1891～1893 年任横滨、筑地理事。

第二节　晚清"使外文学"作品对中国近代维新思想的影响

　　近代中国维新思想的产生和发展，与西方资本主义侵略的日益加紧和清王朝专制危机的不断加深紧密相关，而晚清使外文臣的"使外文学"等著述对中国维新思想的产生和发展也有一定的影响。

　　晚清首位出使大臣郭嵩焘在走出国门前其思想就比较开明，是洋务派的代表之一。出使英国后，他更加极力主张向西方学习，并指出：资本主义国家"政教修明，具有本末"，西方"尚学兴艺之方，与其所以通民情而立国本者，实多可以取法"。① 但当时晚清风气未开，郭嵩焘之思想横遭诋毁，屡受参劾，因此其关于上海至伦敦见闻的《使西纪程》也被清廷谕令毁版。

　　随着洋务运动的深入发展，晚清社会风气也逐渐开化。1884 年（光绪十年），清廷下诏要求内外臣工建言国策，时任驻日公使的黎庶昌即上呈《敬陈管见折》。黎庶昌入仕之前虽持有"外夷以奇技淫巧炫惑中国人士"的看法②，然而在奉使出使东西洋之后，"闻见所接，思虑所筹"，思想发生了比较大的转变。他认可并推崇西方的先进性，并以此为借鉴大胆建议清政府"稍稍酌用西法"③，他还提出了七项具体的改革措施。④ 与此同时，许多有识之士在"富国强兵治中驭外"思想的指导下，也显示出对朝廷进行改革的急切盼望。例如，提出"储人才""重用通达洋务人才"；经济上"开煤铁五金之矿""开辟地利"；军事上"精造铁舰广制轮船""设立水师学堂""以洋法练兵"；外交上"遣使臣出洋必须熟悉外情""执公法""循和约""延律正"（笔者

---

① 郭嵩焘：《郭嵩焘奏稿》，岳麓书社，1983，第 348 页。

② 黎庶昌：《上穆宗皇帝第二书》，《拙尊园丛稿》卷一，光绪二十一年刊本，第 18 页。

③ 参见黎庶昌《敬陈管见折》，丁守和等主编《中国历代奏议大典》第 4 卷，哈尔滨出版社，1994，第 662 页。

④ 参见黎庶昌《敬陈管见折》，七项措施为：急练大支水师；及早兴办火车；修治京师街道；优赐召见公使；加重保护商务；预筹度支；派亲贵大臣赴西方游历。

注：聘请外国律师）等，这些建议明显已经具有发展西方近代商品经济的性质。又比如说要求创办银行（"官号银肆"）"以通有无"；"通民情，通上下之志，达彼此之情"；"行日报"，在"要处隐设西字日报，藉以维持公论"。这些建议提出的时间正是中法战争时期，而与此同时，崔国因还明确地向清政府提出了设立议院。

崔国因（1831～1909），字惠人，号宣叟，安徽太平（今黄山）人。1871 年中进士，改庶吉士，曾出使过美国、西班牙、秘鲁等国。1884 年崔国因就曾向朝廷提出过开议院的要求，他把施行洋务和设立议院看作与泰西各国角逐智力同等重要的事情："议院设，而后人才辈出，增饷增兵之制可以次第举行也。洋务讲，而后有折冲樽俎之士，出使绝域之方，可与泰西角智角力也。"[1] 并认为中国自强的关键是设立议院，"设议院者，所以因势利导，而为自强之关键也"。[2] 崔国因因此而成为近代中国人向朝廷明确提出开设议院的第一人。[3] 1889 年，崔国因出使美、日、秘，他在出使日记中主张学习西方先进科学技术和各种行之有效的法规制度，他认为：中国古代圣人"固取法于昆虫草木"，现代"又何必以外国而鄙弃之哉！"[4] 他对资本主义制度有较深刻的认识，他说："议院通上下之情，报馆发幽隐之慝，而小人之忌惮常存

①　转引自熊月之《中国近代民主思想史》（修订本），上海社会科学院出版社，2002，第134 页。

②　转引自熊月之《中国近代民主思想史》（修订本），上海社会科学院出版社，2002，第134 页。

③　关于崔国因提出"设议院"建议的时间，熊月之、谢俊美等均认为是在光绪九年（1883年）（参见熊月之《中国近代民主思想史》，上海人民出版社，1986，第 128 页；谢俊美：《政治制度与近代中国》，上海人民出版社，1995，第 155 页）。崔国因晚年所写《条陈辛丑三月呈请大学士代奏未行，为谨拟新政备资采择恭折》中确有"臣于光绪九年×月曾上条陈，陈设议院之善，留中未发"之语。但他在提出"设议院"的奏折中，经常引用光绪九年全年的统计数字。如他讲："俄人于西比里亚，光绪四年，土人淘金所得计值银一百七十万两矣。光绪九年，则增至二百万两矣。又探得黑龙江淘金之地二十八区，光绪九年，淘金四万两，值银七十余万两矣。"（崔国因：《奏为国体不立后患》，《深请鉴前车速筹布置恭折》，《皋实子存稿》，光绪年刻本，第 16～17 页。）据此推测崔国因提出"设议院"的时间应在光绪十年（1884 年）。

④　崔国因：《出使美日秘日记》，黄山书社，1988，第 11 页。

矣。"① 崔国因对议院制度推崇备至："泰西富强之政，不胜枚举，随时随事行之，但得其利而无其弊者，其枢纽全恃乎议院。"② 虽然多数晚清使外文臣并未能如崔国因一样明确提出学习西方的政治制度，但他们对于西方政治制度多少也有些直观的认识和见解。甲午战争前，中国思想界对是否应变君主专制为君主立宪曾进行过激烈的争论，也有一些外交官在中西政治制度的比较和选择中明显地倾向于变革。

1891 年，许珏③在给友人的信中写道："泰西之政胜于中华者有四，曰勤；曰俭；曰公；曰诚。中国大弊在于上下相蒙以作伪为得计。究其作伪之故：则由于不公、不俭、不勤。然此弊亦惟官场为甚。"④ 薛福成也曾指出："西国所以坐致富强者，全在养民教民上用功"，其内容有五，即"阜民材""通民气""保民生""牖民衷""养民耻"。薛福成认为学习西方政治制度十分重要，他批评洋务派"侈谈西法"，只讲"精制造、利军火、广船械"，而忽视"养民教民"之法，是本末倒置。⑤ 宋育仁⑥在《泰西各国采风记》中，总结了西方各国政治制度的优劣，他看到了西方议院制度对于欧洲振兴的重要作用并极力赞美议院制度："议院为欧洲近二百年振兴根本。自有议院，而君不能黩武、暴敛、逞刑、抑人才、进佞幸；官不能怙权固位、枉法营私、病民蠹国，故风行景从，不崇朝而遍欧美。议院为其国政所在，即其国国本之所在，实其国人才之所在。"⑦ 由于"君民共主"的"民主政治"促进了

---

① 崔国因：《出使美日秘日记》，黄山书社，1988，第 107 页。

② 崔国因：《为谨拟新政备资采择恭折》，《臯实子存稿》，光绪年刻本，第 70 页。

③ 许珏（1843~1916），字静山，晚号复庵，无锡人。光绪二年，因薛福保之荐入山东巡抚丁宝桢幕。八年，中举。十一年，随出使美、日、秘大臣张荫桓驻外。十六年，薛福成出任英、法、意、比大臣，为参赞。二十四年，杨儒出使美、西、秘，为参赞。

④ 许珏：《与李豫岩（辛卯三月）》，《复庵遗集·书札》卷 1，台北成文出版社，1970，第 15 页。

⑤ 薛福成：《出使英法义比四国日记》，岳麓书社，1985，第 802、803 页。

⑥ 宋育仁（1857~1931），中国早期资产阶级改良主义思想家。字芸子，四川富顺人，光绪进士，授翰林院庶吉士。1894 年任出使英法意比四国公使参赞，着意考察西方社会、经济、政治制度，积极策划维新大计。回国后，参加维新并组织"强学会"。

⑦ 宋育仁：《采风记》，《郭嵩焘等使西记六种》，生活·读书·新知三联书店，1998，第 347 页。

西方国家的崛起，相比较而言，中国这个东方帝国所赖以生存的专制"君主政治"却造成了中国的落后，所以，甚至这些清政府的外交官也认为实施议院等"西法"治国是世界发展的趋势和历史发展的必然："今之立国，不能不讲西法者，亦宇宙之大势使然也。"①

1894～1895 年的中日甲午战争，维新变法后的日本又给了清政府沉重一击。民族危机刺激着先进中国人开始把认识世界与变法维新结合在一起。以康有为、梁启超为首的维新运动代表们呼吁学习西方和日本，提倡进行更大规模的社会变革。要学习西方和日本，首先必须切实了解这些国家强大的根本原因。康有为、梁启超等人其时尚未踏出过国门，也并未能通过掌握外语而获得有效的信息，他们了解世界的途径，很大程度上依靠前人对于世界的描述。晚清使外文臣的日记、游记、考察和研究西方和日本等国的"使外文学"著述正是维新派人士认识和了解世界的途径之一。

《环游地球新录》《西国近事汇编》等著述是康有为最早接触的涉及国外的著述，使其深受影响。其中，《西国近事汇编》就有使外文臣参与译编工作。1883 年，康有为"大攻西学书，声、光、化、电、重学及各国史志、诸人游记皆涉焉"。② 康有为在"大攻西学"时，结识了一些晚清外交官，这对他有很大的帮助。"邻乡区员外谔良曾游美洲"，与康有为共同"创不缠足会草例"。③ 杨文会④还从国外带回许多精密的科学仪器，求知若渴的康、梁等人经常到杨文会处借用。

1896 年，梁启超编成《西学书目表》，由时务报馆出版，这是其多年搜罗西学的成果。此书共收录与西学有关的书籍 644 种，是中国较早较完整的一部西学目录，系统地总结了西学在中国的传播情况。《西学书目表》所列译书，很多由使外文臣翻译或合译。《西学书目表附》还特地收录"中国人所著书" 120 种，其中晚清使外文臣撰写的著作有

---

① 薛福成著、安宇寄校点《出使四国日记》第四卷，湖南人民出版社，1981，第 170 页。
② 康有为：《康南海自编年谱》，中华书局，1992，第 9 页。
③ 康有为：《康南海自编年谱》，中华书局，1992，第 11 页。
④ 杨文会（1837～1917），字仁山，安徽人。曾随曾纪泽、刘瑞芬出使欧洲各国。

50 部之多，占"中国人所著书"的 41.7%，占全书所列书籍的 7.8%。可见，清代使外文臣的著述已成为当时中国知识分子和维新人士认识世界、掌握西学的一个重要组成部分。梁启超本人对使外文臣的著述非常重视，他在《读西学书法》中，经常提及并介绍这些使外文臣的著述。许多维新人士对西方资本主义国家的了解正是从阅读这些有关西学的书籍开始的，而晚清使外文臣的作品也在其列。维新志士们对如何变革中国的思考，更深受使外文臣著述的启迪和影响，黄遵宪及其所著《日本国志》在这方面所发挥的作用尤为突出。

黄遵宪是中国近代著名的思想家、政治家、外交家和杰出的爱国主义诗人。他所著的《日本国志》翔实地介绍了日本明治维新的历史，大力宣传了维新变法的思想，该著正式刊行前就已受到中国知识界的瞩目。① 该书出版后，维新人士积极向国人推荐。康有为也称此书"耸语国人，用意尤深"，称赞黄遵宪为"以其自有中国之学，采欧美之长，荟萃熔铸而自得之，尤倜傥自负，横览举国，自以无比"。② 梁启超也说："以吾所读《日本国志》者，其于日本之政事人民土地及维新变法之由，若入其闺闼而数其米盐，别黑白而诵昭穆也。其言十数年前其于今日之事，若烛照而数计也。"他评价《日本国志》说："其志深，其旨远"，所以阅读时应"论其遇，审其志，知所戒备，因以为治"。③ 梁启超在湖南时务学堂任总教习时，还将《日本国志》指定为学员必读书目。受维新派的大力推荐，《日本国志》到 1898 年时已至少先后出现了 7 种版本，其姊妹篇《日本杂事诗》更有 12 种刻本之多。李鸿章、张之洞、翁同龢等清朝大员都阅读过《日本国志》。

黄遵宪《日本国志》对明治维新除旧布新的改革措施一一加以列举，并具体分析研究了其实践效果、利弊得失以及经验教训。作为

---

① 参见唐才常《日本宽永以来大事述自叙》，《唐才常集》，中华书局，1980，第 97 页。

② 康有为：《人境庐诗草序》，邬国平、黄霖：《中国文论选·近代卷》（下），江苏文艺出版社，1996，第 39 页。

③ 梁启超：《日本国志后序》，黄遵宪：《日本国志》（下卷），天津人民出版社，2005，第 1007 页。

"中国实行维新变法的活生生教材"，该著"为中国的变法维新提供了
具体的方法和步骤"。① 康有为提出的众多变法建议和改革措施，都曾
参考和借鉴了黄遵宪的思想，某些奏折内容甚至直接来源于《日本国
志》。② 可以说黄遵宪借鉴日本明治维新的系统的变法思想直接影响了
康有为等维新派发动的戊戌变法，所以，《日本国志》是维新变法的启
蒙读物和仿行变法的重要参考。此外，康有为等人提出的在政治上实行
君主立宪、开国会，经济上开矿山、建铁路、立商会，文化教育上废科
举、兴学堂、广译书、派留学生及在军事、社会等方面的建议，许多晚
清使外文臣都曾不同程度地提出和主张过，有些已经得以实践。由此可
见，晚清使外文臣的变革思想也是康梁等维新派维新变法思想的来源和
参考。

晚清使外文臣的见识与著作还对光绪皇帝直接产生过影响。熟知西
方社会且见识广博的张德彝在 1891 年曾担任光绪帝的英文教师。张德
彝曾随斌椿游历欧美各国，1868 年又任蒲安臣使团的通事，1870 年作
为随员随崇厚至法国，1887 年驻柏林使馆任职，可以说是清朝外交的
元老，并著有《航海述奇》等多部著作。另一位外交官张荫桓对光绪
的影响更大。1889 年（光绪十五年），光绪亲政，次年，驻美公使张荫
桓自美国卸任后归国，受光绪帝召见。在谈话中，光绪向其详细询问国
外情况："凡美州南北分党及华商丝茶滞销之故，指示靡遗。有非华士
所及知者，因得详晰奏对。"③ 光绪对张荫桓所著的出使日记表现出浓
厚的兴趣，令其"收拾完备，即行进呈"。数日后，又急不可待地下旨
"相促"。张荫桓将日记编纂进呈后，光绪"诏留览"，以至于"都中人
士咸欲快睹……宜贵洛阳五色之笺"。④ 自此，张荫桓愈受光绪赏识。顽
固派人士也不无感慨地说："南海张侍郎曾使外洋，晓然于欧美富强之

① 王晓秋：《近代中日文化交流史》，中华书局，1992，第 211 页。
② 参见王晓秋《"日本国志"初探》，《近代史研究》1980 年第 3 期；郑海麟：《日本国志与
日本变政考的关系初探》，《暨南学报》1996 年第 2 期。
③ 张荫桓：《三洲日记后序》，光绪年刊本，卷尾。
④ 黄良辉：《三洲日记序》，光绪年刊本，卷首。

机，每为皇上讲述，上喜闻之，不时召见。其为人虽不足取，然启诱圣聪，多赖其力。"① 1897 年，张荫桓又访问了英、美、法、德、俄等国，归国后条具其所闻见，累疏以陈光绪。戊戌变法中，张荫桓负责管理新设立的京师矿务、铁路总局，倾向于变法。

1898 年 2 月，百日维新前夕，光绪帝得知黄遵宪著有《日本国志》，遂催促翁同龢、张元济等进呈此书。翁同龢在日记中曾说："上向臣索黄遵宪日本国志，臣对未洽，颇致诘难。"第二天，"是以日本国志两部进呈。"光绪对《日本国志》的重视程度及其受书中内容的影响自然不言而喻。光绪帝两次"相促"进呈使外文臣书籍的情形，表现了光绪帝奋发图强、试图效法变法的努力，晚清使外文臣及其著述确实是对光绪帝的变法思想起到了"启诱圣聪"的作用。

薛福成在《〈出使四国公牍〉序》中说，"自我中国通使东、西洋诸大邦，所以咨政俗，联邦交，保权利者，颇获无形之益。"② 晚清外交官作为一个群体在中国近代史上的影响和作用较少有单独的论述。在传播西学并向西方学习的过程中，外交官作为一个群体做出了较大的贡献。即使与传教士、留学生、洋务派知识分子这些传播西学的主力相比，外交官也毫不逊色。大部分的清朝外交官深受中国传统文化的濡染，具有良好的文化根底，他们担任着较高的政府职务并有机会走向世界，亲历西方社会文化环境中接触西学，通过实地的考察和研究，在中外文化比较的基础上，他们撰写出介绍和认识西方政治制度、风土人情、科学技术等方面的著述，反映了当时先进的中国人渴求了解和认识世界的愿望。清代外交官的著述对上至皇帝，下至一般知识分子均有启蒙之力，在社会上引起共鸣。在中国近代中外文化交流史上，外交官是一支不可忽视的力量，其思想和著述的贡献应予肯定。

---

① 苏继祖：《戊戌朝变纪闻》，国家档案局明清档案馆，中华书局，1958，第 333 页。
② 薛福成：《庸庵随笔》，中共中央党校出版社，1998，第 194 页。

第三节　晚清"使外文学"作品的文化交流意义

　　晚清使外文臣具有特殊的多重性文化身份，中国传统文化在他们身上有很深的积淀，在纯中国化的文化修养与西方文明的对话中，晚清使外文臣对于西方文化的向往只是流于表面，这正是对其内心难以割舍的根深蒂固的中国传统文化的坚守，因此晚清使外文臣对异邦文明既仰慕又不屑的双重心态是显而易见的。晚清使外文臣的多重文化身份，不仅造成了他们观察异邦时的意识差异，而且直接影响了他们自身面对中外异质文化时的文化倾向。使外文臣之文化身份与政治身份的殊异，也造成了晚清使外文臣在亲眼看见异邦镜像之后，其内心所产生的文化冲突也各不相同，但中华帝国的忧患，也引发了使外文臣共同的民族忧患感和崛起意识。

　　通过分析晚清使外文臣的"使外文学"创作，可以从中窥视到在中西文化冲突和交汇的历史潮流中发现自我与他者存在差异性的中华民族彼时的文化心态，这种心态以强烈的自卑与自尊、羸弱与坚强构成了矛盾的综合体，展示出晚清文人，尤其是使外文臣一段特殊的心态历程和历史文化景观。

　　晚清"使外文学"将异邦的礼教风俗、政治经济、山川风物、文化艺术等悉数纳入笔端，对世界各国的现代化图景给予深切的关注，由此而展示了中国近代知识分子在接受世界各国文化时的复杂心态，客观上也为中国打破原有的闭关锁国的统治格局传递了新声，为国家文化形象的重塑提供了资源。因此，研究晚清黎庶昌等使外文臣的"使外文学"作品，具有重要的文学史和文化史意义。

　　（1）对晚清"使外文学"进行整体和系统的研究，可以清晰认识并合理定位"使外文学"在中国近代文学发展史中的地位。这种定位，首先取决于晚清"使外文学"创作主体的特殊性及其文学书写的文化功能。晚清"使外文学"在中国文学领域具有特殊的时代性，是晚清中国文学对于世界的实践性介入。其次是这种文学对中国近代散文文体观念及其语言的变革也产生了重要的推动作用。晚清"使外文学"创作，使中国散文开始具有了海纳百川的气度和收放自如的艺术境界，尤其是黎庶昌、薛福成等人的"使外文学"创作实践，更显示了晚清"使外文学"的斐然成就。由于黎庶昌等人亲历西洋、东洋，其眼界与智识自然与一般士人不同。使外文臣的特殊出使经历，使他们不仅感受到了不可忽视的中西差异，开阔了视野，增长了见识，从而也在散文创作风格上趋向于打破传统的散文创作观念，由传统的"文以载道"到晚清的"经世利器"，其散文创作在有意无意间推动着近代散文文体观念及其语言的变革。

（2）晚清"使外文学"创作，反映了在自我与他者关系的认知中，自我认识的深化过程。在文化交往中，自我对他者的借镜比照，往往带有自我反观的性质。这种状况，以形象学的观点来看，在自我认知他者，并以他者为借镜的过程中，自我与他者都会在某种程度上相互折射出某些重要的信息，作为出使到异邦的使外文臣的"使外文学"创作不可避免地涉及对他者形象的建构。

他者（the other）一词，虽然目前还没有一致充分认可的定义，但可以从对他者的各种表述中去理解它的本质以及它作为一种文学话语的全部意义。女权主义理论家波伏娃（Simone de Beauvoir）使用"他者"一词，她的原意是用它来诠释女性相对于男性的从属地位。陶铁柱在《第二性》译者前言中总结了他对波伏瓦"他者"概念的理解，比较具有代表性："'the other'的真正含义是指那些没有或丧失了自我意识，处在他人或环境的支配之下，完全处于客体地位，失去主观人格的被异化的人。"① 这种表述将他者的所指局限在人。布林克·加勃勒（Gisela Brinker-Gabler）在关于"他者"专题论文集的前言中总结学者们涉及"他者"的各方面研究时说："学者们或者把他者作为自我内部的一种变体，或者在种族上、性别上、阶级上或民族上区别自我的他者来探

---

① 〔法〕波伏娃：《第二性》，陶铁柱译，中国书籍出版社，1998，第4页。

讨，或者涉及另一社会、另一文化的男女他者等论题。"① 而霍桑
（Jerny Hawthom）在 1994 年出版的《文学术语汇编》中把"他者"的
所指范围大大拓宽了，"人们将一个人一个群体，或一种制度定义为他
者。是将他们置于人们所认定的自己所属的常态或惯例（convention）
的体系之外。于是，这样一种通过分类来进行排外的过程就成了某些意
识形态（ideological）机制的重要组成部分"。② 结合学者们的表述，笔
者认为，"他者"一词所指涉的是独立于自我之外，相异于自我，并能
为自我所感知的另一客观存在。这个客观存在范围广阔，可以是相对于
自我的个人、集体、自然、文化等一切。"他者"由于可以被自我感
知，因而与自我之间又构成了千丝万缕的复杂关系。

黎庶昌"使外文学"作品既涉及中国文化在西方文化中的遭遇，
也涉及西方文化对中国文化中的冲击。所以他的作品既涉及外来他者的
问题，也涉及他者语境下的自我问题，他的"使外文学"的重要特质
就是始终努力深刻地思考他者和自我的关系问题。

对他者的关注往往是出于自我的原因。日本东北大学的熊野纯彦
说："在他人的情况极明了、生活正常运转的时候，我们很少能用反省
的目光看周围。'他者'的问题多是在自身与他人的关系出现破绽时才
被注意到的。"③ 黎庶昌生活的 19 世纪中后期，中国对西方的关注是因
为当时中国文化出现的危机。而今天，全球化对所有的文化都提出了挑
战，无论孰强孰弱，东西方文化都面临着各种各样的矛盾和冲突。在这
种情况下，每种文化都需要不断审视自我，调整与他者的关系，以利于
自我和他者的生存发展。因此，对晚清外交官笔下的他者形象进行深入
研究，无疑具有一定的参考价值。

（3）"使外文学"与文化交融。晚清"使外文学"的创作无疑具
有开眼界的作用，然而，若仅仅从猎取异邦奇异物象以取悦统治者和读
者的角度来阅读晚清使外文臣的作品，显然并不能凸显晚清"使外文

---

① 转引自祝远德《他者的呼唤——康拉德小说他者建构研究》，人民出版社，2007，第 11 页。
② 转引自祝远德《他者的呼唤——康拉德小说他者建构研究》，人民出版社，2007，第 11 页。
③ 〔日〕熊野纯彦：《自我与他者》，杨通进译，《世界哲学》1998 年第 4 期。

学"的价值所在。应该说,从使外文臣认知世界的过程中,对于其所表现的民族心态的考量,更具有现实意义。值得指出的是,晚清"使外文学"体现出了一个意识到自我与他者存在差异的民族融入世界的过程。这种过程,首先通过作为晚清"使外文学"创作主体的文人面对世界时的心态历程呈现出来,而从某种意义上说,使外文臣特殊的政治身份和文化身份,也在一定程度上影响着晚清中华帝国的国家意识和中华民族的对于"他者"的群体观念,其近代化的诉求在不经意间被导引出来,认识这一现象,实际上对当前的世界各民族的全球化融入过程具有一定的启示和借鉴意义。

赛义德在《文化与帝国主义》一书中说:"由现代帝国主义发动的全球化过程,使得这些移民人口的声音早已成为事实,无视或低估西方人和东方人之间的共同经历,无视或低估不同文化源流之间的相互依存,就等于忽视 19 世纪世界历史的核心。殖民者和被殖民者正是在这种相互依存中,通过谋划或对抗性的地理学、叙事和历史叙述而形成同舟共济又彼此排斥的关系。"① 他在《东方学》的后记中还提到:"我的目的,如我前面所言,并非消除差异本身——因为没有谁能否认民族和文化差异在人类交往过程中所起的积极作用——而是对差异意味着敌对、意味着对立永远无法消解这类观念以及从中产生的一整套对立性认识提出挑战。"②

斯皮瓦克也认为,在帝国主义时期,帝国主义构成了所有小说的话语场,只有联系这个话语场,才能突出小说的文化实践和文化意义。同时我们也应该看到,帝国主义的殖民过程,也是使第三世界"世界化"的过程,而所谓的"世界化"是指世界上分散的各文化进入由帝国主义西方文化引导的统一文化场域。但是,被殖民地的第三世界本属于另一迥异的世界,具有自己的本土文化,因此,第三世界作为西方的他者,既是帝国主义的殖民和剥削对象,又是需要发现和

---

① 〔美〕赛义德:《文化与帝国主义·导言》,《赛义德自选集》,中国社会科学出版社,1999,第 173 ~ 174 页。

② 〔美〕赛义德:《东方学》,王宇根译,生活·读书·新知三联书店,1999,第 453 ~ 454 页。

阐释的丰富的文化特质。正是这种二重性，现代西方小说一方面言说着帝国主义的殖民公理，另一方面又必然对这一公理在指涉第三世界时候的不完全性，存有疑窦和空白，这种疑窦和空白就是因为被压迫文化和受压迫的东方人不能"说话"形成的。在《三个女性文本和一个帝国主义批评》的结尾，斯皮瓦克表明了自己的心声："我期望对帝国主义的深刻批判会引起第一世界读者的注意，这至少可以扩大阅读的政治疆界。"① 正是在这种批判过程中，她为第三世界文化身份的确立提供了新的理论支撑。

在全球化的今天，世界正以前所未有的巨大规模，在方方面面互通有无。其中很重要的一部分就是文化的交流与沟通。在全球化文化交流中，我们对自我和他者会持一种怎样的态度就成为一个值得探讨的话题，特别是作家和批评家由于政治纷争、种族或文化歧视而衍生的定型化批评偏见，还有那些以自我为中心，贬抑他者，在自我与他者之间灌输主仆尊卑、贵贱对立思想的种种歧视性关注。不同民族与文化之间应该尝试破除成见，反省自我并丰富自我，同时与其他民族、文化、社会进行富有建设性的对话与交流。这种对待自我和他者的态度对于我们研究西方、研究中国以及中国对世界文化的发展、演变都是不无裨益的，这也正是我们解读黎庶昌等人"使外文学"中描绘西方文化形象的核心意义所在。

（4）对于完善国家文化形象的意义。无论是当今的全球化时代，还是前全球化时代，世界各国之间的文化交流和互动从未停止过。在自我与他者的彼此认知过程中，隔膜总是短暂的，而理解却是永恒的，因此暂时的隔膜能否被永恒的理解所代替，往往取决于我们对往昔文化沟通困境的认知和对未来所应采取的适宜对策的思考。当前，在国际竞争中，作为国家软实力代表的国家文化形象，其地位已日益彰显，成为国家综合实力的一种重要体现。如何创建和完善国家文化形象，就不单单是认清当前局势、思考和谋划未来发展战略的问题，更应该对历史的发

---

① 转引自罗钢、刘象愚《后殖民主义文化理论》，中国社会科学出版社，1999，第179页。

展脉络加以理清。唯其如此，我们才能以历史过往为借鉴，将当下的梦想变成未来的现实。因此，对黎庶昌等人"使外文学"作品的研究，其现实意义也正在于此。

附　录

黎庶昌生平及著述年谱*

时　间	年龄	生　平	著　述	相关事件
1837 年（道光十七年，丁酉）	1 岁	黎庶昌，字莼斋，别署黔男子。八月十五黄昏时，生于贵州省遵义县新舟镇沙滩旧宅。秋，父黎恺①（49 岁）署大定府学教授。		莫友芝②（1811～1871）27 岁。曾国藩（1811～1872）27 岁。

* 以下资料根据黎祥搜集的《黎庶昌年谱》（《遵义文史资料》第 9 辑《关于遵义人物（1）》，中国人民政治协商会议遵义市委员会文史资料研究委员会内部资料 1986，第 57～125 页），黄万机：《黎庶昌评传》（贵州人民出版社，1989），黎庶昌：《西洋杂志》（湖南人民出版社，1981），黎庶昌主编：《拙尊园丛稿》（沈云龙主编《近代中国史料丛刊》第八辑，台湾文海出版社，1967）等资料收集整理而成。

① 黎恺（1788～1842），字子元，一字雨耕，晚自号石头山人，贵州遵义人。自幼体弱多病，但读书用功，38 岁考中举人，48 岁才以大挑二等以教职补用。任过印江县学训导，后又朴贵阳府开州（今开阳县）儒学训导。为人侠肝义胆，乐于助人，工诗文，著有《近溪山房诗钞》三卷、《石头山人词钞》一卷、《教余教子录》一卷。

② 莫友芝（1811～1871），字子偲，又号紫泉、眲叟，晚号郘亭，贵州独山人，为莫与俦第五子。清代著名学者、金石学家、目录版本学家、书法家、藏书家、诗人，未诗派重要成员。在文字训诂、音韵、版本目录、书画鉴定方面有精深造诣。其著作主要有《宋元旧本书经眼录》、《郘亭知见传本书目》、《遵义府志》（与郑珍合纂）、《韵学源流》、《黔诗纪略》、《唐写本说文木部笺异》等。其诗文杂著总集《独山莫氏郘亭遗文丛书》收《宋元旧本书经眼录》、《郘亭遗文》、《郘亭遗文》等 7 种共 66 卷。

续表

时间	年龄	生平	著述	相关事件
1837年（道光十七年、丁酉）	1岁	伯父黎恂①（52岁）任云南平彝知县。表兄郑珍②（32岁）中举。		张裕钊（1823~1894）15岁。
1838年（道光十八年、戊戌）	2岁	黎恺宰云南大姚县。		薛福成（1838~1894）生。
1839年（道光十九年、己亥）	3岁	九月初四，妹黎晚香生。		曾纪泽（1839~1890）生。
1840年（道光二十年、庚子）	4岁	夏，父黎恺署印江县教谕，全家至印江。十一月，父恺选授贵阳府开州（今开阳）训导，随父至开州。黎庶昌患羸弱，竟日号啼，至一年方愈。		第一次鸦片战争爆发。吴汝纶（1840~1903）生。秋，《遵义府志》浙成具稿。
1841年（道光二十一年、辛丑）	5岁	正月二十八午时，弟黎庶诚生。父黎恺任开州训导，撰《教余教子录》。		

① 黎恂（1785~1863），字雪楼，一字迪九，晚号拙叟，清朝贵州遵义人。清嘉庆十五年（1810年）举人，十九年（1814年）进士。分发浙江桐乡知县，任内曾三次充任浙江乡试同考官。道光元年（1821年）回乡，将其薪俸积蓄购买珍本典籍几十箱，运回遵义沙滩，供黎氏子弟研读。回乡之后，一边研读经史，一边开馆授徒，从游者数十人，郑珍、莫友芝、黎兆勋等均获其教诲。道光十四年（1834年）入京候选，被拣发云南，先后任平夷、新平、大姚、姚州等地知县，知州和东川府巧家厅同知等。为官能体恤黎民，政声卓异，咸丰元年（1851年）称病返黔，晚年益埋头冶学。工诗和古文，一生研冶宋学和史学，著有《蛉虫斋诗话》《千家诗注》《四书纂义》《读史纪要》《北上纪程》《运铜纪程》等，曾主修《大姚县志》。

② 郑珍（1806~1864），清诗人。字子尹，晚号柴翁，贵州遵义人。道光举人，曾任荔波县训导。治经学，小学。为晚清诗派作家，其诗风格奇崛。所著有《仪礼私笺》《说文逸字》《说文新附考》《巢经巢集》等。1864年卒葬于遵义禹门子午山。

续表

时　间	年龄	生　平	著　述	相关事件
1841年（道光二十一年，辛丑）	5岁	七月二十二，莫与俦①卒于教官任所，年79岁。		
1842年（道光二十二年，壬寅）	6岁	六月，伯父黎恂徇以运滇铜赴京，取道开州省弟。家，归途便道还，十二月十八未时，父恺卒于开州训导任，寿55岁。		中英《南京条约》签订。
1843年（道光二十三年，癸卯）	7岁	正月二十四，父恺柩运返遵义抵遵义。母，庶昌随生母返回遵义老家。黎庶昌泣卒青郑珍生母，郑珍撰《救授修职佐郎开州训导子仲男黎公行状》。		
1844年（道光二十四年，甲辰）	8岁	八月十八，黎恺葬睝子女汪家园子。自父卒，兄庶蒸对黎庶昌督教甚严，期在必达，黎庶昌亦发愤强求。		中美《望厦条约》、中法《黄埔条约》签订。

① 莫与俦（1762～1841），字犹人，号杰夫、寿民，独山兔场人，布依族。嘉庆二年（1797年），与俦考中举人，次年中进士。嘉庆六年（1801年），由庶吉士出任四川盐源县知县。嘉庆九年（1804年），与俦任四川甲子科乡试同考官。不久，因父亲病故，回家奔丧。又因母亲来京，在家待奉。嘉庆十三年（1808年），任人兼行（今丹寨）王氏家设馆教学。次年，受聘独山紫泉书院，任主讲。与俦在独山12年，创建"影山草堂"，倡导朴学，教育乡里子弟。母亲去世后，与俦不愿再去四川任官。道光二年（1822年），被选为遵义府学教授。次年，全家迁往遵义。与俦在遵义教授19年，以许慎、郑玄为宗，兼及南宋理学，出莫友芝、郑珍等著名弟子。对黔中汉学的传扬，为引渡津梁第一人，是"影山文化"的奠基者。道光二十一年（1841年），与俦病逝，终年79岁，葬于遵义城东青田山。门人私谥贞定先生。与俦有九子七女，五子友芝、六子庭芝，九子祥芝均为著名学者。莫与俦著作有：《二南近说》4卷、《仁本事韵》4卷、《喇吗记闻》2卷、《贞定遗集》2卷，诗文收在《贞定遗集》，另有《示诸生教》4卷，作《过庭碎录》12卷。

续表

时　间	年龄	生　平	著　述	相关事件
1845 年（道光二十五年，乙巳）	9 岁	兄庶蒸教读于家。		
1846 年（道光二十六年，丙午）	10 岁	兄庶蒸教读于家。		
1847 年（道光二十七年，丁未）	11 岁	兄庶蒸教读于家。		
1848 年（道光二十八年，戊申）	12 岁	杨开秀先生设私塾于禹门寺，赏识黎庶昌，念其家贫，免束脩入塾。		洪秀全、冯云山拜上帝会与地主团练展开斗争。
1849 年（道光二十九年，己酉）	13 岁	师从杨开秀先生读书。		
1850 年（道光三十年，庚戌）	14 岁	师从杨开秀先生读书。		
1851 年（咸丰元年，辛亥）	15 岁	伯父黎恂自云南巧家厅同知辞官归隐，设塾教授族中子弟，黎庶昌从伯父读书。诗文犁然可颂，备受激赏。胞兄黎庶蒸恩科①中举。		洪秀全、杨秀清等金田起义。

① 宋时科举，承五代、后晋之制，凡士子于乡试合格后，礼部试或廷试多次未录者，遇皇帝亲试时，可别立名册呈奏，特许附试，称为特奏名，一般皆能得中，故称"恩科"。清代于常例试外，逢朝廷庆典，特别开科考试，也称"恩科"。若正科与恩科合并举行，则称恩正并科。

续表

时　间	年龄	生　平	著　述	相关事件
1852年（咸丰二年，壬子）	16岁	黎庶昌从伯父黎恂询读书。四月二十一，从侄黎汝谦①生。六月，黎恂《千家诗注》刊。秋，仲兄黎庶蕃中举。冬，庶焘、庶燕、庶蕃赴礼部试。		太平天国定都南京，曾国藩筹练湘军。
1853年（咸丰三年，癸丑）	17岁	黎庶昌从伯父黎恂询读书。娶妻莫氏（莫与俦小女儿，莫友芝妹妹）。		
1854年（咸丰四年，甲寅）	18岁	四月初八，赴遵义参加院试。八月，杨龙喜起义，据雷台山，全家到烟石台，崖门，丛堰等地避乱。十二月下旬，杨龙喜焚雷台山，退出遵义，全家回沙滩。		八月，斋教②领袖杨龙喜率众于桐梓起义，兵围遵义城达四月之久，后败走石迁。

① 黎汝谦（1852～1909），字受生，贵州遵义人。黎庶昌之侄。出身世代书香之家，幼时酷爱读书，受姑父"西南巨儒"郑珍器重。光绪元年（1875年）举人。八年（1882年）随黎庶昌出使日本，任横滨领事。三年后任满回国，以知府分发广东，任财务提调等职，历时十年，因"墨误"罢官，寓居贵阳，与僧人往来，死于庙中。他关注国家及天下形势，所写该书之序堪称日本史纲。他翻译《日本地志提要》，与僧人往来有一定贡献。他还写有《务本论送庐诗文集》。黎汝谦是中国变法维新运动的鼓吹者和参加者，他有四封书信，对后书信，上李端棻两封，致王秉恩一封，劝发了变法维新的迫切性。表达了康有为、梁启超有才识，堪大用，斥责守旧大臣对康梁的诬蔑和攻击。上李鸿章《赠李梓观观察》《赠李铁船船观察序》陈田共辑《黔诗纪略后编》30卷，为贵州明间宗教组织，在才有才的后人身上。著有《夷牢溪庐诗文集》。黎汝谦与莫庭芝、陈田共辑《黔诗纪略后编》以求自立，把富强愿望寄托了贡献。

② 斋教亦称"白衣佛教""老官斋教""斋门"等，以佛教为主博采其他信仰而形成的中国民间宗教组织。一般认为源自五代两宋时期的"明教"，在演化过程中又取了"罗教""白莲教"的某些教理、戒规和组织形式。明、清二朝主要流行于闽、浙、江、赣、台等地区，教众统称"老斋"。斋教信徒博采儒、释、道三教同顺，崇奉弥勒菩萨，称之为"无极圣祖"。其教堂称为"斋堂"，不设寺院。入教者以"普"字为法名。明清时农民起义，时有以此教为号召和组织者。

西洋借镜与东洋唱和

续表

时 间	年龄	生 平	著 述	相 关 事 件
1855年（咸丰五年、乙卯）	19岁	同学于郑珍。正月十五卯时，赵宴娟生。		张秀眉率苗民起义，贵州各地号军①纷纷响应。
1856年（咸丰六年、丙辰）	20岁	同学于郑珍。正月初二戌时，长女瑞荪生。		太平天国内讧，英军进攻广东，第二次鸦片战争爆发。
1857年（咸丰七年、丁巳）	21岁	春，入府学为附生，食廪饩，督学为鲍源深。②		石达开离开天京，率部出走。
1858年（咸丰八年、戊午）	22岁	耕读于家。		英法联军进入天津。
1859年（咸丰九年、己未）	23岁	耕读于家。七月二十戌时，二女瑞萱生。		号军一度进入遵义南乡，杀死县令。

① 号军即教军。太平天国革命时期，在贵州，由白莲教组织和领导的苗汉两族农民起义军，以旗帜、服装的色别，分为红号、黄号、白号三支。1855年（咸丰五年）至1868年（同治七年），曾先后在平越、遵义、铜仁、思南等处，掠地占城，声势浩大。清政府调席宝田、唐炯率湘川军人黔，疯狂屠杀，起义失败。

② 鲍源深（1811～1884），字华潭，号花潭、澹庵，安徽和县西梁山镇人。清道光二十七年（1847年）进士，后改翰林院庶吉士，编修。历任国史馆协修官、纂修官。咸丰十年（1860年）七月，奉命帮助恭亲王办理洋务。后授工部、礼部右侍郎，吏部、兵部、户部右侍郎等职。著有《朴竹轩文集》。

续表

时　间	年龄	生　平	著　述	相　关　事　件
1860年（咸丰十年、庚申）	24岁	正月十七，庶母刘孺人卒于家，葬小青杠林父恺墓右。同夏庭芝赴贵州威宁，拜谒胡觐旸以求事，遇承龄（姓裕瑚鲁，号尊生），目黎庶昌为"国士"。冬，启程赴京应顺天乡试。① 岁暮抵重庆涪陵。	20多年后，曾为承龄《大小雅堂诗集》作序，序中特别提到到威宁相识情形，"忆咸丰十年，先生为贵西道。余谒先生于威宁官舍。友人莫正升谓芝适主先生所，时一过从，与先生谭艺甚洽，顾蒙国士之目。是冬，余谋赴顺天乡试，先生赠金，且以诗宠行。"②	英法联军进入北京，签订中英、中法、中俄《北京条约》。黄、白号军一度逼近遵义东乡，黎氏全族外逃。
1861年（咸丰十一年、辛酉）	25岁	至武昌，得从兄黎恺资助入京应试，落第。在京寄寓黄黎恺弟子肖润宇③主政家，后至保定周颢处任家塾塾师。六月十七，女瑞蕃生。		咸丰帝奕詝死，叶赫那拉氏（1862年4月上徽号：慈禧皇太后）垂帘听政。
1862年（同治元年、壬戌）	26岁	参加恩科乡试，落第。八月，因同治登极，特诏举行恩科，加乡试，又下第。九月初，上书言事。九月初十奉上谕，令都察院传黎庶昌，将所应陈事件，条分缕析，具呈。黎庶昌呈《上穆宗毅皇帝第二书》。九月中旬，黎恺任开州训导，润宇以初补弟子员来谒，始结识黎庶昌兄弟。从25个方面条分缕析，阐明了自己的见解。	七月二十八，因见众星流向西南，慧星见于西北，京师疫气盛行，同治帝下诏求言，申谕中外大小臣工，务各齐心悉惫，谠言无隐。	太平军与湘军在天京激战四十多昼夜，不胜。

① 自咸丰五年，贵州因苗民起义，停乡试，黎庶昌因谋越是冬赴顺天乡试。是时，从兄兆勋在武昌任潘照磨兼盐库大使，黎庶昌乃决定先至武昌依兆勋以求资。行前，郑珍有《送黎纯斋表弟之武昌序》，庶蒸有《送纯斋弟之湖北兼赴顺天乡试》诗。承龄赠金并作《赠黎纯斋茂才黎庶昌》诗。

② 黄万机：《黎庶昌评传》，贵州人民出版社，1989，第19页。

③ 肖润宇，字庭溆，道光二十二年，黎恺任开州训导，润宇以初补弟子员来谒，始结识黎庶昌兄弟。

续表

时间	年龄	生平	著述	相关事件
1862 年（同治元年，壬戌）	26 岁	十月初八，同治帝准降旨，黎庶昌著加恩以知县用，发交曾国藩军营差遣。 十月中旬，黎庶昌著恳辞官职，愿以诸生身份随下曾国藩。是时，查看黎庶昌是否有真才实学，据实甄别。 十月十三，降旨曾国藩。 十月十八降旨，对请辞官职事允。 十月二十八，复降旨曾国藩，嘱悉心甄看。 十一月初十，女瑞著殇。	九月上旬，黎庶昌遣家人刘林至都察院呈《上穆宗毅皇帝书》。①	春，白号军张保山人据禹门寺、沙滩黎氏住宅及郑珍望山堂被烧毁。 秋，石达开一度围攻遵义城。

① 《上穆宗毅皇帝书》开篇即阐述上书原因："臣窃幸昭生一下，必有直臣烈士，披沥肝胆，昌言谠论，侃侃谔谔，指陈利害有昌者，督抚大夫无有昌者，甚而至于台谏诸臣亦无有昌者。臣愿区区之心，不胜愤闷，道应诏昧死为陛下一言。"认为："贤才者，国之元气，国之元气则亡，人无元气则亡。为国之气云，谁也？乃傲岂下亦尝以求贤为事矣，然而一岁以来，奇材异能之特进者，又谁也？陛下亦尝引身，而诸臣无求贤之心，即有求贤者，动曰循例，夫循例则人人皆可进，而无待于陛下又不示以求贤之格。于是天下之贤才，销亡灭天下革茶中而卒无以自见。过者或差至日天才为灭，岂不痛哉！该书还指出，中国经过了四大变，自周襄后，中国之害日甚。又有三大害，古所未有，合三害以为一大害。从古至今，中国之与夷狄，未有不以和议而致亡者也。"针对时弊，黎庶昌慨陈诸词，即以尽月瞻旬，乃胜月瞻旬，如王公宰相无有昌者，国之元气则亡，国无元气则灭。乃傲岂下位之者，谁也？山林隐逸之辞召者，谁也？鸿识博学之顾同者，而诸臣无示以求贤之心，即有求贤者，动曰循例，夫循例则人人皆可进，而无待于陛下又不示以求贤之格。五李之际，纷争成伐五十余年，黯天日，制之者速而振之因果。合四变以为一大变，邪苏之教，终成魇舐之患。百司旷官，此整减太明之过；轻用守令，此疏于民瘼之过；官方不逞，直言不进，财日困，贿赂不进，冗官充素，以致诸爱财之祸，佛氏之虚无制之祸，合今天，英法诸夷迭而浅，抚有再振之因果。针对时弊，黎庶昌慨陈词，即："开捐取利，上下交征；冗官充素，贻害百姓。捐官滥行，上无廉耻，下多游民，多游民，无以养廉。律例多端，百司罔觉，见闻多端，不思变通。法令今一，言官不宏，言路不宏，见闻多端，不思变通。法今一，户口繁重，无所统纪，官禄不给，无以养廉。旗人坐食，毫无生计；商人把物价，涌贵不修；兵制破坏，散漫不修；此绅，州县无权，滥授轻调；律例多端，百司罔觉，律例繁琐，要从根本上改变，则必须创以创为守，不能因循旧法，对如此败坏的国家大局，要从根本上改变，要须因循旧法，以恢宏国脉。"

续表

时　间	年龄	生　平	著　述	相　关　事　件
1863年（同治二年、癸亥）	27岁	春，由北京赴安庆，便道省黎兆勋于湖北武昌。三月十九，抵曾国藩安庆军营，派司稽查保甲。八月二十九，伯父黎恂病逝于禹门山寨。十一月十二，曾国藩具折奏保花翎及黎庶昌等九员皆学行修饬，可备任使。		太平天国苏、浙两根据地先后失陷，天京吃紧，石达开败亡于四川大渡河。
1864年（同治三年、甲子）	28岁	六月，南京为清军攻破，曾国藩委黎庶昌办善后事宜。八月二十，从兄黎兆勋卒。九月十七，郑珍卒。十一月二十七奉上谕：委用知县黎庶昌，著候补缺后以直隶州知州尽先补用，先换顶戴。寄书邓琢，求蔡四川遵义县梅溪公墓有无损妃。邓琢诸灌派人往视，复书告以墓尚坚固，并将墓碑拓寄。		天京陷落，太平天国灭亡。
1865年（同治四年、乙丑）	29岁	正月，庶焘寄所刊诗词令黎庶昌覆审，并告以贫病甚。黎庶昌发书求谒至江南，使发半道而道卒焘病卒于二月十九卒于禹门寺。升任直隶州知州，尽先补用。五月二十五，曾国藩离南京北上，黎庶昌人居幕府，襄办营务。六月二十八，薛福成由其兄福辰陪同，至宝应同乘谒曾国藩、人参曾幕，与黎庶昌及向师棣同乘一船，遂与订交。八月初四，庶焘赴徐州告庶焘死讯。九月，庶焘赴徐州告庶焘卒。十一月十八，向师棣病卒。十二月十七，嫡母张氏卒。		曾国藩、李鸿章等创办江南机器制造局。捻军杀死清军统帅僧格林沁。五月初三，清廷命曾国藩赴山东剿捻。八月初四，曾国藩抵徐州府。

续表

时间	年龄	生平	著述	相关事件
1866年（同治五年、丙寅）	30岁	正月，因家至庐尽毁，曾国藩资以百金，促使迎养生母吴太夫人至南京。四月十六，曾国藩、薛福成、王鼎尝及黎庶昌等七人登泰山。四月十九，返回济宁。秋，庶潘携家从黎庶昌居南京。九月二十四，在周家口曾接家信，得知嫡母张氏逝世，即日起程，奔丧回里。		二月初九，曾国藩移师济宁。四月初七，曾国藩登舟查看运河及黄河。十五日抵秦安。六月十五，曾国藩由济宁移师周家口。八月初九抵周家口。
1867年（同治六年、丁卯）	31岁	二月初七抵家。九月假满，因曾国藩已于三月回南京，黎庶昌返南京。		捻军消灭湘军新军，曾国藩回南京任两江总督。阿古柏侵占南疆，成立"哲德沙尔"国。席宝田率湘军入贵州，镇压苗民起义军。川、滇，楚军相继入黔。
1868年（同治七年、戊辰）	32岁	曾国藩保奏黎庶昌，以直隶州知州留江苏补用。①黎庶昌应江苏巡抚丁日昌之聘入幕，移家寓居苏州。		曾国藩补调直隶总督。十一月初四，曾国藩离南京赴北京。赖文光败亡，东捻军溃散。秋，西捻军被歼灭。贵州黄、白号军失败。

① 九月初二，曾国藩上奏云："臣查黎庶昌自到营以来，先后六年未尝去臣左右。北征以后，追随臣幕，与之朝夕晤对，察看该员笃学励劳。内怀抗希先哲，朴数时艰乏哲，而外甚朴讷，不事矜饰。臣于咸丰二年密保一次，又于续保克复金陵案内明保二次，请以直隶州知州补用，今臣交御前蒙在念，该员系系特旨差遣人员，既无经手事件，不必随臣前赴直隶。"

续表

时　间	年龄	生　平	著　述	相关事件
1869 年（同治八年、己巳）	33 岁	五月，至保定谒曾国藩。娶侧室赵曼娟。		贵州遵义爆发反洋教斗争。十二月初七，清廷命李鸿章赴贵州督办军务。
1870 年（同治九年、庚午）	34 岁	正月，黎庶昌上书李鸿章论贵州军事事，并请从军入黔。二月，黎庶昌致函曾国藩，以从军从仕两策见询。曾复函认为，此时上有垂白之亲，下无襁褓之子，家徒壁立，侨寓异乡，从军之策近于下策。夏，黎庶昌署吴江知县。		二月十六，清廷命李鸿章带兵先赴陕西，陕平定后，仍即驰赴贵州督办军务。天津发生反洋教斗争，曾国藩奉命查办。
1871 年（同治十年、辛未）	35 岁	冬，调署青浦知县。九月，莫友芝卒于扬州新化舟中，年六十一。	十月十一，作《湘乡师相曾公六十寿序》。	沙俄侵占新疆伊犁。
1872 年（同治十一年、壬申）	36 岁	正月，请曾国藩为父恺孙作墓志铭。创修《青浦县志》三十三卷。初冬，卸职，举家寓居苏州。十一月初十，子尹懋生。冬，因家贫甚，赴保定谒李鸿章求事，未果。	二月初四，曾国藩卒。三月初一，黎庶昌撰《祭曾文正公文》。	贵州苗民领袖张秀眉被俘杀害，起义军覆灭。夏，轮船招商局在上海成立。
1873 年（同治十二年、癸酉）	37 岁	应莫友芝之子莫绳孙之请，审定莫友芝遗稿。管准阴堤工支应。		
1874 年（同治十三年、甲戌）	38 岁	堤工支应任上。	十一月，撰《曾文正公年谱》。①	日军一度入侵台湾，清政府向日本赔款。

① 《曾文正公年谱》十二卷，光绪二年（1876 年），传忠书局刊行。辑入《曾文正公全集》，列为首集。此书由黎庶昌编撰，李翰章审订。黎庶昌为曾国藩幕宾，与曾氏朝夕相处达六年之久，对其身世、言行、学识和情操了如指掌。这部年谱搜罗的资料十分丰富，叙述详略得宜。由于作者阶级立场和观点的局限，对曾氏有谀美之词，对太平天国则多所贬斥。此书对中国近代史和曾氏本人的研究，都有重要的参考价值。后有多种版本。

续表

时　间	年龄	生　平	著　述	相关事件
1875年（光绪元年、乙亥）	39岁	管扬州荷花池厘金局。携章永康诗词至局，准备修订刊印，不幸毁于火。		同治帝载淳死，立载湉为帝，西太后再度垂帘听政。
1876年（光绪二年、丙子）	40岁	因在荷花池厘金局报解余羡逾万，调权通州花布厘捐。长女瑞祚与张裕钊之子张沆共结连理。八月，置地扬州平山堂西，以葬死者，迁葬于此，瑞蒉、瑞芝、瑞嵩素殇于此，并作哀辞。九月，使英公使郭嵩焘调黎庶昌为参赞。十月十八，郭嵩焘、刘锡鸿、黎庶昌等由上海搭英国"塔拉万阁"号轮船起程赴英。张裕钊有《送黎莼斋嵩焘使英吉利序》。十二月初八，船抵英国扫伦大街第四十五号大清国驻英使署。十三日，任英外部送国书副本，并订进见英君主日期。二十六日，英议政院开议会，郭嵩焘、刘锡鸿、刘孚棚及黎庶昌同往旁听。	夏，传忠书局刊所撰《曾文正公年谱》。十月朔，因黎氏家世微薄，族姓不甚蕃衍，又值兵革之后，转徙无常，惧其人大而失考，而存其征不实者，次列其系属，修断至十一世为止，使后有所记叙。修订《遵义沙滩黎氏家谱》。	左宗棠率军入疆平叛。
1877年（光绪三年、丁丑）	41岁	正月初一，随郭嵩焘、刘锡鸿观人馆，内有林则徐像。初三，赴圣瞻土宫见英王之子威儿士。	二月，作《与李勉林观察书》，介绍对英国的初步印象及对中国富强方法的见解，认识到西方富强虽系有君主，实为民主。认为国家必须"内修战备以御外侮、扩充商贾以利财源"，"仿西洋火轮车船及电报信局之例，岁领国家之经费，而官为之主持，庶几私利可收，富强可以渐致"。若犹偬然自	英国外相欲使中国与阿古柏代表谈判，力促郭嵩焘上奏朝廷。

续表

时　间	年龄	生　平	著　述	相关事件
1877 年（光绪三年，丁丑）	41 岁	正月二十六，英富绅、议员阿什阿伯里邀郭嵩焘、刘锡鸿，刘孚翔及黎庶昌游海滨胜地卜来教①。 三月初五，随郭嵩焘、刘锡鸿参观英国乌里治制炮厂。 十月，因刘锡鸿调为驻德公使。初十，黎庶昌离伦敦赴柏林，任驻德三等参赞。 十二月二十，闻左宗棠等收复新疆，赋诗志喜②。 本年，黎庶昌左目失明。③	是，不思变通，窃恐蚕食之忧，殆未知所终极。④ 五月，郭嵩焘咨英国外务部论喀什噶尔事，黎庶昌力阻郭嵩焘拟英国意愿上奏新疆事由，未果⑤，作《郭少宗伯咨英国外部论喀什噶尔事》。 十月初十，自伦敦赴柏林任职。由伦敦乘火车到都勿尔（今译多弗尔）港口，乘轮船在伯尔希克（比利时）客利港登岸，再乘火车遂经布鲁塞尔、可伦（科伦）到达伯尔灵（柏林）。作《西洋游记》（柏林），详记所经之地理风貌，人口分布等。	左宗棠率清军收复南疆，阿古柏政权灭亡。

① 卜来教，即今之布来顿，布来顿（Brighton）是英国南部的海滨城市，风光优美，景色宜人，是著名的休闲避暑之地。英国人假日到海边游玩，常会首选布来顿。

② 诗曰："轻车度幕不惊尘，矫矫将军号绝伦。回准降幡齐入汉，图书旧版复收秦。雪消葱岭难度，草长蒲梢马易驯。素地陈兵君莫让，乌孙西去付行人。"见黎庶昌《西洋杂志》.湖南人民出版社，1981，第 29 页。

③ 黎汝谦《造授资政大夫出使大臣同川东道黎公家传》载："公之随郭公也，初不知二公有隙，肝气郁结，西医用癫虫攻之，左目失明。"（按：失明之年均不见载，但自本年十月刘锡鸿调德后，也就不存在郭正怒之事和党刘之嫌，因而失明应订为本年。）

④ 黎庶昌：《西洋杂志》，湖南人民出版社，1981，第 180~181 页。

⑤ 同治三年（1864 年）新疆回民起兵反清。六年，浩罕酋长阿古柏自中亚细亚侵入，盘踞天山南路，自称为王。并在英国扶植下，投附土耳其，肃清叛乱。英国为保护阿古柏，派使臣扎喀什噶尔，并力求清政府与阿古柏政权议和。光绪三年五月二十七，英政府照会郭嵩焘，提出议和的三个条件。郭嵩焘主张如英人所述，上《使英郭嵩焘英外相调处喀什噶尔情形片》及《使英郭嵩焘喀什噶尔业已破坏，万无久存之理。老湘营一军，百战不挫，必威大功。"竭力劝阻郭上此奏。而此奏未上之先，左宗棠出兵新疆，志在收复阿古柏所窃占的三个城市。黎庶昌就认为："喀什噶尔业已破坏，万无久存之理。老湘营一军，百战不挫，必威大功。"竭力劝阻郭上此奏。

续表

时 间	年龄	生 平	著 述	相 关 事 件
1878年（光绪四年、戊寅）	42岁	四月初八，因郭嵩焘兼任驻法国公使，黎庶昌随赴法国巴黎。六月，赴伦敦。参观英国海军大检阅，并参观德国柏林奉调赴国巴黎，乌里治制炮厂。六月上旬，离法到伦敦。六月二十八，又赴温布尔顿军营操练，观乡兵射击操练，作《戴公射舟之戏》。十月初五，在伦敦李凤苞大臣李凤苞。十二月十二，曾纪泽抵巴黎，已先期在此。十二月十九，曾纪泽上《巴黎致总署总办论事七条》，命陈远济为驻英二等参赞。十二月二十一，偕郭纪泽拜英国公使梅格里亚，德国公使佛尔司特，教皇公使黎庶斯。	正月初八，赴德国皇宫参观其上下议院议事。作《德国议政院》。三月至十月，巴黎大会举办期间，黎庶昌数次前往观看，作《巴黎大会纪略》，详载1878年巴黎博览会的场馆设置及各国风物。4月19日，为耶稣刑死之期，21日为耶稣复活日，黎庶昌在德国柏林曾赴耶稣复活节礼，作《耶稣复活余以教堂观那稣复活日》，有评论曰："耶稣窃释氏之以设教，其立言旨以劝人行善为主。而词旨肤浅，远不如释理之深，西人虽阳为遵从，实迫于习俗使然，不过奉行故事而已，非真于此心折也。"① 在德国柏林天文台夜观星体，作《谈天汇志》，介绍银河系天体理论、日食、月食等相关知识。②	九月二十七，清廷命曾纪泽③为驻英、法钦差大臣。

① 黎庶昌：《西洋杂志》，湖南人民出版社，1981，第133页。
② 《谈天汇志》云："西人间亦言日绕地球，自百数十年来仪器日精，始悟为地球绕日，道，无不吻合。各行星绕日之道为椭圆形，日不正居中心。固有摄力之故，佰在椭圆之带径心。轻重下坠之速率与重力之大小，与水体重积相比。苟无空气阻之，轻重下坠之速等率也。即以推知天空之中，各体无不互相牵摄，其各体摄力之小，如何以言天象。" 见黎庶昌《西洋杂志》，湖南人民出版社，1981，第139页。
③ 曾纪泽（1839～1890），曾藩长子，"少负隽才"，同治九年由荫生补户部员外郎，光绪三年，以承袭爵位入京，与华西方诸士和外交官交游，进一步了解外国情况。1878年，派充出使英国，法国大臣，在英办理订道船炮事少卿，转大理寺。1883～1884年，在巴黎就法国侵略越南问题与法政府谈判，并建议清廷积极备战，反对在天津签订的《中法会议简明条款》。1884年4月，被免出使法国大臣兼职。1885年6月，交卸出使英、俄大臣职，离英回国前，在伦敦教《亚洲季刊》上发表《中国先睡后醒论》（"China, the Sleep and the Awakening"），阐述对中国内政外交和列强对华政策的观点。主要著作后被辑录为《曾惠敏公全集》。

续表

时　间	年龄	生　平	著　述	相关事件
1878年（光绪四年、戊寅）	42岁	西班牙公使穆林土、土耳其公使阿里费贺巴沙等。十二月二十三，曾纪泽上《派员驻法片》，认为英法两国势力相等，酬应维均，而公事交涉英较多于法。而郭嵩焘自兼法使以来，率领参赞以下各员弁在返颇繁，系属一时权宜办法，因此酌量添调，以立经久之规。令黎庶昌长驻法国，联芳、联兴为翻译，亦长驻法。	四月初十、五月初二，德皇凯撒两次遇刺，黎庶昌作《德皇遇刺》，文中言刺杀德皇为"平会"所为。五月二十七，参观法国巴黎阅兵式，步马、炮等兵种共四万方左右，观者十多万人，作《巴黎阅兵》，赞其"器械精明，步伐整齐，可云威武"。① 六月初一，为庆祝巴黎大赛奇会，巴黎举行灯会，作长夜之游，作《国巴黎灯会》。六月二十二，应西班牙驻英公使之邀，赴西班牙礼拜堂悼念其王王后，作《国公使慰赛君后》。六月二十七，日本"清辉舰"到达英国，黎庶昌受日本驻英公使邀请观舰，作《日本兵船到英》，感叹"日本国小，而能争胜若此，未可量也"。② 七月二十五，至朴资茅斯海口参观英国兵船，作《英君主阅兵船》，详记英国26艘英国兵船的马力及装备情况，惊叹英国兵船所置之炮"左右旋转，操纵无不随意"。③	十二月，新任英法驻英法公使曾纪泽到任。十二月十六，郭嵩焘乘轮返英。

① 黎庶昌：《西洋杂志》，湖南人民出版社，1981，第63页。
② 黎庶昌：《西洋杂志》，湖南人民出版社，1981，第66~67页。
③ 黎庶昌：《西洋杂志》，湖南人民出版社，1981，第63页。

续表

时间	年龄	生平	著述	相关事件
1878年（光绪四年、戊寅）	42岁		九月十五，偕李丹崖、罗稷臣、严幼陵复观乌里治制炮厂，作《乌里治制炮厂》，详记制炮工艺流程。 本年十二月十八以及己卯年（1879）九月初一，黎庶昌随曾纪泽两次至法国爱丽舍宫向法国总统（一为马克法蒙，一为格乃费）呈递国书，作《曾侯两次呈递法国国书情形》。	
1879年（光绪五年、己卯）	43岁	正月，在巴黎使署。初二亥正，谒见法总统于勒立色（即爱丽舍）宫。正月，曾赴伯爵恭乞尔、德国公使贺锦罗茶会。二月初二，偕曾纪泽等游观小赛奇会。初四，赴巴黎市长赫罗尔德茶会。二月初六，与厦门税务司达那所挈侍童曾寿事。曾寿系达那携至法国，后因事被遣，流落街头。曾纪泽与黎庶昌嘱达那设送法送其回中国。	正月十三，在驻英、法公使郭嵩焘即将回国之日，由巴黎乘火车到达瑞士首都拜尔楞（伯尔尼），作《西洋游记第二》，记载瑞士风光及其议院主事情形，评论曰："其人入议院者，共一百三十余人，办事则惟七人为首；七人之中推一人裁决，定例每岁一易。西洋民政之国，其君伯理玺天德本届画诺，然尚拥虚名。瑞士地本山国，无君臣上下之分，一切平等，视民政之国又益化焉。盖其地水山国，各邦无欣羡之心，故得免兵争，而山水又为欧洲绝胜，西洋人士无不	清驻俄公使崇厚与沙俄签订《里瓦吉亚条约》，划大片国土归沙俄。

续表

时间	年龄	生平	著述	相关事件
1879 年（光绪五年、己卯）	43 岁	闰三月二十五，参加法国人雷赛布①主持的议修巴拿马运河公会。② 四月初六，雷赛布在工地朗达尔大客寓设宴，款待诸会友，黎庶昌对开运河事决， 四月初九，复会，同意。 四月，有巴黎下水道之游。又游巴黎油画院，有文记之。 五月十六，总理各国事务衙门札派驻西贡领事，以护侨民。曾纪泽因雷赛布深通西洋民情风俗，且秉性和平，函总署，推荐为驻西贡领事。此事后无结果。	以乐土目之。"③ 正月十五至二十六，陪同郭嵩焘、马建忠（驻法使馆译员）等游历法国、摩纳哥、意大利等地。由法国马赛出发，乘汽车沿海岸线东行，经过都郎，到达小邦国马纳哥（摩纳哥）到司，再经比司（那不勒斯）海口，在拿布勒港送郭嵩焘回船启程回国，途中游历数	

① 法国著名外交官费尔南德·德·雷赛布（Lesseps，Ferdinande，1805～1894），法国外交官、工程师、企业家，出生于一个外交官家庭。1825 年进入外交界，历任副领事、领事、总领事等职。1848～1849 年任驻西班牙公使，1849 年，以全权公使衔前任罗马，代表法兰西第二共和国同罗马共和国谈判，后因愤于当政治羊而退出外交界。1854 年间同埃及总督赛义德帕夏商定合同，获得开凿苏伊士运河权，租借期 99 年。1858 年组织国民工程国际运河协会在巴黎成立，1859 年动工，1869 年 11 月运河正式通航。由此闻名，故革为法国民族英雄。1876 年，由法国把持的洋运河工程国际运河协会计划组织开凿苏伊士运河而声名鹊起的雷赛布为主席，召开了审议巴拿马运河问题的国际会议。英、美、德、中等国代表也与 1879 年 5 月，会议通过了开凿巴拿马运河的决定，雷赛布担任巴拿马运河公司的董事长。

② 议修巴拿马运河会议所议之事为五：第一，估计船只货物的多寡；第二，讨论各国通商事宜；自己二十六日后，则同日一会，讨论河道利弊及商务得失。四第三，讲求风潮沙线，行船道路，船只样式，修河器具；第四，究论开河度支、修理经费，估计利息。第五，款待诸会友，众人皆属黎庶昌为颂词。词曰："余以中国人来与诸君开河之会。诸君欲办此绝大工程，即中国叙裳侯亦深为欣幸。目下诸君在巴黎会中，乐观盛举，从前赖赛朴士（即李西蒲）开通苏伊，中国早已闻名，自又议开巴拿马河道。黎君祝此大工早日告成。此举必于地方有益，自伊士开通后，各国往来已形便捷，若再开通巴拿马，其利益更不可限量。我深祝此大工早日告成，今特举酒，为诸君贺。"

③ 黎庶昌：《西洋杂志》，湖南人民出版社，1981，第 148 页。

续表

时间	年龄	生平	著述	相关事件
1879年（光绪五年、己卯）	43岁	六月十七，至巴黎总督官学堂参观教部尚书奖赏优秀学生。 六月二十一，参观巴黎幼稚学堂，复有巴黎骨塘之游。 七月，请假游历法、意等国。初九偕马建忠由巴黎出发，历经都尔、波尔都多、吕商、摩纳哥、威尼斯、维也纳。 八月初五回至巴黎。 九月初一，曾纪泽自英抵巴黎，未正，偕黎庶昌联兴、法兰亭公服同诣法宫调法总统格勒斐。 九月十四，表兄郑班卒于家，年七十。 九月，因法国议政院由凡尔赛迁回巴黎，首开议会，黎庶昌往观议事。 十月十七，驻美参赞叶源褚病逝于巴黎，黎庶昌闻信，即偕陈芳等往视，为之料理后事。 十一月二十七，曾纪泽上《参赞期满销差拣员充补疏》，认为黎庶昌在使馆三年，"远涉重译，充当使职，和平接物，黾勉从公，办事三年，毫无贻误，实属办理洋务不可多得之才"，因三年期满，恳请照章销差。而适出使日秘大使陈兰彬道经巴黎，需员甚急，乃调黎庶昌为驻西班牙任。遂于十二月赴西班牙任。任黎尹融①从任黎妆弼②中举。	老郎等（佛罗伦萨）、弥郎（米兰）、堆尔兰（都灵）等地，最后返回到巴黎，作《西洋游记第三》。 二月初十，参观法国国家印书局，作《巴印书局》，详记其铅字印刷、石印制版、书籍装订等过程。 四月初六，游赛勿尔磁器局，作《赛勿尔磁器局》，洋载该局所陈列的各国磁器、制瓷工艺等，并评价说："西洋磁器，若论作法之精，实远在中国上。所以不及中国者，特磁质松脆，不能如徽、饶等处所产之佳也。"③ 四月，坐火车、船游观巴黎水沟，作《巴黎水沟》，感叹："予尝谓伦敦城内之地底火轮车与巴黎之水沟，可称两绝。"④ 五月十五，黎庶昌受曾纪泽之命，参加法国主持的巴拿马运河修建讨论会，讨论各国通商事宜，选举会长，作《赖赛朴司议开巴拿马道公会》，对会议所讨论的通船数量及吨数、巴拿马运河的开河大小、开河造价等工程项目预算均有详予记载。	

① 黎尹融，黎庶昌次子，以进士发吉林任农安知县继任宾州同知，曾赴日本考察。
② 黎妆弼，黎兆祥长子，举人，官县学教谕。
③ 黎庶昌：《西洋杂志》，湖南人民出版社，1981，第93页。
④ 黎庶昌：《西洋杂志》，湖南人民出版社，1981，第103～104页。

续表

时　间	年龄	生　平	著　述	相关事件
1879年（光绪五年，己卯）	43岁		四月，参观巴黎油画院，作《巴黎油画院》。① 七月初九至八月初五，公使曾纪泽准其三年假期将游历各国。黎庶昌又同马建忠一道，先游历法国西部，到达海滨城市包尔兜（波尔多），尼斯进入意大利。后又经马赛、尼斯，还特地参观了"赌城"马纳哥。游历丁著名的"水城"威尼斯，奥地利的首都维也纳，回程途中参观德国慕尼黑，作《西洋游记第四》。 九月，参观法国议政院，作《法国议政院》，赞其议政为"民政之效也"。 本年，坐轻气球（此球为1878年巴黎博览会所用），作《轻气球》，详载轻气球的施放过程。	

① 《巴黎油画院》文曰："四月间，国人为画会，将旧画移出，另张新画。一画欧费尔瀑布，从崖跌下，纤徐掩瀑布，两旁乱石撑注，奔赴注萦。一画白鹅求食，萍花满地，蕉绿掩映其间，清气袭人秋。一画垂髫女子六七人，裙裾溪涧中，若园林中飒然有声……一女子以手掩额，偷目觇视……"幅。有最出色者数幅……一画女子衣白衣，斜坐树下，手持日照，通明如昼。夜间燃电器灯照之，愈出愈奇，夸多斗靡，浪花喷激，如雾如烟……一女子持白纱遮掩其体，一女子以手遮掩其体，《巴黎油画院》诸篇，状物事神，不在左来右来自清《欧游杂记》之下。"钟叔河在《西洋杂志序》中曾评价说："黎氏不愧为古文名手。

续表

时 间	年龄	生 平	著 述	相关事件
1880年（光绪六年、庚辰）	44岁	三月初七，西班牙王后已有孕五月，乃至马德里皇宫致贺。 四月初一，至斗牛场参观斗牛。① 五月初七，致书纪泽，要求赴中俄边境考察地理，未获批准。	作《斗牛之戏》②、《上曾侯书》③等文。 五月重五"端午节"后初七至十九日，黎庶昌在洋译员路簪的陪同下，游历了日斯巴力亚（西班牙）南部及	正月，清廷命纪泽充出使俄国钦差大臣，重开中俄伊犁问题的谈判。 六月二十三，曾纪泽抵俄京。

① 五月初七，黎庶昌偕翻译陈尔路簪旅游西班牙南境。经阿兰怀司，高尔多，赛威尔纳，干纳达，赛威尔纳，里斯本，十九日回至马德里皇宫致贺。途观民俗风情甚为关心，并观一卷烟厂。但与英法等国相较，则较落后，他说："日斯巴尼亚本小国，经过处人民稀少，大率石山沙土，大率之风颇盛。其人毡帽茂草。惟赛威尔纳一带，地稍丰衍，所种树只橄榄，而产麦独多。至近蒲部，则渐种葡萄，斗牛达等处，干纳达等处，而阔边，曾斗牛者也。"

② 黎庶昌《斗牛之戏》记曰："斗牛之戏，惟日斯巴尼亚有之，为国俗一大端。距马得利二里许，山冈略平处，有房杰然特出，斗牛场也......有持双剑者，箭者以五彩布剪绫裹束，捷出斗牛之左右，且诱且剌，牛即倒钩，即悬挂于身上，血出淋漓，如是者三，插人背三，再鼓一人，用剑刺之。其人右手持剑，左手持红布一幅，诱引向前......越五日，阄第六牛所伤而死。是日在坐万余人，该国君主亦与焉。此事西洋各邦，无不玩其残忍，然成为国俗，旋为他议院，请设一斗牛学堂，以备选人练习，终不能革。这些画幅图象奇特，色彩新鲜，对比文，钟叔河先生有评曰："《斗牛之戏》这一篇来说吧，黎氏映其十九世纪的西欧社会生活的一卷风俗画。就拿西见到过的少说也有一二十篇，而论描写的简明生动，黎氏大概是中国描写斗牛的第一人。在他之后百年中，动笔之后百年中，仅笔者见到过的少说也有一二十篇，而论描写的简微精心才需要精心才能体会，却给能描添文章真正的能够描过他也......黎氏遭长白描手法，透出真切的叙述中，力量。"

③ 黎庶昌《上曾侯书》云："窃自天津定约以来二十余年，沿江沿海要害之地，所惟西人设立码头通商居住。西人之心犹以为未足，复于通商之外，曾出游历名目，无论游历之限名之权，以遂此觇探内地之私计。举凡云贵，甘肃，新疆，蒙古，青海，西藏之地，何处可以进藏，其国虽近在西洋繁者，曾不有西人踪迹。故其绘人地图，反有茫然不晓其方向者。近年遣使四出，持节驻扎各国，情形渐通知一二，然西细亚洲者，其在亚细亚洲者，仍属茫昧无稽。俄人高事远略，志在得地南侵，蒙中土形势，莫不了如指掌。与国邻接三万余里，时向多故，而中国从未有一介之使，游历欧亚古，新疆，垂涎已久。故尝欲创火车设电线以达数十年，收回故地，正宜早建善后长策，干出洋各口，选遣数员，游历险之要，而俄罗斯边地绵长，徒以地势险远，商皆昧之......两洲腹地以相觇觎者......窃情俄人允还伊犁，"

续表

时　间	年龄	生　平	著　述	相关事件
1880 年（光绪六年、庚辰）	44 岁	黎兆祥融中进士。 八月初七，西班牙君后分娩，至宫中致贺。越三日，又借吴礼堂，黄宗羡赴宫内教堂观之礼，命名之礼。 九月初三，与西班牙安理南国书。应请，为其整理安南国书。 九月初三，为其整理安南国书满月。 九月十九，复访马德里皇宫朝贺公主满月。 十月，赴西班牙皇宫农务学堂，详细观看机械等的构造和工作情况，玉米脱粒机、收割机，感叹尽人巧之能事矣。	葡萄亚（葡萄牙）东部地区，作《西洋游记第五》。 七月，作《卜来教记》。 九月，作《答曾侯书》。① 九月二十六，马德里农务学堂开学，学部尚书函请黎庶昌前往观礼，吴礼堂赴学堂准备，越一月余，西班牙国王王后同在观礼贺，其姓名皆不传，黎庶昌又借黄王屏，做详细观，观其教学实验设备，葡萄种计机、犁铧、割麦器、脱粒机，播种器等农耕用具等，作《马得利农播种利农行》。	山川城堡，风土人情，凡所经过之处，一一咨访者而记载之。可图者并图其形势而出，今幸值侯各奉命立白，亦以明之正公知人之美。新疆地势，自古用兵所必争，而至俄都，再出张家口，而至俄都，至条支边内安息西界，亦规画久远，其益似不在遣使驻扎之下，是否得当，漫无限制。当咸丰年间议割黑龙江，乃为新疆长久计。且自己请求游历，并非专注于著书立说，乃为弃此数千里不甚爱惜计，以惠俄人，即举新疆重订新章，而尽让之。画嘉峪关以为守，而关以内仍不能不用重兵屯扎，俄人得尺进尺，又异日之力争新疆，与异日东南数处足矣，中国君主有制之国，有事则主独任其忧，臣下不与其祸。当俄人取伊犁之日，诸臣下不及见矣，而其人富贵固自若也，故敢罄胸膈之所素积而一发之。"

① 黎庶昌自作《答曾侯书》，说明所谓游历，绝无万全之策，惟力守尚足办。何以明之？新疆道近费重，又不数年，其驻军哈密等处，复假武侯所谓住与行劳费正等也。若依中国小儒之见，不但新疆可弃，即西北诸省亦不及见矣，只因东南数处，而其人富贵固自若也。设令幸在，设令幸在。

译随人，亦假驿历名分，两道并发，经从俄境陆路回国，至京师销差。以两年为期，限令其从容行走，凡所经过之处，山川城堡，风土人情，户口蕃耗，贸易盛衰，军事虚实，以及轮车、电线能否安设，一一咨访者而记载之，可图者并图其形势而出，以备日后通商用兵有所考核，不为俄人所觊，倘蒙商之总理衙门，奏明办理，班ぷ向所研究，故又尝志在西路矣，一时之人可派，黎庶昌愿主之。力古用兵所必争，而至俄都，至条支边内安息西界，亦规画久远，其益似不在遣使驻扎之下，是否得当，伏望采夺施行。

续表

时　间	年龄	生　平	著　述	相关事件
1880年（光绪六年，庚辰）	44岁	腊月二十四，西班牙君主命名日，白天赴宫庆贺。夜间，黎庶昌宴各国公使，及诸大臣，在宴会上，黎庶昌与君主、君后及各位笑自若，并参教后以物茶之法，一点钟方回署。腊月二十九，参观西班牙议会。腊月尹顾中进士，签发吉林即用知县。	务学堂，感叹西洋农耕技术："无一而非减省人力。"① 十一月二十九，受邀参加西班牙开议院仪式，作《日国开议院情形》。	
1881年（光绪七年，辛巳）	45岁	二月二十，因事由马德里赴巴黎，便道游法国西境，僧翻译尔路赛，至都尔观赛的田庄，又参观造纸厂，至旦阿弗郝观照海电气塔灯，再夜游历英、法、荷、比、瑞、德等国，参观船厂、炮厂、钢铁厂、纺织厂、煤矿厂等处，有重考察实业。三月初七，清廷简令黎庶昌著记名以道员用。并命即行赴京座见。二十一日，游观马德里赌票局。二十五日，接奉电报，得知被派驻日大使。三月十六，为西班牙四月十四日，君主于此日为穷民洗足赐食，自马德里回单，延请各国使者任观，复游美、法、荷兰、比利时、瑞士、德等国，沿途参观阿母浦母司汤私营制炮厂、伯明翰煤铁厂、利弗浦船坞、满防斯得织布厂。	正月二十三，赴西班牙宫参加国王寿宴，作《日君主宴客》。二月初八，西班牙更换宰相，作《日国更换宰相》；十四日，俄皇亚历山大二世遇刺身亡，作《俄皇遇刺》。② 二月巴黎已用电气灯，黎庶昌离开巴黎虽才一年，但市容已变，遂赴巴黎电气灯局参观，了解燃灯之法及电机构造，作《巴黎电气灯局》。二月二十四至二十九，黎庶昌因公务与译员尔路赛由马得利（马德里）前任巴黎，经西班牙衣司哥尔利亚、阿未纳、多诺萨等地进入法国巴要伦、包尔兑、都尔、郎辛（南特）、卜赖司脱（布勒斯特）等地，再度游历西班牙北境及法国西部，作《西洋游记第六》，详载沿途所见抵法等。	曾纪泽与沙俄签订《改订条约》和《改订陆路通商章程》。三月，慈安太后卒。

① 黎庶昌：《西洋杂志》，湖南人民出版社，1981，第96页。

② 在记裁俄皇遇刺一事时，黎庶昌并不认为平会刺杀俄皇是大逆不道，而认为是因俄皇"拓土开疆，横征无度，事皆独断独行，又不设立议院"所致，比较含蓄，一定程度上表现了其民主思想。同时，在《西洋杂志》中对欧洲议院制的羡慕也无分印证了这一点。

续表

时间	年龄	生平	著述	相关事件
1881年（光绪七年、辛巳）	45岁	七月初旬，在葛美尔制钢铁厂，遇监工福州船政局学生魏瀚，中国订购的"扬威""超勇"两船由该厂制造，作《葛美尔制铁厂》，详载制铁甲、熔钢、拼甲之法。 八月，归至上海，即迎母吴太夫人居沪。与李士棻追叙旧游，谒鲍源深于龙门书院。 八月二十八，离沪赴京。 九月初三抵京，即见李鸿章。 九月初五，慈禧太后及光绪帝召见于养心殿东室，询见西洋情事。 九月二十八，复召见，询问离京日期。 十二月初一，自上海乘驳返号兵船起程赴日本。黎庶昌使日，累赵曼娟夫人以行，莫夫人则奉母居沪。张裕钊有诗送行。 十二月二十六抵东京，何如璋即交卸关防文件，接任后，旋在见日外务卿井上馨，面订呈递国书日期。	收集有关地理资料，撰述完成《由北京出蒙古东路至俄都路程考略》《由细亚俄境西路至伊犁处路程考略》《欧洲地形考略》等。 四月十四，为国王祝受难日，观西班牙国王为贫民洗足赐食，作《日君主行养老之礼》。 四月二十八，为西历5月25日，本年为卡尔德隆①的逝世二百周年，西班牙举行卡尔德隆庆祝大会，盛况空前，黎庶昌作《加尔得隆大会》，详载其事。 夏，撰《与莫正升书》。② 七月初三至二十三，在黎庶昌返国前，从西班牙出发，游历法国微希（维希）、巴黎；英国伦敦；苏葛兰（苏格兰）格拉斯哥；荷兰母斯达木（阿姆斯特达丹）、拉峻耶（海牙）、尔诺特司（列室特丹）；比利时不鲁塞尔司（布鲁塞尔）、佳得鲁（滑铁卢）、列时（列日）；德国果伦（科隆）、弗朗克司可敷尔（法兰克福）、巴敦（巴登）；瑞士首尔利兑（苏黎世）、巴尔等地，作《西洋游记第七》。七月初十，参观伯明翰玻璃厂，作《蝉生玻璃》。	

① 彼德罗·卡尔德隆·德·拉·巴尔卡（1600～1681），17世纪西班牙戏剧家，有120部剧本，另有80部宗教剧和20篇间幕间短剧，代表作有《人生如梦》等。

② 黎庶昌在《与莫正升书》中认为，欧洲富强者首推英俄，而英人情法令，严肃整齐，凡事皆由上下议院商定，国主签押而行之，君民一体，并认为轮船、火车、电报信局、自来水、火电气等公司之设，实踪天地未有之奇，而裨益于民生日用甚巨。表现出对西方政治制度和人民的赞叹。

续表

时 间	年龄	生 平	著 述	相 关 事 件
1881年（光绪七年，辛巳）	45岁		板玻璃和花纹玻璃的生产方法，并说："吹玻璃极伤气，厂中工匠久役者，多病肺云。"① 又撰《谈天汇志》。黎庶昌到欧洲，数次在伦敦，巴黎，柏林等处参观天文台，到马德里后，因随员黄宗宪携有四寸望远镜，学习天文测识。并将学到的知识汇撰为《谈天汇志》，云："此数者，在天文中为极浅近之说，西国五尺童子，大率能言之。白余至欧洲数年，与罗稷臣，严幼陵，黄玉屏诸君数讨论，始知其梗概，而得于玉屏者为尤多，志之。所以见余之陋也。"②	
1882年（光绪八年，壬午）	46岁	正月初五，借何如璋，陕允颐赴日宫呈递国书，因竹添进一为日本驻天津领事，复与李鸿章议琉球事。③黎庶昌致函李鸿章，建议商一决定不移球办法，但终无结果。在日本人士饯别何如璋复上，重野安绎等郎。六月，朝鲜"事大党"兵变，烧日本使馆，日	六月，撰《禹门寺筑寨始末记》，详细记载了咸丰四年咨五年贵州贵阳军事情况。是研究咸丰四年贵州农民起义的重要史料。	六月，朝鲜发生兵变，火烧日本使馆。日本出兵朝鲜，比清军后至半月，日军知清军已有备，谈判后退兵。十二月，清政府与沙俄签订《伊犁界约》和《喀什噶尔界约》。

① 黎庶昌：《西洋杂志》，湖南人民出版社，1981，第101页。
② 黎庶昌：《西洋杂志》，湖南人民出版社，1981，第143页。
③ 1874年日本借口琉球船民被台湾高山族劫杀事，出兵攻台湾。光绪五年，日本正式吞并琉球，改为冲绳县。至此时，因此案长拖延，基本已成定局，黎庶昌至日后，已无挽回余地，然木已成舟，后朝鲜事发，清廷更置此案不议，遂不了了之。

续表

时　间	年龄	生　平	著　述	相关事件
1882年（光绪八年，壬午）	46岁	欲趁机占领朝鲜，即派海军赴朝，黎庶昌探得消息，急电北洋大臣张树声，奏请出兵。张急令丁汝昌，马建忠率领兵速往，中国兵船先至半月，日舰至，知中方已有防备，遂罢兵议和。① 电告李鸿章，提出处理琉球问题的两个方案，被搁置。 八月，因朝鲜事，十数次与李鸿章通电。 重九，与日本文士多人宴集于芝山红叶馆。 十月，请丁宝桢书曾国藩墓志铭。 十二月，数次致电李鸿章，询问越南情况，并告以黎汝谦赴日本，调充驻日本神户领事。	着手刊刻《古逸丛书》。③ 七月，游日本日光山，并作《游日光山记》。 九月初九，会日本人士于上野精养轩，修登高约。本月为宫岛栗香《养浩堂诗集》作后序。撰《书森立之寿臧碑后》。 十月，《古逸丛书·覆正平本论语集解》④开雕，杨守敬有后序。 十一月，作《书原本玉篇后》。	

① 黎庶昌此举，对朝鲜沦于日手起到了阻碍作用，暂时缓和了中日的紧张局势，在当时已为朝野人士所赞誉。《清史稿》及薛福成、张裕钊等文记均有记述此事。其中，以陈矩《记黎星使请缓朝鲜事》记载较为翔实。他评论此事说："朝鲜，小国也，武备贫弱已极，又素为日人所觊，朝人俯首从命，不出半日，而我国数百年属邦拱手让人，为越南之续矣。事机得失，判于俄顷，曲予俄媾，其功已在陈平之计之下哉！"

② 即"一、日允中仍认流球为国，所凭尚流球朝贡中国，册封一丁。二、定日将琉球设县，理其内治，但释回尚氏，任为县令，子孙世袭。"李鸿章认此事章认为是时。

③ 《古逸丛书》二百卷，光绪十年（1884年），刻印于日本使署，凡六十册。后将书板运回国，交给南京金陵书局，该局摹印发行。黎庶昌首次出使日本期间与随员杨守敬一起竭力访求流播日本的我国古籍珍本，选择其中为国内所铁或稀见的珍本二十六种，逐一影刻。为此黎庶昌花大薪一万几千两白银，耗费两年心力，终于完成这一巨大工程。黎庶昌对每种古籍均写有题解，介绍该书版本源流和访求过程，有的另附校勘礼记，杨守敬对其中多种写有跋，对其学术意义给予评价。其中足珍贵者，有旧日钞卷子原本《玉篇》零卷、唐卷子本《文馆词林》、宋本大字本《尔雅》、元刻本《论语义疏》《汉书·食货志》、超越前古。唐写本《老子注》、唐集字《谷梁传》《楚辞集注》等。此集刻初和近名历史地理学家。宋刻本《庄子注疏》、宋刻本《荀子》、宋本《史略》，盛赞黎氏对我国学术事业的巨大贡献。至日本作时作。

④ 杨守敬，字惺吾，号邻苏，湖北宜都人，清末民初和近名历史地理学家。另：《跋日本津藩有造馆本、正平本论语集解》当为是时作。

续表

时　间	年龄	生　平	著　述	相关事件
1883 年（光绪九年，癸未）	47 岁	四月十二，致函日本太政大臣修史馆总裁三条实美，求借《太平寰宇记》。① 八月十五日，因借查禁鸦片为名，打伤华绅数名，致死一人。黎庶昌与日本相井上馨谈判，终于迫使日方将肇事者家属死者家属。② 九月重九，于使署西楼会日本友人。	二月，序向官城冈天爵《尊攘纪事》。 续刻之《古逸丛书》。 六月，作《青萍轩遗稿序》。③ 八月，因任尹馥鉴发吉林，至日本求示长民之术，作《送任尹馥之吉林序》。又撰《书松湖文录后》。 重九，召集中日文士宴饮，辑得诗文集《癸未重九宴集编》。	十二月，中法战争爆发。"法国不胜而胜，中国不败而败。"

① 《太平寰宇记》，宋乐史撰，全书二百卷，宋刊未传，中土久不存。乾隆时四库著录据浙江汪氏所进钞本，缺一百十三至一百十九，凡七卷。杨守敬于森立之《经籍访古志》卷，见有此书宋刊本藏于枫山官书库，乃求黎庶昌咨于大政大臣，借之以出，得一百十三至一百十八及卷首一表，凡六卷，影刻入《古逸丛书》中，使残本基本得全。叶德辉虽然自称考订此书为伪书，但后经专家考证，本书应确为宋刊。

② 陈矩《记黎星使东洋折狱事》记载说："折狱非难，折两国交涉之狱实难。为大臣者，尚非才气学识卓然异乎众人，当大狱之兴，则魂梦为之不宁，尚能以理折彼矫矜之气，使就我范围哉！鸦片烟一项，载在两国条约，日人历禁甚严。为光绪九年癸未八月十五日，日本巡捕在长崎县新地二十四番，以查拿吸烟之华人启衅，彼此相争，遂至杀伤华人数名，有闻人魏济昌者受伤身死。长崎领事馆因案情重大，未能判决，详请黎庶昌照应会外务卿者，彼国创设之变从西法，办理此案几近一年，使署至延聘讼师，两国水师复在长崎与巡捕因事互斗，虽日依律判决，而后议结，仅恤赏而已。然后叹黎庶昌前此魏济昌之案办理全为得体。矩皮于复过长崎，商人言之，历历如绘。"

③ 黎庶昌在《青萍轩遗稿序》中，明确提出了自己对时势的看法。他说："秦并天下，历汉魏六朝唐五代宋元明以逮于今，亦二千一百余年。西洋一日挟其智力，跨瀛海数万里，以款中国通商互市，以款亦善承天……夫天既以变元明以变冤从……人心竞乎亡……夫天既以变定长今，可大则质人之德，驰鹜纷纭，人心竞乎亡……夫天既以变定决之长今，可大则质人之德，变法以承天，变法以承天，而不是拘于祖宗成法，抱残守缺，西洋一日挟其智力，跨瀛海数万里，而后生而生今日，其必能因势成法，变法以承天，向今高、汤、文、武，周公、孔子易世而生今日，其必能因势成法，而不是拘于祖宗成法，抱残守缺，一咮顺应时势，变法新政。主张顺应时势，变法新政。主张顺应时势，变法新政，一咮抵抑西洋新政。"

续表

时　间	年龄	生　平	著　述	相　关　事　件
1883年（光绪九年，癸未）	47岁	正月十一，四川总督丁宝桢奏请饬驻日大臣黎庶昌密探日本情形也。三月，日本天皇延请各国公使至滨离宫赏花，黎汝谦与之②。八月，生母病重，使赵夫人自日归沪觐母。八月二十三，生母吴太夫人卒于上海，寿七十五。黎庶昌闻讣即电奏请丁忧。清廷命徐承祖为使日本大臣。适朝鲜发生开化党政变，中日	撰写亲友墓表、墓志铭多篇。有《诰授政大夫黎府君（即黎询）墓表》《先兄鲁新墓志铭》《从兄伯庸黎庶昌墓表》《李孝仙墓志铭》①等。	
1884年（光绪十年，甲申）	48岁	二月，影旧钞卷子本《文馆词林》十三卷半③。三月，黎庶昌因出使八年，考察东西两洋情形，感慨良多。眼见国力日弱，外侮日多，而朝廷却因固守祖宗成法，不思变革。经深思熟虑，乃上《敬陈管见折》④，建议清廷"整饬内政""稍稍酌用西法"。《敬陈管见折》认为："今日所宜加意讲求者，专在整饬内政，意气相商，若徒因循旧贯，援汉法度以目睹，始气出数项建议，一为水师宜筹治街道，因京师万马仰望之区，使街道平洁，其外观不可不饬。对北京内外城水火，以便民用，置巡役以养旗丁，藉工作以消盗贼；一为商务宜重加保护，每年于春秋之际，皇上接见各国公使半。其设京内外城坊巷，应听准各民共选公司，一为内宜优筹经费数十万两助之，抽收地钱房价以佐不足，但随着大批外商的涌入，北京、天津、上海修衙高级馆，以接纳各国游历的王公贵臣及住来公使；一为商务宜重加保护，中国历来重农抑商，不至挖刮肉料枪，不饬为整筹见出人，即国家必筹预改革，兴此废彼，又建议派如果国家不大力扶持商人，则国家之利必然尽输与外人；一为度支宜筹出人，认为度支所关为政者采纳，认为此折不为当务急诗，将原折退回。但此折不为内政之不足，以知我内政为当务者采纳，则原折退回。	仅载文馆文词林诗一卷。《古逸丛书》收罗至博，却不见此书。其本史《艺文志》，墙称至宝。	八月，朝鲜开化党政变，得日军支持闯入皇宫，被清军击退。法国军舰在福建马尾击毁福建水师全部船只，清政府被迫向法国宣战。

① 《李孝仙墓志铭》附记曰："光绪九年，余在日本，有传君卒者，有传君在者，其言甚确，遂撰此文哀之，君本旷达士，不拘行检，正不必以公豪言为之饰诗，昌虽古人亦何多让。然君仕江西，迭蒙数荐，实有善政可纪，当别叙述。顾复商订字句，一誓从之。"

② 黎汝谦诗说："太西各公使，携手互婉变，日主独虚袁，温言备宠诗，隆杀礼义殊，郁郁不得志。日主夕嗟叹，常日夕嗟叹，来太平兴国中辑《文苑英华》，中土惊英华"。一千卷。宋太宗显庆三年修。日本林述斋逸存丛书收四卷，一千卷。来太平兴国中辑《文苑英华》，中土惊英华，而《古逸丛书》收罗至博，却不见此书。其本史《艺文志》，竟收得十三卷半，墙称至宝。

③ 《文馆词林》，为唐高宗显庆三年修，一千卷。来太平兴国中辑《文苑英华》，收罗至博，而《古逸丛书》收罗至博，却不见此书。其本史《艺文志》，竟收得十三卷半，墙称至宝。

④ 《敬陈管见折》认为："今日所宜加意讲求者，专在整饬内政，易曰：物势伤内政，变则通，通则久，处今时势，诚宜恢张至量，诚意恢后梅伤未已也。"并提出数项建议，一为水师宜筹治街道，因京师万马仰望之区，使街道平洁，其外观不可不饬。对北京内外城水火，以便民用，置巡役以养旗丁，藉工作以消盗贼；一为商务宜优筹召见，每年于春秋之际，皇上接见各国公使半，但随着大批外商的涌入，如果来王出洋考察，以知我内政之不足，但此折不为内政者采纳，将原折退回。

续表

时间	年龄	生平	著述	相关事件
1884年（光绪十年、甲申）	48岁	两军在王官交战，清廷饬黎庶昌暂留三月，与新任出使大臣徐承祖会商处理朝鲜事变。 十月，致电李鸿章，告以日人情况。 十一月初九，徐承祖抵东京。 十一月初十，黎庶昌交卸使事。 十一月十一，致电军机处，谓留日无益，求回国或赴朝。同日，军机处不允。 十二月初九，乃复电黎、徐，允以回籍。同日，从兄兆棋客死贵阳。 十二月十八，黎庶昌离东京归国，从见。	六月，西京知恩院方丈彻定游东京，告以崇兰馆及大岔宫亲王尚有藏东本在黎庶昌所刻《玉篇》外，因属访之，后果借得原本影印四十三纸，为山部至垒部一卷及阙至敩字残卷，黎庶昌改为四十八叶刻入《古逸丛书》。对古书行款的改移，易失原书真面目。此书及塞刻杜工部草堂诗笺，均因移动行款，遭到叶德辉及神田喜一郎的非议。 七月，因《古逸丛书叙》接近竣工，作《刻古逸丛书叙》。 撰《诰授光禄大夫山西巡抚死鲍公墓志铭》。 《古逸丛书》二百卷刻印竣工。②	

① 黎庶昌自的《刻古逸丛书叙》，说明了刻书原因和目的。"惟夫古籍之仅存，兵燹蘭蠹之无常，其势不日耗散亡止。学士大夫虽病之而无术以免，惟好之而即求，求之而即传，差足救敝于余。余非苟为此难也，古书之流通，何幸复见于昇邦，而自余得之且以付诸剞劂焉。好古敏以求之，谓目不自知所以然。书成，将敛其板运致之官局，以与学者久矣，今天假此使事岁月，俾得从事读书，不可谓非幸举。子曰：好古敏以卷卷。虽然卷卷次之重，而课成于再期，校雠之繁，而委积滋多而讽陋。如余又不能精勒其误失，使读者快焉，其力仅足存此而已。"

② 黎庶昌刊刻《古逸丛书》书名与卷数为：影宋蜀大字本《尔雅》三卷；影宋绍熙本《谷梁传》十二卷；复正平本《论语集解》十卷；复元至正本《易程传》六卷；《系辞精义》二卷；复旧钞卷子本《唐开元御注孝经》一卷；集唐字《老子注》二十卷；影末台州本《荀子》二十卷；影宋本《庄子注疏》十卷；复元本《楚辞集注》八卷；《辨证》二卷；《后语》六卷；影宋台州本《尚书释音》一卷；影蜀大字本《玉烛宝典》十一卷；影旧钞卷子本《玉篇》零本三卷半；影旧钞卷子本《重修玉篇》五卷；复元泰定本《姓解》三卷；影北朱本《广韵》五卷；复旧钞卷子本《文馆词林》十三卷半；影旧钞卷子本《雕玉集》二卷；《韵镜》一卷；复永录本《玉烛宝典》一卷；影旧钞卷子本《日本见在书目》一卷；《史略》六卷；《汉书食货志》一卷；《急就篇》一卷；复麻沙本《草堂诗笺》四十卷；《外集》一卷；《补遗》十卷；影唐写本《说文木部》一卷；《目录》一卷；《年谱》一卷；《诗话》二卷；影旧钞卷子本《碣石调幽兰》一卷；影末本《天台山记》一卷；《传神秘铭》一卷；《太平寰宇记补阙》五卷半。

续表

时　间	年龄	生　平	著　述	相　关　事　件
1885年（光绪十一年，乙酉）	49岁	自日归沪，即扶母柩返籍，途经常德，往拜杨性农母灵柩返黔安葬。六月，葬母于小青岗林。 十二月二十六，祖父黎安理墓表成，立于下下沙滩墓侧，刻子姓系黎庶昌于碑阴。此表系黎庶昌撰并书，今尚存。额并书，今尚存。 建造"拙尊园"。夷牢亭。①	本年，刻曾国藩为父所撰墓志，此志为李鸿章篆额、丁宝桢书，现残存一小块。并为姨女黄元宵立碣。 修饬改易禹门寺，并将在日所购翻刻南藏本佛经全帖付寺储。经凡六千七百七十一卷，总二百八十一函。其中甫惠琳《一切经音义》百卷，为中土久逸。作《禹门寺置佛藏记》。② 本年所撰还有：《刘君墓志铭》《杨黎庶昌墓志铭》《拙尊园记》等。	冯子材等在中越边境大败法军。 李鸿章与伊藤博文签订中日《天津会议专条》，承认中日双方可同时出兵朝鲜。 签订《中法越南条约》。
1886年（光绪十二年，丙戌）	50岁	命工匠摧拓禹门山郡珍、莫友芝摩崖石刻，以贻同好。 七月初五日，兄庶藩病死于扬州，归葬小青树林。 冬，至贵阳，倡建丁宝桢专祠。高心泉子培澄乞黎庶昌为家传。	撰《仲兄椒园墓志铭》。	

① 黎庶昌在《拙尊园记》中，他说："天下惟拙可以已，内啬可以却外扰，动静交养，今借子美诗意，命之曰拙尊，明吾志也。"（按：禹门寺、夷牢亭现已夷为平地，拙尊园则唯遗破屋数间。）

② 黎庶昌在《禹门寺置佛藏记》中说："十一年，余奉诏旋里，见寺多陁毁，楹栋榱桷，风缘雨濡，日益朽剥，丹腹失华，实以其地与吾居相近，治此为游观之所，而又念各胜之不可任废灭也，故萦而存之，意如是而已。"

续表

时间	年龄	生平	著述	相关事件
1887 年（光绪十三年、丁亥）	51 岁	释服，三月二十六日，离家启程赴京销差。取道川北人陇，经太行过冀州（子振）江巴盐重局。四月十八，离重庆赴成都，沿途游华岩寺、圣水寺，在圣水寺托寺僧访薲眉九十翁遗迹，并书卞略写之。二十九抵成都，宿王沙衙贵州会馆。三十日，住蜀县省祖梅溪公墓。闰四月初二省后游一王庙，都江堰。初三游青城山。初四回至灌县，在青神城山因道士乞留名、书数行寄之，遇同乡何亮清、金鹤寿、杨怀棻等。七游诸葛武侯祠、杜甫草堂、青羊宫、百花潭，游雷祖庙、薛涛井、文殊院、宝光寺。五月初二在西县谒武侯墓，并为文吊之。十八日至西安，遇葛黄彭年、顾肇熙、李用清、曾用杯清、叶伯英等。并因耕种者已侵及双武帝茂陵遗址、专项与曾怀清商量处理办法。二十一日游小雁塔、大雁塔，牛头山杜公祠。二十三日游碑林，并择其搥拓优者数种。游卧龙寺、与黄彭年苑夕谈。二十五日离西安	正月初七，作《禹门山铭》，命石工镌为摩崖。三月，为刘向敬亭书有子《劝学》，为綦仲乡书求吾志高，并题识。黎庶昌由家赴京日记，辑为《丁亥人都纪程》。① 黎庶昌在《丁亥人都纪程》中，对中西道路状况的差异十分感慨，他从闻喜县至平遥的途中，撒道狭窄，山路崎岖。乱石塞道，骡马罢蹶，舆夫欲跌长十余里，仅容一车，两壁对中国深沟长十余里。黎庶昌对中国官道如此，嗟叹非常。黎庶昌说："余在昔游欧洲，见西人种树之利甚博，任往长林数十百里，皆人力所为。此欧美经由平晋，具有深意，安欲看看西北地土所宜耳！以秦晋两省之平衍，不必废田而种树，但能于各县大道两旁按照西人之法，每距一文种槐柳之属一株，及各家田土界畔，亦用此法种树为	《丁亥人都纪程》二卷，光绪十四年（1888年）黎氏寰珍版印于日本使署，辑人《黎氏家集》。黎庶昌自日本返回老家为生母守孝三年之后，于光绪十三年（1887年）春末启程入京，取道重庆、成都、翻越秦岭，保定等地赴天津，再转北京。历时三个多月，行程万余里，逐日记录行旅见闻。举凡村镇名称、相距里程、山川风光、民情风俗、文物古迹等，植被和关塞、战场等尤多留意。不时引据历代史籍、地志，或叙写古人轶事，或品评战场得失，或考察地理沿革，纠正前人著述的失误，显示了黎氏渊博的学识。本书既是一部文笔婉丽娟新的纪游文学，也是一部资料翔实、考订精审的历史地理学专著，有较高的文学价值和学术价值。

① 《丁亥人都纪程》

续表

时　间	年龄	生　平	著　述	相关事件
			界，以时芟朴，不出十年材木便不可胜用。岂如今日之赤地千里，一无啜萌哉！"	
1887年（光绪十三年、丁亥）	51岁	赴京，是夜宿临潼县，至华清池温泉沐浴。六月初七至华平遥县，十三日经临潼山，十四日道经正定府，观兴隆寺铜观音像。十六日至保定，女端时张裕钊主讲莲池书院，因此住莲池书院，孙出见。二十二日离保定赴天津。二十四日抵津。二十六日谒李鸿章。二十八日李鸿章与署津海关道刘汝翼（献甫）宴法国公使及其夫人于海军公所，令黎庶昌作陪。在坐有前天津领事法兰亭、罗丰禄、伍廷芳、联芳、厱昌，皆西洋旧识。另有法领事及兑鲁所制厂数人。七月初一，离津赴京。初六，见曾纪泽商酌销差之法。初七，向无成例可循，又未便援照销回京官门青安之例，宜具呈声明缘由，由总署据以请旨为是。初八至总署各衙门具呈。呈李鸿章致电总署前使倭时，"办事稳练，熟悉情形，可否采择入告。"二十六日上谕："二品顶戴黎庶昌著派充出使日本国钦差大臣。"至上海，纳仲姬王氏。①与贵州第一状元赵仲堂相识订交。②十一月，赴东京任事。十九日抵东京。二十一日任使事。二十三日，徐承祖离开东京。		

① 王氏本姓秦，父母死，卖与戚党王氏。因松江密至沪渎，乃教之歌舞，携至沪欲卖给荟芳里，王氏坚执不从，为其家人所厌，乃归黎庶昌，年十七岁。

② 赵仲莹（殿撰），赵为光绪丙戌科状元，因贵州数百年间，无一人中状元，黎庶昌遇之，高兴异常。

续表

时　间	年龄	生　平	著　述	相关事件
1888年（光绪十四年、戊子）	52岁	正月二十二，出所藏《须真经》、日本秘阁金泽文库古钞本《春秋经传集释》三十卷、《白氏文集》七十卷，示傅云龙。 二月十四，借傅云龙游日本新皇宫。 二月，傅云龙游海南辞世，抚养其遗孤藤野真二。 四月初二，借傅云龙至虎门门内工科大学观桥风育会。 五月，闻李士棻死讯，谋将塞志自日本伐石，转致之豫章，使埋坟址。 五月，诸在禹门寺建立乡贤祠，专祀宋臣冉珏、冉璞、郑溶、莫友芝，而以同阵亡诸将士。由附之。另辟一室列祀在威同阵亡诸将士。由黎庶昌节省薪俸寄营兴办之处。礼部认为：建祠寺祭、并附祀多人，为不伦不类，郑莫不宜立祠。应交部议处，以示惩儆。八月十一，"部议"降三级调用，八月二十五，总理大臣奕劻等保奏，认为黎庶昌在日本、重野安绎等议降职分，则不得仍用二品顶戴，但须顶戴仍留原任。同日上谕，准奕劻等奏，以二品顶戴降二级留任。 八月二十九，重野安绎等中州滨衙杭流馆设宴，黎庶昌应邀降日本。是日与会者，日方有重野安绎、宫本小一、长松干一、小牧昌业、川田刚、岩谷修、南摩纲纪、三岛毅、岛田重	正月，撰《翰林院典薄胡君塞表》《跋杨龙友画》。 为傅云龙所撰《日本新政考》作序。 藤野正启卒，黎庶昌撰《日本正六位君交，既又与君游，卒乃送君之死，以临其葬。此虽本邦亲故朋好，犹不易致，况海外万里乎，非偶然已是，不可以不书。" 三月二十六，复张廉卿信说："置吾身于海外，宽闲放旷，扫去一切衣冠矫马之繁，得以从事铅椠，是则天之待我独厚，非他人所得而并意者。其将成就吾文乎。开岁以来，竭力助成文数首，似有一二惬心贵当之作，钞写另不及，兹将草稿寄交导眠诸，属其另录之。姚惜抱云，阐下之土为古文者最少，苟为之必豪而已。本月，撰有信乎。惟日勉焉而已。"为傅云龙所撰《浙东筹防录序》作序。 《日本新政考》 四月初十致函尹赋，告以吉林修志，不可任主笔，并述："叙事夏以来，刚下经经龅》数篇，顾称惬意。 作文十余首。如《汉女先络碑》《胡子和塞表》《游历日忠诚公事迹编年纪略书后》《赵图经略》数篇，顾称惬意。 为父黎岩撰《石头山人遗稿》作记。	

续表

时　间	年龄	生　平	著　述	相关事件
1888 年（光绪十四年，戊子）	52 岁	礼、星野恒、小山朝弘、浦生重章、龟谷行、冈千仞、宫岛诚一郎、井上陈政；中方有莫祥芝、陈钜、钱德培、徐致远、刘庆汾、孙点等，共二十四人。九月初九，设宴于使署修登高之约，首在壬午，次在癸未。是日主宾三十余人。黎庶昌提手欢接，延人书斋，使观其藏米元以来名贤书画数十幅。际晚，更延深深室，窗明几净，华烛煌煌，菊香馥郁，樽俎既陈，佳肴满案，更深方散。九月三十，复肖敬甫函，谈及《续古文辞类纂》的编纂，并邀请舟敬甫敬商定续古文辞类纂事。① 捐银三百两修洗马桥，桥在冶东八十里，跨乐安江。又以二百金助吴荣修标石坡路。此二条均见《续遵义府志》。	八月二十九所得中日文士唱和诗文辑为《枕流宿宴集编》。九月初九，中日文士修登高之约，唱和诗文后辑为《戊子重九宴集编》，孙点、鸟田重礼、浦生重章、矢土胜之、小牧昌业，并上陈政有序。将刊郑珍《悦坳遗诗》，作跋。秋，刻黎庶焘《纂耕草堂诗钞》《琴州词》，黎恺《石头山人遗稿》。冬，刊《丁亥人都纪程》。征《长山公年谱跋》于薛福成，因丁宝桢专祠在贵阳雪崖洞落成，莫庭芝作书告黎庶昌，乃撰《丁文诚公专祠碑》。	
1889 年（光绪十五年，己丑）	53 岁	正月初四，议购铸钱铜模事。二月二十二，开春亲睦会于红叶馆。春，刊黎庶藩《椒园诗钞》《雪鸿词》，黎兆勋《蔗烟亭词》，黎安理《梦余笔谈》。	正月，撰《赠赵殿撰序》。二月，藤野黄子执其父遗文，请黎庶昌为序。黄子说："姜不幸遭失大故，弱质不任事，有弟年幼，后叔叔传世。门下谓见弟文不少，且均杰作，不知何向立不可知，恐不瞑先人地下。仅惟先"	礼，私论本朝文章至同，光间而始极其盛，未知阁下以斯言为然否？仆文虽有数千首，惬意之作无多，一议刊刻，须再删汰四分之一，殊觉篇卷帙太多，不足重远。或尚能赠益二十篇，亦未可定，彼时再为编定，实不迟也。盖近来觉得读书未深，于大道茫无所得，私心时用悚惧，故意在反身，不汲汲传世。阁下谓阁下文不少，且均杰作，不知向所据而云然！兹将出稿一本邮寄左右，乞一审定是非。鄙意尚欲续颁阁下来一行，商定续古文辞类纂事。

① 黎庶昌说："仆尝私论本朝文章实至同，光间而始极其盛，未知阁下以斯言为然否？仆文虽有数千首，惬意之作太多，一议刊刻，须再删汰四分之一，殊觉篇卷帙太多，不足重远。盖近来觉得读书未深，于大道茫无所得，实不迟也。兹将出稿一本邮寄左右，乞一审定是非，鄙意尚欲续颁阁下来一行，商定续古文辞类纂事。"

续表

时　间	年龄	生　　平	著　　述	相关事件
1889 年（光绪十五年，己丑）	53 岁	三月，男兄莫祥芝病逝于上海。 四月，莫庭芝病逝于贵阳。 夏，刊莫庭芝《青田山庐诗钞》、黎恂《蛉石斋诗钞》，黎安理《长山公年谱》。于日本友人中村正直家获孙应鳌督学文集，黎手辑朴农安县知县，致书告诫。①	人之在世也，阁下许之以交，及其没也，塚之以铭。今重野君等将谋梓其文，若幸得一言为之序，因以传于此，则先人死骨不朽矣。"黎庶昌闻而重聪之，撰《海南文集钞》。又题冈天爵，撰《藏名山房文钞》。 三月，刊黎恂《千家诗注》，用活字版印。又属吴县顾若波作《夷年亭图》，并题记。此图又有陈矩跋，撰《跋江亭记》。 五月初一，傅云龙影《文选》。第五残卷，黎庶昌为之作跋。（按：此书为赝刻，据叶应辉言，黎、傅二公均被骗。） 八月，撰《黄石斋诗第六集序》②。 九月，傅云龙出黄氏文谱状，乞为表墓之文。作《晋封侯府君墓表》。 九月，日本宫中顾同官高崎星冈邀游盐原，并撰《游盐原记》。	

① 黎庶昌书有言："北方土厚水深，人情近古，此等新造之地，最易见功，然后将应办事宜，审其远且大者，择数端举行，期于有始有卒，斯无负百里之寄。不可效俗吏所为，徒以文告涂饰耳目，专为陛调计也。家中之事，现时有叔支持，仍当专意民瘼，汝可专意支持。不必分心于此，能做出一古循良，岂不胜于家有三公乎！"

② 黎庶昌《黄石斋诗第六集序》，阐述了对神仙的看法。他说："神仙之说，愚者惑焉，智者信之。非以其果能尸解形化，吐纳飞升也。仍当于文章道德之人求之耳……于仙者意，余所取乃独在陶渊明、李太白、白乐天、苏子瞻，陆放翁诸名人之诗，虽举仙人而归之可也。"

续表

时　间	年龄	生　平	著　述	相关事件
1889 年（光绪十五年、己丑）	53 岁	黎庶昌说："黔故之作，粗有端倪，搜讨未备。黔中纪载蓼寥，既有，而文艳弗彰，而黔人无一文之载，一事之志，其他人物，就地方志乘而不论，遗漏久黔风演，虽胜一筹，较之黔风演，若仅如前此编，必应应博征详考，若仅如前此编行近，诗又其末也。名家则谢雪鸿，杨龙友，吴滋大，将来汇编别行于世，统计术及二十家。将来汇编别行于世，革，不过钞集有数百篇，并非褒文。黔文集少，其体例似拟黔文自褒为内集，所撰还刊刻黎氏家集及孙章文集和章子尹，郑子尹，莫庭之和贵州史和贵州文学史提供了不少史料。（按：黎庶昌一生致力于乡邦文献的搜集整理，迹的21篇，占全集近一半，为研究贵州史和贵州文学史提供了不少史料。	九月十三函复陈庶常，论撰《黔故》缘由。① 为日本文士诗文集存多篇。 刻印《黎氏家集》②，《遵义沙滩黎氏家谱》。③	黔中纪载蓼寥，又乏笃古好事之徒，一旦身没之后，捃摭仰者已无为不多，生前叹慕敬仰者已无为不多，杨勇侯，岂非一代大人物，即曳李恭勤，此小所为发愤也。即曳李张本，故持例稍严，为异时总集之编亦宜本，实敬总集要，郦意以为后编亦宜重在事绩，黔诗后编正好弥缝其阙，将末二书并行，方臻美备。本朝则周稛野，郑经集，莫郘亭乎。名家则孙文恭公，本朝则周稛野，郑椒园。将来及二十家。黎庶椒园，统计术及二十家。至黔文集少，其体例似拟黔文例似拟黔文自褒为外编，其体例似拟黔文自褒为外编，所撰《黔国故事》《拊洞故事》，关于贵州人涉黔事者为外编，关于贵州人的墓志传状共28篇，有关贵州事迹的21篇，从此信中可看出《全黔国故颂》等书应为近几年撰。）

---

① 黎庶昌《黔故》四十卷和文集，计有：黎安理《梦徐笔谈》一卷，《长山公自书日记》一卷，黎恺《石头山人遗稿》四卷，黎恺《蛉石斋诗钞》一卷，《雪鸿词》一卷，黎庶蕃《慕耕草堂诗钞》四卷，《锄经堂诗钞》六卷，《莼漪词》二卷，黎兆勋《侍雪堂诗钞》六卷，《葑烟亭词》四卷，黎兆祥《丁亥人都纪程》二卷。凡十一种，三十四卷，即莫友芝《郘亭遗诗》一卷，《郘亭遗文》二卷，《逐庐遗诗》二卷，《遁庐纪程》二卷（后刊）；《全黔国故颂》四卷（总目计作五卷）。这部总集，由日本一流刻工雕版，印制十分精美，显示了沙滩黎氏三代文学创作的实绩，其诗词成就较高，在黔中一流水准作。词约别以与中原名家相颉颃。

② 黎庶昌《丁亥人都纪程》二卷。凡十一种，三十四卷，文雪通醉》一卷（后刊）；章永康《息影山房诗钞》二十四卷，黎汝谦《夷牢溪庐诗钞》八卷（后刊）。又有黎庶昌《拙尊园丛稿》六卷（总目计作二卷）《全黔国故颂》四卷（总目计作一卷）；黎兆祥《西陔杂志》二十八卷，郑珍《青田山庐文集八种七十五卷，计有《悦雨堂诗》一卷《青田山房诗钞》一卷，莫庭芝《青田山庐诗钞》一卷，《家集》（总目计作一卷）（后刊）；黎庶昌《续古文辞类纂》二十八卷，《西洋杂志》八卷（后刊）。又有贵州刊行家集黎庶昌孙黎渊曾刊别行的诗文集八种七十五卷，计有《沙滩黎氏家集》八卷（后刊）。这是贵州刊行家集中较有价值的著作，至清末黎庶昌的下一代，凡十一世，其诗词成就较高，塔

③ 《遵义沙滩黎氏家谱》一卷，光绪十五年（1889 年）刻于日本。此书叙录黎氏家族自明末人黔始祖黎朝邦，至清末黎庶昌的下一代，凡十一世各房家系，并考订家谱，修于家熙年间）中关于历代谱系中的错失。谱中附录多篇家训、墓表及家传。墓表及家传。这是贵州中关于历代谱系中的错失。谱中附录多篇家训、墓表及家传。这是贵州刊行家谱中较有价值的著作，对语录学及史学的研究都有意义。

续表

时　间	年龄	生　平	著　述	相关事件
1889 年（光绪十五年，己丑）	53 岁		撰成《全黔国故颂》①、《祥洞故事》②等。 《续古文辞类纂》③编成。 十月，重新修订《遵义沙滩黎氏家谱》，撰《禹门寺置佛藏记》。因蜀大方建玉皇殿于金鼎山，黎庶昌集资赞助，大方致书黎庶昌，求志其颠末，乃作《金鼎山新建玉皇殿记》。 十一月，作《毁园经学辑存存》。	

① 《全黔国故颂》二十四卷，清光绪年间刻本。此书搜集黔中历代名人事迹，写成赋体形式的传记，以供将来修国史时采摘。所写人物以清代居多，如杨芳、丁宝桢、石赞清、莫友芝等。选例较严，不仅注重史料的真实，品评的允当，而且注重文采的华美，非司人史传者不录，以求传播久远。

② 《祥洞故事》四卷，见《黎氏家集总目》，有抄本一册，现存贵州省博物馆。该抄本不分卷，也未署撰写人，估计为黎庶昌《祥洞故事》的残卷。

③ 《续古文辞类纂》二十八卷，黎庶昌付诸二十年心血，终于告成。民国元年（1912 年）贵阳文通书局铅印本。民国五年（1917 年）世界书局铜版印行。此书虽名为《经史百家杂钞》，实则朴姚氏之纂。黎庶昌选编《续古文辞类纂》，选录清代乾嘉至咸丰年间散文作品外，姚、王二人均偏重阴阳刚柔相杂什，最后甄录 435 篇。选者为铜山秦同培，为仿文数百篇，曾国藩选编《经史百家杂钞》，黎庶昌所选《续古文辞类纂》，则以曾氏选本为基础，祖述经史，删《史记》《汉书》《五代史》及历代名家作品，还有清初和近代诸家著名篇，体例与王选迥然不同。如所选奏议，辞赋虽不摒弃阴柔者的陈观，得阴阳刚柔之气者不多，打破以往选文不录生卒年，同时，黎庶昌抄录历代散文数十卷，朝夕诵读，便于阅读。桐城派散文大家姚鼐氏扩大。王先谦有《续古文辞类纂》，叙记为王选所缺，姚记为姚选所无。就风格而论，大胆采用近世划段，黎庶昌能因时适变，曾国藩、莫友芝，盖亦有一不备者，吴敏树以及张裕钊，格律声色，薛福成，凡神理气味。他"博观慎取"，文虽佳亦有一不备者，今天看来，黎选仍是较佳选本。

续表

时　间	年龄	生　平	著　述	相　关　事　件
1889年（光绪十五年，己丑）	53岁	正月，复姚彦嘉函。馈别朝鲜使臣金嘉镇于叶侗宿。二月上旬，长山护美，重野安绎诸人宴黎庶昌于樱云台。二月十三，开同文会于芝山红叶侗。夏，日本冈本黄石画像以赠黎庶昌，小率女史为冈本黄石画像祝寿，黎庶昌八旬寿。九月，道赵氏送尹慤由日本返国，归黔婚要。	本年撰述有《黄正升墓志铭》《直隶正定县知县备兵周君家传》《工部侍郎石公神道碑铭》《赠内阁学士前安徽凤颖六泗兵备道任君神道碑铭》《介石园记》《向伯常墓志铭》。《海行录》①刊刻。	
1890年（光绪十六年，庚寅）	54岁	九月初九，援旧例于芝山红叶侗登高约，兼朝鲜爱人及使馆随员六十人与会。九月十八，因黎庶昌任期将满，回国后无叙正之例，兼之奏请建乡先生祠事，恐人才埋没，李鸿章乃上《出使日本大臣黎庶昌酌定朝鲜祸乱有功，请开复姻祠祀之处分片》。认为黎	二月，开同文会于红叶侗，唱和诗文辑为《庚寅文集·修禊篇》。闰二月，序小山朝宏《春山楼文赙。二十三日，曾纪泽死，次日讣电抵日。三月初一，设位遥祭，并撰《祭曾袭侯文》。七月二十四，自神户乘商舶抵三轮崎。访徐福墓，作诗十二首。八月，撰《访徐福墓记》。九月九日登高之会，中日文士数十人，会上蓝水村灏赠所绘《芝山话别图》，浅田常、依田百川、小山朝弘、石川英、西岛醇、浅田惟慕作有《奉送大清公使筑高黎公序》。黎庶昌作有诗三首、和诗若者达	曾纪泽于闰二月病逝，黎庶昌为设位遥祭。七月二十五日，清廷命李经方充出使日本钦差大臣，据重野安绎文云，日本天皇念黎庶昌两度使日，"执掌纻据，黎画有法，颇以益归和好"，为其叙勋一等，赠以勋旭日大绶章一枚。

① 《海行录》一卷，光绪十五年（1889年）刻本，附于《长山公自书年谱》之后。此书迻录文章四篇，《奉使伦敦记》录写随郭嵩焘出使英国时沿途见闻，描绘异国风物及海上风光为生动，引人入胜；《事监督训洋学堂诸生》，是赴英道员兼重庆海关监督时，送首批赴英留学诸生的训词。文中对船费多少，舱位选择，旅途中生活经验以及在异邦留学时科目选择，衣饰，交际，体贴入微的训词，情词亲切感人。

续表

时　间	年龄	生　　平	著　述	相关事件
1890 年（光绪十六年、庚寅）	54 岁	庶昌"获咎甚微，有功足录，才识均优，足资任使"，请求特于开复处分。 十月初五，于使署开国别宴。 十月初六，重野等偕东京名士七十余人在芝山红叶馆饯黎庶昌，宴会上，黎庶昌索冈本迪照片，冈本迪以七十九岁画像及八十照像赠之。黎庶昌有诗一首，冈本迪有诗一百四十二首。是会作诗之人有四十七人，诗一百四十二首。是野等礼，星野恒、金井之恭、日下宽、盐谷启敏、岛田重礼、星野三岛毅、矢土胜之均作有《奉使黎公使归国序》。 十月初九，佐野宴黎庶昌。 十月十一，黎庶昌在霞关署宴日本各大臣及各国公使。 十月二十三，亚细亚协会会长榎本武扬邀本邀黎庶昌为该会会长誉名，各持"六字，有艺妓名阿政、阿爱者，各持"祝黎公使健康"于公署。黎庶昌有诗二首。 十月二十四，副岛种臣集偕作乐园饯别。 十月二十五，朝鲜公使寿庭于红叶馆饯。 十月二十六，访元田东埜于五乐园，招友人宴于公署。 十月二十九，冈本黄石新居落成，招饮，黎庶昌为之题"晚晴图"三字。 十月二十七，赵曼娟剪彩为伞，盖上剪彩舟次。 十一月初三，东京十二大学士饯黎庶昌于樱云台。	六十人，诗一百一十三首。唱酬诗文辑为《庚寅宴集·登高集》，并附黎庶昌访徐福墓诗十二首。 九月，跋胜海舟《外交余势断肠记》，作《崇福寺钟铭》。 九月二十，小笠原锦陵等祖饯黎庶昌于红叶馆，并赠与用太庙神宝余铁锻制宝刀及小苹女史所绘神女图卷，黎庶昌有诗二首。（此日后所作诗均收入《庚寅宴集·题梁集》） 九月二十六，宫岛栗香招饮于养浩堂，黎庶昌有诗一首，并与伯爵修安芳、副岛种臣、子爵谷干修，翻译陶大均及宫岛栗香联句一首。 十月二十七，所撰还有《篇学本论序》《医说一首赠浅田栗园》《题梅所文钞》《宴集三编统序》 十月二十七，夫人赵曼娟卒，年三十六岁，停柩武昌。盖耗传至日本，黎庶昌悲悼之至，登东京凌云阁吊之，赋悼亡诗一首，撰《长姬赵孺人墓志铭》，并嘱藤野黄子撰墓志。 十一月二十一，上《密陈日本近日情形片》，认为："轻视日本者非也，其畏日本者亦非也。"主张趁日主战派派下野之时，因势利导，慎固邦交，修订一亲密往来互助条约，以为时用备缓急。	

续表

时　间	年龄	生　平	著　述	相关事件
1890年（光绪十六年、庚寅）	54岁	任届期满离任之际，公私送别宴会频繁。①	十二月，撰《莼斋诗第二集序》。冬，复赵仲莹辞书，认为本朝学之同又理、考据三端，然考据之学在今日，实已枝搜节解，几无剩义可寻，骛而不已，诚不免于破碎害道之讥。惟文章一事，尚留文章末尽之境，以待后人。而为文，则必须因文以见道。为日本友人诗文作序多篇。	
1891年（光绪十七年、辛卯）	55岁	正月初二，至日宫向天皇辞行。启程之日，送别的日本友人众多，随即入京销差。四月，简授四川川东兵备道道员，兼重庆海关监督。六月初十、仲姬王氏生一女、十七日、王氏病死。八月下旬，离沪赴川东道任，黎庶昌返沪。还家。道出长江，李宗煱自大通附轮舟，至安庆，逐流百里，辛瘁而起。抵家，作《仲姬王氏墓志铭》。十月，赴重庆任职。	十月，甥杨伯征赠郑珍画《禹门山寨图》，黎庶昌题跋，付禹门寺僧宝藏。冬，赴川东道任。本年，撰《杨性农先生重赴鹿鸣宴序》。	任满之前半载，祖饯之会无虚日，盖公之再使臣返国所绝无也。盖公之再使日本，亦不从来使臣不识公，亦不不爱敬公者，所以文字之播日本者亦独多，在中国近代外交史上，写下了重要一页。

① 黎庶昌离日之前数月，日本友人相饯甚多。黎汝谦在《诰授资政大夫出使大臣四川川东道黎公家传》中说："任满之前半载，祖饯之会无虚日，惜别讼稀之词以数百计。去之日攀辕送者塞巷盈途，或谓饯至数百里外，脱去崖岸，兼容并包，凡被都之学士文人无不交，其容也无不笃。发展了中日友谊，沟通了中日文化，提高了中国在日本的地位，亦无不爱敬公者。黎庶昌正是运用自己的学识，沟通了中日文化，发展了中日友谊，提高了中国在日本的地位，亦无不爱敬公者。所以文字之播日本者亦独多。"

续表

时间	年龄	生平	著述	相关事件
1892年（光绪十八年、壬辰）	56岁	黎庶昌至渝，创设洋务学堂，选拔颖秀之士二十八，借鉴西学教育，习中文、英文、算文、科，闲暇时则亲自授课，批改文章。此学堂为川东洋不外索，皆出自黎庶昌薪俸。后黎庶昌去职，遂停办学堂之始。 另据黎庶昌所著《海行余录》，曾于洋务学堂中选拔十二人赴英国伦敦留学，但时间无考。 因重庆五福宫为形势最高处，黎庶昌拓南而新之，就其北三蕴改易规制，别为亭斗出，扶壅障、陈陋汗，却丹华，崇雅饬，经数月落成，《改建亭名为楼外楼，厅名为涨秋山馆。并撰《渝州五福宫北楼记》，光绪十九年（1893年）由巴州廖伦书。 后楼废，移碑置中山祠，同时刻黎庶昌访徐福庵诗碑。置五福宫北楼前楼。 八月，函复罗雪崖嘱庵以绘水之之人，且又借费。建议将同治年间江苏所刻全省舆图印数十份，照式刻成方格，每方几里，颁发下县，令各县照绘送省汇齐合成全图，不合处则派员更正。三年可告成，版图既成，贵州通志亦可续修。并告知至川东后，即加意采访人才，近期得合州张森阶，欲成二十四史人表，因困于教读，乃令至渝，以成其书。	一月，藤野真子撰《清国钦差大臣黎公夫人赵氏墓志铭》。（笔者注：此墓志于1982年出土于遵义县禹门乡沙滩沽尊园遗址，书为行草，有印三方，铭文完好无缺。） 秋，李宗煕死，撰《诰封通奉大夫江苏补用道李君墓表》。	

续表

时　间	年龄	生　平	著　述	相 关 事 件
1893 年（光绪十九年、癸巳）	57 岁	因李正荣、邹笀章请修云贵公所，黎庶昌以积俸六千金，出资修建云贵公所（即会馆）。属申遹绳、杨玥、何诒孙、曾恩寿在灵壁坊绣衔修建，并撰《创修云贵公所碑记》。秋，集所作古文邮至上海醉六堂贵公石印，福成于伦敦。	《拙尊园丛稿》①由上海醉六堂石印行世。本年，为高培谷刻郑珍《巢经巢文集》《巢经巢诗集序》《大小雅堂文集》，作序，撰《大小雅堂文集序》《诰授光禄大夫都察院左副都御史薛公墓表》《敬志箴》。刊《孙文恭公督学文集》。	
1894 年（光绪二十年、甲午）	58 岁	四月，寄郑珍《巢经巢遗诗》订，属高培谷刻于资州。秋，复刻黎馥筠《千家诗注》。七月二十五，道台口口钟表店火起，延烧西街，打铜街，打铁街，玄天宫，梅子坡，滴水岩，长安寺，四天王殿，木	本年，撰有《赵宦人墓志铭》《周楚白墓志铭》。	四月，日本派兵侵入朝鲜。六月，日舰击沉中国运兵船高升号，并在牙山击败清军。七月，重庆大火延烧几十条街道，毁屋近万家。

① 《拙尊园丛稿》共六卷，光绪十九年（1893 年）上海醉六堂石印本。光绪二十一年（1895 年）金陵状元阁刊行，更名《黎苑斋文集》。民国年间，沈云龙将此书辑入《近代中国史料丛刊》。这部丛稿选录黎氏散文作品一百二十一篇，体式多样，有奏议，序跋，别传等，据，游记等。为文远师桐城，近法曾氏，受郑珍影响尤深。黎庶昌经世致用之学，留心时务。《上穆宗毅皇帝书》及《敬陈管见折》，洞察时弊，通权达变，表现了卓越的政治才识。以《周以来十一书可以配经，使立"十三经"之后：以《庄子》次《孟子》，次"三礼"，次《说文》《尔雅》次《读〈墨子〉鲁问》一文，定名为"亚经"，引据《墨子·鲁问》篇的话，与墨子无关。这都是新颖卓异的见地，力排千百年俗儒评议的偏颇。其墓志，墓表，家传，别传等，有较高史料价值和学术价值。为日本友人大诗文集和学术著作写的十几篇序跋，记述搜访流落日本的中国古籍情况，为书林可贵掌故。记游之作，绘声绘色，情文并茂，如《卜来敦记》《游盐源记》等文，为散文精品。

· 333 ·

续表

时　间	年龄	生　平	著　述	相关事件
1894 年（光绪二十年，甲午）	58 岁	匝街、千斯门，正街均灾，约近万家。二十六日晨始熄。（笔者注：黎庶昌曾在城中修造太平池百口，历年增加，以防火患。但终因孤贫贫粮大猛，无术于事。）捐银五百两两为赈贫粮。中日甲午战争爆发，黎庶昌知战难决胜，不欲轻开兵衅，认为："日本蓄谋久矣，朝鲜布告列外府也。战固难国，让亦启侮，乃俱告之李邦，以维持属国。"自愿东渡与日交涉，电李鸿章力阻宣战，词甚忼直，电员不敢发。及昌呼而面斥之，复由万县转电，抑不得达。及战事殷，财绌，黎庶昌首输官输财助饷之说，以官秩大小为差。战时，黎庶昌每闻战状，辄痛哭游剧，或提刀终日不备食，久之病情加剧，渐成狂督，言语迷惘，不报。叫跃，言语迷惘，不报。捐白银万两以助军饷，不报。莫氏夫人病逝。		八月，日军进攻平壤，清军败走。北洋海军与日军在黄海大战。九月，日军由鸭绿江侵入东北。十一月，日军占领旅顺、大连。
1895 年（光绪二十一年，乙未）	59 岁	五月，成都发生教案，黎庶昌受四川总督鹿传霖之命，与陈矩会办成都教案，由于英国领事借故推延，久未结案。闰五月初十，张之洞保荐黎庶昌再次出使日本。因黎庶昌交游者多，其旧日声望，尚不至为日人所轻视。九月，黎庶昌病情已重，不能理事，请假一月，川督鹿传霖奏请乘此既换，推荐建昌张华奎代（笔者注：据陈矩《乙未英美教案杂记》，十一月川……	正月，撰《诰授光禄大夫建威将军长江水师提督黄公墓表》。为遵义龙坑碑坊题对联《拙尊园丛稿》。金绥状元阁坊题对联。	一月，日军侵入山东半岛，包围威海卫，北洋海军全军覆灭。三月，李鸿章赴日签订《马关条约》。四月，日军侵占台湾。四月，康有为发动十八省举人上万言书，史称"公车上书"。五月，成都教案发生。八月，康有为在北京成立……

续表

时 间	年龄	生 平	著 述	相 关 事 件
1895年（光绪二十一年，乙未）	59岁	东道已为张华奎任）。本年，遵义县久旱，米贩匿米不卖，至斗米值二千钱上下。遵义县乡人致函黎庶昌求赈，黎庶昌募属吏、商民及官募贸渝同乡，集款二万余金，委赵怡就近糴米，在桃源洞设局放赈。冬，返回遵义故里养病。		强学会，创办《中外纪闻》。十二月，慈禧封闭强学会，禁止《中外纪闻》刊行。
1896年（光绪二十二年，丙申）	60岁	在家养病，病情好转，饮食如常，头脑清醒，遵义再度饥馑，黎庶昌电告云贵总督王文韶，王拨赈济专款，分发遵义、桐梓、仁怀三县。		李鸿章出使俄、英、美、法，德五国呈递国书。沙俄签订《中俄密约》。上海创办《时务报》，宣传维新变法。
1897年（光绪二十三年，丁酉）	61岁	秋，旧病复发，神智迷惘。十二月二十（1898年1月12日）逝世于沙滩旧宅。寿六十一岁，葬莴莱乡禹门之乌鱼塘。子尹恕，字班孙，孙四，曾孙七，女一。	《西洋杂志》① 刊行。	沙俄军侵占旅大。康有为《孔子改制考》刊行。
1900年				

① 《西洋杂志》八卷，光绪二十六年（1900年）遵义黎氏刻本。1981年，钟叔河等人整理，湖南人民出版社出版，1982年湖南人民出版社再版（列入《走向世界丛书》）。此书为光绪初年黎庶昌任英、法、德、西四国参赞时，游历西欧十国的见闻。又附录《西洋游记》7篇，有关中欧边界地理的考略两篇，《欧洲地形考略》一篇，另有几封书信及有关人员日记。此书既是一部散文集，又带有人文地理的特点。它广泛地描述了西欧各国奇异而鲜丽的社会生活风俗画，上至国会开会盛况，总统宴会、王室婚丧之礼，下至工厂生产、商业景况、学堂考课、名胜古迹；以及民间斗牛赛马之戏、赌场景观，节日风情、灯台、画展、游艺等，无不收入笔端。文笔清新活泼，融异国风情与中国诗意于一炉，饶有风致。在平实而客观的叙述之中，隐然透发对资本主义物质文明和民主政治的向往情绪。

黎庶昌其他著述：

· 《古逸丛书叙目》一卷

此书载于《古逸丛书》之首，在二百卷之外。

此书是黎庶昌版本校勘学的专著。如与《古逸丛书》中所附校札合观，可以察知黎氏版本校勘方面的深厚功力。

· 《宋本〈广韵〉校札》一卷

此书为《古逸丛书》中《覆宋本重修〈广韵〉五卷》的附录，又别为一卷，入音韵类。

· 《春秋左传杜注核勘记》一卷

光绪二十四年（1898 年）成都刻本。

《古逸丛书》刻成后，黎庶昌又搜得唐写本《春秋左传杜注》，这是晋代杜预注《左传》较早的卷子本。黎氏据以校今本，摘出有关勘正的字句，录为一卷，后由陈矩刻入《灵风草堂丛书》。陈矩写了一篇后记，叙述校勘和刻印情况。

· 《青浦县志》三十三卷

此志由青浦人熊其英编纂，首先创议修志并筹集经费者是黎庶昌，黎庶昌有创修之功，特附识于此。

· 《孔诘》二卷，见《黎氏家集总目》，现已佚。

· 《使东奏议》二卷，见《黎氏家集总目》，现已佚。

· 《使东文牍》二卷，见《黎氏家集总目》，现已佚。

· 《拙尊园画存录》一卷，见《黎氏家集总目》，现已佚。

· 《莼斋笔记》不计卷，见《续遵义府志·人物志》，现已佚。

· 《黔文萃》不计卷，见黎庶昌《给陈给谏书》（按：即陈田）。

已抄录黔文数百篇。给陈田信中论及编选体例："以黔文自撰者为内编，他省人涉黔事者为外编。"后来，这批文稿交给陈田之弟陈矩，可惜未最后编定刊刻，书稿不知下落。

· 《黎莼斋先生信稿》。据黎铎《黎庶昌年谱》称为已刊者，但未见单行刊本，仅从《清代名人翰墨续集》和《道咸同光名人手扎》中见到黎莼斋手扎影印件数篇。

　　《黎莼斋先生手稿》现藏山东图书馆。此手稿抄录黎庶昌上皇帝书后清廷所发的几道"上谕",以及曾国藩关于黎庶昌在军营中表现及保荐的奏疏。

参考文献

参考著作：

1.《马克思恩格斯全集》第 9 卷，人民出版社，1972。

2.《马克思恩格斯全集》第 12 卷，人民出版社，1972。

3.〔美〕乔纳森·斯潘塞:《改变中国》，曹德骏等译，生活·读书·新知三联书店，1990。

4.〔美〕赛义德:《东方学》，王宇根译，生活·读书·新知三联书店，1999。

5.〔美〕赛义德:《赛义德自选集》，谢少波等译，中国社会科学出版社，1999。

6.〔美〕韦勒克·沃伦:《文学理论》，刘象愚等译，生活·读书·新知三联书店，1984。

7.（清）蔡钧:《出洋琐记自序》，光绪乙酉年刊本，卷首。

8.（清）蔡钧:《敬陈管见折》《敬陈管见四条》《再陈管见》及《续陈管见》《出洋琐记》《奏疏条陈附录》，光绪乙酉年韬园王氏刊本。

9.（清）崔国因:《出使美日秘日记》，黄山书社，1988。

10.（清）郭嵩焘:《郭嵩焘日记》第三卷（上册），湖南人民出版社，1982。

11.（清）郭嵩焘:《郭嵩焘奏稿》，岳麓书社，1983。

12.（清）郭嵩焘:《伦敦与巴黎日记》，岳麓书社，1984。

13.（清）郭嵩焘:《使西纪程·郭嵩焘集》，辽宁人民出版社，1994。

14.（清）郭嵩焘等:《郭嵩焘等使西记六种》，生活·读书·新知三联书店，1998。

15.（清）黄观保：《读海外奇书室杂著后序》，光绪十四年排印本，卷尾。

16.（清）黄良辉：《三洲日记序》，光绪年刊本，卷首。

17.（清）黄遵宪著，钱仲联笺注《人境庐诗草笺注》，古典文学出版社，1957。

18.（清）黄遵宪：《日本国志》（下卷），天津人民出版社，2005。

19.（清）康有为：《康南海自编年谱》，中华书局，1992。

20.（清）黎庶昌：《敬陈管见折》，丁守和等主编《中国历代奏议大典》第4卷，哈尔滨出版社，1994。

21.（清）黎庶昌编《黎氏续古文辞类纂》，国学整理社，1936。

22.（清）黎庶昌等著，孙点编次，黄万机等点校，中国人民政治协商会议贵州省遵义市委员会宣教文卫委员会编《黎星使宴集合编补遗》，贵州人民出版社，2001。

23.（清）黎庶昌等著，孙点编次，黄万机点校《黎星使宴集合编》，贵州人民出版社，1992。

24.（清）黎庶昌辑《古逸丛书》，江苏古籍出版社，2002。

25.（清）黎庶昌：《西洋杂志》，湖南科学技术出版社，1981。

26.（清）黎庶昌：《春秋左传杜注校勘记》，上海古籍出版社，1996。

27.（清）黎庶昌：《拙尊园丛稿》，沈云龙主编《近代中国史料丛刊》第八辑，文海出版社，1967。

28.（清）李瀚章、李鸿章编纂《曾国藩全集·文集》，中国华侨出版社，2003。

29.（清）李鸿章：《筹议海防折》，《李文忠公全书·奏稿》卷24，沈云龙主编《近代中国史料丛刊续编》，台湾文海出版社，1983。

30.（清）梁启超：《西学书目表》，光绪二十二年时务报馆代印。

31.（清）梁廷枬：《夷氛闻记》卷5，中华书局，1985。

32.（清）刘瑞芬：《西轺纪略》，光绪丙申年刻本。

33.（清）刘锡鸿：《英轺私记》，岳麓书社，1985。

34.（清）王韬：《漫游随录·扶桑游记》，湖南人民出版社，1982。

35.（清）魏源：《道光洋艘征抚记上》，《魏源集》上册，中华书局，1983。

36.（清）文庆等修《筹办夷务始末》（道光朝）第 72 卷，台湾文海出版社，1970。

37.（清）文庆等修《筹办夷务始末》（同治朝）第 40 卷，台湾文海出版社，1970。

38.（清）许珏：《与李豫岩（辛卯三月）》，《复庵遗集·书札》卷 1。

39.（清）薛福成：《出使公牍》，华文书局，1968。

40.（清）薛福成：《出使英法义比四国日记》，岳麓书社，1985。

41.（清）薛福成：《寄龛文存序》，《庸庵文外编》卷二，光绪刊本。

42.（清）薛福成著，安宇寄校点《出使四国日记》卷四，湖南人民出版社，1981。

43.（清）薛福成：《庸庵随笔》，中共中央党校出版社，1998。

44.（清）姚文栋：《读海外奇书室杂著自序》，光绪十四年排印本，卷首。

45.（清）曾国藩：《曾国藩全集·诗文》，岳麓书社，1986。

46.（清）曾国藩著，王澧华校点《曾国藩诗文集》，上海古籍出版社，2005。

47.（清）张荫桓：《三洲日记后序》，光绪年刊本，卷尾。

48.（清）张裕钊：《张濂亭文》，中华书局，1937。

49.（清）张之洞：《张文襄公全集》卷 203，中国书店，1990。

50.（清）赵尔巽等：《清史稿》第 29 册，中华书局，1977。

51.〔日〕大町桂月：《明治文坛之奇现象》，雄山阁，1999。

52.〔日〕冈千仞：《观光纪游 观光续记 观光游草》，中华书局，2009。

53.〔日〕井之口有一编《明治以后の汉字政策》，日本学术振兴会，1972。

54.〔日〕实藤惠秀编译《大河内文书——明治日中文化人的交游》，平凡社，1964。

55.〔日〕实藤惠秀：《明治时代中日文化的连系》，陈固亭译，"中华丛书"编审委员会,1971。

56. 〔日〕伊原泽周:《从"笔谈外交"到"以史为鉴"——中日近代关系史探研》,中华书局,2003。

57. 〔日〕芝原拓自等编《日本近代思想大系 12·对外观》,岩波书店,1988。

58. 〔日〕猪口笃志:《日本汉文学史》,角川书店,1984。

59. 《巴县志》卷二十一(下),重庆出版社,1994。

60. 《大清会典》卷九十九,《中国法制史资料选编》,群众出版社,1988。

61. 黄遵宪:《日本杂事诗广注》,湖南人民出版社,1981。

62. *Webster's Encyclopedic Unabridged Dictionary of the English Language*, *Random House Value Publishing*, *Inc.*, 1996.

63. 艾筑生:《20 世纪贵州散文史》,贵州民族出版社,1999。

64. 北京市档案馆编《北京档案史料一九九九·一》,新华出版社,1999。

65. 曹泳鑫:《和平与主义——中国和平崛起的思想资源和理论准备》,学林出版社,2005。

66. 陈铮编《黄遵宪全集》(上册),中华书局,2005。

67. 陈左高:《历代日记丛谈》,上海画报出版社,2004。

68. 陈左高:《中国日记史略》,上海翻译出版公司,1990。

69. 丁慰慈:《黎庶昌传》,中国人民政治协商会议遵义市委员会文史资料委员会编《遵义文史资料》第 30 辑《郑莫黎专辑》,1997。

70. 费正清等编《剑桥中国晚清史》(下),中国社会科学出版社,1993。

71. 冯楠总编《贵州通志·人物志》,贵州人民出版社,2001。

72. 冯天瑜、何晓明:《张之洞评传》,南京大学出版社,1991。

73. 傅刚:《魏晋风度》,上海古籍出版社,1997。

74. 高时良编《洋务运动时期教育》,上海教育出版社,1992。

75. 高文汉:《日本近代汉文学》,宁夏人民出版社,2005。

76. 高子川：《逐日日本人》，四川人民出版社，2001。

77. 龚书铎主编《近代中国与近代文化》，湖南人民出版社，1988。

78. 贵州省博物馆编《贵州省墓志选集》，内部出版资料，1986。

79. 贵州省社会科学院历史研究所编《贵州风物志》，贵州人民出版社，1985。

80. 贵州省文史研究馆选编《黔诗选·明清部分》，贵州人民出版社，2005。

81. 郭绍虞：《中国文学批评史》，上海古籍出版社，1979。

82. 郭延礼：《近代西学与中国文学》，百花洲文艺出版社，2000。

83. 郭延礼：《中国近代文学发展史》（第一卷），山东教育出版社，1990。

84. 郭延礼：《中国文学的变革——由古典走向现代》，齐鲁书社，2007。

85. 郭预衡：《中国散文史》，上海古籍出版社，1999。

86. （唐）韩愈：《上兵部侍郎书》，（清）姚鼐纂集，胡士明、李祚唐标校《古文辞类纂》，上海古籍出版社，1998。

87. 胡绳：《帝国主义与中国政治》，生活·读书·新知三联书店，1949。

88. 黄万机：《黎庶昌评传》，贵州人民出版社，1989。

89. 黄万机：《客籍文人与贵州文化》，贵州人民出版社，1992。

90. 贾延祥注评《陶渊明诗文选》，黄山书社，2008。

91. 雷广臻译注《晚清外交使节文选译》，巴蜀书社，1997。

92. 黎铎：《黎庶昌年谱》，《遵义文史资料》第9辑，中国人民政治协商会议遵义市委员会文史资料研究委员会内部资料，1986。

93. 黎焕颐：《我爱·我恨·我歌》，上海人民出版社，1999。

94. 李斌：《顿挫与嬗变——晚清社会变革研究》，四川大学出版社，2006。

95. 李峰主编《当代中国对外关系概论 1949～1999》，中国社会科学出版社，2004。

96. 李芒、黎继德主编《日本散文精品·咏事卷》，云南人民出版社，1999。

97. 李庆编注《东瀛遗墨——近代中日文化交流稀见史料辑注》，上海人民出版社，1998。

98. 李天纲编《万国公报文选》，生活·读书·新知三联书店，1998。

99. 李扬帆：《走出晚清——涉外人物及中国的世界观念之研究》，北京大学出版社，2005。

100. 李颖：《百年外交纵横》，中国经济出版社，2000。

101. 刘海粟：《花溪语丝》，贵州美术出版社，1987。

102. 罗钢、刘象愚：《后殖民主义文化理论》，中国社会科学出版社，1999。

103. 罗根泽：《中国文学批评史》（一），上海古籍出版社，1984。

104. 罗宗强、陈洪主编，宁稼雨、李瑞山撰《中国古代文学发展史》（下册），南开大学出版社，2003。

105. 《毛泽东选集》第 4 卷，人民出版社，1991。

106. 梅新林、俞樟华主编《中国游记文学史》，学林出版社，2004。

107. 庞思纯：《明清贵州六千举人》，贵州人民出版社，2006。

108. 皮明庥：《近代中国社会主义思潮觅踪》，吉林文史出版社，1991。

109. 钱仲联：《梦苕庵诗话》，齐鲁书社，1986。

110. 钱仲联编《清文举要》，安徽教育出版社，1989。

111. 钱仲联主编《古文经典》，上海书店出版社，1999。

112. 乔治忠：《环球凉热——中国人认识世界的历程》，河南人民出版社，1998。

113. 秦观：《淮海词笺注》，四川人民出版社，1984。

114. 阙名：《道西斋日记序》，光绪徽休屯同文堂本，卷首。

115. 任访秋主编《中国近代文学大系 1840 – 1919》，上海书店出版社，1992。

116. 任继愈主编，郑振铎编《中华传世文选·晚清文选》，吉林人民出版社，1998。

117. 沈云龙主编《近代中国史料丛刊》续辑（995号）《同治甲戌日兵侵台始末》，台湾文海出版社，1983。

118. 苏继祖：《清廷戊戌朝变记》，《戊戌变法》资料丛刊，第一册，上海人民出版社，1961。

119. 孙东临、李中华：《中日交往汉诗选注》，春风文艺出版社，1988。

120. 谭家健：《中国古代散文史稿》，重庆出版社，2006。

121. 谭其骧主编《清人文集地理类汇编》第4册，浙江人民出版社，1987。

122. 谭其骧主编《清人文集地理类汇编》第6册，浙江人民出版社，1990。

123. 汤志钧：《戊戌变法史》（修订本），上海社会科学院出版社，2003。

124. 《唐才常集》，中华书局，1980。

125. 田涛：《国际法输入与晚清中国》，济南出版社，2001。

126. 田望生：《百年老汤——桐城文章品味》，华文出版社，2003。

127. 童庆炳主编《文学理论教程》（修订版），高等教育出版社，1999。

128. 汪军主编《皖江文化与近世中国京剧、近代工业和新文化的源头》，合肥工业大学出版社，2004。

129. 王尔敏：《晚清政治思想史论》，广西师范大学出版社，2007。

130. 王庆成编著《稀见清世史料并考释》，武汉出版社，1998。

131. 王韬：《漫游随录·扶桑游记》，湖南人民出版社，1982。

132. 王铁崖编《中外旧约章汇编》第一册，生活·读书·新知三联书店，1957。

133. 王文濡选编，程大琥、马美著校注《续古文观止》，岳麓书社，2003。

134. 王锡祺：《小方壶斋舆地丛钞再补编·前言》，光绪二十三年南清河王氏刊本。

135. 王晓平：《近代中日文学交流史稿》，湖南文艺出版社，1987。

136. 王晓秋、〔日〕大庭修主编《中日文化交流史大系1·历史卷》，浙江人民出版社，1996。

137. 王晓秋、尚小明主编《戊戌维新与清末新政——晚清改革史研究》，北京大学出版社，1998。

138. 王晓秋：《近代中日启示录》，北京出版社，1987。

139. 王晓秋：《中日文化交流史话》，山东教育出版社，1991。

140. 王云五主编《吴挚甫全集2》，台湾商务印书馆，1973。

141. 王曾才：《清季外交史论集》，台湾商务印书馆，1972。

142. 邬国平、黄霖：《中国文论选·近代卷》（下），江苏文艺出版社，1996。

143. 吴宝晓：《初出国门：中国早期外交官在英国和美国的经历》，武汉大学出版社，2000。

144. 吴枫主编《中华思想宝库》，吉林人民出版社，1990。

145. 吴孟复：《桐城文派述论》，安徽教育出版社，2001。

146. 萧一山：《清史大纲》，经世学社，1944。

147. 谢毅、王晓秋编《近现代中国的革命》，北京出版社，1987。

148. 熊月之：《中国近代民主思想史》（修订本），上海社会科学院出版社，2002。

149. 杨怀志、潘忠荣主编《清代文坛盟主桐城派》，安徽人民出版社，2002。

150. 杨慧林编著《西方文论概要》，中国人民大学出版社，2003。

151. 姚昆群、昆田等编《姚光集》，社会科学文献出版社，2000。

152. 宜昌市及宜都市政协文史资料委员会编《杨守敬学术年谱》，湖北人民出版社，2004。

153. 易鑫鼎编《梁启超选集》上卷，中国文联出版社，2006。

154. 袁明主编《国际关系史》，北京大学出版社，1994。

155. 张海鹏：《追求集——近代中国历史进程的探索》，社会科学文献出版社，1998.

156. 张炯等主编《中华文学通史》第五卷《近现代文学编》，华艺出版社，1997。

157. 张立文、〔日〕町田三郎：《传统文化与东亚社会》，中国人民大学出版社，1992。

158. 张哲俊：《东亚比较文学导论》，北京大学出版社，2004。

159. 张注洪、王晓秋主编《国外中国近现代史研究述评》，中国文史出版社，1999。

160. 赵佳楹：《中国近代外交史》，世界知识出版社，2008。

161. 赵禄祥主编，于庆祥等撰稿《资政要鉴》第 1 卷《政治》，北京出版社，2001。

162. 赵树贵、曾丽雅编《陈炽集》，中华书局，1997。

163. 郑子瑜、〔日〕实藤惠秀编校《黄遵宪与日本友人笔谈遗稿》，早稻田大学东洋文学研究会，1968。

164. 中国第一历史档案馆编《清代中朝关系档案史料汇编》，国际文化出版公司，1996。

165. 中国古籍善本书目编辑委员会编《中国古籍善本书目·史部 8》，上海古籍出版社，1991。

166. 中国人民大学古代文论资料编选组：《中国古代文论研究论文集》，上海古籍出版社，1989。

167. 中国人民大学中共党史系、中国近现代政治思想史教研室编《中国近代政治思想史参考资料》（上册），内部印行，1981。

168. 中国人民政治协商会议贵州省委员会文史资料委员会编《乡思·友谊·故园情——台港澳及海外文史资料专辑》，贵州人民出版社，1992。

169. 中国人民政治协商会议遵义市委员会文史资料委员会编《遵义文史资料》第 30 辑《郑莫黎专辑》，内部资料，1997。

170. "中央研究院"近代史研究所：《清季中日韩关系史料 1－10》，台北精华印书馆，1972。

171. 钟叔河：《从东方到西方——走向世界丛书叙论集》，岳麓书社，2002。

172. 钟叔河：《书前书后》，海南出版社，1992。

173. 钟叔河：《走向世界——近代中国知识分子考察西方的历史》，中华书局，1985。

174. 周中明：《桐城派研究》，辽宁大学出版社，1999。

175. 周子亚编著《使节与领事》，重庆国际编译社，1943。

176. 朱东润：《中国文学批评史大纲》，上海古籍出版社，1957。

177. 朱庭光主编《外国历史名人传》（古代部分下册），上海社会科学院出版社，1983。

178. 朱维铮、龙应台编著《维新旧梦录：戊戌前百年中国的"自改革"运动》，生活·读书·新知三联书店，2000。

179. 朱维铮：《求索真文明：晚清学术史论》，上海古籍出版社，1996。

180. 祝远德：《他者的呼唤——康拉德小说他者建构研究》，人民出版社，2007。

参考论文：

1.〔日〕石田肇：《三岛中洲与黎庶昌》，陈国文译，《贵州文史丛刊》2006 年第 3 期。

2.〔日〕石田肇、王建：《藤野真子与陈矩——关于〈秋柳〉四律》，《贵州文史丛刊》2001 年第 3 期。

3.〔日〕石田肇著，陈履安编译《藤野海南与黎庶昌的交往和友谊》，《贵州文史丛刊》2000 年第 2 期。

4.〔日〕石田肇：《园城寺朝鲜钟与崇福寺钟铭：黎庶昌和町田久成》，杨绍先译，《贵州文史丛刊》1992 年第 3 期。

5.〔日〕熊野纯彦：《自我与他者》，杨通进译，《世界哲学》1998 年第 4 期。

6.〔日〕中村义：《日本国会图书馆珍藏的黎庶昌手迹》，《贵州文史丛刊》1992 年第 3 期。

7. 陈福桐：《杰出的外交家散文家——黎庶昌》，《贵州画报》1990 年第 3 期。

8. 陈福桐：《黎庶昌——贵州放眼看世界的第一人》，《贵州文史丛刊》
1992 年第 3 期。

9. 陈福桐：《南宋陈同甫对黎庶昌的影响》，《贵州文史丛刊》1993 年
第 6 期。

10. 陈履安编译《藤野海南与黎庶昌的交往和友谊》，《贵州文史丛刊》
2000 年第 2 期。

11. 成晓军：《论黎庶昌对曾国藩洋务观的继承和发展》，《贵州社会科
学》1994 年第 2 期。

12. 戴东阳：《甲申事变前后黎庶昌的琉球策略》，《历史研究》2007 年
第 2 期。

13. 丁宝桢：《保举薛福成黎庶昌暨徐建寅创办机器片》，《贵州文史丛
刊》1992 年第 3 期。

14. 丁慰慈：《读黎庶昌〈西洋杂志〉》，《贵州文史丛刊》1995 年第
2 期。

15. 葛镇亚：《关于黎庶昌的文物和古迹》，《贵州文史丛刊》1992 年第
3 期。

16. 关贤柱：《浅谈黎庶昌的〈续古文辞类纂〉》，《贵州文史丛刊》
1992 年第 3 期。

17. 侯绍庄：《论黎庶昌维新变法思想的形成》，《贵州文史丛刊》1992
年第 3 期。

18. 胡克敏：《曾国藩对黎庶昌的影响》，《贵州文史丛刊》1992 年第
3 期。

19. 黄江玲、孔祥辉：《"沙滩文化"的杰出代表黎庶昌》，《晚霞》
2007 年第 19 期。

20. 黄万机：《黎庶昌革新思想初探》，《贵州文史丛刊》1988 年第
1 期。

21. 黄万机：《黎庶昌及其〈拙尊园丛稿〉》，《贵州民族学院学报》（社
会科学版）1987 年第 1 期。

22. 黄万机：《自强、开放的探寻与呼吁：晚清旅外文学初探》，《贵州

社会科学》1995 年第 11 期。

23. 贾熟村：《中国近代外交家黎庶昌》，《宝鸡文理学院学报》（社会科学版）2005 年第 5 期。

24. 鉴真：《走出贵州山门的近代爱国外交家、早期维新改良思想家、学者——黎庶昌》，《贵州档案》1995 年第 2 期。

25. 蒋相浦：《黎庶昌先生的爱国精神》，《贵州文史丛刊》1992 年第 3 期。

26. 康文：《简论黎庶昌散文创作》，《贵州文史丛刊》2007 年第 4 期。

27. 来新夏：《黎庶昌对异域古籍搜刊的贡献》，《北京图书馆馆刊》1993 年第 1 ~ 2 期。

28. 黎焕颐：《一百五十年后看黎庶昌》，《贵州文史丛刊》1992 年第 3 期。

29. 黎庶昌：《诰授光禄大夫赠太子太保四川总督丁文诚公贵州专祠碑文》，《贵州文史丛刊》2000 年第 4 期。

30. 黎庶昌：《敬陈管见折》，《贵州文史丛刊》1992 年第 3 期。

31. 黎庶昌：《上穆宗皇帝第二书》，《贵州文史丛刊》1992 年第 3 期。

32. 黎庶昌：《上穆宗皇帝第一书》，《贵州文史丛刊》1992 年第 3 期。

33. 《黎庶昌国际学术研究会在筑举行》，《贵州画报》1992 年第 6 期。

34. 李华年、蔡汝鼎：《清光绪八年平定朝鲜李昰应之乱与黎庶昌的文化外交》，《中国近代史》1993 年第 8 期。

35. 李世模：《黎庶昌政治思想倾向辨析：兼与黄万机先生商榷》，《贵州师范大学学报》（社会科学版）1993 年第 2 期。

36. 刘学洙：《黎庶昌放眼看西洋》，《当代贵州》2006 年第 10 期。

37. 刘毅翔：《黎庶昌研究管见：从〈黎庶昌评传〉谈起》，《贵州文史丛刊》1992 年第 3 期。

38. 刘雨涛：《龚泽浦购买黎庶昌珍藏善本书》，《贵州文史丛刊》1992 年第 3 期。

39. 刘雨涛：《李鸿章致黎庶昌先生的书信在四川广汉市发现》，《贵州文史丛刊》1992 年第 3 期。

40. 龙先绪：《黎庶昌与日本文士之交游》，《贵州文史丛刊》1992 年第 3 期。

41. 罗勤：《黎庶昌与〈古逸丛书〉刍议》，《贵阳师专学报》（社会科学版）1998 年第 1 期。

42. 牛仰山：《晚清驻日公使黎庶昌的外交公关》，《公关世界》2001 年第 3 期。

43. 欧阳大霖：《试论黎庶昌的教育改革思想及其实践》，《遵义师范学院学报》2008 年第 1 期。

44. 彭泽益：《郭嵩焘之出使欧西及其贡献》，《文史杂志》1944 年 8 月第 4 卷，第 3～4 期。

45. 钱仲联：《论近代诗四十首》，《社会科学战线》1983 年第 2 期。

46. 丘铸昌：《试论黎庶昌的变革思想》，《中国近代史》1993 年第 9 期。

47. 邱学宗：《论黎庶昌出使日本的贡献》，《遵义师专学报》1993 年第 1 期。

48. 任索：《陈衡山的〈秋柳〉诗与藤野真子》，《贵阳志资料研究》1987 年第 13 期。

49. 邵燕祥：《黎庶昌二题》，《贵州文史天地》1994 年第 3 期。

50. 石人康：《饱览沙滩景 漫话黎庶昌》，《西南旅游》1989 年第 6 期。

51. 石尚彬：《家学·家教·家风——纪念黎庶昌先生诞辰 170 周年》，《黔南民族师范学院学报》2007 年第 5 期。

52. 谭佛佑：《论黎庶昌对中国近代教育的贡献》，《贵州文史丛刊》1992 年第 3 期。

53. 田玉隆：《评黎庶昌"论世务"疏：上穆宗毅皇帝第二书》，《贵州大学学报》（社会科学版）1994 年第 1 期。

54. 田原：《黎庶昌地理学成就试论》，《贵州文史丛刊》2004 年第 3 期。

55. 王宝平：《黎庶昌东瀛访书史料二则》，《文献》2004 年第 4 期。

56. 王宝平：《日本国会图书馆藏黎庶昌遗札》，《文献》2008 年第

3 期。

57. 王路平：《黎庶昌国际学术研讨会综述》，《中国近代史》1993 年第
3 期。

58. 王路平：《黎庶昌与佛教》，《贵州师范大学学报》（社会科学版）
1996 年第 1 期。

59. 王庆成：《黎庶昌与日本》，《贵州社会科学》1995 年第 4 期。

60. 王晓秋：《“日本国志”初探》，《近代史研究》1980 年第 3 期。

61. 王燕玉：《黎庶昌及其散文》，《贵州师范大学学报》（社会科学版）
2000 年第 1 期。

62. 危兆盖：《黎庶昌的文化观》，《齐鲁学刊》1991 年第 2 期。

63. 文为国：《黎庶昌在日本》，《贵州文史丛刊》1980 年创刊号。

64. 翁仲康：《黎庶昌〈续古文辞类纂〉稿本》，《贵州文物》1983 年第
2 期。

65. 翁仲康：《黎庶昌对地方文献的功绩》，《贵州文史丛刊》1992 年第
3 期。

66. 谢尊修：《黎庶昌与中日文字之交》，《贵州文史丛刊》1992 年第
3 期。

67. 幸必泽：《黎庶昌的文化外交和文史研究业绩》，《贵州文史丛刊》
1990 年第 3 期。

68. 杨廷绪：《黎庶昌的启蒙恩师——杨开秀》，《贵州文史丛刊》2006
年第 4 期。

69. 杨艳、李仕波：《试论黎庶昌的文化外交》，《六盘水师范高等专科
学校学报》2007 年第 1 期。

70. 杨祖恺：《黎庶昌〈丁亥入都纪程〉读后》，《贵州文史丛刊》1992
年第 3 期。

71. 杨祖恺等：《咏颂前贤——黎庶昌》，《贵州文史丛刊》1992 年第
3 期。

72. 叶霜：《〈古逸丛书〉刊刻述要》，《贵州文史丛刊》2003 年第 4 期。

73. 尹德翔：《美文还从形象说——黎庶昌〈卜来敦记〉的形象学解

读》,《名作欣赏》2006 年第 2 期。

74. 张承宗、陈映芳:《简论戊戌维新变法时期外国史的介绍和研究》,《世界历史》1987 年第 1 期。

75. 张海鹏:《析黎庶昌〈敬陈管见折〉》,《贵州社会科学》1993 年第 1 期。

76. 张祥光:《从发交曾国藩"悉心察看"到关怀成才——读〈曾国藩全集〉之日记书信中与黎庶昌有关的内容后》,《贵州文史丛刊》2008 年第 2 期。

77. 张新民:《黎庶昌的版本目录学:读〈古逸丛书〉札记》,《贵州文史丛刊》1992 年第 3 期。

78. 张新民:《黎庶昌及其〈古逸丛书〉》,《贵州社会科学》1984 年第 2 期。

79. 张新民:《黎庶昌及其〈古逸丛书〉考论》,《古籍整理研究学刊》2006 年第 4 期。

80. 郑海麟:《日本国志与日本变政考的关系初探》,《暨南学报》1996 年第 2 期。

81. 钟叔河:《黎庶昌关于西洋风土的记述》,《贵州文史丛刊》1992 年第 3 期。

后　记

　　时光荏苒，转眼之间，我已进入不惑之年。闲暇之时，常常会思考自己肩上的责任。我想，只有懂得责任承担，才能够懂得自身的价值。每当精神有所懈怠的时候，我常常回忆过去，感受那些曾经给予过我前行力量的关怀与鼓励。从那些给予我关怀与鼓励的人身上，我也逐渐懂得了责任承担的意义。如今，是我全面承担责任的时候，我应该怀着感恩的心，将责任内化为力量，以所有具有责任承担意识的人为榜样，把责任转化为对他人的关怀与鼓励，在人生道路上不懈前行。

　　回忆也许并非只是一种简单的怀旧，更多时候更可能是在明确自己不同人生阶段新的责任，寻找人生新的起点。

　　我的求学道路，坎坎坷坷，并非一帆风顺。在曲曲折折的求学历程中，我既体会着生活的艰辛，也逐渐读懂了身边许多人所具有的那种平凡的责任承担意识。在这些人当中，最先给予我影响的是我的父母，父母亲对我总是一如既往地关怀与付出。在他们看来，他们的付出是无需计较与言说的。在他们心里，或许只是希望自己的孩子能够多读一点书，多学一些知识，多懂一些道理而已。在我的童年时代，父亲就常对我吟诵"大学之道，在明明德，在亲民，在止于至善"等父亲儿时读私塾时先生教授给他的文章诗句，虽然童年时代的我对这样的语句似懂非懂，但我还是能够感受到父亲对于文化的那种崇仰之情。父亲文化水平并不高，私塾也只是在他六七岁的时候读过一年多的时间，后来由于我祖父的亡故，家庭无力为续而停止了学业，所以父亲常常引以为憾。于是，父亲就把求学的希望寄托到了其子女身上，希望尽其所能，给我们创造更好的学习条件。

小学二年级以前，我一直在我的出生故地——遵义野里，一个名不见经传的乡场上生活，当我即将升入二年级的时候，父亲终于下定决心，将我从乡下带到了他的工作单位——贵州铝厂（一家国有大型厂矿），目的就是让我能够在那里接受更好的教育。记得当时，父亲和我，还有父亲单位的一位年轻同事，我们三人挤住在一间单身宿舍里。当时的我，并不感觉那样的房间和空间的拥挤，我只是日夜盼望着能够早日入学。可是由于城乡户籍制度的限制，我没有能够从乡下及时顺利转学到贵州铝厂子弟小学学习，年幼的我总是带着渴望和抱怨的心情不时地询问父亲："爸，我什么时候才能上学啊！"想必父亲当时听到我这样的询问，心里的焦急一定不亚于我。半年之后，经过父亲和我堂叔们的努力，我终于得到父亲单位领导的关照，顺利地进入了当时的贵铝一小学习。

贵铝一小是比我在乡下读书时条件好很多的学校，老师们对我这个刚从乡下来的孩子也特别关心和照顾。进校不久之后的一次小测验，我发现我和班里同学在学业上有很大的差距，一则因为遵义和贵阳两地的教学进度有所不同，另外城里和乡下教师的教学水平客观上也还是有较大差异。在这次测验之后，我发下了乡下人的决心，一定要赶上我这些城里同学。我珍惜父亲给我安排的良好的学习环境，在老师和同学们的帮助下，我的成绩逐渐提升，到小学毕业的时候，我在全班50名同学中成绩进入了前十名。我的进步是与当时老师和同学们的帮助分不开的，童年小伙伴们互相帮助的纯真友谊，成为我这一生难以忘怀的记忆。虽然小学毕业分别已经快30年了，但翻看童年时代和同学们的合影，我依然能够清晰地记起照片上每个人的名字以及当时大家互相鼓励学习的种种情景。那个年代，是我们听着雷锋、张海迪、保尔·柯察金等人的故事长大的年代，有很多激情和温馨的回忆。

父亲对于我的进步感到十分欣慰，可是就在我升入初中后不久，家里却突然起了变故。一天中午，父亲下班回来，母亲把做好的饭菜摆上桌（母亲在我小学五年级的时候也从乡下来到父亲工厂，做临时家属工以贴补家用）。父亲坐在饭桌旁，一句话也不说，眼睛也一动不动地盯着桌上的饭菜。母亲对父亲说："快吃饭吧！"父亲没有反应，母亲以为父亲可能是遇到了什么不开心的事，于是就拿起饭碗，准备递到父亲手上，可是父亲却没有用手接，也仍然不说一句话。母亲于是左手拿碗，右手去掰父亲的左手，想要把饭碗硬塞到父亲手里，就在那时，母亲发现父亲的嘴角不断地有口水流淌下来，母亲告诉父亲让他赶快擦一下，可是父亲仿佛没有听见母亲的话，也没有想要擦拭嘴角口水的意思，依然目光呆滞地注视着桌面。一向爱洁净的父亲如此反常的行为，使母亲一下子惊慌起来，她站起身，用力地推摇父亲的肩膀，父亲张口，似乎想要说话，可是又不能说出声来，母亲意识到了事情的严重性，她立即将父亲送往医院，经医院检查，父亲患了脑中风！

自从父亲患病以后，母亲就承担了家里一切的重任。父亲自然是不能再正常工作了，厂里也只是照顾性地发一点基本的生活费给父亲，母亲做家属工的收入也很低。当时没有医保，所以父亲所有的治疗费用基本上都得靠家庭开支，当时我二妹和三弟在乡下由外婆照顾，也需要每月定期给他们寄回生活费，于是，我们一家的生活一下陷入了困顿。在父亲住院期间，母亲每天除了上班，就是去医院照顾父亲。那个时候，我感觉家里的确是起了很大的变故了，尽管我并不清楚，这样的变故对于我们这个家究竟会有怎样的影响，但是我感觉到了母亲对父亲、对家庭那种永不放弃的责任承担。

父亲出院后，其症状只是比刚发作时略有好转，能够自己动手吃饭，但说话仍是含混不清，头部还会时常产生强烈的疼痛感，生活自理能力也相当弱。因此，即便是在家休养，母亲仍然需要细心地照顾父亲，但母亲对此从来都没有抱怨，也从不在我面前提及家里的困难。母亲总是想方设法地寻医问药，希望父亲早日康复，只要听说哪里有好医生，母亲就必定会想办法带父亲前去就医，有时甚至是民间的端公道士、神汉巫婆也会试一试。几年下来，尽其所能，母亲带着父亲跑遍了贵州不少的地方，家里也因此欠下了不少的债务（直到我硕士毕业的时候，我才知道家里欠债的情况），但是父亲和母亲从来没有放弃过对我学业的支持。

在父亲患病期间，我不知不觉已经要升入高中了，但是还是由于户籍所限，我不能在贵阳参加中考，读高中也只能回我的户籍所在地遵义县。这个时候，母亲又为我张罗了一切回遵义读书的事情，后来我终于顺利地考入了遵义县高坪中学，从此开始了远离父母的独立生活。由于家庭条件的限制，我和父母也只能是在假期的时候才能团聚，平日里，就只能写信给父亲和母亲，询问父亲的病情和他们的生活状况，汇报我的学习和生活，从来也没有奢望过能够在学期期间回贵阳与父母亲见一面，我知道安心学习对父母的重要性。

高中二年级下学期的时候，会考的最后一科——生物考试结束了，我满心欢喜地提前走出考场。生物这门课是我最喜欢的，所以会考题做得是得心应手，考完试，我已很自信是 A 等的成绩。那天天气特别好，春夏之交的季节，一切都充满了暖意。学校教学楼前有一个大操场，操场边上有一些供休息用的石凳，穿过大操场就是学校正门。我踏着欢快的脚步穿过操场走向校门，就在我快要接近校门的时候，我发现操场边石凳上坐着我的父母亲，我虽然并不太相信这是事实，但是我又分明认得那是多么熟悉的面影。我快步走向他们，父亲、母亲都有点激动，父亲用他那仍然不能清晰和流畅的发音对我说："我们——想——来——看——看你！"那时的我，眼含热泪，春暖花开。我紧紧拽住父亲的手，带他们到我租房的地方（当时学校盖新宿舍，旧宿舍早已拆除，我们这些来自外乡的寄宿制学生只能在外租房。我愧疚于在外租房得多花家里的钱，所以就经常自己做饭，这样也就能降低生活成本，可以弥补每月多花的 5 元房租费）。那天，我自己动手，为父母亲做了一顿饭。吃饭的时候，看着父亲吃饭时还是颇为吃力，我强忍泪水，心绪如潮，尽量给父母亲碗里多夹些菜，以掩饰我内心的脆弱，显示出我长大的坚强，我想，那是父母亲所希望看到的。母亲告诉我，这次和父亲来遵义看一位名医，所以顺便来看看我。送别父母亲离开的时候，看着父亲曾经矫健的身姿（父亲当过兵，身体原本很健壮）由于患病而变得羸弱，我不禁感慨万千。当父母亲乘坐的汽车绝尘而去的时候，父母亲从车窗口不时地频频回首，目光中满含的牵挂与眷念、关怀与鼓励，又一次使我眼含泪水，心潮澎湃。

　　也就是在母亲执着和坚韧的责任承担意识下，父亲的病情日益好转。转眼五六年时间过去了，父亲一直都处于恢复状态中，然而父亲也明白，他的病情是永远不可能完全康复的。他清楚在治病的五六年时间里，已经给家庭造成了太多的困难，所以当他觉得自己可以从事一些简单工作的时候，父亲向单位提出了给他安排工作的申请。父亲原本在锅炉车间工作，是厂里烧锅炉的优秀标兵，烧锅炉曾是父亲特别引以为自豪的工作，但是这个岗位又是全厂非常重要的岗位，由于父亲的病情，他自然是不能再在这个岗位工作了，从此父亲也就告别了他自己所喜爱的岗位，被安排进了单位的后勤服务站工作。

　　出于对家庭实际状况的考虑，父亲觉得只要自己上班，工资就会高些，这样也就能给整个家庭减轻压力。尽管母亲劝说父亲再修养康复两年，可是父亲觉得自己已经给母亲和整个家庭造成了太大的压力了，他安慰母亲说单位给他安排的工作他能够做好。其实，以当时父亲的状况来看，他即便是从事一些简单的工作也还是多少有些勉强的，因为他的语言表达依然还是吐字不清，常常词不达意，手脚也常常不能够随心所欲地协调动作，但是父亲觉得只要自己还能有清晰的意识，有一定的行动能力，就无论如何也不应该再成为家庭的拖累，而应该为家庭承担自己的一份责任。幸运的是，父亲单位的同事对父亲都很照顾，父亲重回单位上班的很长一段时间里，同事们也就照顾他只是做些打扫卫生、整理内务之类的简单工作，并不需要耗费过多的精神和体力，父亲觉得自己总算又可以为家庭尽一份力了。

　　不久以后，我高中毕业考上了大学。当时考大学，最大的心愿就是考上贵州大学，一则认为以自己的成绩能够考上贵州大学就已经很好了，二则认为贵州大学是贵州最好的大学，三则觉得父母亲都在贵阳，这样，我也可以和父母亲离得近些，如果家里有需要的话，我还可以随时回家照应。考上大学，对父母亲来说是莫大的安慰。父亲对我的求学，向来是鼓励的，他不断鼓励我上进并许诺只要我能够继续升学，他就会尽一切努力支持！父亲坚持着工作，直到我读完硕士参加工作。我工作后，自然不再忍心父亲带病工作以维持家庭生计，我也觉得该是自己为家庭承担一份责任的时候了。我极力劝说父亲，告诉父亲我能够为家庭承担一些责任，不需要他再操劳，父亲禁不住我的强烈要求，终于申请提前内退了。父亲内退后，用他退休后的积蓄和我工作后的积蓄，我们共同陆续还清了家里的债务，我为自己能够为家庭承担这份责任而感到骄傲，父亲的病情也在日渐舒缓的情绪中逐步好转着，但可惜的是，2012年父亲还是病逝了，我深深地遗憾于自己再也无法孝养父亲。

父母亲在家庭特殊变故中对于家庭责任的承担，使我看到了父母亲对于家庭责任承担的平凡和坚韧，而师长们对我学习和工作的言传身教，又使我体会到了社会责任承担的义不容辞。

当我从野里小学转学到贵铝一小时，我的学业面临很大的困难，上课不适应，成绩也不理想，可是我的小学班主任汪锦云老师对我并没有放弃，她发动同学们主动帮助我，使我很快克服了听课的障碍；教数学的文英老师对我也是很有耐心，常常放学后把我留下，给我额外补课。正是由于老师们不论贫贱、无私心地不断鼓励与帮助，我才满怀信心地往前行进着。而当我的家庭发生变故之后，我的初中班主任，贵铝中学的刘开琼老师对我更是时常鞭策与鼓励，她常常夸赞我是一个懂事的孩子，应该能够处理生活中面临的困难。刘老师的鞭策与鼓励使我逐渐明白，对于生活中面临的困难，自己应该懂得承担，而不是抱怨。因此，当我返回遵义读高中的时候，我从未向同学和老师言说自己家里的困难，作为一名高中生，我已经开始懂得责任承担的分量。上大学的时候，在荣誉面前，我也学会了谦让，因为我相信，一定会有同学比我更需要。当我主动选择放弃的时候，我感到自己并没有因此而失去许多，反而因为舍弃而觉得拥有不少。也许从小学开始，我的老师们所推崇的那些集体主义、舍己为人的责任承担意识的教育，对我心灵的影响已是那样的深刻和富有魅力。这些思想，或许今天有人不以为然，然而我却一直坚信那是那个纯真年代对于孩子们美好心灵塑造的一种有效方式，而我正是在那样的年代遇见了那样一批纯洁的老师，他们教给了我淳朴的思想，使我明白了自我对于他人、对于社会的责任承担，今天想来，我依然从这些思想中受益。

对于社会责任的承担，当然并不只是简单的谦让和舍己为人。至今，我仍然清晰记得2000年暑假，我们贵州大学07中文班自发组织到惠水县九龙小学支教的鲜活场景。作为这次活动的发起者和领队之一，我在九龙小学做了一次公开演讲。演讲是在傍晚时分，当金色的余晖急匆匆从几个窗角溜进教室的时候，教室里早已挤满了闹哄哄的人群，他们当中既有六七岁的小学生，也有三四十岁的中年人。我当时讲述了自己从农村走出来的经历，并列举了一些中外有名的磨炼意志的故事，鼓励大家学习知识，科学地用好知识，我相信只有通过这样持之以恒的坚持，才能改变自己的命运，改变家乡贫穷落后的面貌。在我看来，是知识改变了我自己的命运，而我也应该把这种改变带给更多的人。也许是与我有一样的感受，也许是因为我是站在他们的角度将他们的命运与我紧密地联系在一起，也许是我所说的正是他们必须要面对和应该努力付诸实践的责任，我的演讲，只不过是坚定了他们的信心、鼓舞了他们的士气而已。但那一场演讲，我分明看到了他们眼里流露出的信心和渴望，我也因此而意识到，建设家乡其实是我们每个人义不容辞的责任。在他们殷切目光的鼓励下，我的演讲不知不觉就持续到了当夜九点。那一夜，当我目送我的听众，看着他们的背影渐行渐远，在夜色中叠影为一团，慢慢消失在山峦深处之后，我抬头仰望夜空，繁星调皮地眨着眼睛，在星空里快乐地闪烁……我闭上眼，深吸一口气，空气中满溢着沁人心脾的夏夜芬芳，我微笑着坚信，家乡的明天将会更加美好……

当我从事教育工作以后，尤其是在跟随我的博士生导师孙景尧先生就读博士期间，使我对于社会责任的承担又有了新的理解。孙先生之学问与道德均为教书育人的楷模。先生治学，讲究严谨的治学方法，而先生育人，则更加志存高远。先生之人生经历，也可谓际遇坎坷。先生大学毕业后，1966年分配到贵州省铜仁地区任职，在贵州工作10年，也曾经历过"文革"风雨飘零的岁月，后又辗转于广西、江苏、美国、香港、上海等地任教。先生对于教育的热情，常常令我等后生感佩。从2006年开始，先生在上海师范大学带研究生，就一直坚持每年暑期带研究生到贵州安龙田野实践学习，这个教学环节的设置，把中国华东地区经济文化发达的上海市和中国西南地区经济文化欠发达的贵州省安龙县紧密地联系在一起。这样一种深入乡土中国的教学活动，不仅是传统的师者对于学生的一种"传道、授业、解惑"，更是一次让学生深刻了解国情、承担社会责任的爱国情感教育。先生常说："读硕士、博士，不要做精神的贵族，要眼光向下。"① 先生虽然年届古稀，银丝飘然，然而他对于这种教学活动的热情并没有减退，他对乡土贵州的那份赤子之心依然烁烁其光，正所谓："千丝万缕白发如霜细数峥嵘岁月，万水千山赤心如火谱就璀璨文章。"先生对于乡土中国的责任承担，也使我更加明确了自己对家乡贵州的责任承担。

师从先生，既受益于先生美好情操的熏陶，又得益于先生做学问的严格要求，尤其是在我的文章写作上，更是无时无刻不得益于先生的帮助。无论是专业的授课还是日常的交流，先生总会有精妙的见解，令我常有茅塞顿开之感。先生是我迄今为止私交时间最多的老师，在日常生活中，先生谈论最多的是学术，和先生在一起，常常会感觉到生活处处是学问，学与思无处不在。

这本专著，是在我完成的博士论文基础之上修改而成的。博士论文的完成，是孙景尧先生不断鞭策的结果，先生对于我博士论文的写作提出过许多中肯的意见。每次交稿，先生都会认真审阅，并对大到文章结构、观点层次，小到遣词造句、标点符号等论文写作中出现的问题，都会提出中肯的修改意见，每次修改，我又都会从先生的批评中获益良多。当然，由于我在职读博的时间关系以及自身学识浅薄的原因，论文虽然定稿，但并没有完全达到先生的修改要求。因此，这次专著的完成，做了很多的校对和修改，这既是对先生的汇报，又是对先生的缅怀。孙景尧先生于2012年的仙逝对我来说是特别遗憾的事，否则他一定还有许多中肯的建议使我的著述更加严谨和深刻。因此，我想，只有在学业上不断地精益求精，才是对先生严格要求的最好回报，先生那种

---

① 汪太伟：《学术的传承与心灵的旅行》，《师资建设》2009 年第 11 期。

精益求精的治学风范，将不断激励我前行！在此，深切缅怀孙景尧先生对我学业的严格要求！对肖翠菊师母对我一直以来的关照表示诚挚的感谢！

本专著的完成，还得益于众多师友的帮助，在此要特别致以感谢！

感谢上海师范大学的郑克鲁、叶华年、黄铁池、朱宪生、刘耘华、陈纳等教授对我博士论文写作所提出的宝贵意见！感谢美国俄亥俄州立大学简小滨教授、瑞士日内瓦大学张宁教授等给予我写作的帮助！感谢美国杜克大学、上海交通大学刘康教授对我写作提供的启示和帮助！感谢贵州社科院的黄万机先生，遵义师范学院的黎铎先生，遵义政协的谢爱临女士，遵义沙滩的黎培礼、张本友、韦春燕等乡贤友朋对本书写作提供的资料帮助以及为我实地考察所提供的种种方便！感谢上海师范大学比较文学与世界文学专业的同学们给予我写作的帮助！感谢贵州大学原党委领导龙超云书记的支持和帮助！感谢贵州大学人文学院领导和同事给予我写作的大力支持！感谢贵州财经学院陈祖君教授的帮助！感谢贵州锦海水利水电工程建设有限公司许翔杰董事长的大力支持！感谢上海师范大学图书馆、贵州省图书馆、贵州大学图书馆、遵义政协等单位工作人员为论文写作提供的帮助！感谢贵州大学比较文学与世界文学专业张晓妮、才晓能、乔丽丽、夏风艳等研究生的帮助！

特别感谢贵州大学哲学社会科学研究院给予的出版基金支持！

特别感谢贵州大学中国文化书院刘振宁教授夫妇对我写作和专著出版所提供的帮助！

特别感谢社会科学文献出版社仇扬等编辑的热心帮助！

在此，拙文特别致谢爱妻翟玉娟为我博士论文及专著完成所做的一切！

吾妻玉娟，实贤惠者也！妻为商贾，然遵礼甚重，愿舍利而求礼。吾乃一介书生，求学问道，非能殷富者，而玉娟愿从。妻既费心于家政，又劳神于商务，日夜奔忙，操持累累。然大小事项，伊皆安之若素，处之泰然，其心性意志，远胜于我。

　　家有贤妻，百事顺遂。妻之贤者，尊老善待，幼小扶携，蔼然遵礼数，家人服悦。妻之惠者，经营谋划，利而宣仁，俨然有法度，从者服膺。吾之著文，妻甚视重，饮食起居，巨细用心。沪上隆冬，寒苦难当，伊时经营深圳，乃催我赴深，以施照顾。鹏城冬暖，气爽神清，妻之关切，三餐弥新，吾之为文，则日益增进矣。后归筑城，经三年，妻亦常伴左右，冷暖嘘问，寒暑留意。乙未八月入秋，桂花清气满园，文章乃成。

　　拙著甫就，妻居功实厚也。携此玉娟手，焉能不为我生之幸？

　　谨以此书献给我的父母，献给所有关心和帮助我成长的师长、同学、同事和友朋，献给我的爱妻！

　　本书在对晚清外交官文学创作进行"使外文学"概念界定的基础上，重点论述了黎庶昌出使东西洋的"使外文学"创作，以此反映出黎庶昌以使外文臣等多重文化身份对异域文化的文学书写面貌，从而对晚清时期率先走出国门的外交官之一——黎庶昌的东西洋文化倾向进行辨析，揭示出东西方异邦形象在黎庶昌意识中的建构和衍生过程，同时也将折射在异邦（即他者）形象之上的晚清外交官黎庶昌（即自我）形象的信息展示出来。当然，黎庶昌只是晚清众多出使异邦的外交官之一，其"使外文学"创作也只是一个个案，并不能说明晚清"使外文学"创作的整体风貌。因此，本书对黎庶昌"使外文学"创作的研究，也只是对晚清个别外交官的"使外文学"创作进行整体研究的一种尝试。

　　由于本书研究涉及对象的广泛性，因此资料的考订殊非易事，特别是有关国外资料的搜集。比如与黎庶昌诗词唱和的日本文士的相关资料，就较少见到系统和细致的研究整理。本书在研究过程中，格外关注这些资料的搜集和考证，力求在研究中完善这些文献资料，因此对此项工作进行过一些考证，掌握了与黎庶昌有诗文唱和的主要日本文士的一些生平及创作资料，比如重野安绎、石川鸿斋、中村正直等人，这些日本文士都是在日本明治时期汉学领域较有影响的人物，但是还有一些影响不大的日本文士，其资料则难以发掘，这就使本书的写作留有一些遗憾。虽然这些名不见经传的日本文士的资料欠缺并不影响本书论述结构的完整性，但是若能够对于这部分日本文士的资料进一步访查求证，则不仅有利于黎庶昌研究的深入，也对理清中日文学与文化交流史的一些细节问题有相当的意义。受时间与研究条件所限，本书对有关日本国内所藏资料的搜集尚存有欠缺，因此未能在此做到更全面的研究，所以这方面的研究仍存有不少遗憾。

  由于本人才疏学浅，因此本书讹误和疏漏之处在所难免，敬请各位专家同行和广大读者批评指正！顺便说明一下，本书一些图片在使用时由于种种原因无法联系上作者，在此对相关作者表示诚挚的感谢！同时也请相关作者见到书稿后与本人联系，以便及时奉上稿酬，我的联系邮箱为：905093039@qq.com。

汪太伟

2015 年 9 月 8 日

于贵阳养心阁

图书在版编目（CIP）数据

西洋借镜与东洋唱和：黎庶昌"使外文学"创作研
究／汪太伟著. -- 北京：社会科学文献出版社，
2016.6
ISBN 978 - 7 - 5097 - 9146 - 2

Ⅰ. ①西… Ⅱ. ①汪… Ⅲ. ①中国文学 - 古典文学研
究 - 清代 Ⅳ. ①I206. 2

中国版本图书馆 CIP 数据核字（2016）第 102329 号

西洋借镜与东洋唱和
——黎庶昌"使外文学"创作研究

著　　者／汪太伟

出 版 人／谢寿光
项目统筹／仇　扬
责任编辑／仇　扬

出　　版／社会科学文献出版社·当代世界出版分社（010）59367004
　　　　　　地址：北京市北三环中路甲 29 号院华龙大厦　邮编：100029
　　　　　　网址：www. ssap. com. cn
发　　行／市场营销中心（010）59367081　59367018
印　　装／北京季蜂印刷有限公司

规　　格／开 本：787mm × 1092mm　1/16
　　　　　　印 张：23.75　插 页：0.75　字 数：349 千字
版　　次／2016 年 6 月第 1 版　2016 年 6 月第 1 次印刷
书　　号／ISBN 978 - 7 - 5097 - 9146 - 2
定　　价／89.00 元